AURÉLIE WELLENSTEIN

Née en 1980, Aurélie Wellenstein a déjà publié une quinzaine de romans avec une prédilection pour la fantasy. Marquée par la lecture de Jack London, c'est dès l'enfance que lui vient l'envie d'être écrivain. Ses histoires sont intenses et sombres, mais souvent sublimées par un profond amour pour la nature, et les animaux en particulier. Aujourd'hui, elle favorise le clair-obscur et cherche, selon ses propres mots, à éclairer les ombres. Nombre de ses romans ont reçu des prix : Prix des Halliennales, Prix Elbakin, Coup de cœur des Imaginales, Prix Imaginales des Bibliothécaires, PLIB et Prix imaginaire de la 25e Heure du Mans.

LA HARPISTE DES TERRES ROUGES

ÉGALEMENT CHEZ POCKET

Le Roi des fauves
Les Loups chantants
La Mort du temps
Le Dieu-oiseau
Mers mortes
Yardam
Le Désert des couleurs
La Harpiste des terres rouges

L'Épée, la Famine et la Peste
L'Épée, la Famine et la Peste – volume 1
L'Épée, la Famine et la Peste – volume 2

IMAGINAIRE

Collection dirigée par Charlotte Volper

AURÉLIE WELLENSTEIN

LA HARPISTE DES TERRES ROUGES

outrefleuve

ISBN : 978-2-266-35405-9
Dépôt légal : mai 2025

Prologue

Depuis ce qui lui semblait une éternité, Jarod fixait le rideau rouge du théâtre. Il en oubliait de cligner des paupières. Ses yeux étaient secs et douloureux.

Comme à peu près tous les autres spectateurs massés dans la salle, il haïssait les représentations, mais la musique qui montait de l'orchestre les contraignait à s'asseoir, à ne pas bouger, à regarder. Et ces derniers temps, la Harpiste multipliait les spectacles.

La tête de Jarod pivota lentement sur son cou crispé, luttant contre le pouvoir paralysant de la musique. La jeune fille à la chemise à carreaux était assise à côté de lui. Il la trouvait plutôt jolie avec ses cheveux lisses et noirs, coupés au carré, qui encadraient son visage délicat. Pas bien grande et amaigrie par les semaines d'emprisonnement, elle ressemblait à un petit oiseau fragile perché sur le gradin. Elle regardait fixement la scène, les yeux grands ouverts. Des larmes coulaient en silence sur ses joues.

Ça ira, pensa-t-il à son intention. *Ce n'est pas toi sur cette scène. Ce n'est pas moi non plus. Alors ça ira. On vivra au moins un jour de plus.*

Elle n'entendait rien de ses pensées, bien sûr. Tout au plus sentait-elle son bras qui appuyait légèrement contre le sien, en un soutien muet… Leurs peaux contrastaient, blanche pour elle, brun foncé pour lui.

Depuis que Jarod avait été capturé et traîné à l'Opéra, il avait repéré quelques personnes qui lui paraissaient sympathiques. Les prisonniers n'étaient pas autorisés à se parler. Ils échangeaient des regards, ou bien des sourires fatigués. Aussi Jarod inventait-il leur vie. Il imaginait leur parcours, leurs rêves et leurs espoirs avant que la Harpiste ne fasse voler leur existence en éclats : ils étaient arrivés de l'ancien continent ; ils s'étaient lancés en quête d'une parcelle de paradis dans l'Ouest sauvage, cette contrée immense, pleine de promesses, mais aussi gangrenée par le danger et les monstres ; ils s'étaient fait greffer pour acquérir de grands pouvoirs… Et puis ils étaient tombés entre les mains de l'ogresse de Symphonie.

Tu as l'air d'avoir vu bien des horreurs, pensa-t-il avec compassion en observant sa voisine.

Même si elle était jeune, environ 25 ans comme lui, il y avait une ombre dans son regard, et une pesanteur dans ses gestes, qui trahissaient les épreuves…

Elle était otage depuis plus longtemps que lui. Sans rien savoir d'elle, il la considérait comme une amie. À l'Opéra, on finissait par se contenter de peu de choses… Mais quand même, plusieurs fois, elle s'était débrouillée pour s'asseoir à côté de lui pendant les représentations. Comment faisait-elle ? Mystère. Jarod, lui, allait où les instruments le guidaient. Il n'avait jamais pu choisir sa place dans le grand théâtre.

Trois coups frappés sur le plancher de la scène, derrière le rideau rouge, le firent tressaillir. Le spectacle était sur le point de commencer.

Jarod se remit péniblement en place. L'imminence des horreurs qui allaient se déchaîner lui donnait la nausée, mais la musique l'empêchait également de vomir. La Harpiste n'aurait pas permis des réactions aussi triviales. Les larmes, en revanche, ne la gênaient pas, pas plus que les tremblements. Crispées autour de la délicate fleur rose, les mains de Jarod s'agitèrent. Son genou tressautait même si ses pieds paraissaient vissés au sol. De temps en temps, un frisson lui froissait l'échine et un spasme involontaire lui secouait l'épaule. Il avait mal aux molaires à force de les serrer. Sa grosse mâchoire greffée, en bas, appuyait sur sa petite dentition humaine, en haut. Parfois, il avait l'impression que l'émail allait éclater sous la pression de ses dents de fauve.

Au moins, ce n'est pas toi qui es sur cette scène... se répéta-t-il.

Il n'arrivait plus à réellement s'en réjouir. Pourquoi continuer à vivre dans ces circonstances absurdes ? La Harpiste avait fait de lui son jouet. Alors mourir sur scène… En finir… Ne plus souffrir…

Ton frère ne saura jamais.

Penser à Abraham lui redonna ce petit regain de courage dont il avait besoin. Il parvint même à tourner de nouveau la tête et à esquisser un sourire que sa voisine capta du coin de l'œil. Elle ne le lui rendit pas, mais dans ses yeux noirs passa fugitivement un éclair de gratitude.

Soudain, la musique changea. La reine des lieux faisait son apparition. Elle s'avança majestueusement jusqu'à la balustrade ouvragée de son balcon privé. Un gémissement de terreur monta de la foule dans les gradins. Bien entendu, la Harpiste ne les regardait pas. Elle n'avait pas de tête, pas de visage, à sa place s'élevait une harpe blanche, mais tous avaient l'impression que son attention sadique était fixée sur eux. Comme souvent, elle était vêtue d'une splendide robe de soirée ivoirine et l'étoffe satinée tombait en drapés somptueux sur son corps élancé.

Ses longs doigts de musicienne s'enroulèrent autour de la balustrade. Des ongles rouges, parfaitement manucurés, faisaient comme dix taches de sang sur la rambarde claire. Puis d'un geste de la main, elle salua ses prisonniers. Aussitôt, l'orchestre joua plus fort, une mélodie entraînante. D'un mouvement synchronisé, les spectateurs posèrent la fleur sur leurs cuisses et se mirent à applaudir. Le son était étrange, comme le crépitement d'une pluie d'orage. Les premières fois, Jarod avait tenté de résister, mais la douleur était telle qu'il avait rapidement cédé et laissé ses bras s'envoler tout seuls, emportés par les notes ensorcelées. À côté de lui, la jeune fille applaudissait aussi, mais Jarod, surpris, remarqua qu'elle était légèrement à contretemps. Comme il ne pouvait pas l'interroger, il s'abandonna à la contrainte, puis la Harpiste, enfin, s'assit et la musique les libéra ; elle se réduisit à un petit tempo en sourdine, juste ce qu'il fallait pour les maintenir à leur place, et que personne ne hurle ou ne vomisse.

Jarod reprit la fleur. Il la fit tourner doucement entre ses doigts. Un peu de patience. Ce serait bientôt terminé.

Dans les travées de la salle, des serviteurs mouchaient les candélabres. Une subtile odeur de fumée se répandit dans le théâtre. Le rideau de velours rouge frémit. Jarod avala péniblement sa salive. Connaîtrait-il la personne sur scène ? Il détestait cela, lorsque la victime lui était familière.

Le lever de rideau dévoila l'entièreté de la scène. Une femme se tenait debout, au centre, terrifiée. Les yeux exorbités, elle scruta le parterre de musiciens, et derrière eux, les spectateurs massés sur les gradins. Les lumières de la rampe l'aveuglaient et sans doute ne discernait-elle qu'une présence estompée dans l'obscurité. Mais, bien sûr, elle savait qu'ils étaient là. Elle avait été spectatrice, elle aussi, avant d'être propulsée actrice.

Elle trébucha en avançant vers la limite de la scène. L'orchestre ponctua ce faux pas d'un son discordant, comme pour se moquer d'elle. Ses lèvres tremblantes articulèrent un « aidez-moi » muet. Dans la salle, personne ne bougea. Pourquoi l'avait-elle tenté ? Elle ne faisait que s'humilier davantage…

La jeune femme s'arrêta, les épaules voûtées, comme si le poids du malheur s'abattait sur elle. La musique reprit alors un peu plus gaiement, pour l'inciter à danser. Elle finit par se redresser et son visage s'éclaira d'un semblant de détermination. Au moins allait-elle essayer. Se battre. Elle n'était pas encore morte. La Harpiste graciait parfois les danseurs ou les chanteurs qu'elle appréciait.

La jeune femme esquissa un pas sur le côté. Elle était gauche, mais sa légèreté compensait. La musique l'accompagna. Elle commença par se promener, plus que danser, comme si elle s'échauffait, puis, dans un sursaut d'énergie, elle se cambra et sauta, les jambes écartées.

Pas mal !

Jarod se prit à espérer. Peut-être quitterait-elle le théâtre en vie…

La jeune femme pirouetta, repartit sur la droite en pas chassés, sauta à nouveau à l'autre bout de la scène. L'orchestre soulignait chaque geste. Quand elle accélérait, il se faisait virtuose, mais dès qu'elle se trompait, les instruments marquaient son échec d'un couac retentissant.

Prenant de l'assurance, elle tournoya sur elle-même. Sa tête emportait le haut de son corps. Elle joignit les mains, les bras tendus, et continua de tourner, de virevolter. La musique la transportait, à présent. Elle volait sur les notes et Jarod pensa :

Elle est douée.

L'orchestre s'emballa. Gagnée par un enthousiasme fou, la jeune femme bondit le plus haut possible, tête et bras rejetés en arrière. Elle se réceptionna sur un pied, puis s'agenouilla sur les planches, et s'enroula autour de ses propres jambes. La musique ralentit. Ses gestes devinrent tendres. Elle se balança doucement, avant de se relever avec grâce. Son corps svelte se déplia. Sa robe légère accompagna son mouvement quand elle tourna sur elle-même une dernière fois, très lentement. Elle tendit un bras vers la Harpiste en un salut final, et se figea dans cette posture. En cet instant, même si elle avait probablement été arrachée à un ranch ou au comptoir d'une boutique, elle ressemblait vraiment à une ballerine.

Jarod attendit, crispé, l'ordre qui le ferait applaudir la performance de la jeune femme.

La Harpiste se leva de son trône. Tous les yeux se tournèrent vers elle. Dans une seconde tomberait son jugement. Son long bras se déploya avec lenteur. Son poing fermé se tendit vers la foule. Elle déplia le pouce.

Et le pointa vers le bas.

Une clameur déchirante monta de la scène, aussitôt couverte par l'orchestre qui se déchaînait afin de clouer la malheureuse à sa place et l'empêcher de fuir.

La jeune femme, à genoux, sanglotait.

Dans le public, quelques personnes s'agitèrent. Jarod tenta de se lever. La musique s'enroula autour de lui. Ses bras plièrent douloureusement. Il ne résista qu'un instant avant de céder. C'était inutile. La jeune femme était condamnée de toute façon. Il effectua le geste fatal avec l'énergie du désespoir : il jeta la fleur sur la scène. Les autres spectateurs l'imitaient. La pauvre danseuse se retrouva bientôt au milieu d'un tapis de pétales roses dont le poison se déployait à chaque choc du pistil contre le sol. La brume toxique scintillait dans la lumière des bougies. Le pollen adhérait comme des paillettes d'or à la peau de sa victime. Assez vite, elle fut prise de convulsions. Les mains sur la gorge, la bave au coin des lèvres, elle s'écroula sur le flanc et se tordit en vain durant de longues minutes d'agonie. Quand le nuage de poison se dissipa, elle demeura immobile, ses yeux vitreux posés sur le public qui l'avait tuée.

Satisfaite, la Harpiste se retira. Les spectateurs se levèrent les uns après les autres et quittèrent le théâtre, du pas raide et cadencé imposé par l'orchestre. Ils étaient tous différents, des jeunes, des vieux, parfois des enfants enlevés à leur famille, mais dans leurs yeux creusés par les insomnies, on lisait la même angoisse, et quelques larmes coulaient en silence.

Jarod et sa voisine restèrent à leur place. Bientôt, il n'y eut plus qu'eux dans la salle déserte, et les musiciens bien sûr, qui les surveillaient au cas où ils tenteraient quelque chose. En dépit du cadavre sur la scène, les circonstances étaient plutôt plaisantes. Jarod allait pouvoir passer quelques minutes avec la jeune fille.

— Je crois que c'est à nous qu'incombe la tâche d'évacuer le corps, dit-elle.

Les premiers mots qu'ils échangeaient. Elle avait une voix rauque, chaude et agréable, mais peut-être était-ce dû au fait qu'elle n'avait pas parlé depuis longtemps.

Jarod se leva, faisant craquer ses genoux. L'immobilité forcée avait tendance à gripper ses articulations.

— Je suis désolé, dit-il.

— Pourquoi ? s'étonna sa voisine. Ce n'est pas ta faute.

Elle avait raison, et il s'en voulait de cette entame peu glorieuse. Pourquoi ne lui avait-il pas tout simplement demandé son prénom ? Le moment était passé à présent. Troublé, il la suivit pour monter sur la scène afin de rejoindre le corps abandonné au milieu des pétales roses. Les musiciens scrutaient chacun de leurs gestes avec l'avidité de prédateurs. Rajouter deux cadavres à la tuerie de ce soir ne leur donnerait aucun scrupule.

— J'espère qu'il n'y a plus de poison, dit la jeune femme.

— Je ne crois pas.

Ils se penchèrent sur la danseuse morte. On aurait dit une autre personne, pâle, raide et figée. Presque un objet. Cela aida Jarod. Il s'efforça d'imaginer que tout ça était faux, du mauvais théâtre. Machinalement, il chercha quel organe la jeune victime s'était fait greffer, mais ne trouva rien d'évident. Chez certaines personnes, les modifications restaient discrètes. À moins qu'elle ne soit encore humaine à cent pour cent, comment savoir ?

— Je vais la prendre par les épaules et toi, tu lui tiendras les pieds, proposa-t-il. Ce sera plus facile.

— D'accord, merci.

— Je m'appelle Jarod, au fait.

Enfin, il se décoinçait !

— Amy, se présenta-t-elle à son tour.

Ils se coordonnèrent pour soulever la danseuse. Elle était plus lourde qu'attendu. Jarod dut réassurer ses prises avant de partir à reculons.

Un musicien armé d'un violon les escorta, jouant une mélodie qui ne les contraignait pas, mais dont la présence menaçante leur rappelait qu'ils n'étaient que les esclaves de la Harpiste. L'homme était greffé : on avait sectionné son bras au niveau du coude et à la place, on avait cousu un archet. Une clé de *sol* était tatouée sur son front. Jarod se demandait s'il accomplissait la volonté de la Harpiste de son plein gré ou si lui aussi était soumis à un sortilège.

Ils traversèrent les longs couloirs de l'Opéra avec leur chargement macabre. Il n'y avait plus personne dans les corridors et les halls. Les gens étaient probablement retournés s'entasser dans les loges, à attendre le bon vouloir de leur reine folle.

Enfin, au bout d'une progression éreintante dans le dédale de couloirs et d'escaliers, ils sortirent au grand jour par les portes principales. La lumière du soleil les fit cligner des paupières. Sa chaleur se répandit sur leur visage et leurs bras. C'était comme un baume… Jarod s'emplit les poumons de l'air sauvage. Puis il arrêta, parce qu'il avait senti, encore discrète sous l'odeur de poussière, la pestilence du charnier.

Il descendit la première marche, les yeux fixés sur l'horizon. La liberté n'était qu'à quelques pas de lui. S'ils parvenaient à se défaire de leur geôlier, ils pourraient s'enfuir…

Je retrouverai Abraham, pensa Jarod. *Je le serrerai dans mes bras et je lui dirai comme je regrette…*

La vérité, c'était qu'au moindre geste suspect qu'il ferait, le violoniste jouerait une mélodie incapacitante et dès le lendemain, il danserait sur scène… Ou pire.

Avec Amy, ils descendirent prudemment les immenses escaliers blancs maculés de la poussière rouge du désert. Une fosse était creusée bien en évidence à quelques pas de l'Opéra. Une lucarne dans les murs des loges donnait sur le charnier pour que les esclaves se rappellent où ils atterriraient en cas de révolte. Parfois, quand le vent soufflait du mauvais côté, l'odeur ignoble envahissait l'Opéra. Le bourdonnement des mouches s'éleva comme ils se rapprochaient.

— Faisons ça vite, proposa Jarod.

Amy le regarda d'un air bizarre. Quelque chose passa entre eux. Le musicien était resté près de l'escalier, le violon coincé sous le menton, l'archet en position.

« Qu'est-ce qu'il y a ? » interrogea muettement Jarod.

— Je peux résister à la musique, dit-elle à voix très basse.

Jarod eut l'impression de sentir le sol s'ouvrir sous ses pieds : un vertige le saisit, suivi d'un rebond monstrueux, comme l'espoir déferlait en lui. Dans le théâtre, il avait entendu Amy applaudir à contretemps. Plusieurs fois, elle s'était assise à côté de lui, comme si elle disposait de son libre arbitre. Elle disait la vérité.

Comment est-ce possible ? se demanda-t-il.

Mais ce n'était pas le moment pour les questions.

— Je suis désolée. C'est ma seule chance, poursuivit la jeune fille.

— Je viens avec toi, dit aussitôt Jarod.

— Non, je veux prendre ce risque seule. Je ne supporterais pas que quelqu'un meure à cause de moi.

— La Harpiste va me tuer tôt ou tard.

— Tu risques pire que la mort, insista Amy. Même si on parvient à échapper au violoniste, la Harpiste enverra des hordes de musiciens sur nos talons.

— Je m'en fous ! Hors de question que je reste ici !

— Non… Jarod…

— Je t'aiderai, affirma-t-il en désignant d'un geste rapide sa grosse mâchoire greffée.

Elle le regarda intensément puis cligna des yeux, pour lui signifier qu'elle avait compris.

Ils firent basculer le corps de la danseuse dans la fosse, puis marchèrent en direction de leur gardien. Ils ne se pressaient pas et affectaient un air résigné. Pourtant, l'adrénaline fusait dans les veines de Jarod. Son pouls accélérait. Le musicien gardait l'archet bien positionné sur les cordes du violon, prêt à lancer une note offensive à la moindre menace. Quand il fut suffisamment proche, Jarod s'élança. Il effectua presque deux enjambées avant que l'archet n'arrache à l'instrument une vrille qui se planta dans ses nerfs. Son corps se paralysa. Il manqua basculer à plat ventre, mais réussit à force de volonté à rester debout, tous les muscles contractés dans l'effort pour lutter contre la musique. Amy aurait dû être piégée elle aussi, mais comme elle l'avait annoncé, elle bougeait encore, résistant au sortilège. Avec un cri de guerre, elle se jeta sur le violoniste, les ongles en avant, les lèvres retroussées sur les canines. Le musicien n'eut pas le temps d'avoir peur. Elle le percuta de tout son poids, le faisant vaciller en arrière. L'archet glissa. La musique s'interrompit avec une fausse note et Jarod retrouva l'usage de ses jambes. Il se précipita à l'assaut pour aider la jeune femme. Son poing s'écrasa sur le visage tatoué du musicien. Le nez craqua sous ses jointures et du sang chaud rejaillit sur sa main.

Vas-y ! s'encouragea-t-il.

Du genou, il frappa de toutes ses forces à l'entrejambe. Le violoniste poussa un petit cri étranglé en se pliant en deux, le souffle court, les joues creuses. Son archet inutile pendouillait au bout de son coude. Jarod ne lui laissa pas le temps de se ressaisir. Il le mordit. Ses dents de puma s'enfoncèrent dans le bras du musicien comme dans du beurre. L'os se brisa entre ses mâchoires surpuissantes. L'homme hurla, blêmit. Jarod serra plus fort et, avec un claquement humide, lui sectionna le bras. L'archet tomba d'un côté, le violoniste de l'autre. Un geyser de sang éclaboussa Jarod, sa tête, son torse, ses dents de monstre…

Sa victime s'écroula sur le sol rouge, les yeux révulsés. Le violon, écrasé sous lui, avait émis un craquement satisfaisant. Jarod resta quelques secondes à le regarder avec une surprise interloquée.

Il l'avait fait.

Il était libre.

— Cours ! lui hurla Amy.

Elle s'élança à toutes jambes. Jarod aperçut du coin de l'œil des hommes qui se bousculaient en haut des marches. Tout l'Opéra allait se lancer à leur poursuite…

Il fit volte-face et courut derrière Amy.

— On va avoir de la compagnie ! avertit-il.

— Des musiciens ?

— Je ne sais pas !

Parler l'essoufflait.

— Cours ! conclut-il.

Derrière lui, le tumulte de la poursuite augmentait, un bruit de course, des halètements, mais pas de musique… Pas encore.

Ils parcoururent ainsi presque cinq cents mètres. Le souffle saccadé de Jarod lui emplissait la tête. Il avait conscience de pousser des râles rauques en courant, qui ressemblaient à des plaintes ou bien à des cris de colère. Un aboiement bizarre résonna dans son dos.

Ne te retourne pas !

Incapable d'obéir à cette injonction, il jeta un œil par-dessus son épaule, et eut la vision démentielle d'une horde d'hommes et de femmes qui couraient sur leurs mains et leurs pieds, comme des animaux, la bouche ouverte, leurs cheveux sales flottant sur leur dos zébré de cicatrices, bleuis d'hématomes, une laisse traînant encore dans leur sillage…

Quoi ?

Peu importe qui ils étaient. Dans trente secondes, les deux fuyards seraient rejoints et taillés en pièces. Jamais ils ne s'en sortiraient. Même avec une mâchoire greffée. Il ne casserait que deux ou trois os avant d'être massacré.

Les cuisses saturées d'acide lactique, Jarod accéléra pour gagner encore quelques mètres de liberté.

— Amy ! hurla-t-il.

— Quoi ? vociféra-t-elle en retour.

— Je vais les retenir. Toi, sauve-toi ! Échappe-leur ! Et en échange, préviens mon frère. Abraham Winters ! À Fraora ! Chez les Kessel ! Dis-lui ! Promets-moi !

Elle se retourna vers lui, les lèvres entrouvertes sur une réponse qui s'étrangla quand elle découvrit leurs infâmes poursuivants.

À la place, elle couina :

— Oui !

À bout de souffle, Jarod ralentit et se laissa distancer.

Il volta pour faire face à la meute humaine. Son pied atteignit le premier « chien » au menton et lui claqua les mâchoires avec violence. Un bout de langue rose tomba sur le sol, tandis que l'homme chutait à sa suite en gargouillant, la bouche pleine de sang. Le second « chien », Jarod l'attrapa par les cheveux et le propulsa sur le côté, mais au même moment, une femme le saisit au mollet et le déséquilibra. Il s'abattit violemment sur le sol. Des lumières jaunes, rouges et blanches dansèrent devant ses yeux. Il se retourna ; un homme et une femme se cramponnaient à sa jambe et leurs dents le labouraient. Le reste de la meute arrivait à une vitesse étourdissante. Dans dix secondes, il serait submergé.

Sa seule volonté, désormais, c'était qu'Amy s'en sorte.

Ainsi, au moins, son frère saurait.

— Alors les clébards ? rugit-il. Vous voulez vous battre avec un puma ?

Il déchaîna ses dernières forces.

Abraham Winters,

Vous ne me connaissez pas. Je m'appelle Amy Starr. Je vous écris depuis le Nouveau Monde de Nacarat. Votre frère, Jarod, m'a demandé de vous adresser cette lettre. Je l'ai rencontré, lors de ma captivité à l'Opéra, entre les mains de l'ogresse qu'on nomme la Harpiste. Nous étions tous les deux ses prisonniers, mais grâce à lui, j'ai pu m'évader. Je ne sais quels derniers mots il aurait aimé vous transmettre, mais toutes ses pensées étaient dirigées vers vous au moment où les troupes de la Harpiste l'ont repris.

Si vous me le permettez, je vous suggère, avec une grande humilité et ma plus sincère sympathie, de porter son deuil. De toutes les victimes de la Harpiste, je suis la première à revenir en vie. Je m'associe à votre douleur et je m'excuse de vous envoyer ces sombres nouvelles. Je suis reconnaissante à votre frère de son aide. Il m'a sauvée. C'était un homme bon et courageux. Pour dire la vérité, j'espère qu'il a trouvé le repos et la félicité dans la mort, et qu'il a ainsi évité la vengeance de la Harpiste.

Pardon et merci.

Respectueusement,

Amy Starr.

Chapitre 1

Abraham relut la lettre pour la dixième fois. À la première inspiration qu'il prit, sifflante et torrentueuse, il se rendit compte qu'il avait suspendu sa respiration pendant de longues secondes.

Ce n'est pas possible, pensa-t-il.

Il s'assit lourdement, les jambes coupées, la lettre tenue entre deux doigts. Que signifiait ce courrier ? Un profond sentiment d'irréalité lui donnait l'impression de rêver. C'était un cauchemar. Il allait se réveiller…

Il ramena la lettre sous ses yeux et la relut une nouvelle fois, envahi par la colère. Ces propos n'avaient aucun sens ! C'était forcément une blague, ou peut-être une vengeance destinée à le faire souffrir. Pourtant, une partie de lui comprenait le message, et tous les noms qui y étaient écrits lui étaient familiers. Nacarat, Symphonie, la Harpiste. Ces mots avaient tant circulé entre Jarod et lui, chuchotés avec excitation et fascination, quand ils étaient enfants… Ils les avaient fait rêver.

— Abraham…

Le râle de sa mère le surprit. Il se releva comme un automate et, en quelques enjambées, la rejoignit. Elle paraissait toute menue, silhouette noire perdue dans les draps blancs du lit, enveloppée dans son châle troué. Ses yeux voilés par la fièvre cherchaient Abraham sans le voir. Elle respirait lentement. Un souffle rauque se frayait un chemin de plus en plus difficile de sa bouche à ses poumons. Elle voulut tendre le bras, mais ne put le soulever que de quelques centimètres à peine. Par réflexe, Abraham saisit la main osseuse dans la sienne.

— Maman… murmura-t-il, encore sous le choc.

— Des nouvelles… de notre… Jarod ? demanda-t-elle avec effort.

— Oui, bredouilla-t-il.

De mauvaises nouvelles, compléta-t-il en son for intérieur.

Mais il ne pouvait se résoudre à lui parler de cette lettre affreuse. Il avait pris l'habitude de lui mentir. Diminuée par la maladie, la pauvre femme ne pouvait pas se rendre compte qu'il lui présentait d'anciens courriers et qu'il inventait des histoires glorieuses au fur et à mesure. Son frère ne donnait plus de nouvelles depuis plus d'un an. Que lui était-il arrivé ? Où était-il ? La distance et le travail l'avaient-ils simplement éloigné de sa famille ? Ou bien avait-il été capturé par un monstre ?

Tu le savais, pensa-t-il. *Jarod n'aurait pas coupé les ponts comme ça. Tu le savais et tu n'as rien fait !*

Parfois, il se réveillait en sursaut, en pleine nuit. Le cauchemar se brouillait, mais il avait l'impression trouble d'avoir rêvé de Jarod. Comme si son frère tentait de communiquer avec lui par-delà l'océan… De lui dire désespérément quelque chose…

De l'appeler ?

Quand ils étaient petits, les deux frères s'étaient inventé un don magique, qui les liait au-delà du sang et des mots et leur permettait de ressentir les émotions de l'autre.

Non, non, non, se révolta-t-il. *Tu délires.*

Il caressa doucement la main fragile de sa mère. Depuis quelques mois, la pauvre femme se décharnait. Personne n'avait su la guérir. Le curé considérait les 41 ans comme un seuil critique chez les femmes. Le départ de Jarod était un argument supplémentaire pour expliquer son mal. Les mères étaient tellement sensibles !

En dépit des inquiétudes qui le rongeaient, Abraham avait tenu bon pour elle. Il souriait. Affabulait. Il y a une semaine, pris d'une soudaine impulsion, il avait glissé entre les doigts de sa mère fiévreuse un caillou ramassé dans la cour et, en forçant son enthousiasme, avait déclaré : « Jarod t'envoie une pépite d'or ! » Des larmes de joie avaient roulé sur les joues de sa mère.

« Il a réussi, mon fils, avait-elle répété, ses phalanges osseuses crispées sur la pierre grise. Il a réussi ! »

Abraham ravalait son amertume. C'était lui qui restait à côté d'elle, mais les pensées de leur petite maman étaient toujours tournées vers l'aventureux aîné : Jarod, le fils prodige, Jarod le héros…

Jarod décrit comme le prisonnier d'un monstre à Nacarat, peut-être mort entre ses mains…

Arrête, se commanda-t-il. *Ce sont des inventions.*

Mais comment cette personne a-t-elle obtenu ton adresse ? insista une voix en lui-même.

Il vérifia le cachet. L'enveloppe était estampillée des tampons de Nacarat. Le courrier était abîmé, taché, comme s'il avait voyagé par-delà de grandes distances et vogué sur un océan.

Qui aurait fait une plaisanterie aussi coûteuse ? Et dans quel but ?

Mais si c'était la vérité ?

— Abraham… murmura sa mère.

Il revint à elle, serra délicatement entre ses doigts la main molle.

— Oui ? balbutia-t-il.

— Tu me disais… avoir des nouvelles… de Jarod ?

— Oui ! s'exclama-t-il. Bien sûr que oui ! Jarod nous a écrit. Il a trouvé un fleuve d'or qui ruisselle dans un canyon rouge, à Nacarat. Il a extrait de nombreuses pépites et va nous en envoyer prochainement.

La bouche mince de la femme esquissa un sourire exténué.

— Jarod… souffla-t-elle. Jarod…

— Il nous rendra riches. Plus riches que les Kessel. Nous pourrons racheter leur manoir !

— Jarod…

Sa respiration siffla. Se suspendit. Sa main s'alourdit dans celle d'Abraham et sa tête s'enfonça plus encore dans l'oreiller. Une mèche de cheveux glissa sur son front trempé de sueur.

— … est un héros, exhala-t-elle.

Et elle mourut, son petit sourire aux lèvres.

Abraham se figea d'horreur. Un long frisson lui parcourut l'échine. D'un coup, le poids de ces trois dernières années lui tomba dessus. La chambre misérable avec son lit en fer, sa chaise en paille et la table graisseuse sur laquelle n'était posée qu'une carafe ébréchée, devint floue à travers ses larmes.

Il était resté pour sa mère et maintenant, elle n'était plus là. Jarod était peut-être mort aussi. Il était seul. Atrocement seul dans ce manoir étranger. Sans mère. Sans frère.

Abraham était né à Fraora. C'était ses arrière-grands-parents qui avaient été embarqués depuis leurs terres écrasées de soleil pour venir jusqu'ici en bateau, dans ce pays pluvieux, fouetté par le vent froid et les embruns, avec ces nuages qui filaient à toute allure dans le ciel. Depuis sa naissance, la famille d'Abraham servait les Kessel. Il n'avait connu que cela. Puis quand son frère était parti en claquant la porte pour embrasser la carrière de pionnier à Nacarat, lui était resté, à servir encore, sa mère, ses employeurs. Pour quoi faire ? Pour quelle raison ?

Pour toi, pensa-t-il avec chagrin en caressant le bras de sa mère.

Il éclata en sanglots.

*

La mère d'Abraham fut inhumée derrière la chapelle du terrain des Kessel, dans un petit carré de terre entouré de belles pierres. Une herbe verte et grasse ondulait autour des croix, poussée par la bise. Le caveau en granit des Kessel, protégé par des grilles en fer forgé, se dressait un peu plus loin, entre deux gargouilles.

Tout était gris, morne, le ciel semblait peser des tonnes et le crachin crépitait sur les parapluies.

Gautier Kessel, qui avait vu naître Abraham, lui pressa l'épaule tandis que le jeune homme contemplait la terre retournée.

— Toutes mes condoléances, dit-il.

Abraham, d'une voix atone, lui répondit sans le regarder :

— Je veux démissionner.

*

Il n'y eut pas de larmes quand Abraham quitta le manoir à peine une semaine plus tard, toutes ses affaires sur le dos. La famille Kessel l'accompagna jusqu'aux grilles. Il y eut une poignée de main, rapide, mais sincère. Les filles du comte l'étreignirent une seconde. Puis ce fut tout. Il était parti. La maison où il avait grandi rapetissa dans son dos, avant de disparaître derrière les arbres au premier virage. Il ne pleura pas. Il se sentait vide, les yeux cernés par le deuil. Au fond, le manoir n'avait jamais été chez lui. Les chevaux de course qu'il aimait tant appartenaient à un autre. Il servait le comte, sa femme, ses filles… Son destin était ailleurs. À Nacarat ?

Qu'avait ressenti Jarod, quand il était parti ? Son départ avait été très différent. Les frères ravalaient leurs larmes, comme les deux jeunes coqs qu'ils étaient. Jarod avait 21 ans ; Abraham, 18. Leur mère pleurait ouvertement. Ils étaient restés longtemps dans les bras les uns des autres, front contre front, à s'étreindre les épaules, à mélanger leur souffle. Quand ils s'étaient séparés, le regard de Jarod s'était appesanti sur lui, lourd de sens : « Viens, toi aussi. » Abraham s'était senti déchiré jusqu'au plus profond de lui-même, écartelé entre sa mère et son frère. L'espace de quelques secondes, de furieuses pensées s'étaient agitées sous son crâne, comme des vents contraires. Il avait finalement secoué la tête, de façon presque imperceptible. Jarod avait souri. Sa main était venue fourrager dans ses cheveux crépus – Abraham détestait quand il faisait ça ! Ils n'avaient que trois ans d'écart ! Puis il s'était détourné et c'était la dernière fois qu'ils l'avaient vu.

Abraham avait mémorisé ce moment dans tous ses détails. Le soleil oblique qui couchait les ombres des peupliers sur la route, la silhouette de son frère, chemise blanche et pantalon noir, son allure déterminée. Il s'en allait à l'aventure, les poches quasiment vides. En cet instant, Abraham avait ressenti le puissant désir de s'élancer à sa suite. Mais il était resté, les doigts cramponnés à ceux de sa mère, qui se tamponnait les yeux avec sa manche.

« Jarod va devenir un héros », avait-elle professé.

*

Accoudé au bastingage du navire en partance pour Nacarat, Abraham contempla pour la dernière fois les rivages familiers de son enfance. Il imaginait Jarod heureux et exalté, sur ce même bateau, trois ans auparavant. Lui se sentait malade. Une lourde pierre pesait dans son ventre. La mort de son père, le départ de Jarod et, maintenant, le décès de sa mère avaient ébranlé la forteresse familiale. Il aurait pu se laisser couler… Mais Jarod avait besoin de lui ! Désormais, c'était à lui d'être fort. Il lui fallait endosser ce rôle de chef de famille… même s'il n'était plus qu'un orphelin.

Non…

Il inspira à fond l'air mouillé d'embruns. Des souvenirs chargés d'émotions lui revinrent. Un sourire frémit sur ses lèvres. Quand ils étaient enfants, Jarod et lui marchaient au bord de la falaise, les yeux rivés sur la mer scintillante, et ils rêvaient aux contrées merveilleuses qui se trouvaient derrière l'horizon salé. Jarod tendait le bras.

« Un jour, nous explorerons le Nouveau Monde ! »

Comme Abraham approuvait farouchement, alors. Il y croyait. Follement.

Et puis le soir, avant de dormir, ils se racontaient à voix basse des histoires de Nacarat, colportées par les voyageurs. Ils avaient l'impression de tout savoir, de tout connaître, sans avoir jamais posé le pied en dehors de Fraora. Comme Kessel voulait des serviteurs lettrés, ils avaient eu tous les deux un précepteur, le même que celui des filles Kessel, et leurs cours préférés portaient sur la « ruée vers la magie ».

Abraham pouvait réciter l'histoire du Nouveau Monde par cœur. On avait découvert le continent de Nacarat deux siècles auparavant. Au gré de leurs explorations, les colons avaient édifié des villes et dessiné la carte de plusieurs États. Mais plus ils s'enfonçaient au centre du continent, et plus le péril s'intensifiait. Les terres rouges et sauvages étaient peuplées de monstres.

Abraham adorait cette partie de l'histoire.

En cachette des adultes, il échangeait avec les filles Kessel des gravures découpées dans les journaux qui représentaient des explorateurs taillés en pièces par des créatures de cauchemar. Ces tragédies avaient paradoxalement révélé la plus grande richesse de Nacarat : les greffes. Se greffer les organes des monstres du Nouveau Monde octroyait aux porteurs des pouvoirs extraordinaires.

Comme souvent dans les grandes découvertes, la première greffe avait été accidentelle : des soulards s'étaient amusés à enfoncer des canines de coyote dans les gencives d'un de leurs amis édenté, endormi par l'ivresse. À son réveil, l'homme s'était mis à pousser des cris incontrôlables, jappements, hurlements, aboiements perçants. Il n'avait plus jamais parlé, mais au crépuscule et à l'aube, il était pris d'une frénésie qui le forçait à des envolées aiguës et des glapissements rauques. Son chant donnait l'étrange illusion d'un chœur à douze voix.

L'Histoire s'était beaucoup amusée de ce premier cas. La greffe suivante, en revanche, avait déclenché la véritable « ruée vers la magie ».

Au terme d'une complexe opération de plusieurs heures, celui qu'on baptiserait par la suite Christopher « Wind » Curtis s'était fait greffer un poumon de bête. L'organe l'avait doté du pouvoir des vents : il soufflait des ouragans. Devenu en l'espace de quelques semaines à la fois surpuissant et célèbre, il était mort assez vite, car la nuit, il devait se sous-oxygéner et respirer lentement à travers un chiffon pour ne pas succomber à son propre pouvoir. Cet homme était devenu une légende aux yeux de tous et bien sûr des enfants émerveillés qu'étaient Jarod et Abraham. Tous les deux avaient admiré des tableaux et des fresques à son effigie.

On y voyait ses poumons, représentés comme deux cyclones dans sa cage thoracique ouverte.

Suite à l'extraordinaire ascension de Christopher « Wind » Curtis, Nacarat devint une zone très convoitée : terre de mystère aux ressources fantasmées, de nombreux mythes se répandaient dans tous les États et jusqu'à l'Ancien Monde. De grandes vagues migratoires commencèrent. Les chercheurs de magie affluèrent par bateau.

Cette immigration massive en provenance du monde entier fit émerger le terme de la « fièvre de la greffe » ou « ruée vers la magie ». La démographie de Sagarmatah, premier État conquis et situé au bord de l'océan, explosa. De deux mille résidents à l'origine, elle passa à plus de trois cent mille en à peine cinq ans. Des entreprises, des restaurants et des hôtels y poussèrent de façon anarchique. Le port débordait d'embarcations et les lignes de chemin de fer ainsi que l'agriculture s'y développèrent.

Les légendes locales de pionniers ayant subitement acquis des dons démentiels aidaient à conserver la motivation des colons intacte. Malheureusement, au fur et à mesure, les greffes devinrent moins attrayantes. Leurs pouvoirs bizarres, finalement peu utiles, ne faisaient plus rêver. Les rejets étaient fréquents. Les aventuriers mouraient sur les tables ensanglantées des chirurgiens amateurs. Et surtout, le phénomène de « revers » était désormais bien documenté : la nuit, la magie de la greffe se retournait contre son porteur. Beaucoup furent dépassés et, comme le célèbre Christopher « Wind » Curtis, décédèrent bien vite d'une spectaculaire malédiction.

Un nouveau rêve succéda pourtant à ces petites et grandes désillusions. En effet, dans le Nouveau Monde un territoire demeurait insoumis, un État vierge, sauvage, riche et fertile : Symphonie. Là-bas, les organes d'espèces inconnues octroyaient des pouvoirs fabuleux, les sols regorgeaient de minerais, et les rivières charriaient de l'or…

Avant son départ, Jarod ne parlait plus que de cela : Symphonie, Symphonie, Symphonie, les couloirs du manoir résonnaient de ce nom, de ce rêve et de l'agitation de son frère.

Aujourd'hui, sur le pont de *L'Ondine*, Abraham s'apprêtait à marcher sur ses traces. Il se sentait curieusement à sa place. Jarod se trouvait par-delà l'océan. Il était vivant, c'était une certitude. Même le contenu de la lettre ne pouvait le priver de cet espoir-là. Si son frère était mort, Abraham l'aurait senti, à des milliers de kilomètres de distance.

Grâce à notre cœur siamois.

Il sourit un peu plus joyeusement.

Je serai bientôt à tes côtés.

Bien sûr, la lettre l'inquiétait, mais au moins, il agissait. Un avenir se dessinait devant lui. Dans l'Ouest, il changerait, il deviendrait quelqu'un d'autre. De petit garçon docile et émotif, il s'endurcirait, regard aigu et cuir tanné. Il trouverait Jarod où qu'il soit. Il le sauverait même des griffes des monstres…

Les derniers voyageurs embarquaient. Les marins relevaient le pont. Des cris et des au revoir s'élevaient des familles restées sur le quai. Abraham n'avait personne à saluer, mais, emporté par l'exaltation du moment et par mimétisme avec les autres explorateurs, il tendit le bras et agita la main. Il disait au revoir à son ancienne vie, à sa mère sous la terre, aux murs du manoir où il était né. Il reviendrait – ou pas. Embarqué tôt le matin, il avait pu obtenir cette belle place au premier rang du bastingage. Au moment du départ, la nuée des passagers se pressa vers le bord en jouant des coudes. Il y avait beaucoup d'hommes, peu de femmes, des origines diverses, des ouvriers, des fermiers, des bourgeois. Puis comme le navire s'éloignait du quai, la frénésie retomba et Abraham, libéré de la foule qui le poussait, put respirer un peu mieux.

La traversée dura un long mois, pourtant Abraham ne s'ennuya guère. Dans le dortoir des cales régnait une fièvre collective. Tous se projetaient déjà dans un futur fait de magie, de richesse, et d'affrontements épiques contre les gardiens de l'Ouest. L'un d'eux parlait avec passion du chemin de fer que des colons faisaient grandir à travers les terres rouges. Le train était blindé d'acier et, tenant lieu de fenêtres, d'étroites meurtrières laissaient passer les canons des fusils. Le rail, en revanche, n'avait pas encore atteint Symphonie…

Curieusement, même si la nuit, quelques histoires couraient sur les dangers de la conquête de l'Ouest, afin de se faire frissonner dans le noir et la chaleur de la cale, on ignorait assez volontiers les périls pour se concentrer sur les rêves de gloire.

À aucun moment Abraham n'évoqua son frère. On parla bien de la Harpiste. Un homme prétendit qu'il allait la capturer pour en faire son esclave sexuelle. Mais dans l'ensemble, l'ombre de l'ogresse de Symphonie paraissait encore bien lointaine.

Enfin, ils arrivèrent en vue de Blue Malone, la ville côtière où débarquaient chaque mois des légions d'explorateurs. De nouveau, les voyageurs se pressèrent contre le garde-corps. Quelques jurons furent proférés, des coudes lancés dans les côtes. Abraham, comme la première fois, gagna sa place au premier rang du bastingage. Les fumées de la bourgade s'élevaient dans le ciel bleu. Des mouettes criaillaient au-dessus de leurs têtes. Les premières maisons se découpaient au bord de l'eau. Il faisait beau et tout semblait paisible.

Débarquer ne fut pas simple, au milieu du chaos des voyageurs et de leurs malles. Il n'y avait pas de quais et il fallait parcourir les derniers mètres les pieds dans l'eau pour rejoindre la plage. Abraham se félicita d'avoir emporté peu d'affaires. À sa démission, Gautier Kessel lui avait remis de maigres gages. L'argent tenait dans une petite bourse, cousue dans la doublure de sa veste.

Le jeune homme comptait s'équiper sur place, mais ses réserves d'argent étaient surtout destinées à la greffe. Obtenir un pouvoir lui serait utile pour affronter les dangers de l'Ouest. Il lui faudrait également une bonne monture, des armes et des munitions, et si possible une carte fiable des territoires répertoriés, ainsi qu'une boussole. En plus, il envisageait d'acheter de la nourriture, viandes séchées, salaisons, conserves, et de quoi bivouaquer. Il n'avait pas oublié les récits de son enfance et savait déjà que les pouvoirs alloués par la greffe ne fonctionnaient qu'au soleil.

Abraham dépassa les voyageurs qui pataugeaient dans l'écume sale, encombrés par leurs malles. Après tout ce temps passé en mer, marcher sur la terre ferme lui causait un léger vertige, mais il s'estimait heureux d'être arrivé à destination. Désormais, il se situait sur le même continent que Jarod. L'océan ne les séparait plus. D'une certaine manière, il était convaincu de respirer le même air que son frère. Écartant les bras, il inspira à pleins poumons. La brise charriait l'odeur saline du large. Il avait l'impression – peut-être romancée – de discerner déjà la poussière des terres sauvages. L'euphorie lui alluma les sens. Une confiance inébranlable charpenta ses muscles frémissants.

Après trois ans de séparation, il serrerait bientôt son frère dans ses bras.

Chapitre 2

Abraham contemplait avec compassion les nombreux avis de recherche cloués sur la façade en bois de l'hôtel. Il les voyait sans vraiment les voir. Tous ces visages… Des gens qui avaient été des enfants, aimés par une mère, un père, une sœur, un frère, un ami…, qui avaient nourri des rêves d'ailleurs, de richesse et d'aventures… Désormais, ils croupissaient dans les geôles de l'Opéra, ils erraient, perdus quelque part dans l'Ouest sauvage, ou bien leurs os s'effritaient lentement au soleil du désert.

Bravo, tu as le moral, se réprimanda Abraham.

Ses pensées étaient encore engluées dans les déceptions et les angoisses de ces dernières semaines. Le temps passait trop vite et son enquête piétinait. Personne ne semblait avoir entendu parler d'une Amy Starr ou d'un Jarod Winters. Courait-il après des fantômes, effacés de la surface du monde par la Harpiste ?

Au terme d'un long voyage à travers Nacarat, il avait rejoint quinze jours auparavant la ville de Frontières, à la limite de l'État de Symphonie. Tous ses espoirs reposaient sur ses habitants. Et s'il n'obtenait rien, il n'aurait plus qu'à se jeter à corps perdu dans le désert rouge, sur la piste refroidie de Jarod, et probablement s'y perdre et mourir.

Quel battant tu fais ! Pas étonnant que ta mère s'extasiait toujours sur Jarod et non sur toi !

Une femme s'approcha du tableau et Abraham lui jeta machinalement un coup d'œil. Elle tenait un avis de recherche entre ses mains tremblantes. Ses yeux s'égarèrent sur la multitude de visages. Elle déglutit, esquissa le geste d'épingler son papier, avant d'y renoncer, comme si cet acte à lui seul concrétisait la perte de l'être cher.

— Je vous aide ? demanda doucement Abraham.

La reconnaissance qu'il lut dans son regard lui fit mal.

Il décrocha deux portraits anciens pour les rassembler en haut du tableau et, à la place libérée, il fixa celui de la femme. Il représentait un homme, apparemment jeune, imberbe, avec des cheveux bien peignés au-dessus d'un visage en courbes lisses. Seul le foulard de cow-boy autour de son cou lui donnait l'allure d'un pionnier.

— Votre fils ? s'enquit Abraham.

Elle opina, voulut parler, s'étrangla sur un hoquet et brusquement, éclata en sanglots. Abraham l'attrapa gauchement par les épaules et l'amena contre lui. Elle pleura, la tête appuyée sur sa poitrine, et il dit dans ses cheveux :

— On les retrouvera.

Elle releva le visage, ses joues trempées de larmes, pour le considérer gravement. Enfin, elle s'écarta de lui en reniflant et confirma d'une petite voix :

— On les retrouvera.

Elle rassembla ses jupes dans une main et détala à grandes enjambées comme si rester plus longtemps auprès de cette constellation de personnes disparues la brûlait physiquement.

Abraham la regarda s'éloigner. Pourquoi restait-il planté là ? Il perdait son temps… Et du temps, Jarod n'en avait pas.

Allez, bouge, s'encouragea-t-il.

Courbant les épaules à son tour, il s'arracha du tableau des avis de recherche. Il s'assura seulement que le portrait de Jarod figurait toujours en évidence. Il l'avait dessiné de mémoire, tel qu'il le visualisait avant son départ. Peut-être avait-il changé ? Arborait-il une greffe voyante ? Avait-il fait pousser ses cheveux ? Sa barbe ? Comment le savoir ? Avec le temps, Jarod devenait une énigme…

Il est mort. Cette fille te l'a écrit.

— Non, grommela-t-il à voix haute.

Elle avait tort et il le prouverait. Il pourrait revoir Jarod, lui parler, le serrer dans ses bras et, ensemble, pleurer la disparition de leur mère.

À cette heure, l'avenue principale de Frontières était encombrée. Des chariots brinquebalaient sur leurs roues cerclées de fer. Des cavaliers galopaient vers des destinations inconnues. Les autres allaient à pied sur les trottoirs en planches. Dans cette ville régnait une effervescence permanente. Même les bâtiments poussaient de terre comme des champignons. C'était toutefois en apparence une ville de l'Ouest tout à fait classique : des trottoirs en bois longeaient des maisons cubiques, avec des façades en planches, peintes en bleu, jaune pâle ou mauve, une unique fenêtre près du toit, et une enseigne qui se balançait en cliquetant. Ici, on ne manquait de rien : bureau de poste, comptoir, boutique de matériel, armurerie, saloon, hôtels, dancing, écuries… Par ailleurs, contrairement à Fraora où les personnes noires étaient rares, Abraham n'avait pas à supporter le regard des autres. Plusieurs cow-boys partageaient les mêmes origines que lui, et ils portaient les vêtements de l'Ouest, chemise à carreaux, jean bleu pâle, stetson sur la tête et revolver à la ceinture. Ceux qui attiraient les regards et les rumeurs, murmurées d'une oreille à l'autre, c'étaient les greffés.

Abraham en croisa un, vêtu d'un manteau blanc dont les manches étaient ornées de rayons de soleil brodés. Un masque représentant un soleil souriant dissimulait son visage, mais une lumière aveuglante brillait par les trous des yeux et de la bouche, et Abraham détourna rapidement le regard.

Au bout de la rue, il coupa par la droite, dépassa un nouveau greffé dont les mains étaient couvertes d'écailles de serpent vertes et jaunes, puis il longea le magasin général, ses caisses et ses tonneaux, pour arriver devant l'armurerie qui jouxtait le bureau du shérif. Il s'était payé un colt et un fusil à pompe dès ses premiers jours à Nacarat, mais ne s'en était pas servi. Il avait même pris l'habitude de les laisser à l'hôtel. Et son superbe mustang, As-de-Pique, qu'il avait payé une petite fortune, restait à manger du foin à l'écurie.

Était-ce de la lâcheté ?

Je dois me préparer ! répliqua-t-il à sa conscience.

Sur le mur du bureau du shérif, d'autres portraits composaient un tableau de chasse. Quantité de monstres y étaient croqués : humains, animaux, végétaux, toutes sortes de têtes mises à prix. La Harpiste figurait en évidence, au centre, une simple silhouette élancée vêtue d'une robe longue et blanche, une harpe à la place de la tête. Tracé avec élégance, le faramineux chiffre de « 1 000 000 $ » attisait les convoitises et la crainte. Des gens s'étaient acharnés sur le dessin. Le portrait était lardé de coups de couteau. Des crachats séchés formaient des taches en relief sur le papier.

Abraham fronça les sourcils à sa vue, comme chaque fois. Cela semblait ridicule. Une femme à tête de harpe. Jarod ne pouvait pas être victime d'un stupide croquemitaine. C'était absurde… On racontait qu'elle glissait dans la poussière, comme un fantôme dans sa robe blanche, environnée des derviches et des danseurs qui tournoyaient autour d'elle. Sa musique pouvait hypnotiser ses victimes. Elle les attirait comme une sirène. Beaucoup de citoyens, à Frontières, dormaient en se bouchant les oreilles à la cire, mais personne ne savait si ce stratagème était efficace contre elle.

« Sa musique parle à l'âme », disaient les gens.

Abraham haussa les épaules. Vraie ou fantasmée, malgré les vagues continues d'immigrés, Symphonie était restée un territoire insoumis, berceau des monstres.

Comme il se détournait du portrait, il remarqua que l'activité dans la rue ralentissait. Les conversations s'interrompaient. Les gens cessaient d'aller et venir et regardaient quelque chose, à l'autre bout de l'avenue.

— Qu'est-ce qui se passe ? demanda Abraham.

Quelqu'un se tourna vers lui, l'index sur la bouche. Intrigué, Abraham se tut. Une longue minute de silence respectueuse gelait progressivement la ruelle.

Les passants s'étaient répartis des deux côtés des trottoirs, laissant libre tout l'espace de la rue. Dans ce silence de cathédrale montaient le bruit des sabots d'un cheval et le raclement des roues d'un chariot. L'animal tourna au coin de la rue. Il tirait un corbillard noir, et derrière lui suivait un petit groupe d'hommes et de femmes endeuillés. Le calme semblait s'approfondir à leur passage. À Symphonie, où toute musique était suspecte, les enterrements se déroulaient dans le plus grand des silences. C'était une manière de respecter le défunt et de lui rendre un dernier hommage.

Abraham, comme tous les autres, les regarda passer, la bouche sèche et le cœur battant. Une idée folle martelait ses tempes.

Et si c'était Jarod, dans ce cercueil ?

Il se maîtrisa pour ne pas bondir parmi les personnes du cortège funèbre afin de les interroger. Était-ce le corps de son frère qu'on rapatriait de Symphonie ?

Arrête ! s'ordonna-t-il. *La coïncidence serait folle.*

Mais depuis son arrivée à Nacarat, Abraham voyait Jarod partout. Il entendait même sa voix, parfois…

Arrête ! se répéta-t-il plus sévèrement.

L'attelage le dépassa. Des hommes et des femmes qui l'accompagnaient émanait une tristesse digne, et même une forme de dureté. Abraham remarqua avec un temps de retard que certains – peut-être tous – étaient greffés : un pistolero avait échangé son bras droit contre une longue carabine fixée au coude ; une rose s'épanouissait dans l'œil d'un homme élégant, vêtu d'un gilet aux coutures dorées ; une jeune fille noire, encore adolescente, portait des gants énormes qui dissimulaient assez mal des mains disproportionnées ; un peu plus loin, un homme s'efforçait de suivre le cortège en claudiquant sur des cannes, un aigle bleu perché sur son épaule ; deux femmes fermaient la marche ; elles se tenaient par la main : une grande blonde élancée dans une veste cintrée et une fille plus petite, brune, vêtue d'une chemise à carreaux rouge et noir.

— Je me les ferais bien toutes les deux, marmonna un homme à la droite d'Abraham.

Abraham ne réagit pas à cette obscénité. Ses yeux étaient magnétisés par le corbillard. Il s'agissait forcément d'un pionnier mort au combat dans Symphonie. La mise en scène, les greffes, tout le hurlait dans l'extraordinaire silence.

Enfin le chariot tourna à l'angle de la ruelle. La tension qui avait paralysé les gens de part et d'autre des trottoirs retomba d'un coup. Tout le monde retourna à ses occupations habituelles. Les conversations reprirent. Quelqu'un rit. Un tonneau se renversa avec fracas dans la rue. Abraham eut l'impression d'avoir plus chaud. Il respirait mieux. Ses pensées affolées se calmèrent. Il avait brièvement perdu la tête, mais désormais, il en était certain, ce n'était pas Jarod qui se trouvait dans ce cercueil.

Passablement déprimé, il retourna à l'hôtel-saloon où il louait une chambre. Il avait envie d'un remontant, mais il entra d'abord à l'écurie pour s'enquérir de l'état d'As-de-Pique. À la vue de son cheval, une douce chaleur se répandit en lui. Son mustang était bien son seul motif de bonheur dans ce pays maudit.

Il s'approcha du grand mâle, noir et luisant, et caressa son encolure. L'animal, avec sa tache blanche en forme de pique sur le front, lui en rappelait un autre…

Les Kessel possédaient une écurie de chevaux de course, bâtie sur la falaise de Fraora. La famille d'Abraham se dévouait au service de leurs employeurs au sein du manoir, faisant la cuisine, le ménage et d'autres tâches peu exaltantes, alors que le garçon aurait tant voulu travailler aux écuries. Enfant, elles lui apparaissaient comme un temple.

Il se souvenait de sa première fugue, tout seul cette fois. Jarod ne l'avait même pas encouragé ! Au petit matin, il s'était faufilé dehors, dans le parc. Il avait 5 ans. Peut-être 6. Il marchait pieds nus dans la rosée. Sûrement était-ce cela qu'avait ressenti Jarod en les quittant : un sentiment de liberté intense, dont il ne faisait que rêver jusqu'alors, derrière les grandes fenêtres closes du manoir.

Il était monté tout seul sur la falaise, vers les beaux chevaux qu'il voyait courir au loin… Discret et agile comme une ombre, il avait échappé à la vigilance des palefreniers pour se glisser à l'intérieur d'un box. Son cœur de petit garçon s'était emballé à la vue du mastodonte : c'était une créature mythologique, un rêve incarné, et pourtant il était là, vivant, charnel, réel devant lui. Des reflets bleus se dessinaient sur sa robe de satin noir. La lumière se déplaçait sur ses flancs, s'étirait ou se recroquevillait au rythme de sa respiration.

Abraham s'était avancé, ses petites mains tendues avec avidité, mais même les bras levés, il n'était pas parvenu à toucher la crinière. Ses phalanges avaient simplement effleuré le large poitrail orné d'une étoile blanche et parcouru de grosses veines gonflées. Sous la pulpe de ses doigts, il avait senti la puissance des muscles prêts à se déchaîner.

Il avait été heureux.

Le cheval, c'était son rêve à lui.

Chapitre 3

Quittant l'écurie, Abraham se rendit au saloon. Il poussa les portes à double battant de l'établissement. Une vague de moiteur, d'odeurs de bière, de tabac et de transpiration le gifla mollement. Quelques regards curieux se dirigèrent vers lui avant de s'en détourner. Il n'était arrivé que deux semaines auparavant, mais la plupart des clients connaissaient déjà son histoire. On le surnommait même « le Frère ». Il effleura le bord de son chapeau pour se donner une contenance, puis s'avança entre les petites tables où les cow-boys jouaient au poker ou parlaient bruyamment.

L'établissement était bondé. Il fallait se faufiler entre les corps sentant la sueur et le cheval, traverser des nuages de fumée, des bouffées d'haleine chaude aux relents d'alcool. On recevait des coudes dans le ventre, un coup d'épaule vous faisait valdinguer dans un voisin.

Quelques greffés se pressaient dans la foule. On les reconnaissait facilement à leur excentricité : un tel s'était bandé le visage avec des tissus serrés sur lesquels des taches de sang s'épanouissaient en dessinant des motifs compliqués ; un autre s'était attaché l'oreille au poignet avec une chaînette dorée ; un troisième portait une énorme muselière en acier… Dans ce chaos, les serveuses se déplaçaient agilement, dix à quinze chopes de bière en équilibre sur le plateau qu'elles tenaient à bout de bras.

Un long bar occupait le côté droit de la salle. Abraham s'en approcha. Sans qu'il n'ait rien à demander, la barmaid poussa vers lui deux chopes de bière. Une pour lui, à laquelle il toucherait à peine, et l'autre pour le soulard qu'il allait questionner, comme tous les jours depuis son arrivée à Frontières.

Abraham jeta son dévolu sur le trappeur greffé qui dissimulait son visage et ses bras sous des bandages. Il ne l'avait encore jamais vu.

— Bonsoir, l'ami, salua-t-il d'un ton affable.

Des yeux cernés s'écarquillèrent entre les bandelettes crasseuses.

— Je t'offre un verre en échange de quelques questions.

L'autre le dévisagea muettement. Une lassitude immense envahit Abraham. Il avait déjà interrogé tant de gens au sujet de son frère, sans rien obtenir de concret.

Il s'assit à la table du trappeur, déposa les deux bières et sortit de sa poche un dessin de son frère. Il étala la feuille froissée à côté des pintes.

— C'est Jarod, mon frère aîné, expliqua-t-il. Est-ce que tu l'as déjà vu ? Il a pu changer par rapport à ce dessin, mais il devrait me ressembler. Il a un tatouage sur l'épaule droite, qui représente une boussole indiquant l'ouest.

L'homme étudia le papier et secoua la tête en silence.

— Tu es sûr ? insista Abraham. Regarde encore…

L'autre ne daigna même pas réétudier le portrait. Abraham soupira, reprit les bières et repartit en quête de meilleurs renseignements.

— Frère ! appela une voix féminine.

Étendue sur le piano noir, dans sa robe grise en loques, une jeune femme lui faisait signe. Abraham reconnut la danseuse Lala. De guerre lasse, il se rapprocha d'elle. Les gens l'évitaient à cause de son ancien métier et de ses ballerines rouges qu'elle ne quittait jamais. Certaines personnes prétendaient que ses pieds étaient greffés, d'autres qu'elle servait la Harpiste. Elle pouvait faire fuir les plus couards juste en se dressant sur les pointes ou en esquissant un pas chassé. Mais surtout, elle était en permanence accompagnée d'une panthère noire. Lala expliquait à qui voulait bien l'entendre qu'il s'agissait de son ancien compagnon, avalé par le revers de sa greffe, et qui s'était transformé pour toujours en animal.

— Abraham, dit-elle en lui souriant, viens plutôt me voir, je suis de meilleure compagnie !

D'une main, elle jouait avec ses colliers. Son afro blanc encadrait son visage noir. Parfois, elle portait un chapeau haut de forme, mais pas ce soir.

— Il avait quoi, ce type ? demanda Abraham. C'est un greffé, non ?

— Même pas ! On l'a utilisé pour explorer Symphonie. Il a la langue coupée et les oreilles crevées… Certaines personnes croient que cela repousse la Harpiste. Comme si quelque chose d'aussi cruel pouvait lui déplaire !

— Tu es encore en train d'inventer !

D'un mouvement gracieux, Lala se redressa en position assise. Ses pieds chaussés de rouge effleurèrent les touches du piano et l'instrument émit une note grave. Quelques têtes se tournèrent vers eux, désapprobatrices. Le piano avait été installé dans le saloon à son ouverture, quand Frontières avait été construite, mais depuis qu'on connaissait les sortilèges de Symphonie, en jouer était tabou.

— Lala, grogna un homme. Fais gaffe…

Aussitôt, la panthère noire qui sommeillait sur le plancher redressa la tête. Elle avait entendu la nuance de menace dans la voix du soulard. L'homme retourna à sa bière en maugréant et Lala, sautant à terre, empoigna le fauve par les joues. Souriante, elle se mira dans les yeux dorés de la bête.

— Ajar, mon noir amour, je ne crains rien. Je suis une panthère moi aussi ! Ne l'oublie pas.

Elle se redressa pour faire face à Abraham.

— Tu n'es pas d'accord ?

Il haussa les épaules, lorgnant le fauve qui poussait un grondement très bas. Était-ce un grognement ou bien un ronron satisfait de félin ?

— Tu inventes, répéta-t-il. Comme d'habitude.

— Je suis une poète ! rétorqua Lala en riant.

Elle épousseta le manteau d'Abraham, rajusta son chapeau d'une main experte, à la fois séductrice et goguenarde.

— Et toi, mon cher ami, quand est-ce que tu passes sous le scalpel du chirurgien ?

— Pour quoi faire ? Tu veux que je me change en animal ? Tu m'adopterais, moi aussi ?

— En animal de compagnie ?

Elle feignit de réfléchir.

— Cela dépendra de ton apparence, alors ! Un loup me plairait bien.

— Si seulement on pouvait choisir son pouvoir, rêvassa Abraham.

— Bien sûr que non ! C'est ce qui fait le charme de l'Ouest. Des surprises ! Toujours des surprises… La même greffe sur deux personnes différentes peut donner des résultats inattendus ! J'ai connu un homme qui s'était fait greffer une pince de crabe à la place du pouce. Il pensait probablement devenir un redoutable combattant, mais cela lui a simplement octroyé le don de rater tous ses plats. Ils ont un goût dégueulasse d'eau de mer ! Qui aurait pu imaginer un tel revers ?

— Oui, qui d'autre à part toi ? s'amusa Abraham. Tu peux être sérieuse une minute ?

— Pourquoi je le serais ?

— Je veux savoir une chose. C'est une vraie question.

— D'accord, d'accord. Pose-la !

— Tu n'as jamais pensé à te faire greffer ? Avant… Heu… « l'accident » de ton compagnon.

— Moi ? Pourquoi je me ferais greffer alors que je peux danser ? La Harpiste ne me fera jamais de mal. Si je croise sa route, elle m'applaudira. Je serai l'étoile de ses petits spectacles malsains.

Elle leva les bras et joignit les mains. Elle tourna sur elle-même en un déplaisant mouvement mécanique.

— Tu vois ? Elle me gardera en vie, comme la figurine d'une boîte à musique, pour son plaisir personnel.

— Arrête ça !

Abraham regarda autour de lui avec inquiétude. Pour certains, de tels propos relevaient du blasphème. La panthère veillait, cependant.

— Tu n'as qu'à m'accompagner, reprit-il quand il se fut assuré que personne ne les écoutait. Tu seras mon escorte.

— Une ballerine de combat ! se réjouit Lala.

Puis elle secoua la tête.

— En vérité, je préfère le public humain à celui des monstres.

Elle sourit.

— Mais sinon, je serais venue avec toi ! Tu es sûr que tu veux laisser cette bière se réchauffer ? ajouta-t-elle en minaudant.

Vaincu, il lui tendit la chope. De toute façon, il en avait assez de chercher des informations. Lala avait raison. Il n'avait plus le choix.

— Il me faudrait un groupe, dit-il quand même, un gang, une meute, un bataillon d'hommes et de femmes dotés de superpouvoirs.

— Une panthère ?

— J'ai vu passer des chasseurs de primes tout à l'heure, dit-il, ignorant l'interruption. Ils venaient de perdre l'un des leurs.

— Et pourquoi recruteraient-ils un bleu comme toi ?

— Alors je partirai seul ! rétorqua-t-il, agacé.

Elle ne réagit même pas à sa provocation stupide. Il racontait n'importe quoi, tandis qu'elle sirotait sa bière. Les premiers jours, il s'était imaginé qu'il partirait en quête de l'Opéra avec son cheval et son fusil, mais il avait rapidement compris que seuls les greffés s'aventuraient plus d'une journée dans Symphonie, et encore, pas tout seuls.

— J'allumerai une petite bougie pour toi, dit Lala. Pour le salut de ton âme. Je l'allumerai le premier soir de ton départ, bien sûr !

Abraham soupira, excédé. Lala le salua avec son verre, sourit et cligna de l'œil.

— Abraham-chou, dit-elle gentiment. Fais-moi plaisir. Ne meurs pas dans l'Ouest. Fais-toi greffer. Et évite la pince de crabe, O.K. ?

Chapitre 4

Aux premières heures du jour, Abraham quitta son hôtel. La bourse contenant le reste de sa fortune appuyait contre ses côtes, sous son manteau. Il n'avait pas dormi de la nuit, se tournant et se retournant dans son lit, à ressasser les petites piques de Lala. Au-delà de ses plaisanteries et de ses provocations, elle avait raison. Il avait déjà trop attendu. Ses recherches ne donnaient rien. Aucun gang de chasseurs de primes ne le recruterait. Il devait faire ses preuves, et pour s'aventurer dans Symphonie, se faire greffer.

Ce matin, il s'était forcé à manger, mais la nourriture pesait sur son estomac, et il devait reconnaître qu'il se sentait terriblement angoissé. Tout pouvait arriver à l'issue de l'opération. Dans le meilleur des cas, la greffe prenait. Il serait irrémédiablement changé, portant dans son corps l'organe étranger d'un monstre, et toutes les nuits, il combattrait un revers plus ou moins handicapant. Néanmoins il n'était pas non plus à l'abri d'un accident. Beaucoup d'aspirants à la magie succombaient à l'opération : les anesthésies à l'éther ou au chloroforme plongeaient certaines personnes dans un sommeil éternel ; d'abominables hémorragies vidaient les autres de leur sang ; même après un succès, le patient pouvait subir un rejet et mourir peu de temps après… Et tout ça, c'était compter sans le revers, bien sûr, qui emportait les moins vaillants une semaine ou deux plus tard après avoir acculé le nouveau greffé dans une lutte de cauchemar.

Abraham s'arrêta pour laisser passer une diligence. Décidément, il saisissait chaque petit prétexte pour différer sa confrontation avec le chirurgien. Lala lui avait recommandé un médecin qui exerçait à l'arrière de l'atelier d'un bottier. Quelques praticiens avaient pignon sur rue, mais ceux-là, Abraham n'avait pas les moyens de s'offrir leurs services. Lala lui avait certifié que son contact était sûr.

Après être passé deux fois devant l'échoppe, il finit par entrer. La tenancière nettoyait une paire de bottes, assise derrière son comptoir. Elle releva les yeux et le salua d'un signe de tête. La bouche sèche, Abraham n'arriva pas à se présenter. Sa question s'enroua dans sa gorge de façon pathétique. Elle poussa un soupir, se remit à graisser le cuir, et sans le regarder, demanda :

— Greffe ?

— Oui…

— C'est au fond.

Il se dirigea derrière les étagères couvertes de bottes de cow-boy. Un homme trapu et musculeux était assis sur un tabouret, devant une petite porte. Il lisait le journal. Deux énormes colts pendaient à sa ceinture et un gros chien noir s'ennuyait à ses pieds. À l'arrivée d'Abraham, l'homme leva le nez et le considéra avec une attention soutenue. Il avait un œil bleu et un œil brun. L'un des deux appartenait peut-être à un monstre de Symphonie…

— C'est pour une greffe ? demanda-t-il. Vous avez de l'argent ?

— Deux cents dollars, répondit Abraham.

— Je dois compter d'abord.

Il tendit une main large comme une patte d'ours. Au creux de sa paume, les billets paraissaient tout petits. L'homme compta deux fois avant de les lui rendre.

— Vous les donnerez au docteur, indiqua-t-il.

— Je peux le voir aujourd'hui ? Il n'est pas occupé ? Je peux repasser demain et…

Il commençait déjà à reculer.

— Non, allez-y, répondit le gros bras en lui ouvrant la porte. Il est en train d'opérer, mais comme ça, vous pourrez lui expliquer ce que vous voulez.

L'estomac d'Abraham effectua un petit saut quand il entra dans la pièce. Ce qu'il avait imaginé comme une salle d'opération était en réalité un cabinet crasseux. Sur les étagères s'alignaient des centaines de bocaux dans lesquels flottaient des organes boursouflés. Les outils avec lesquels le docteur pratiquait ressemblaient à des instruments de torture. Le chirurgien lui tournait le dos, penché sur une table en fer maculée de traces brunes. Ses quatre bras, deux normaux et deux greffés, travaillaient sur un corps avachi devant lui, garrotté avec des ceintures.

La porte claqua derrière Abraham, l'empêchant de reculer.

Il resta là, sidéré, incapable de bouger ou d'annoncer sa présence.

— Je suis bientôt à vous, dit le chirurgien sans le regarder. Approchez si vous voulez. Je tiens à ce que mes patients sachent dans quoi ils mettent les pieds !

Abraham s'exécuta. Il avait l'impression d'évoluer dans le cauchemar d'un autre et que ses jambes se mouvaient toutes seules. L'odeur du sang, l'exposition des organes à l'air vicié, lui soulevaient le cœur. Remontant à la hauteur du chirurgien, il remarqua les outils que l'homme s'était greffés à la place des doigts afin d'optimiser sa pratique : scalpels de toute taille, aiguilles pour repriser les chairs, ciseaux, crochets, curettes, pinces... Abraham comprit pourquoi Lala l'appréciait.

— Je ne veux pas vous déranger, croassa-t-il.

— Vous pouvez m'assister, et comme ça, je vous explique en même temps.

Il se mit à commenter ses gestes. Il travaillait avec agilité et une étonnante douceur, ses doigts en métal s'enfonçant dans les tissus visqueux de son patient. Le garçon dodelinait de la tête. Les narcotiques le maintenaient dans un état comateux en dépit des chairs ouvertes. Ses yeux papillotaient, vitreux, avant de se refermer. Même la lumière des lampes à pétrole ne dissimulait pas sa pâleur de craie, lubrifiée de sueur.

— C'est une greffe de quoi ? demanda Abraham d'une voix blanche.

— Des ouïes, prélevées sur un poisson géant de Symphonie.

— Alors il pourra respirer sous l'eau ?

— Je l'ignore, mais oui, peut-être ? C'est le pouvoir que mon patient attend en tout cas. Vous savez que l'Ouest a de l'humour. Il va peut-être se mettre à chanter comme une sirène ou bien son revers le transformera en flaque !

Nauséeux, Abraham observa le chirurgien replier délicatement les lambeaux de chair sur le cou du garçon. Un sang gélatineux obstruait les ouvertures, incisées depuis le bas de la mâchoire jusqu'aux épaules. Le docteur les essuyait avec du coton. Sous ses doigts, les opercules se dilataient et se rétractaient, battaient comme des cœurs.

— Faisons un essai, dit-il à son assistant du jour. Passez-moi la carafe, s'il vous plaît.

La main tremblante, Abraham la lui tendit. Pinçant les narines du greffé, le chirurgien versa dans sa bouche un demi-litre d'eau claire. La poitrine de son patient se contracta en un spasme. Il poussa un râle et remua faiblement la tête – sans doute rêvait-il qu'il s'étouffait – avant de se détendre. Le liquide rosi par le sang suintait à travers les branchies et s'écoulait sur la table d'opération. Puis les ouïes s'ouvrirent en grand et un caillot gicla sur le sol.

Abraham réprima un haut-le-cœur.

— Le greffon doit s'adapter à son nouvel environnement, lui expliqua le médecin, et reprendre ses habitudes ancestrales au sein d'un organisme étranger.

Au bout d'une minute, les branchies expulsaient par petits jets réguliers l'eau que le chirurgien versait dans la gorge de son patient endormi.

— Je… vais prendre l'air, dit piteusement Abraham avant de s'éclipser précipitamment.

Il dut bousculer le gorille qui lisait à présent debout dans la boutique. Dehors, dans la pleine lumière du jour, Abraham vomit entre ses pieds à gros hoquets écœurants. Tout son courage s'était évanoui dans la pièce mal éclairée. Ses belles résolutions et son rêve d'altérité et de magie clapotaient dans la poussière au milieu des reliefs de son repas… En vérité, la greffe avait toujours été l'ambition de Jarod. En venant à Nacarat, Abraham s'était efforcé de faire sien ce désir, mais force était de constater qu'il ne parvenait pas à dépasser ses limites.

Je suis venu ici pour retrouver Jarod et non me faire charcuter par un boucher, pensa-t-il en s'essuyant la bouche. *Jarod n'aura rien gagné si moi je crève aussi connement.*

Il se redressa, encore frissonnant, le dos baigné d'une sueur glacée.

Je m'en fous, décida-t-il. *Autant jouer à la roulette russe ! Je ferai sans greffe.*

Il ne retourna pas dans le cabinet du chirurgien et se mit à marcher d'un pas allongé dans Frontières. Il allait seller As-de-Pique, prendre son fusil à pompe, beaucoup de nourriture et d'eau, et enfin, il se lancerait à la recherche de l'Opéra. Lors de ses interrogatoires, il avait appris que le palais de la Harpiste se trouvait par-delà les montagnes bleues que l'on voyait à l'horizon. C'était un premier cap.

Il déambulait ainsi dans Frontières, plongé dans l'orage de ses pensées, et tourna sans réfléchir dans une petite ruelle sombre.

Deux silhouettes se faisaient face, à quelques mètres de lui, dissimulées dans la pénombre, un homme et une femme. La femme appuyait le dos contre le mur ; l'homme la surplombait, son bras passé au-dessus de son épaule. Ils se tenaient presque poitrine contre poitrine.

Abraham ralentit. Il était encore loin du couple et se demandait s'il était en train d'assister à une scène intime ou, au contraire, à une agression. Dans le premier cas, par pudeur, il se serait détourné d'eux et les aurait laissés à leurs affaires, mais il percevait l'électricité dans l'air. Il avait déjà vécu la violence des autres, des grands et des bandes, quand il était enfant. Il connaissait ce climat de menace inarticulée, avant le déchaînement des coups. Sans Jarod, Abraham aurait été rossé plus d'une fois. En cachette des Kessel, les autres serviteurs le surnommaient « le petit nègre ». Il chassa ces pensées pour se concentrer. Quelque chose, décidément, n'allait pas. La position de l'homme, dominatrice, sa proximité envahissante, l'environnement sordide…

Abraham poursuivit sa route à pas lents, sans cesser de les observer.

La voix de l'homme lui parvint. Il ne prenait pas la peine de chuchoter, sûr de son droit.

— Tu ne m'empêcheras pas de l'avoir !

La femme ne répondit rien.

Abraham ne voyait pas son visage, caché par le gros bras de l'homme, mais il discernait ses cheveux fins, d'un blond si clair qu'ils paraissaient blancs. Ses bras pendaient le long de son corps. Elle avait des mains délicates, aux doigts de pianiste, qui tenaient une cravache de façon lâche. Un fouet s'enroulait à sa taille. Une dresseuse de mustangs ? Elle était seule. L'homme l'avait attirée ou coincée ici, dans la ruelle. Si Abraham n'avait pas été aussi perdu dans ses pensées, il ne serait probablement jamais entré dans cet étroit passage empestant l'urine. Il accéléra le pas pour entendre la suite de la conversation :

— La Truie mérite une queue d'homme et pas ta langue de lesbienne défigurée ! Elle adore ça. Je me la suis déjà faite, tu sais ? Avant que tu mettes le grappin sur elle ! Son petit corps tout charcuté est un sac plein de mon foutre !

Abraham remarqua alors que sa grosse pogne tenait un revolver. C'en était trop !

— Je vous dérange ? lança-t-il d'une voix forte.

L'homme tressaillit et tourna la tête vers lui, sans lâcher la femme blonde. Il l'évalua d'un coup d'œil. Son expression s'assombrit, mais il ne daigna même pas le menacer de son arme. Il se contenta de grogner :

— Dégage, le nègre.

— Pas sans elle.

L'homme haussa les sourcils, vraisemblablement amusé par sa détermination.

— Et sinon, quoi ? demanda-t-il.

Il s'écarta de sa victime pour se diriger vers lui. Abraham ne put réprimer un petit frisson. Comme il l'avait pressenti, la violence allait éclater dans cette ruelle sombre et puante. L'autre était plus grand. Les muscles de ses bras saillaient sous ses manches de chemise roulées jusqu'aux biceps.

— Partez, vite ! lança-t-il à la femme.

Il se jeta sur son adversaire, à mains nues, espérant de tout son cœur que l'autre ne répliquerait pas avec du plomb, sans quoi c'en était fini de lui. Ses jointures s'écrasèrent sur la pommette de l'homme. La douleur lui traversa toute la main, suivie aussitôt du choc brutal d'un poing serré au creux de son estomac. L'impact lui fit décoller les talons du sol. Sa respiration se coupa.

Sa vue se brouilla alors qu'il cherchait son air, des larmes d'asphyxie au coin des yeux.

Bats-toi ! s'ordonna-t-il pourtant.

Il se défendit avec l'énergie du désespoir, à coups de poing, de coudes et même de tête. Leurs os se heurtaient avec des bruits sourds. L'autre gloussait, lui gémissait, perclus de toutes les douleurs qui le traversaient en grands éclairs blancs. Puis il se retrouva à terre, la bouche en sang, respirant difficilement par le nez, secoué de haut-le-cœur. Un coup de pied dans les côtes le renversa sur le dos. Il s'accrocha par réflexe à la cheville de son adversaire et mordit. Entre ses dents se répandit le goût écœurant de la sueur et du tissu sale, pourtant il verrouilla les mâchoires, provoquant, quelque part au-dessus de sa tête, un glapissement de douleur.

Ou peut-être ce cri n'était-il pas de son fait…

Car la femme, au même moment, décréta :

— Bon, assez rigolé.

Le hoquet de douleur ridicule qu'avait poussé le gaillard s'enraya en un hurlement d'effroi. Une ombre blanche recouvrit Abraham, encore tout étourdi. Un corps massif chuta à quelques pas de lui. Il cligna des paupières pour éclaircir sa vue, mobilisa ses forces pour se relever. Le cri de l'homme s'interrompit brusquement, remplacé par des bruits humides et des craquements d'os. Quand Abraham parvint enfin à se redresser à quatre pattes, une main sur sa tête comme si cela pouvait atténuer son vertige, il eut la vision hallucinante d'un énorme lion blanc en train d'avaler un bras humain. Il poussa un cri d'épouvante tandis que l'animal le scrutait de ses yeux ambrés, déglutissant avec gourmandise son affreux festin.

— Ici ! commanda la femme.

Elle frappa sa jambe de sa cravache. Le lion parut être brutalement tiré en arrière par des mains invisibles. Il perdit de sa substance, devint plus clair, presque transparent, puis se ratatina aux pieds de sa maîtresse, en une ombre blanche aux étranges contours.

Mille questions montèrent aux lèvres d'Abraham, mais alors que son regard quittait l'ombre aux pieds de la femme pour s'arrêter à la hauteur de son visage, elles s'évanouirent toutes, comme une bougie soufflée par le vent.

La dompteuse de lion était affublée d'un immense « sourire » de démon. Quelqu'un lui avait tailladé les joues au couteau pour agrandir les commissures de sa bouche. Les cicatrices noirâtres, grossièrement suturées, lui remontaient jusqu'aux oreilles. La blessure hideuse lui donnait un air joyeux en dépit de ses yeux sombres. Elle tapotait sa cravache contre sa botte en le regardant.

Au-delà de la stupeur, Abraham comprit combien il avait été ridicule : il avait joué les chevaliers servants, volant à la rescousse du sexe faible, quand la « victime », à tout instant, pouvait avaler son adversaire en un coup de gueule.

— Ça va ? demanda-t-il.

C'était absurde, mais de toutes les questions qui se bousculaient dans sa tête, c'était la seule qu'il avait réussi à formuler.

Cette fois, elle sourit vraiment. Les cicatrices bougèrent sur ses joues.

— Je vous retourne la question, dit-elle.

— Je suis désolé. J'aurais voulu vous épargner ce spectacle.

— Oui, admit-elle, c'était un peu ridicule.

— Je suis un piètre combattant.

— Mais vous êtes courageux et je suis sûre que vous avez d'autres qualités.

— Je suis bon cavalier, répondit-il après quelques secondes de réflexion.

Dans ce pays où absolument tout le monde montait à cheval, l'argument était pathétique.

— Ça peut être utile, reconnut-elle avec bienveillance.

— Et vous, vous êtes greffée ? demanda-t-il bêtement.

— Cela vous étonne ?

Elle s'était assombrie.

— Parce que je suis une femme ?

— Non, répondit-il, troublé.

C'est que, moi, je n'en ai pas eu le courage.

Elle se radoucit.

— Je suis chasseuse de primes, je me dois d'être greffée, affirma-t-elle d'un ton désinvolte. On ne survit pas longtemps à Symphonie sans pouvoir. Écoutez, enchaîna-t-elle, je sais que vous avez voulu m'aider et j'aimerais vous remercier. Je vous invite à boire un verre ?

Abraham épousseta son pantalon d'un air nonchalant, et il remarqua enfin qu'il était couvert de sang.

— Ce n'est pas le vôtre, dit facétieusement la femme au long sourire.

— Cela ne me rend pas plus présentable, s'excusa-t-il.

— Le sang ne m'a jamais dérangée.

Abraham ramassa le chapeau qu'il avait perdu pendant la bataille, le secoua puis le replaça sur sa tête pour masquer son embarras. Face à cette grande femme au sourire lugubre et à l'ombre de lion, il avait le sentiment d'être devenu une proie. D'un air détaché, il reprit galamment :

— Je paie la première tournée.

Chapitre 5

À leur entrée dans le saloon, de nombreux visages se tournèrent vers eux. Les regards se baissèrent aussitôt sur l'ombre blanche avec une curiosité obscène. La femme les ignora. Elle marchait à grandes enjambées, en battant la mesure avec sa cravache.

— Ne lui marchez pas dessus, conseilla-t-elle. Parfois, il mord.

— Je vais faire attention, promit Abraham en s'écartant précipitamment.

Il s'assit avec elle à une table, après être allé chercher deux pintes de bière tiède au comptoir.

— Je m'appelle Belle « Dompteuse » Boyd, se présenta-t-elle.

— Et moi, Abraham Winters. Je suis ici pour retrouver mon frère, Jarod.

Comme toujours, Jarod avait rapidement fait irruption dans la conversation. Son pouls s'accéléra. C'était le moment crucial. Celui où son interlocutrice secouerait la tête en signe d'ignorance ou bien…

— Jarod, répéta-t-elle, les sourcils fléchis. Jarod Winters ?

— Ça vous dit quelque chose ? demanda Abraham, tous les muscles contractés.

— Mouais… grommela-t-elle.

Elle lança une pièce à un garçon qui mangeait des haricots et du maïs à une table voisine.

— Va chercher Amy, commanda-t-elle.

— Amy ? répéta Abraham, saisi.

Belle l'ignora.

— Sois très doux ! ajouta-t-elle à l'intention du garçon d'un ton féroce. Elle pleure encore August. Tu sais comme elle est sensible !

— Oui, m'dame ! s'exclama le garçon.

— Et tu ne l'approches pas. Tu restes bien à distance. Tu gardes tes mains baladeuses dans tes poches et tu ne la reluques pas.

— Oui, m'dame ! répéta le jeune.

Il disparut en courant dans l'escalier.

— Amy… balbutia Abraham. Amy Starr ?

Belle leva les yeux au ciel.

— Alors sa fichue lettre est vraiment arrivée ! maugréa-t-elle.

— Sa lettre… ? Oui !

Il sortit le document chiffonné, défroissa le papier à grands coups de paume en l'étalant sur la table.

— Regardez ! Amy Starr… Elle m'a écrit ! Au sujet de Jarod.

— Et vous voilà.

Elle le dévisageait d'un air critique.

— Si je me souviens bien, elle vous a conseillé de faire votre deuil, non ?

Il secoua la tête.

— Bien sûr que si ! rugit Belle. Enfin, Abraham, réfléchissez ! Votre frère est à l'Opéra depuis des mois et il a…

Elle s'interrompit, prit une gorgée de sa bière, et se rencogna sur sa chaise.

— Bref, elle vous racontera mieux que moi, conclut-elle. Si elle en a envie…

Le garçon revenait, descendant les escaliers en compagnie d'une jeune fille. Abraham agrandit les yeux. Il n'avait pas fait le lien quand il avait croisé la route de Belle, mais elle, avec sa large chemise à carreaux qui effaçait ses formes et ses cheveux noirs qui balayaient ses épaules en un carré désordonné, il la reconnaissait. Elle marchait derrière le corbillard. Ainsi, la dénommée Amy qui lui avait écrit faisait partie d'un gang de chasseurs de primes, et il venait enfin de la trouver.

La jeune fille avait les yeux gonflés et cernés, le nez un peu rouge, comme si elle avait beaucoup pleuré. Son regard s'arrêta sur Belle et un sourire fugitif mais sincère éclaira son visage, puis il se porta sur Abraham et une petite ride lui creusa le front.

— Viens, assieds-toi, lui proposa la dompteuse avec douceur.

Elle poussa une chaise vers elle. La fille s'assit du bout des fesses, comme prête à bondir pour s'enfuir. Elle fixait Abraham en se mordillant la lèvre, le dos rond, les mains jointes.

— Tout va bien, dit Belle en posant sa main sur sa cuisse. Je suis avec toi. Je ne laisserai jamais personne te faire du mal, tu sais bien ? Mais tu m'en aurais voulu si je ne t'avais rien dit.

— Qui c'est ? demanda-t-elle d'une voix légèrement fêlée.

Belle se retourna vers Abraham et la douceur dont elle avait fait preuve fondit instantanément.

— Dites-lui, ordonna-t-elle.

— Abraham Winters, répondit-il en observant la jeune fille.

Les battements de son cœur lui martelaient les côtes. Les contusions consécutives à la bagarre faisaient pulser la douleur dans tout son corps. Un reste de bile, lié à ses précédents vomissements, devant le cabinet du chirurgien, lui laissait un mauvais goût en bouche. Pourtant, tout cela n'avait aucune importance. Seule la réponse de cette fille comptait.

— Ainsi, c'est vous… murmura Amy.

— Le frère de Jarod, compléta Abraham, transi d'espoir.

Les yeux d'Amy papillonnèrent. La main de Belle se resserra sur sa cuisse.

— Tu n'es pas obligée de lui raconter. Tu peux juste le lui confirmer et ensuite, il s'en ira.

— Dites-moi… pria Abraham d'une voix faible. Mon frère…

— Il est aux mains de la Harpiste, déclara Amy avec un débit rapide comme si elle voulait se débarrasser de cette information. Nous étions ensemble à l'Opéra. Je ne l'ai pas beaucoup connu. Le hasard nous a rapprochés un jour de représentation. Une femme…

Elle se troubla, secoua la tête, les yeux fermés. Belle lui caressa le bras en un soutien muet. Amy rouvrit les paupières et reprit avec davantage d'assurance :

— Nous avons transporté le corps de cette femme jusqu'à la fosse commune, aux portes de l'Opéra. Jarod m'a aidée à m'enfuir, ce jour-là, quand la Harpiste a lancé ses chiens sur nous.

Elle baissa la tête.

— Je suis désolée. Je ne sais pas ce qu'il est devenu. La meute s'est jetée sur lui. Son sacrifice m'a permis de fuir. Son dernier souhait… le vœu qu'il a formulé… Ses pensées étaient pour vous.

— Est-ce qu'il est mort ? demanda Abraham. Est-ce que vous l'avez vu mourir de vos propres yeux ?

Il avait l'impression qu'un autre parlait à sa place, un homme plus fort, plus déterminé. Lui était en miettes. Le monde s'était dérobé sous ses pieds, dans ce saloon empestant la sueur et la bière, face à ces deux femmes étranges.

— Je n'en sais rien, avoua Amy. Non, je ne l'ai pas vu… Mais la Harpiste…

Elle lui jeta un coup d'œil avant de baisser de nouveau la tête.

— Elle punit les gens qui lui désobéissent. Elle a… de multiples châtiments… et la mort… est une délivrance.

— Non, balbutia Abraham. Non, non, non…

Il était debout. Sa bière renversée se répandait en un filet jaune sur le sol. Il ne se rappelait même pas avoir bougé, comme si les dernières secondes n'avaient pas existé. Les deux femmes le regardaient, Belle avec son faux sourire, glaciale, et Amy, pleine d'une compassion embarrassée.

— Je ne peux pas… murmura-t-il d'une voix plaintive. Je dois y aller.

— Y aller ? releva Belle. À l'Opéra ? Toi qui as le dessous dans un simple combat de rue ? Tu crois pouvoir faire quoi contre la Harpiste ?

Elle le tutoyait à présent et son ton s'était fait plus rude.

— Restez, s'il vous plaît, pria Amy. C'est trop dangereux.

— Si tu me paies, je m'en occuperai, en revanche, ajouta Belle.

Abraham se figea et battit des cils, interloqué.

— Comment ça ? demanda-t-il.

— Rassieds-toi, ordonna Belle.

Il retomba sur la chaise, comme une marionnette dont on a coupé les fils. Ses jambes s'étaient dérobées sous lui. Ses genoux tremblaient d'émotion.

— Je dirige un gang de chasseurs de primes, expliqua Belle. Tous greffés et dotés de bons pouvoirs. Nous sommes en train de rassembler les fonds pour mener un raid contre la Harpiste. Je ramènerai sa sale tête en bois et on la brûlera ici même, en l'arrosant de whisky et de pisse.

— Vraiment ? balbutia Abraham.

Il avait vu son pouvoir. Belle était redoutable. Un monde de possibles s'ouvrait à lui : Amy connaissait le chemin de l'Opéra, et les autres membres du gang étaient greffés et expérimentés.

— Je veux venir, affirma-t-il.

— Non.

— S'il te plaît. Je veux me battre. Délivrer mon frère.

— Écoute, j'apprécie ton courage, mais tu n'as pas les moyens de combattre un tel monstre. C'est quoi, ta greffe ?

— Je…

Il chercha un mensonge à inventer, mais les pensées se bousculaient, affolées, dans sa tête.

— Je me ferai greffer, dit-il. Je le jure.

Le sourire noir de Belle s'étira jusqu'à ses oreilles.

— Tu es honnête, c'est bien. Mais tu es tendre aussi. Laisse-moi travailler. Finance mon expédition et je te jure que je ramènerai ton petit frère.

— Grand frère…

— D'accord. Grand frère.

— Je te paierai. Je te donnerai tout mon argent, et je viendrai avec vous.

— Ce n'est pas comme ça que ça marche.

Les portes du saloon s'ouvrirent à la volée. Les têtes se tournèrent dans leur direction. Pendant quelques instants, personne ne se découpa dans le rectangle de lumière, comme si un fantôme avait poussé les deux battants. Puis quelques secondes plus tard, une gamine entra en riant.

— Je vous ai fait peur, hein, bande de nazes ! s'exclama-t-elle.

Les buveurs soupirèrent et retournèrent à leurs consommations ou leurs jeux de cartes. Les conversations reprirent.

L'adolescente se dirigea vers la table où étaient installés Abraham, Belle et Amy.

— C'est qui, lui ? demanda-t-elle.

— Un client, répondit la cheffe.

— Ah !

La petite lui accorda un large sourire hypocrite. Abraham lui donnait environ 12 ans. Ses cheveux crépus dépassaient en masse sous son chapeau de cow-boy brodé d'une tête de mort. Des points blancs étaient peints en cercle sur sa peau noire, autour de son œil, comme une peinture de guerre. Elle portait des gants énormes. L'effet visuel était à la fois comique et dérangeant, comme si la petite humaine était pourvue de grosses pattes. En réalité, elle dissimulait probablement une greffe sous le cuir. Abraham imagina le pire. Étaient-elles couvertes d'écailles ? De pustules ? Ou bien de griffes ?

— Je m'appelle Lizzie, se présenta-t-elle.

— Abraham.

— Où sont les autres ? coupa Belle. Notre réunion avec les veuves est à quatre heures. Ils vont être en retard ?

— Ils arrivent, ils arrivent, déclara l'adolescente d'un ton désinvolte en s'asseyant à côté d'Abraham.

Et effectivement, le reste de l'équipe passa les portes un instant plus tard. Abraham les reconnut. Il les avait vus la veille, marcher derrière le corbillard. Le premier à entrer claudiquait avec effort sur deux cannes. L'énorme oiseau perché sur son épaule le faisait paraître encore plus petit qu'il ne l'était en réalité. Une scoliose prononcée lui déformait le dos. Ses jambes et ses bras pliaient bizarrement et donnaient l'impression qu'ils avaient été cassés et réassemblés par un dieu sauvage. Ses yeux restaient le plus étrange, petits, noirs et ronds. Mais quand Abraham s'intéressa à son aigle bleu, il comprit ce qui clochait chez eux : l'homme et l'oiseau avaient échangé leurs yeux. L'homme s'était fait greffer les yeux de l'aigle, tandis que le rapace ouvrait d'immenses yeux humains qui lui mangeaient presque toute la tête.

Le deuxième membre du gang à entrer, juste derrière son compagnon, était cet homme élégant, avec une rose à la place de l'œil droit. Il repoussa les battants de la porte du saloon d'une main gantée de cuir. Une chemise noire à rayures blanches s'ajustait à la perfection sur son corps mince et musclé. Une boucle de ceinture dorée fermait son jean moulant. Il était d'une beauté époustouflante et pourtant, Abraham éprouva de la commisération à sa vue : des dizaines de cicatrices constellaient son visage androgyne, encadré de mèches brunes.

Le troisième déboula juste derrière lui en faisant claquer ses bottes à éperons sur le plancher. Il marchait vite, parlait fort, vêtu d'un cache-poussière dont l'ourlet se déchiquetait, bandana rouge sous le menton. Surtout, son bras greffé d'un long fusil le rendait inoubliable.

— Qui c'est ? demanda-t-il en lorgnant Abraham d'un air méfiant. Un veuf ?

— Non, il cherche son frère, expliqua Amy. Jarod. L'homme qui m'a aidée, à l'Opéra.

— Incroyable, commenta le pistolero. Bon, on prend combien de bières ?

Il s'assit à son tour, les jambes écartées, posant son énorme fusil sur la table. L'homme aux cannes l'imita en grimaçant de douleur. Sa chaise racla brusquement le sol et l'homme à la rose tint le dossier afin d'aider son compagnon à s'installer.

— Ne prenez pas toutes les places assises ! s'exclama Belle. Elles sont pour les veuves !

— Lui n'est pas veuve ! grommela le pistolero en indiquant Abraham du menton.

— Jesse ! T'es bête ou quoi ? s'exclama l'adolescente. Belle vient de dire que c'était un client.

— Elle ne l'a pas dit !

— Bien sûr que si, gros débile, c'est juste que c'était im-pli-ci-te, appuya-t-elle en détachant les syllabes.

— Je peux aller chercher des bières, proposa Abraham.

— Ah, il me plaît, en fait ! rugit le dénommé Jesse.

Belle lui accorda cette petite mission d'un geste négligent de la main. L'homme élégant lui emboîta le pas quand il se dirigea vers le comptoir.

— Je vais t'aider à porter les chopes, dit-il.

— Ça va, je me débrouillerai.

— Je m'appelle Earl, et toi ?

— Abraham.

— Ravissant. La petite excitée, c'est Lizzie. Le grand excité, Jesse. Le nain avec son aigle, Noah.

— D'accord, et j'ai déjà repéré Belle et Amy.

— Forcément ! s'esclaffa Earl.

Abraham paya sept chopes de bière. Earl porta la sienne, tandis qu'il s'organisait pour amener les six autres.

— Tu es drôlement habile de tes mains ! s'exclama Lizzie. Presque autant que moi !

— J'ai l'habitude, répondit Abraham.

— Quel talent ! s'esclaffa Jesse. Il peut rejoindre notre équipe ? Vous vous rendez compte, il sait servir six bières en même temps !

— Je peux en servir douze ! fanfaronna Lizzie.

Sans bouger de sa chaise, elle effectua un geste du poignet. Abraham sursauta. Il avait senti un souffle invisible sur son visage. Une des bières lui fut arrachée et vola à travers les airs pour venir se poser devant la jeune fille, sans même l'éclabousser.

— C'est une marionnettiste, expliqua l'homme avec son aigle bleu. Elle manipule des fils invisibles pour bouger les objets à distance.

— Et étrangler mes adversaires, précisa la petite.

— Elle a l'âge de boire ? s'inquiéta soudain Abraham.

— Qu'il est chou ! roucoula Earl.

Son œil humain le fixait avec une attention dérangeante. Dans l'autre orbite, la rose s'épanouissait en une belle corolle sur la partie droite de son visage.

— Lizzie a grandi trop vite, dit Belle. Comme nous tous.

J'ai grandi normalement, songea Abraham.

Il se sentait en décalage avec cette bande de chasseurs de primes greffés, comme un agneau au milieu d'une meute de loups. L'ombre blanche de Belle se balançait derrière sa chaise.

— Les veuves vont arriver, reprit la cheffe. Vous vous tenez bien tranquilles et vous me laissez négocier.

Un peu avant quatre heures, les premières femmes se présentèrent. L'homme aux cannes rassembla ses forces pour se lever : déplacer ses jambes sous la table, se redresser, pousser la chaise. Même avec l'habitude, décomposer chaque geste lui coûtait un effort. Il saisit ses cannes et alla se placer derrière Belle. Les autres l'imitèrent mollement.

En dix petites minutes, la grande table que s'était réservée Belle fut pleine. En tant que client, Abraham était resté assis. De temps en temps, il prenait une gorgée de sa bière tiède pour se donner une contenance. Les membres du gang se tenaient debout derrière leur cheffe. Ils ne plaisantaient plus, et arboraient une expression de circonstance, neutre ou grave. L'ombre blanche de Belle s'était ratatinée sous la chaise. Hormis ses gros gants, aucun détail particulier n'interpellait chez Lizzie. Noah et Jesse détonnaient un peu, mais finalement, dans leur groupe, c'était Earl qui impressionnait le plus, avec sa rose dans l'œil.

Belle les présenta tous à ses clientes :

— Voici Jesse Finley, « le rêveur », Earl Gibson, « la rose », Noah Black, « l'oiselier », Lizzie Bauer, « la marionnettiste », et Amy Starr, « la petite étoile ».

Les veuves s'exprimèrent tour à tour.

— La Harpiste retient mon mari depuis six mois, expliquait une femme en larmes. Il n'a même pas pu assister à la naissance de notre enfant. C'est pour lui qu'il est parti. Il voulait donner à notre bébé une existence de roi. Et maintenant, mon William n'a plus de père !

Belle tira vers elle le portrait d'homme que la veuve lui tendait et l'examina sommairement.

— Moi, cela fait quinze mois et six jours, soupira une autre femme.

Abraham commençait à comprendre pourquoi leur cheffe avait parlé d'une réunion avec des veuves. Le terme l'agaça. Ces hommes étaient peut-être encore vivants, tout comme Jarod pouvait l'être.

Ils écoutèrent chaque récit avec sérieux. Puis Belle rassembla les différents portraits dans son giron, comme des cartes à jouer, tandis qu'Earl comptait des liasses de billets. Les deux cents dollars qu'Abraham avait envisagé de dépenser dans la greffe, ce matin, étaient désormais entre les mains du cow-boy à la rose.

— Nous vous ramènerons vos hommes, dit la dompteuse de lion. Ou bien, s'ils ne sont plus de ce monde, nous vous remettrons un objet leur appartenant pour que vous puissiez le mettre en terre.

Une des femmes ravala un hoquet de douleur. Sa voisine lui toucha le bras avec sollicitude.

— Bien sûr, si par malheur nous ne retrouvons pas votre mari, ou votre fils, ou votre neveu, vous ne nous devrez aucuns frais supplémentaires. Mais cette avance reste acquise.

Les femmes opinèrent, pâles et dignes. Peut-être avaient-elles réuni toutes leurs économies pour rassembler la jolie somme qui se trouvait à présent entre les doigts d'Earl. Elles se levèrent et quittèrent le saloon, certaines soutenant une autre par le coude ou par la main.

— Nous y voilà, se réjouit la dompteuse en faisant disparaître les portraits des otages dans la poche intérieure de son élégante veste cintrée. Nous avons de quoi nous payer des places à l'Opéra !

— Ainsi soit-il, approuva Jesse en riant.

La plupart des équipiers de Belle souriaient, joyeux et excités. Tuer la Harpiste était exactement ce qu'ils voulaient. Seule Amy se rongeait les ongles, légèrement en retrait dans le dos de Belle. La dompteuse s'en rendit compte. Avec délicatesse, elle lui prit la main pour la détacher de sa bouche. Les doigts d'Amy tremblaient entre les siens. Abraham lut sur les lèvres de Belle « je suis là », et enfin, un petit sourire frémit sur le visage pâle de la jeune femme. Elle acquiesça bravement. Ses joues reprirent des couleurs. Belle lui embrassa la main avant de la lâcher.

— Nous allons nous préparer pour un voyage d'un mois, reprit-elle. Je vais répartir l'argent et vous lister ce que vous devez acquérir pour nos bivouacs. Chacun d'entre vous visitera une boutique. Bien sûr, ne traînez pas en route. Des questions ?

Le pouls d'Abraham s'accéléra. Il ne pouvait pas les laisser s'éclipser. Après tout ce chemin parcouru, il avait enfin trouvé Amy, et surtout, une équipe de greffés.

— Je viens ! s'exclama-t-il.

— Non, contra Belle. Ton argent vient. Pas toi.

— Je ne vous gênerai pas.

— Bien sûr que si ! intervint Jesse. On n'a pas besoin d'un bleu dans nos pattes. August était un pro et il s'est fait massacrer. Alors toi, tendre comme tu es…

Amy avait pâli.

— Ne parle pas d'August comme ça, dit l'homme avec son aigle. On vient juste de l'enterrer. Fais preuve de respect.

— Quand est-ce que j'ai été irrespectueux ? Je dis la vérité, c'est tout !

— Fin de la séance ! s'exclama Belle en se levant pour couper court à l'échange un peu vif. Vous avez des courses à faire. On part demain.

Abraham se maîtrisa pour ne pas les suivre. Belle le rembarrerait. Il allait devoir se montrer plus subtil et, surtout, ne pas leur laisser le choix.

Chapitre 6

Le gang de Belle quitta l'hôtel le lendemain, en début de matinée. Abraham les laissa s'éloigner avant de les suivre, monté sur As-de-Pique. Dans la ville, la filature était facile. Il se dissimulait derrière une diligence, se fondait parmi les autres cavaliers ou laissait des piétons déambuler entre eux et lui. Quand ils abandonnèrent Frontières pour s'enfoncer dans l'État sauvage de Symphonie, Abraham fut forcé de patienter, jusqu'à ce que l'équipe se réduise à de simples silhouettes à l'horizon. À ce moment seulement, il se lança dans leur sillage.

C'était difficile de rester à distance, de ne pas se précipiter avec eux dans la steppe. Il brûlait d'envie de galoper à bride abattue. L'urgence lui battait les tempes. Depuis la réception de la lettre d'Amy, il avait enfoui ses craintes au plus profond de lui-même. Ce courrier menaçant était forcément une plaisanterie d'un ennemi de Jarod, destinée à lui nuire. Abraham avait espéré retrouver son frère, comme dans son souvenir, entreprenant et heureux, plein de rêves et de courage. Aujourd'hui, il devait reconnaître la terrible vérité : son frère, son héros, avait succombé aux pièges de Symphonie. Abraham payait sa lâcheté, ses hésitations, sa trop longue enquête, sa préparation infinie et sa terreur de la greffe.

Non ! s'asséna-t-il. *Maintenant, je n'hésite plus. Maintenant, j'y vais. Je me fiche bien des ordres de cette femme. Je vais les forcer à m'accepter.*

Abraham chevaucha pendant plusieurs heures sans quitter des yeux le discret nuage de poussière rouge que l'équipage de Belle soulevait derrière lui. Il alternait le pas, le trot et le galop pour ménager As-de-Pique. Il estimait avoir déjà parcouru une vingtaine de kilomètres, mais autour de lui, le paysage ne variait pas : c'était toujours les mêmes collines abruptes, le sol rouge, rocailleux, tremblotant sous les ondes de chaleur, les à-pics pourpres et les falaises lavande, les cactus et les agaves. À l'horizon, les montagnes bleues se dressaient sur le ciel. Elles se situaient à une distance d'étoile et, depuis qu'il chevauchait, elles ne s'étaient pas rapprochées d'un pouce. Pourtant, la lumière crue et vive du soleil donnait l'illusion qu'elles étaient à portée de main, parfaitement nettes. Derrière elles, il trouverait l'Opéra, ses salles de spectacle et de torture, la reine-ogresse des lieux et, bien sûr, il le fallait, son frère.

Abraham ignorait où il se trouvait précisément. Symphonie l'avait avalé tout entier. L'État sauvage lui paraissait si différent de ce qu'il avait connu jusqu'alors. C'était une terre étrangère, antique et déserte. Le silence l'impressionnait, comme si les monstres musicaux de ce royaume retenaient leur souffle avant de l'attaquer. Seuls la respiration profonde d'As-de-Pique et le claquement de ses sabots sur la terre desséchée remplissaient l'espace.

Redoutant d'être distancé, Abraham se concentrait sur sa filature. Il n'avait pas mesuré l'éventualité d'une attaque, alors qu'il chevauchait seul, bien plus vulnérable que le groupe de six pistoleros greffés et armés jusqu'aux dents qui le précédait.

Brusquement, les prédateurs furent là. Abraham, dans sa grande naïveté, ne s'en émut pas tout de suite. Ce ne fut d'abord qu'un peu de poussière rouge, soulevée par le vent. Et avant qu'il ait le temps de réagir, le phénomène se mua en tempête, et les derviches apparurent. Au premier abord, ils semblaient humains : une dizaine de silhouettes qui tournoyaient et oscillaient sur elles-mêmes. Leurs amples jupes blanches se déployaient en cercle autour de leur taille. Leurs manches bouffantes volaient comme la jupe. On ne voyait pas leur visage. Une toque en poil de chameau dissimulait leur tête et elle se balançait sur un rythme rapide.

Pour l'instant, les derviches se tenaient à distance. Pas menaçants. Le bruit du tissu qui se froissait se confondait avec celui du vent. Ils chantaient, aussi, tout doucement, gentiment. Mais Abraham se rongeait les sangs. Ces créatures étaient réputées pour leurs attaques en meute qui laissaient leurs victimes écorchées jusqu'à l'os dans le sable du désert.

Du regard, il chercha éperdument une issue. As-de-Pique galopait au sein de la tempête. Les rideaux de poussière rousse bouchaient la vue. Le gang de Belle avait disparu. Abraham se sentait totalement perdu et seul, égaré au milieu de la horde.

Ça va ! s'engueula-t-il. *Ce ne sont que les larbins de la Harpiste. Si tu te casses les dents sur eux, autant ne pas continuer !*

Le chœur fantôme des derviches s'éleva à nouveau dans le néant rouge. Plus proche. Plus fort. Puis il cessa, brusquement interrompu et remplacé par le souffle du vent.

Ils sont pourtant là, pensa Abraham, tendu.

Il avait relevé son bandana sur sa bouche et son nez, comme un desperado, pour ne pas avaler de poussière, et son chapeau de cow-boy était bien enfoncé sur sa tête. Ses yeux se plissaient derrière ses lunettes de soleil rondes. Son cheval, lui, soufflait fort, les naseaux et les bronches obstrués. Par deux fois, il toussa.

Tiens le coup, As !

Abraham chercha à apercevoir les monstres. Le chœur fantôme allait et venait telles des vagues. La mélopée l'effleura, devint presque audible… *Abraham… Abraham…* Comme si les derviches connaissaient son nom.

Le mot s'envola avec le reste du chant. Peut-être avait-il rêvé.

Rassemblant les rênes dans une main, Abraham dégaina son fusil de l'autre. L'arme était puissante, mais de courte portée. N'ayant jamais appris à tirer, il avait choisi cette option qui nécessitait plus de courage que d'habileté. « On attend que l'ennemi soit à portée et on lui explose la tête, lui avait expliqué le vendeur. Ce bijou peut éparpiller plusieurs cibles à la fois, pourvu qu'elles se présentent en file l'une derrière l'autre ! » À l'époque, cela lui avait paru simple…

Je n'ai pas peur de vous, pensa-t-il, bravache.

Il se mentait.

L'arme risquait de s'enrayer à cause de la poussière. Il brûlait de tirer dans le vide, au hasard, juste pour se rassurer.

Puis soudain, une silhouette longiligne se porta à sa hauteur, affreusement proche. Elle tournoyait dans ses jupes blanches, vive, rapide et légère. La vision s'évanouit aussitôt, emportée par le galop furieux d'As-de-Pique. Abraham hésita à volter, mais le temps qu'il prenne une décision, il était de nouveau perdu au sein du brouillard écarlate, le chant des derviches montant et descendant autour de lui, s'imposant puis s'arrêtant.

Le mustang parcourut encore plusieurs mètres au galop.

Abraham sursauta d'effroi. Cinq ou six silhouettes tournoyantes venaient de se matérialiser à quelques mètres de là. Abraham serra la crosse de son arme, fébrile. Les derviches l'accompagnaient sans effort dans sa folle chevauchée. Même As-de-Pique, boule de nerfs et de muscles, ne parvenait pas à les distancer. Les monstres, pour l'instant, se contentaient de se maintenir à leur hauteur. Ils se rapprochaient, s'éloignaient, les évaluaient. Ils jouaient avec eux en instillant la peur. Leur chant se modulait. La prière plaintive devenait plus insistante et agressive.

Ils vont attaquer, comprit Abraham.

S'il était surpris sur la gauche et la droite, c'en serait fait de lui. Son arme lui imposait de se défendre à un contre un. Son doigt se crispa sur la détente. Une silhouette trembla, rendue floue par la vitesse, à la limite de son champ de vision. Dopé par l'adrénaline, son corps réagit avant même d'être effleuré. Il tira. Le recul du coup de feu le percuta jusqu'à l'épaule. La détonation suivit, assourdissante, et une giclée de sang lui trempa la main. Il avait tiré par réflexe, à bout portant. La créature poussa un cri aigu. Abraham n'en vit que les contours imprécis, puis la tempête avala le corps troué par sa cartouche.

Le cavalier actionna la pompe pour éjecter la douille et la remplacer par une balle neuve. Il avait réussi ! Il avait tué un adversaire ! L'adrénaline et un sentiment de triomphe barbare lui faisaient pulser le cœur.

As-de-Pique fendit un nouvel écran de poussière.

Ils débouchèrent au milieu d'une douzaine de monstres.

Les derviches tournoyaient dans la tempête rouge sur un rythme insensé. Ils filaient comme des toupies, oscillaient d'avant en arrière, emportés par leur propre poids. De leurs longs bras, ils déployaient les pans de leurs jupes en un ballet hypnotique.

Abraham serra les dents, se concentra. Hors de question de céder à la fascination ou au vertige. Le fusil rugit au bout de son poing. Il coucha un adversaire d'une balle.

En réponse au meurtre, le chant s'amplifia, la danse s'accéléra. Plusieurs créatures se ruèrent dans sa direction. Le fusil tonna. Un danseur s'abattit. Un autre lui effleura la cuisse avec l'ourlet tranchant de sa jupe. N'entama que le jean. Abraham tira. Le manqua. Par bonheur, As-de-Pique se déroba d'un saut, et le derviche toupilla derrière eux, distancé par le mustang.

Le combat ne faisait que commencer.

Abraham rechargea en un cliquetis. Il visa, tira. L'agresseur culbuta dans ses jupes, mais quatre autres le remplacèrent aussitôt, tournant, dansant, chantant avec furie. Nouvelle rotation du poignet. Le recul lui secoua le bras. Un derviche disparut dans le tourbillon. La mélopée s'était muée en un déchaînement de cris féroces et exaltés. Les survivants se jetèrent sur lui. Abraham ne pourrait pas faire feu autant de fois ! Il tira de façon précipitée, rata sa cible.

Mais au même moment, un tir claqua sur sa gauche. Un derviche trébucha. Son sang se mêla à la poussière. Abraham regarda autour de lui. Qui avait tiré ? Quelqu'un venait à sa rescousse ? Le gang de Belle revenait sur ses pas afin de l'aider ?

Se savoir épaulé décupla ses forces. As-de-Pique esquiva avec agilité la charge furieuse d'un derviche. La jupe le frôla comme le fil d'une dague avant de disparaître.

Abraham tira sur les rênes pour faire volter le mustang. Le cheval plongea vers deux adversaires. De la crosse de son fusil, le cavalier frappa dans une toque, et tira sur une autre. Les derviches tombèrent, tandis qu'un troisième se matérialisait derrière eux. Trop court pour recharger. As-de-Pique, sur un mauvais appui, se trouva bloqué. Le danseur saisit la jambe du cavalier et d'une secousse, le désarçonna. Abraham n'eut pas le temps d'avoir peur. Il vida les étriers. Son dos heurta le sol. Des jupes le recouvrirent, le coupant de la furie et des rugissements de la tempête. Par réflexe, il opposa son bras devant sa gorge et le tranchant du tissu déchira la manche et la peau. La douleur irradia aussitôt. S'il restait là, la jupe tournoyante allait racler son bras jusqu'à l'os. Abraham chercha en vain son fusil. Son arme était tombée quelque part. Invisible. Hors de portée.

Il va me trancher le bras, pensa Abraham, désespéré.

Au même instant, un oiseau bleu, les ailes déployées, piqua en direction des danseurs. C'était l'aigle de l'homme aux cannes ! Surpris par cet adversaire surgi de nulle part, les derviches s'esquivèrent. Le rapace attaqua l'un des monstres. Son bec et ses serres heurtèrent la toque. Il ne tiendrait pas longtemps. Abraham roula à quatre pattes. Ses mains tâtonnaient à la recherche du fusil, perdu au milieu de la poussière soulevée par le vent brûlant. Ses doigts touchèrent enfin le métal. Il brandit l'arme de son bras valide, rechargea d'une saccade du poignet.

Ne t'enraye pas. Ne t'enraye pas, répétait-il avec ferveur.

L'aigle bleu se battait avec férocité. Abraham ne pouvait pas tirer à la tête ; il risquait d'atteindre l'oiseau. Il visa l'endroit où devait se trouver le cœur du derviche et pressa la détente. Le monstre poussa un râle rauque, mais ne tomba pas. Ses manches s'élevèrent pour s'emparer du rapace bleu. Une seconde déflagration résonna… Abraham ouvrit grands les yeux. Ce n'était pas lui qui avait tiré cette fois.

En un battement de cils, le monde changea.

Le ciel s'assombrit. La poussière rousse se mua en gros flocons visqueux. Ils plurent au ralenti sur le sol devenu noir. Les derviches survivants tournaient de plus en plus lentement sur eux-mêmes. Leurs chants s'empâtaient en un râle rauque. Plus ils dansaient et plus ils s'enfonçaient dans le sol mou et gluant en un inexorable mouvement de vrille.

Abraham éprouva une terreur viscérale. Ses mains se mirent à trembler. Même s'il l'avait voulu, il aurait été incapable de viser et de tirer. Il s'enfonçait en même temps que les derviches dans les sables mouvants. Il allait suffoquer en une lente agonie.

— A-A-As-de-Pique, appela-t-il.

Ses dents s'entrechoquaient. Sa voix chevrotait. Le cheval ne réapparut pas.

Les derviches poussaient des cris déchirants en s'enlisant dans les sables noirs. Les ténèbres imprégnaient leurs voiles et les aspiraient par le fond. Les danseurs tanguaient sans grâce, lents et lourds. Bientôt, ne restèrent plus que leurs toques à la surface, pareilles à des pierres tombales.

Abraham ferma les yeux, comme un petit garçon, incapable de continuer à regarder.

On est passé dans une autre dimension ! piailla son esprit affolé. *Comment on sort de là ?*

Et puis, d'un seul coup, comme lorsqu'un cauchemar devient insoutenable, Abraham « s'éveilla ».

Chapitre 7

Trempé d'une sueur glacée, Abraham reprit conscience dans la steppe rouge. Le vent était retombé, plaquant au sol les nuées de poussière. Des derviches, il ne restait que les jupes étalées, les manteaux blancs, les ceintures noires et les toques en poil de chameau.

— Jesse Finley, espèce de brute ! gronda une voix à côté de lui.

Le petit homme claudiqua jusqu'à son aigle et le ramassa avec délicatesse pour le serrer contre sa poitrine.

« Il m'a aidé », voulut dire Abraham.

Mais aucun son ne franchit ses lèvres. Sa langue pesait dans sa bouche, comme s'il était victime d'une forme de paralysie du sommeil. Il ne put émettre qu'un râle.

— Ça va, le rassura l'oiselier. T'en fais pas. Tu vas t'en sortir. C'est ce crétin de Jesse qui a tiré l'une de ses précieuses balles-rêves. Le plomb a bien touché le derviche, mais en éclatant, il vous a pris tous les deux, Astraios et toi, dans une bulle de cauchemar. Je suis désolé. Jesse se moque bien des dommages collatéraux de ses tirs !

Jesse déambulait au milieu des jupes éparpillées des derviches.

— Ceux-là ont eu leur compte, décréta-t-il.

— Vous avez déjà fini ? s'enquit Earl.

Il était monté sur un magnifique cheval gris pommelé, et n'avait même pas pris la peine de mettre pied à terre. Il considérait les vêtements des derviches de son œil gauche.

— Il faut toujours que vous gardiez tout l'amusement pour vous.

— Noah et Astraios n'ont pas fait grand-chose si ça peut te rassurer, ironisa Jesse.

— Tu devrais apprendre à partager, le tança l'homme à la rose.

— Vous êtes… revenus pour moi ?

Abraham avait enfin réussi à parler, s'arrachant les mots de la gorge d'une voix encore enrouée.

— Non, non, rétorqua Jesse. Nous, on voulait pas. Mais Belle a insisté !

Abraham tenta d'apercevoir les femmes du gang dans les voiles de poussière rouge qui dansaient toujours à quelques centaines de mètres d'eux.

— On ne va pas les aider ? demanda-t-il, incertain.

— Tu plaisantes ? railla Noah. Belle est là-bas. Ce sera bientôt fini.

Abraham se remémora son combat, dans la ruelle sordide derrière le saloon, et l'apparition démente du lion, jaillissant de l'ombre de la dompteuse.

Il se releva et remarqua enfin l'état préoccupant de son bras gauche. L'ourlet tranchant du derviche avait déchiré sa manche et entamé la chair de son bras. Du sang imbibait le tissu et sa peau collait à sa chemise à chaque mouvement. L'adrénaline épuisée, la douleur commençait à pulser franchement. Il observa les lacérations d'un œil critique, puis fit jouer les articulations de ses doigts.

Les nerfs ne sont pas touchés, diagnostiqua-t-il.

As-de-Pique se tenait à quelque distance de là, les rênes flottant sur l'encolure. Le cavalier caressa son mustang couvert d'écume et de poussière, puis il remonta en selle, grimaçant à cause de son bras. D'un claquement de langue, il incita As à se rapprocher.

— Ça va aller, le rassura Abraham comme le cheval renâclait. On est hors de danger maintenant.

Derrière les rideaux écarlates de la tempête, les silhouettes des derviches et des humains se devinaient.

Les danseurs tournoyaient au milieu de leurs jupes déployées, mais leurs mouvements avaient quelque chose de saccadé et de contraint. Les bras levés, la jeune Lizzie les manipulait comme des marionnettes. Elle les empêchait d'attaquer ou de fuir, et les maintenait à portée de Belle.

L'affrontement tournait à la boucherie.

La dompteuse avait mis pied à terre. Son ombre blanche s'étirait derrière elle sur le sol rouge. Elle s'approcha du premier derviche, englué dans les fils de son habile marionnettiste et, abattant sa cravache sur son ombre, elle déchaîna l'enfer.

L'énorme lion blanc jaillit de la terre caillouteuse et se rua sur les danseurs. Sa gueule se referma sur le premier, qu'il coupa en deux. Puis il bondit sur le suivant et le brisa d'un coup de patte. Le troisième fut englouti.

Le quatrième, dépecé. Des jets de sang noir giclaient autour de lui et le souillaient de traînées charbonneuses. Puis l'agitation cessa.

— Ici, cria Belle.

Elle frappa derechef le sol du bout de sa cravache, et le lion blanc, rappelé en arrière, se résorba en une ombre immaculée à ses pieds. Allongeant le pas, elle s'éloigna pour rattraper le dernier derviche qui s'enfuyait.

— La chorégraphie était naze, commenta Jesse en s'approchant. La prochaine fois, fais-le danser. Les sbires de la Harpiste adorent la danse.

L'adolescente baissa les bras. Elle n'avait plus rien à maintenir. Tous les derviches étaient morts, leurs jupes et leurs manteaux blancs imbibés de sang.

— C'est la musique qu'ils aiment ! rétorqua-t-elle.

— Ce sont des derviches tourneurs ! C'est la danse !

— La musique !

— La danse !

— T'es vraiment un gosse, Jesse !

Abraham cligna des yeux. Leur échange puéril était surréaliste au milieu des cadavres. À aucun moment, ils n'avaient eu peur. Au contraire, la tuerie ressemblait à un jeu pour eux.

— Tu es blessé, mec, remarqua Earl.

— Ça ira, répondit Abraham. Je suis en vie… grâce à vous. Merci.

— Et Noah, ton oiseau ?

L'aigle avait repris conscience, mais ses grands yeux greffés étaient voilés, comme si une part de lui se trouvait encore absorbée par le cauchemar.

— Il nous a pris dans son faisceau ! s'indigna Noah en fusillant Jesse de son regard étrange.

— C’est ce qu’on appelle un « tir ami », rétorqua Jesse sans manifester de remords. Tu es mon ami !

— On aurait pu y rester ! Regarde Astraios !

— Arrêtez de vous plaindre, le tança Jesse. Vous avez simplement été effleurés par la balle. Croyez-moi, si vous aviez été vraiment touchés, vous ne vous seriez jamais réveillés !

Abraham s’imagina englouti par la marée noire, à descendre lentement dans une dimension de ténèbres où il serait torturé pour l’éternité, empalé sur des dizaines de lames et dévoré, un membre après l’autre, par des créatures abominables.

— Comment on se débarrasse des restes de rêves ? demanda-t-il précipitamment, pour stopper la déferlante d’images qui le submergeait.

— Ça va passer, ne t’inquiète pas, le bleu.

Jesse lui fit face et l’étudia, un sourire narquois au coin des lèvres.

— Tu n’aurais pas pu rester à Frontières ? s’enquit-il. Tu te serais évité une cicatrice, et moi, j’aurais économisé une balle-rêve.

— Je dois sauver mon frère, répondit Abraham.

— Celui qui est à l’Opéra ?

— Oui.

Il se sentait très las tout à coup, alors que l’adrénaline finissait de refluer en lui.

Amy, qui était restée à bonne distance pendant tout l’affrontement, fit avancer son cheval pour se rapprocher de lui. La vue des cadavres déchiquetés semblait l’incommoder. Elle prenait soin d’en détourner les yeux.

— Jesse a raison, dit-elle. Symphonie n’est pas un endroit pour toi. Et l’Opéra, encore moins… Tu peux ramasser les toques des derviches et les échanger contre une prime, au bureau du shérif de Frontières.

— Leurs organes ne valent rien, et eux non plus, précisa Jesse. Mais bon, il y a de petites primes sur leurs têtes de nuisibles, c'est toujours ça de pris !

— Je ne rentrerai pas, répondit Abraham. Je viens avec vous.

Les membres du gang le dévisagèrent avec un mélange d'embarras et de compassion. Jesse ouvrit la bouche pour le rabrouer une nouvelle fois, mais une ombre blanche rampa près de ses bottes, et il s'écarta pour livrer passage à Belle. La dompteuse se campa devant Abraham, son noir sourire couturé jusqu'aux oreilles. Sa main qui tenait la cravache était couverte de sang.

— Tu as dix secondes pour me convaincre, ordonna-t-elle.

Chapitre 8

Abraham avait l'impression pénible de passer devant un tribunal. Les yeux des membres du gang étaient braqués sur lui : ceux, doux et noirs, d'Amy ; ceux, glacés, de Belle ; ceux, étranges, de Noah ; celui, encore plus dérangeant, d'Earl, avec sa rose dans l'orbite droite ; ceux, amusés et pétillants, de Lizzie ; et ceux, franchement hostiles, de Jesse.

— Vous ne trouverez pas un équipier plus motivé que moi pour triompher de la Harpiste, avança Abraham.

— Vraiment ? l'interrompit aussitôt Jesse. Qu'est-ce que tu sais de nos parcours ? De nos motivations à nous ?

— Abraham a la foi, le défendit Amy. Son frère avait du cran, et s'ils sont du même sang, Abraham en a aussi.

— Il n'est pas forcément comme son frère, tempéra Belle avec la douce indulgence dont elle faisait toujours preuve pour la jeune femme. Mais je reconnais que sa motivation est juste et profonde.

— J'ai traversé un océan, argumenta Abraham. Mon frère est tout ce qu'il reste de ma famille. Je dois le sauver.

— Nous pouvons nous en occuper pour toi, intervint Noah. Tu nous as payés pour cela. Tu es notre client, à présent, tu peux nous faire confiance.

— Hors de question que je reste à ne rien faire. J'ai déjà attendu trop longtemps… Je veux me battre maintenant.

— Mais tu n'es pas greffé, dit Earl. Et en plus, tu es blessé.

Abraham s'assombrit. La critique était légitime, mais il se sentait humilié.

— Je suis en vie. Je suis déterminé. Je ne vous gênerai pas. J'obéirai sans hésiter à vos commandements.

— Intéressant ! s'esclaffa Lizzie.

— Je suis bon avec les chevaux, insista Abraham. Je sais cuisiner.

— Que de qualités incroyables ! ironisa Jesse en levant les yeux au ciel.

Belle changea d'appui, déplaçant son poids d'une jambe sur l'autre comme si elle s'ennuyait. Son regard s'était assombri et elle avait croisé les bras. Elle était en train de se refermer. Abraham devait trouver un argument. Le meilleur argument possible. Tout de suite !

— Je n'ai pas de revers ! s'écria-t-il, saisi d'une inspiration.

Les autres en restèrent muets. Personne ne s'aventurait dans Symphonie sans pouvoir, mais de fait, tous devaient composer avec la malédiction de leur greffe.

— Je monterai la garde la nuit, poursuivit-il. Je vous soutiendrai efficacement quand vous serez vulnérables.

— Un bon point pour lui, nota Noah.

— Évidemment que ça t'arrange, grommela Jesse. C'est toi qui te coltines les tours de garde avec Amy.

— Je suis engluée dans le temps, dit la jeune femme. S'il se passe quelque chose, je ne peux réagir qu'au ralenti. Je ne suis pas la meilleure dans le rôle de sentinelle.

— De ce point de vue, le soutien d'un non-greffé est intéressant, admit Belle.

Le soulagement se répandit dans la poitrine d'Abraham.

— Donc on va lui confier nos vies, la nuit ? s'indigna Jesse. Au moment où nous sommes le plus à découvert ?

— Nous ne le connaissons pas, appuya Earl. Il pourrait fragiliser l'équipe…

— Vraiment ? se moqua Belle. Vous vous sentez fragiles ?

Lizzie éclata de rire. Noah prit la parole, très calme :

— Je serais content d'avoir du renfort, honnêtement. Et même de jour. Dans ce combat, toute aide est la bienvenue. On parle de la Harpiste, quand même.

— Alors on remplace August par le premier venu ? insista Jesse, acide. Si on tombe au combat, on sera remplacé de la même manière ?

— Ça n'a rien à voir, soupira Amy. Pourquoi tu mêles August à ça ?

— Il n'est pas le premier venu, rectifia Belle. Lors de notre rencontre, j'ai pu apprécier son courage, et là encore, nous pouvons tous voir qu'il est suffisamment déterminé pour s'être introduit dans Symphonie sans greffe.

— Ou bien fêlé ! proposa Jesse.

— Je veux sauver mon frère ! s'exclama Abraham, qui se sentait ballotté dans les échanges comme s'il n'était pas là. C'est tout ce qui m'importe !

— Et moi, c'est tout ce qui m'intéresse, coupa froidement Belle. Il veut la peau de la Harpiste aussi férocement que nous. Des gars qui ont une telle volonté face à l'ogresse, j'en ai pas connu des masses !

— D'accord, il ne sera pas de trop, mais il débarque trop tard, insista le pistolero.

— Trop tard ? Nous n'avons même pas commencé.

— Avec August, c'était quoi ? explosa Jesse. Un galop d'essai ?

— Arrête avec August ! hurla Amy.

Elle était au bord des larmes tout à coup. Un sourd grondement monta de l'ombre blanche de Belle. Le lion formait des vaguelettes de fourrure sur le sol. Les yeux de Belle étincelaient d'une colère froide.

— C'est moi qui décide, asséna-t-elle. Je vous ai tous recrutés. Aujourd'hui, je recrute Abraham. Ma décision est prise.

Ils restèrent quelques secondes à s'entre-regarder, puis Jesse capitula d'un haussement d'épaules.

— O.K., mais je ne gaspillerai pas toujours mes balles-rêves pour sauver son petit cul. Pour moi, il reste un bleu.

— Et maintenant qu'on est tous d'accord, si on repartait ? proposa Noah. Le temps passe. La nuit va tomber et on n'aura même pas avancé.

— La faute à qui ? glissa malicieusement Lizzie.

Le jeune homme écrasa les répliques entre ses dents. La cheffe venait de l'investir avec force. Il devait faire profil bas et se faire accepter des autres.

— Bien, dit Belle. Puisque c'est réglé, remettons-nous en route.

Elle remonta à cheval. Son ombre blanche rampa le long du flanc du mustang. Le pauvre bai, les oreilles couchées en arrière, s'esquiva sur le côté. Belle usa de la cravache, à la fois pour maîtriser sa monture et son lion. Quelle relation entretenaient le fauve et la dompteuse ? Noah et son aigle semblaient s'entendre. Mais elle, avec sa bête extraordinaire ? Le lion pourrait-il un jour la dominer et la dévorer ?

— Amy, appela-t-elle. Viens à mes côtés.

Amy remonta docilement à la hauteur du cheval de Belle. La dompteuse lui offrit un petit sourire de connivence. Les autres étudiaient Abraham sans se cacher, avec une curiosité malsaine qui lui donnait l'impression de se faire déshabiller. Mal à l'aise, il roula sa manche déchirée jusqu'au coude et versa sur son bras un peu d'eau de sa gourde afin de laver le sang.

— Faudra soigner ça, commenta Earl en portant son cheval à la hauteur d'As-de-Pique.

— Ça ira, grommela Abraham.

Une lueur de déception passa dans l'œil humain d'Earl et il s'éloigna en silence. Abraham s'en voulut, sans comprendre exactement pourquoi.

Il laissa les autres le doubler et se retrouva en queue de peloton. Il lui semblait qu'en tant que « bleu » et dernier arrivé, cette position lui revenait, mais Noah s'attarda en arrière avec lui. Il s'accrochait au pommeau de sa selle, tandis que les enjambées de son mustang balançaient son corps déformé sur la droite puis la gauche. Des plis et rides amers marquaient le coin de ses yeux et sa bouche, et trahissaient sa souffrance, mais c'est à son camarade qu'il pensait :

— Sois gentil avec Earl, d'accord ? dit-il.

Ce n'était pas une accusation, juste un conseil bienveillant.

— Je l'ai vexé ? demanda Abraham. Je ne voulais pas.

— Il est sensible.

— J'aurais plutôt dit susceptible.

— Tu ne le connais pas. Il cherchait sincèrement à t'aider. Il veut te plaire, c'est tout. Quand nous sommes en ville, avec de nouvelles personnes, il est sans cesse dans la séduction.

— Il est très élégant et… beau, malgré ses cicatrices.

— Tu as raison. Hélas, ses rencontres sont d'éternelles déceptions. Il donne le change comme il peut, mais il ne va pas fort, notre Earl. En vérité, il est bien mieux avec nous, à se battre dans Symphonie contre des monstres, plutôt que dans des saloons peuplés d'imbéciles imbus de leur apparence. Et puis, forcément, à côté d'un laideron comme moi, il peut oublier ses cicatrices !

Gêné, Abraham chercha désespérément quoi répondre, mais Noah enchaîna gaiement :

— Quand nous rentrerons avec le cadavre de la Harpiste, tous les beaux jeunes hommes se presseront à ses pieds !

— Il fait ça pour les rencontres ? s'étonna Abraham. Se mesurer à la Harpiste ?

— Il fait ça pour rafistoler son estime de lui-même, rectifia Noah, et crois-moi, ça vaut toutes les primes de Nacarat.

Abraham opina du menton. Il pensait comprendre cela.

— Celui qui lui a tailladé le visage, c'était un de ces types ? demanda-t-il.

— Moui, reconnut Noah du bout des lèvres.

— Homophobie ? pensa deviner Abraham.

— Oui. Non. C'était l'un de ses partenaires. Le premier. Ils étaient adolescents tous les deux. Le type a tailladé le visage d'Earl pour prouver aux autres gosses qu'il n'était pas homosexuel...

Ils gardèrent le silence un long moment. Abraham digérait cette information et tâchait de repousser les visions qui lui venaient. Même s'il avait perdu son frère, il mesurait combien ses camarades pouvaient eux aussi avoir des choses à gagner dans cette expédition. Pourtant, un petit doute le taraudait toujours. Noah lui inspirait de la sympathie. Il se lança :

— J'ai une question, mais s'il te plaît, ne te vexe pas.

Noah lui jeta un regard fugace. Son œil d'oiseau était indéchiffrable.

— Vas-y.

— Je crois en vous, mais je dois te le demander : vous allez vraiment combattre la Harpiste ? Cette réunion avec les veuves, ce n'était pas juste pour les arnaquer et leur soutirer de l'argent ?

— Bien sûr que non ! s'indigna Noah.

— S'il te plaît. Comprends-moi. Je dois être sûr.

— Nous avons tous de bonnes raisons de combattre la Harpiste.

— Lesquelles ?

— Tu verras.

— Ça ne me suffit pas ! C'est une prise de risque énorme. Donne-moi au moins la raison pour laquelle votre cheffe vous entraîne tous là-dedans.

— Belle ? Sa motivation est pourtant la plus évidente.

Ils contemplèrent le dos des deux femmes, Belle et Amy, qui chevauchaient en tête, botte contre botte, et se donnaient la main.

— Pour elle ? murmura Abraham. Parce que Amy a été prisonnière de la Harpiste ?

Cela dépassait son entendement. Amy était libre à présent. Abraham aurait-il eu le courage de venger son frère, s'il ne s'était plus trouvé en danger ?

La poussière était retombée, dégageant la vue. Ils chevauchèrent pendant des kilomètres dans des steppes monotones. Abraham contemplait son environnement avec un mélange de curiosité et de perplexité. Qu'est-ce qui avait fasciné son frère dans ce paysage maussade, érodé par les vents ? Pourquoi les gens du vieux continent nourrissaient-ils tant de rêves et d'ambition pour cette terre désolée ? Ici, tout paraissait stérile, brûlé jusqu'à l'os. Des falaises de grès rouge cuites et recuites par le soleil se dressaient sur sa droite, et à gauche s'échelonnaient des buttes brunes et des mesas pourpres, sommées de buissons d'épineux. Entre ces reliefs s'étendait une lande rase pleine d'ornières, des champs de pierres où ne s'élevaient que des cactus ou, parfois, des carcasses d'arbres morts. Les lavandes ressemblaient à de la cendre. Des ruisseaux asséchés serpentaient dans leurs lits sablonneux tapissés de galets blancs.

Abraham chercha à se connecter aux émotions de son frère. Il s'imagina à sa place, sur le chemin de l'Opéra. Jarod avait-il éprouvé de la confiance ou de la peur ? Avait-il eu une pensée pour son frère et sa mère, restés sur le vieux continent ? La dernière lettre qu'il avait postée datait-elle de ce jour ?

Peu probable, songea Abraham avec amertume.

Dans aucun de ses courriers, son frère n'avait parlé de la Harpiste et de son ambition de décrocher la plus glorieuse des primes, mais peut-être n'avait-il tout simplement pas voulu les inquiéter. Abraham connaissait la légende de la Harpiste, comme chaque personne s'intéressant de près ou de loin à Nacarat. S'il avait su que son frère se dirigeait vers elle, il se serait rongé les sangs. À raison.

Je vais tout arranger, se promit Abraham. *Je te délivrerai et tous les deux, on reconstruira quelque chose. On aura un avenir…*

Comme pour doucher son bel espoir, le gang longea un corps de ferme abandonné, dont la bâtisse principale se désagrégeait sous le soleil. Le bois du corral se détachait par écailles. Les portes grillagées du clapier à lapins et du poulailler claquaient dans le vent. D'une charrette, il ne restait que le fond plat et les roues de bois cerclées de fer.

— Où sont passés les gens qui vivaient là ? demanda Abraham.

— Probablement emportés par la Harpiste, répondit Jesse. C'était de la folie de leur part.

— Ils sont peut-être partis à temps ?

Il avait besoin d'espoir. Le pistolero haussa les épaules.

Ils dépassèrent un réservoir d'eau criblé de rouille et son éolienne qui grinçait, puis s'éloignèrent de la ferme abandonnée, plongés dans leurs pensées moroses.

Abraham redoutait une nouvelle attaque de derviches, mais aucun autre obstacle majeur ne se dressa sur leur route jusqu'au soir. Le seul événement marquant fut le serpent à sonnette qu'Earl tua d'un tir bien ajusté. Le reptile boula dans la poussière avec un soubresaut. Les grelots poussant en grappes au bout de sa queue tintèrent faiblement, puis il s'immobilisa, mort.

— Il est venimeux ? s'enquit Abraham.

— Le danger provient de ses grelots hypnotiques, le détrompa Noah. La musique te rentre dans la tête et ça t'empoisonne lentement. Je connais des gens qui sont devenus cinglés à cause de ça. Ils se sont percé les tympans, mais ça ne servait à rien, le bruit était à l'intérieur de leur esprit.

— Je vois, mentit Abraham.

En dépit de sa longue préparation et des nombreux entretiens qu'il avait menés à Frontières, il connaissait bien peu de choses de Symphonie.

Le soir tomba. Abraham sentait l'appréhension monter en lui. Avec la nuit, ses nouveaux camarades allaient devoir maîtriser le revers de leur greffe. Il avait gagné sa place dans le gang en promettant de veiller sur eux, mais un petit syndrome de l'imposteur palpitait en lui. Il remarqua que Jesse le regardait. Le pistolero montait en tenant ses rênes d'une seule main, son monstrueux fusil greffé reposant le long de sa cuisse.

— Tu regrettes toujours de m'avoir sauvé la mise ? demanda Abraham.

— J'ai tiré une balle. Je vais devoir recharger mon fusil. Ma nuit ne sera pas facile.

Abraham ignorait ce qu'il voulait dire par là, mais il se força à lâcher un « désolé » maussade. Les autres se taisaient. Ils paraissaient préoccupés.

— Je vais m'occuper des chevaux, proposa-t-il quand ils mirent pied à terre.

Pendant que les autres préparaient le camp, il enleva les selles, les filets, entrava les jambes des mustangs pour qu'ils ne s'égaillent pas dans Symphonie. Il brossa leur robe trempée de sueur et collée par la poussière rouge de la route. Puis il cura leurs sabots, vérifiant qu'ils n'étaient pas blessés aux pieds. Se retrouver au milieu des dos et des crinières lui fit du bien. Cela lui rappelait les moments volés, à Fraora, quand l'aînée des Kessel, complice de ses petites fugues, avait proposé de lui apprendre à monter. Le jour où, pour la première fois, il s'était retrouvé sur le dos d'un cheval de course résonnait encore en lui comme l'un des plus beaux moments de sa vie. Il s'était pourtant à moitié cassé la figure, agrippant l'encolure des deux bras, le nez dans la crinière, tandis que la fille du comte riait. Mais quand il avait gagné en stabilité, à califourchon sur le dos nu de sa monture, il s'était senti libéré d'un poids. Les jambes du cheval prolongeaient ses membres. Ils partageaient leur énergie.

Abraham avait été un élève remarquable. Peut-être le meilleur, même si bien entendu, personne ne l'avait jamais laissé concourir.

Après tout, il n'était qu'un serviteur…

Bercé par ses souvenirs doux-amers, il commença à se détendre.

La violence de l'après-midi se dissipait. Son bras lui faisait encore mal, mais demain serait un autre jour…

Et surtout, Jarod se rapprochait.

Chapitre 9

Le petit groupe avait allumé un feu avec des brindilles pour réchauffer leur portion de maïs et de haricots. Abraham s'assit avec ses nouveaux camarades. Il n'osait pas engager la conversation et baissait le nez sur sa tasse de haricots. La nourriture avait un goût de brûlé. Il se promit, dès le lendemain, d'y remédier. La voix de Belle, montant d'un cran, le fit sursauter.

— Portons un toast à August, dit-elle.

Elle levait une petite flasque de whisky.

— À August.

Elle passa la flasque à Amy qui but une gorgée et leva ensuite la flasque à son tour.

— À August.

L'alcool passa de main en main, jusqu'à Abraham, qui murmura d'une voix rauque :

— À August.

— Nous tuerons la Harpiste pour honorer sa mémoire, déclara Belle.

— Oh oui ! approuva Jesse.

— Il a été mal greffé, affirma Lizzie.

— Bien sûr que non, rétorqua Earl. Mais il n'a jamais vraiment réussi à contrer son revers. Il a lutté autant qu'il a pu, mais au final c'est l'Ouest qui l'a tué. Cette foutue contrée est la seule responsable.

— Pourtant, il l'aimait, dit Noah d'un ton pensif. Il avait traversé l'océan pour venir ici, des rêves plein la tête.

— Quels étaient ses rêves ? interrogea prudemment Abraham.

— C'était un authentique aventurier, répondit Jesse. Il voulait défricher ce pays avant les autres.

— Il voulait que son nom reste, compléta Lizzie. Il souhaitait avoir quatre enfants. Que des garçons, bien sûr. Cet enfoiré ! rigola-t-elle soudain.

— Son nom restera, intervint Belle sérieusement. On sera là pour le prononcer tous les soirs.

Elle récupéra la flasque et répéta :

— À August.

Et tous les autres reprirent d'une même voix :

— À August.

Puis Jesse ajouta d'un ton sinistre :

— Foutue greffe.

Abraham se leva pour aller uriner dans les buissons. Le soleil n'était plus qu'une flaque rouge à l'horizon. Dans quelques instants, il devrait veiller, seul, sur ses compagnons, dans ce désert inconnu. Par rapport aux autres, il n'avait rien vécu. Il n'avait aucune expérience. Jesse avait raison. Il était un bleu.

— T'en fais une tête, commenta Earl en le rejoignant.

Lui-même avait une sale mine. Il était pâle et sa rose commençait à se faner dans son œil.

— Ta blessure te fait souffrir ? poursuivit le jeune homme défiguré. Tu souhaites que je regarde ?

— Si tu veux, accorda Abraham de mauvaise grâce.

— Je ne serai pas long, ne t'inquiète pas. Je ne vais pas tarder à m'endormir de toute façon.

— T'endormir ?

Earl retroussa la manche sur le bras d'Abraham.

— C'est mon revers.

— Mais tout le monde doit dormir, non ? C'est humain.

— Disons que je suis du genre à ne pas me réveiller du tout. La nuit, je suis comme un cadavre.

— À ce point ?

— C'est la photosynthèse. La lumière me donne vie, mais la nuit, je m'éteins.

Il nettoya la blessure d'Abraham avec un peu d'alcool. Le jeune homme maîtrisa un sursaut de douleur.

— Je désinfecte, expliqua Earl. Tu es douillet, dis donc.

— Non…

— Mais si, tu es tendre.

— Arrêtez avec ça.

— D'où tu viens ?

— De l'ancien continent.

— Je me doute, mais plus précisément ?

— Fraora.

— Mais encore ?

Abraham contrôla son agacement pour ne pas répondre trop sèchement. Noah lui avait parlé de la sensibilité d'Earl et de son désir de plaire. Aussi se força-t-il à répondre la vérité :

— Je travaillais dans un manoir, sur une falaise. Mon employeur a fait fortune dans l'élevage de chevaux de course.

— Le luxe et la volupté, fantasma Earl.

Il pinça son propre bras. Une épine de rose creva la peau, auréolée d'une gouttelette de sève verte. Earl recueillit plusieurs gouttes visqueuses sur son index, puis badigeonna la blessure d'Abraham avec. Ses mains paraissaient se refroidir de minute en minute.

— Qu'est-ce que tu fais, exactement ? voulut savoir Abraham.

— Tu te méfies ?

— Non…

— Tu devrais.

Il tenta de sourire, mais le résultat le rendait plutôt effrayant.

— La sève de mon greffon se mêle à mon sang, poursuivit-il. Elle est à la fois remède et poison. Je peux tuer un homme avec une seule goutte.

— Me voilà rassuré.

— Et je peux guérir mes amis.

Abraham l'observait dans la lumière déclinante. Son œil humain papillonnait, tandis que dans l'autre orbite, la rose s'était flétrie. Il était pâle sous ses cicatrices. Un autre pétale de fleur se détacha de son orbite pour tomber, comme une larme rose et froissée, sur le bras d'Abraham. Par réflexe, le jeune homme recula.

— Je te dégoûte ? demanda Earl, lugubre.

— Mais non ! mentit Abraham.

— Restons-en là. Je pense que ça ira pour toi, maintenant.

En quelques minutes, il paraissait avoir pris 100 ans. Le cœur d'Abraham se serra de compassion.

Earl fit mine de s'éloigner d'un pas traînant. Il chancelait de fatigue.

— Je vais t'aider à marcher, d'accord ? proposa Abraham. Appuie-toi sur moi.

— Je suis moche, n'est-ce pas ? renifla Earl en passant péniblement son bras sur les épaules d'Abraham.

— Pas du tout. Au contraire, tu es d'une beauté très singulière.

— Je suis défiguré. Même la rose ne parvient pas à m'embellir. Je te fais peur…

— Jesse est en train de reluquer ton cul.

Abraham inventait.

— Vraiment ? demanda Earl en se redressant comme il le pouvait.

Abraham réussit à faire marcher Earl jusqu'au feu et il l'aida à s'asseoir. La fleur mourante laissait désormais béante l'orbite noire de l'œil.

— Abraham, viens trinquer ! l'appela Noah.

Abraham sursauta de surprise : la tête de son camarade était enfermée dans une cage à oiseau. Il agitait la flasque à whisky dans leur direction.

— Profite… de ta… soirée, exhala Earl en s'étendant à même le sol.

— Merci…

Abraham n'était pas sûr que son camarade l'ait entendu. Il rejoignit Noah.

— C'est ton revers ? demanda-t-il en s'asseyant à côté de lui.

— Oh, tu parles de la cage ? Oui, bien sûr. La greffe me joue des tours, comme à tout le monde. Si je ne m'enferme pas la tête là-dedans, les pensées d'Astraios contaminent les miennes.

— Tu te transformerais en aigle ? s'enquit Abraham, qui pensait à la panthère noire de Lala.

— Hélas non ! Je deviendrais simplement cinglé !

Il s'efforça de passer la flasque étroite entre les barreaux et lampa une gorgée de whisky.

— Les premières fois, quand je me suis fait greffer les yeux de l'aigle, mes nuits ont été particulièrement difficiles. Dès que le soleil se couchait, mes pensées ressemblaient à un cauchemar. Nos visions se mélangeaient. J'avais l'impression de me diluer, d'être envahi par l'aigle, et moi, je me répandais dans l'oiseau.

Astraios était enfermé dans une cage lui aussi. L'aigle ne cessait de s'agiter et de pousser des cris. Les barreaux comprimaient ses grandes ailes. Par la force de l'habitude, Noah ne s'en émouvait plus, mais Abraham se désola de ce triste spectacle.

— Et donc la cage fonctionne pour lui aussi ?

— Exactement. Elle maintient nos identités bien rassemblées, derrière des barreaux, chacune à sa place !

— Ton pouvoir, il en vaut vraiment la peine ? demanda Abraham, dubitatif.

— Et comment ! Je vois ce qu'il voit ! T'imagines pas comme c'est agréable de voler en plein ciel !

Il voulut s'accouder à la selle, dans son dos, dans une pose qu'il souhaitait sans doute décontractée mais qui lui arracha une grimace de douleur.

— Grâce à cette astuce, je peux profiter de mes nuits et enchaîner des tours de garde ! N'est-ce pas formidable ?

— Je peux prendre le premier si tu veux.

— Je ne suis pas fatigué !

— Noah prend le premier, décréta Belle en passant à côté d'eux à grandes enjambées. Tu feras le deuxième. Puis ce sera Amy. En cas de problème, tu réveilles Jesse.

— Et toi ?

— Moi, en dernier recours uniquement.

Elle dégaina plusieurs courtes dagues et, sous les yeux éberlués d'Abraham, entreprit de clouer sa propre ombre sur le sol. La forme blanche s'agitait dans tous les sens à chaque choc comme si cela la faisait souffrir. Quand elle fut immobilisée, Belle s'étendit sur son ombre en grimaçant. Amy s'allongea à côté d'elle, tendant le bras entre les couteaux pour lui prendre la main.

Elle a l'air vulnérable, ainsi, se dit Abraham, pensif.

Le pouvoir de Belle était redoutable, mais son revers la lésait puissamment.

Abraham détourna le regard pour s'intéresser aux deux derniers membres du groupe.

Jesse attachait les poignets gantés de Lizzie. En dépit du caractère gênant de la scène, l'adolescente plaisantait avec le pistolero.

— Comment vous avez su quoi faire pour maîtriser vos revers ? demanda Abraham à Noah.

— Souvent, le chirurgien qui t'a greffé peut t'aider, mais dans l'ensemble, les gens ont remarqué que plus la solution apparaissait bizarre et humiliante et plus le revers se trouvait entravé.

— Oui, en effet… Et votre camarade… August ? C'est son revers qui l'a tué, c'est ça ?

— Oui. Lui, c'était compliqué. Il s'était fait greffer récemment. Je crois qu'il n'a jamais vraiment réussi à contrôler sa malédiction. Aucun d'entre nous n'a compris. On s'est tous fait dépasser par le phénomène.

— Qu'est-ce qu'il s'est passé ?

Abraham avait conscience d'être indiscret, mais sa curiosité malsaine était trop forte, décuplée par le spectacle dérangeant de ses camarades entravés, attachés, encagés.

— Il s'était fait greffer un piquant de porc-épic. Son pouvoir était effrayant. Sa peau pouvait expulser des dizaines de piques acérées qui se plantaient comme des dagues dans ses victimes. Mais la nuit, elles migraient dans son corps. C'était incontrôlable. Elles ont fini par lui percer les poumons. Il est mort en crachant son sang. On n'a rien pu faire.

— Je suis désolé.

Ils gardèrent le silence un moment. Tous les autres s'étaient endormis et on n'entendait plus que les craquements espacés du feu de camp et le glapissement des coyotes dans la nuit.

— Et Earl ? reprit Abraham. C'est pareil, non ? Il a des racines ou des ronces épineuses à l'intérieur de lui ?

— Seulement sur les bras. Son revers est handicapant, mais pas trop méchant. Il suffit qu'il dorme et son greffon ne l'attaque pas. C'est pareil pour Jesse. Il cauchemarde toute la nuit, mais par rapport à Belle ou moi, ce n'est pas un revers trop dangereux.

— Et Lizzie et Amy ?

— Tu verras tout à l'heure. Si tu veux, je te refile mon tour de garde comme ça tu t'en mets plein les yeux.

— Non, non, c'est bon.

Abraham s'étendit sur le dos, la nuque contre le pan de sa selle. Son frère s'était-il fait greffer, comme eux tous ? Avait-il dû affronter un revers et s'humilier pour le repousser toutes les nuits ? Amy avait peut-être la réponse. Il faudrait lui poser la question, à elle seule, loin des oreilles indiscrètes…

Alors qu'il craignait de ne pas dormir, ses paupières se fermèrent lorsqu'une météorite stria le ciel d'un trait doré.

Noah le réveilla. Il lui sembla que quelques minutes seulement s'étaient écoulées.

— Ensuite, tu passeras le tour à Amy, lui rappela l'oiselier.

Abraham opina en silence, encore tout engourdi de sommeil.

La nuit était totale désormais et seul le feu dispensait sa lumière sur leur camp étrange. Le jeune homme envisageait de se préparer un café lorsqu'un martèlement sec attira son attention. Lizzie dormait, mais ses mains bougeaient de façon saccadée et leurs mouvements animaient le corps de l'adolescente en réaction. C'était comme si elle devenait la marionnette de ses propres mains. Son pouvoir tentait de la contrôler. Si elles n'avaient pas été liées, qu'auraient-elles tenté de faire ? L'étrangler ?

Voilà quelque chose que je préférerais ne jamais voir ! songea Abraham.

Il s'efforça de ne plus faire attention à elle.

Il redoutait qu'un danger n'advienne sous sa surveillance, mais les heures s'écoulèrent paisiblement, et il finit par réveiller Amy pour qu'elle le remplace.

Quand il la secoua par l'épaule, la jeune femme se releva très lentement. À côté d'elle, Belle s'agitait dans son sommeil, couchée dans son enclos de dagues, son ombre blanche allant et venant le long des lames, comme un fauve en cage.

Abraham resta près de la jeune femme, muet, indécis. Il avait tant de questions sur son frère.

— Va te recoucher, dit-elle d'une voix rauque, ralentie.

— Non. Ça va. Je voudrais te parler… si tu veux bien ?

Elle opina. Son mouvement était deux à trois fois plus lent qu'à la normale.

— Ton revers ? Il ralentit tes mouvements, c'est ça ? demanda-t-il.

— Oui. J'ai l'impression de peser une tonne. Mais par rapport aux autres, je ne souffre pas et ma vie n'est pas en danger.

Son débit était très lent lui aussi, un mot après l'autre.

— Tu ne voulais pas parler de moi, n'est-ce pas ? reprit-elle.

Il hésita. Avoir la confirmation que Jarod s'était fait greffer, c'était le perdre un peu plus… Il aurait encore pu préserver l'image de son frère, tel qu'il l'avait connu. Mais le désir de savoir était plus fort.

— Tu es la dernière à avoir vu mon frère, dit-il. Comment se portait-il à ce moment-là ? Était-il blessé ? Avait-il une greffe dangereuse ?

Elle prit une lente et profonde inspiration. Abraham était suspendu à ses lèvres, le cœur battant.

— Il allait bien, répondit-elle. Je n'ai pas remarqué de blessures. Il était greffé à la mâchoire.

— Comment ça ?

— Sa mâchoire inférieure était celle d'un fauve. Un puma. Pas de fourrure. Juste l'os blanc, qui rejoignait sa mâchoire humaine, ici.

D'un geste pesant, elle pointa sa propre joue de l'index.

— Ça ne lui faisait pas mal ?

— Non. Je ne crois pas.

— Quel était son pouvoir alors ?

— Quand nous nous sommes échappés de l'Opéra, il a sectionné le bras de notre geôlier d'un coup de dent.

Abraham éprouva une fierté déplacée.

— Et son revers ? s'enquit-il prudemment.

— Aucune idée.

Abraham essaya d'imaginer Jarod tel qu'Amy venait de le lui décrire. Après tout ce qu'il avait fantasmé, cette information pragmatique le soulageait. Sa greffe n'était pas trop handicapante et son pouvoir restait modéré. Logiquement, son revers devait être à l'aune du niveau de sa magie : modeste.

Il visualisa Jarod, un drôle de sourire dentelé sur le visage. Et il eut envie de sourire à son tour. Tout allait bien. L'Ouest, à sa façon, avait été indulgent avec eux. Ils pouvaient s'en sortir. Il le fallait.

Chapitre 10

Abraham se réveilla le lendemain, plutôt en forme. Les visions des revers des autres membres du gang ressemblaient à un rêve distant. La rose d'Earl avait repoussé et s'épanouissait de nouveau en une belle corolle rouge à la place de son œil droit.

— Comment va ta blessure ? s'enquit-il.

— Mieux, je crois, merci.

Earl inspecta la plaie, qui avait bien cicatrisé.

— Tu vois, je te l'avais dit ! s'exclama-t-il avec satisfaction. Dans les jours à venir, ce ne sera plus qu'un souvenir.

Abraham redéroula les manches de sa chemise jusqu'aux poignets, puis boutonna par-dessus son gilet noir. Le soleil tapait déjà. Il coiffa son chapeau de cow-boy et chaussa ses lunettes noires aux verres ronds cerclés d'or.

Ils repartirent assez vite. Le matériel avait été réparti entre les sept membres du gang. As-de-Pique portait deux sacoches, contenant des cartes, de la nourriture pour quinze jours, une vieille cocotte noircie, un briquet, une cuillère en bois et des bidons d'eau de quatre litres chacun.

Abraham se sentait bien. Il avait le sentiment apaisant de se trouver exactement à sa place : en route. Les nuages blancs dessinaient des ombres noires sur le sol rouge. Tout était paisible. Contrairement à la veille, il repérait des signes de vie. La rare végétation crissait du chant des insectes. De petits lézards bleus se dissimulaient dans les anfractuosités du sol à leur passage. Des empreintes ressemblaient aux pattes d'un raton laveur, puis Abraham nota le doigt surnuméraire. De même, il crut identifier des traces de cerf, mais à mieux y regarder, celles-ci étaient bizarres, différentes de celles des forêts de Fraora.

Symphonie révélait ses secrets avec parcimonie et seuls les plus acharnés, les plus brutaux et sans doute les plus doués réussiraient à lui arracher ses richesses.

Les autres membres du gang étaient de bonne humeur. Belle guidait sa troupe sans carte. De temps en temps, elle annonçait des noms : la route du diable, la vallée Moonhawk, le vieux puits…

— Il y aura encore des noms, plus tard ? demanda Abraham.

Belle répondit par son seul sourire, noir et lugubre.

Le soleil se haussa au-dessus de leurs têtes et la chaleur augmenta. Ils transpiraient sous leurs chapeaux. La sueur dégoulinait de leur front jusqu'aux sourcils. Elle contournait les yeux et glissait sur les ailes du nez. Abraham ne s'y était pas encore vraiment habitué. À Fraora, sauf au cœur de l'été, il faisait toujours gris et froid. Il laissa ses pensées dériver au pied des anciennes falaises blanches, quand ses yeux tombèrent sur une clôture en fil de fer barbelé, tendue au milieu du passage. Sur un poteau, quelqu'un avait cloué des fémurs et le crâne d'une bête inconnue. Un panneau annonçait seulement : « Faites demi-tour. Frontières : 100 kilomètres. »

— Les choses sérieuses commencent ! commenta Lizzie d'un ton réjoui.

Déjà, se dit Abraham.

Si, pour une raison ou une autre, il perdait son cheval, il était fichu. Jamais il ne rejoindrait la ville à pied dans cette fournaise.

Les mustangs effacèrent la clôture d'un saut et ils poursuivirent leur route.

— Vous connaissez la région, maintenant ? interrogea Abraham.

— Bien sûr. Ce soir, on devrait avoir atteint les Sweetwater Pools, répondit joyeusement Lizzie. Je les adore !

Abraham la considéra d'un air amusé.

Ils ont une telle confiance en leur propre pouvoir, songea-t-il avec envie.

— Vous n'avez jamais peur ? demanda-t-il.

— Le bleu a la trouille, se moqua Jesse.

— On connaît bien cette partie de Symphonie, tu sais, lui expliqua Noah. On l'a beaucoup arpentée pour chasser et récolter des primes.

Abraham acquiesça, mais il était impressionné.

Le soleil tourna vers l'ouest, au-dessus des montagnes bleues. Abraham releva ses lunettes noires, abaissa son chapeau. Des mouches bourdonnaient dans le silence. Des scarabées et des lézards traversaient la route rapidement. Le pas des chevaux crissait sur les cailloux.

Ils avancèrent ainsi, dans le calme de l'après-midi, jusqu'à voir des saules et des peupliers nains. Lizzie battit de ses grosses mains gantées.

— Les sources ! se réjouit-elle. On arrive aux sources !

— On pourrait continuer, remarqua Jesse en avisant la courbe du soleil.

— Et puis quoi encore ? s'indigna la jeune fille. Rater les Sweetwater Pools ?

Le pistolero dissimula un sourire taquin. Abraham le surprit et s'en étonna : Jesse paraissait dur, mais il ne masquait pas tout à fait la tendresse fraternelle qu'il éprouvait pour l'adolescente.

Lizzie pressa les flancs de son mustang et le cheval s'élança joyeusement. Lui aussi avait senti l'eau. As-de-Pique bondit à son tour. En quelques foulées, il dépassa la jument de Lizzie et se porta sans effort au cœur de la petite oasis. Comme le laissait deviner la présence d'arbustes au milieu du désert, plusieurs bassins d'eau se creusaient dans la roche aux alentours. Leur couleur variait du bleu turquoise à l'ardoise, en passant par le vert émeraude. Abraham mit pied à terre tandis que la jeune fille le rejoignait enfin.

— Tu avais juré de ne pas nous gêner et de nous obéir ! s'exclama-t-elle.

— Et donc ? releva Abraham, intrigué.

— Donc, à moi l'honneur !

Elle s'agenouilla près d'un bassin translucide pour boire dans ses mains en coupe.

— Un peu chaude, mais délicieuse !

Le groupe s'installa à l'ombre des petits arbres. Les gourdes bien remplies, suspendues aux branches, rafraîchissaient dans la brise. Deux par deux, ils entrèrent dans le bassin gris, dont l'eau n'était pas potable. Abraham eut l'impression de s'immerger dans un bain brûlant. Noah, avec lequel il avait le plus d'affinités, le rejoignit, grimaçant quand il cala son dos contre le relief des pierres.

— Ah, soupira-t-il, si je pouvais faire ça tous les jours, je suis sûr que cela guérirait mes vieux ligaments !

Il caressa la surface du bassin.

— Si seulement l'eau pouvait aussi nous purifier de notre passé et nous débarrasser des souvenirs douloureux.

Abraham, qui avait réfléchi pendant une partie de la journée, décida de s'ouvrir à son compagnon :

— On dirait que vous êtes heureux, ici, dans Symphonie.

— Parce que c'est la vérité ! répondit Noah en souriant. Nous sommes une famille comblée.

— Ce gang, c'est une famille pour toi ?

Le concept lui paraissait étrange, lui qui avait connu la forteresse familiale des Winters, son père, sa mère et son frère rassemblés autour de lui… Jusqu'à ce que Jarod fasse tout exploser.

— Disons que ma vraie famille est un ramassis de salauds, confia Noah.

Il souleva son bras anguleux. Une bosse, sous la peau, témoignait d'une fracture mal ressoudée.

— Mon père s'est débrouillé pour que je ne l'oublie jamais.

— Je suis désolé.

— Tu n'y es pour rien. Les monstres existent, et tous n'ont pas une tête de harpe. Et puis, tu vois ? On se révolte et on les massacre.

Il sourit, appréciateur.

— Je lui ai rendu la monnaie de sa pièce, dit-il avec fierté. J'espère que ses os se sont ressoudés aussi bien que les miens !

— Tu n'as jamais revu ton père ?

— J'ai fugué jusqu'à Frontières. Mon rêve, c'était d'être un pionnier, mais tu sais bien comment c'est : sans greffe, t'es rien ici. J'ai été le cobaye volontaire d'une opération risquée. Personne ne pensait que ça fonctionnerait. Même le chirurgien s'attendait à jeter mon cadavre dans une fosse commune. Cependant, mon corps avait appris à encaisser tous les outrages. J'ai rouvert d'autres yeux sur le monde et je suis devenu l'oiselier. Astraios a été le premier membre de ma nouvelle famille. Celle que j'avais choisi de reconstituer autour de moi.

Abraham grogna un assentiment. Il entendait surtout la haine vibrante dans ces paroles pourtant calmes. Dans ce corps anciennement brisé et reconstruit brûlait une rage inextinguible. Belle l'avait bien choisi… Pour Noah, brandir la tête de la Harpiste au bout de son bras déformé serait une belle revanche sur ses parents.

Perdu dans ses pensées, il ne vit pas Jesse arriver comme une bombe dans le bassin. Il s'installa entre eux dans une grande éclaboussure.

— Eh ! y a pas la place ! s'écria Noah.

— Je viens te sauver ! Le bleu cause trop !

— Je m'intéresse à vous.

— Tu as dit que tu ne nous gênerais pas, alors ferme ta gueule ! Ne nous pose pas de questions. Personne ne veut parler du passé, ici.

— Noah vient de le faire.

Jesse éclaboussa son camarade en représailles.

— Noah est une exception ! rugit-il.

— Pourquoi tu es venu nous faire chier exactement ? s'énerva l'oiselier.

— Pour te sauver, j'ai dit ! Remercie-moi.

Il se tourna vers Abraham.

— Tu n'avais pas prétendu être bon cuisinier, toi ?

— Si…

— Alors sors du bain et vas-y. Éblouis-nous.

Abraham s'extirpa du trou d'eau en ravalant ses remarques acerbes. Inutile de jouer le jeu de Jesse.

Les ingrédients disponibles ne lui permettaient pas une grande créativité. Il se promit de faire lever du pain pendant sa garde de nuit et de le cuire à la cocotte pour en proposer au petit-déjeuner. En attendant, il trouva du bacon fumé et séché qu'il fit griller, avec des pommes de terre et des haricots. Contrairement au repas de la veille légèrement carbonisé, il se débrouilla avec ses instruments de fortune pour ne pas rater la cuisson. Bien sûr, c'était très différent du matériel abondant dont il disposait dans les cuisines du manoir, mais il avait de bons réflexes.

— C'est correctement assaisonné ! remarqua Lizzie avec satisfaction quand elle goûta ses plats, le soir.

— Tu parles ! grogna Jesse. Ça n'a aucun goût. Il faut plus de sel sur les patates !

— Tu exagères, le tança Amy. Tu as un problème avec les pommes de terre, c'est tout. C'est leur goût normal !

— Je m'attendais à mieux de la part d'un type qui s'est fait engager pour cuisiner.

— Je ferai du pain cette nuit, proposa Abraham.

— Alors mets plein de sel dedans, surtout, lui conseilla Earl.

— J'en ferai un spécialement pour Jesse.

— Il veut m'empoisonner ! rugit le pistolero.

Abraham surprit un petit sourire sur les joues couturées de Belle et il se détendit. Il avait le sentiment de s'intégrer petit à petit, et même les piques de Jesse faisaient partie du processus. Bientôt, il appartiendrait au gang.

Chapitre 11

Pendant son tour de garde, Abraham redoutait l'invasion de prédateurs venant boire au point d'eau, mais seul un coyote décharné osa se faufiler près de leur petit feu. Ils se regardèrent en silence. Les yeux de l'animal brillaient comme deux piécettes d'argent dans la lueur des flammes. Abraham se contenta de siffler entre ses dents et le coyote s'éloigna en trottinant.

Le jeune homme tisonna le feu avant de se rasseoir. Il avait préparé son pain, mais devait patienter pendant que la pâte levait lentement. Sans personne à qui parler, il ressassait au sujet de Jarod. Son frère s'était-il fait de nouveaux amis à Nacarat ? Avait-il reconstitué une famille autour de lui ? Un frère de cœur, alors qu'il était loin de son frère de sang ? Il était parti seul. Il avait quitté le ventre de pierre des Kessel qui l'étouffait, et Abraham avait refusé de l'accompagner malgré sa prière muette, devant les grilles du manoir.

Notre mère ne s'en serait jamais remise.

Au moins avait-il pu accompagner sa petite maman jusqu'au bout.

Je ne me le serais jamais pardonné, pensa-t-il. *Et Jarod, se le pardonnera-t-il, quand il saura ?*

Mais Jarod avait toujours été plus fort, plus volontaire et déterminé. Quand Abraham s'était enorgueilli de ses petites incartades à l'écurie, à faire le mur avec la fille du comte pour apprendre à monter les beaux chevaux sur la falaise, Jarod avait explosé.

— Tu n'es pas libre ! avait-il rugi. Tu es comme ces chevaux ! Un animal apprivoisé que les Kessel exploitent !

— Les chevaux sont libres, s'était entêté Abraham, mécontent.

— Absolument pas ! Ils vivent dans des boîtes, ils sont harnachés, montés et frappés par la cravache ! Ils galopent dans des courses sans queue ni tête. On les fait travailler pour le profit et pour l'argent ! Oui, ils sont beaux. Toi aussi, tu es beau. Toi aussi, tu participes à dorer le blason de cette foutue maison ! Le comte est fier de nous exhiber, ses petits animaux exotiques bien dressés ! Révolte-toi, Abraham ! Tu veux passer ta vie à récurer des couverts en argent ? Ou tu veux chevaucher librement à Nacarat ? Toi et ton foutu canasson, vous pourriez être bien plus heureux là-bas ! Vous pourriez être LIBRES !

Abraham jeta un coup d'œil nostalgique à As-de-Pique. Il avait commis une petite folie en dépensant presque la totalité de sa bourse pour se payer le magnifique étalon noir, qui lui rappelait tant les beaux chevaux de son enfance.

— Est-ce qu'on est libre, toi et moi ? demanda-t-il à voix basse.

Le mustang tourna les oreilles dans sa direction et Abraham esquissa un sourire triste.

Les filles des Kessel n'avaient pas compris à l'époque. Elles avaient trouvé Jarod égoïste et, souvent, elles parlaient de lui en termes peu élogieux, croyant peut-être réconforter le petit frère abandonné. Au fond, c'était sa mère qui avait vu juste. Oui, Jarod était un héros. Le héros de leur famille. Il avait rompu avec son avenir tout tracé : la servitude de son travail, hérité de père en fils. Son profond désir de s'aventurer à l'Ouest n'avait jamais été motivé par l'argent, mais par la liberté. L'animal apprivoisé était redevenu sauvage. Il avait tenté d'ouvrir la voie à son petit frère ; Abraham étant timoré et docile, il n'avait pas saisi l'opportunité… Même la greffe subie par son frère revêtait désormais à ses yeux une aura de liberté : il avait accueilli un puma en lui, il s'était ouvert et était devenu plus grand que lui-même. Il avait invité l'Ouest dans son corps.

Et moi ? pensa Abraham. *Suis-je vraiment capable d'être libre ?*

Au petit matin, il prépara le café et son beau pain croustillant. Il se sentait un peu fatigué, mais ses réflexions nocturnes lui paraissaient moins amères à la lumière du jour. Peu importaient ces questionnements sur sa personne et son désir entravé de liberté. Il était là pour Jarod. Et il se rapprochait. Il était dur, volontaire, *lancé*.

— C'est si croustillant ! se régala Lizzie en mordant à belles dents dans son pain.

— Et moelleux à l'intérieur, approuva Earl.

— Ravi que ça vous plaise. Et le sel ? interrogea Abraham en scrutant Jesse.

— Ça va, reconnut le pistolero du bout des lèvres.

— Merci, Abraham, dit Amy en lui souriant.

Rassasié, le gang reprit la route à travers le désert nappé de sa croûte de poussière rouge-brun, en direction des montagnes bleues. Le soleil s'éleva progressivement et la chaleur devint abrutissante. Abraham somnolait sur sa selle, bercé par le pas cadencé d'As-de-Pique. Il avait le sentiment que cette journée s'écoulerait sans incident lorsque Earl appela d'un ton pressant :

— Cheffe.

Belle se retourna vers lui. Son ombre blanche accompagna le mouvement avec un temps de retard.

— Un problème ? s'enquit-elle.

— Je ne sais pas. C'est étrange. Les cactus… J'ai l'impression qu'ils parlent entre eux.

Il ferma son œil humain pour se concentrer. À droite, la rose paraissait plus rouge que d'habitude, comme gorgée de sang.

— Il y a quelque chose, dit-il finalement. Une intention malveillante.

Abraham, intrigué, regarda attentivement autour de lui. Depuis un moment, le groupe s'était enfoncé dans une forêt de cactus géants. Les troncs immenses se dressaient comme des piliers de temples vert-jaune, leurs épines longues comme des lames.

— Vous ne connaissez pas cette zone ? demanda Abraham.

— Non, répondit Lizzie, tendue.

— Astraios ne voit aucun danger, intervint Noah.

— Ce sont les cactus, insista Earl.

— On fait marche arrière ? demanda Jesse.

— La zone semble étendue, dit Belle. Peut-on la contourner facilement ?

— Je n'en vois pas la fin, les informa Noah.

— Alors on continue, ordonna la dompteuse. On ne va pas fuir devant des cactus.

Elle ravalait à grand-peine son agacement. Amy la regardait avec une attention soutenue, se demandant vraisemblablement si elle devait intervenir pour la calmer. Finalement, personne ne chercha à contredire la cheffe, et ils reprirent leur route entre les cactus géants. Pourtant, à leur tour, les chevaux commencèrent à marquer de la nervosité. Plusieurs d'entre eux renâclèrent et firent de menus écarts. Abraham se fiait à l'instinct des animaux. Une petite crispation lui saisit le ventre.

— Peux-tu communiquer avec les cactus ? demanda-t-il à Earl.

L'homme secoua négativement la tête. Sa rose paraissait avoir encore grossi et lui mangeait tout le côté droit du visage. Abraham détourna les yeux, gêné.

Ils continuèrent d'avancer, les rênes raccourcies pour contraindre les chevaux à marcher entre les cactus. La végétation devenait de plus en plus envahissante. Les épines s'allongeaient en bouquets, comme des grappes de baïonnettes, chaque pointe aussi piquante et pénétrante qu'une aiguille. Au cœur de ces nids de dagues poussaient parfois des fleurs en forme de clochettes rouges.

Ils progressèrent ainsi pendant un moment, immergés dans cet environnement étrange. Puis apparut le premier cadavre : un homme en guenilles, empalé sur une épine longue comme une hallebarde. Ses loques laissaient voir la chair calcinée par le soleil et, par endroits, le blanc des os. Ses orbites étaient vides. Les lambeaux de ses vêtements flottaient dans le vent brûlant, et l'espace d'un terrible instant, Abraham crut que le mort bougeait.

Belle, impitoyablement, les fit avancer. Ils trouvèrent d'autres cadavres. Les épines saillaient à travers les cages thoraciques, les cuisses, les bras pour mieux les exposer aux outrages de la chaleur et du temps. Les chevaux encensaient, épouvantés.

— C'est bizarre, commenta Lizzie. Comment ils se sont retrouvés là ? Les cactus bougent la nuit ou quoi ?

Abraham réprima un petit frisson de peur. Il imaginait à présent les cactus géants se déplacer silencieusement dans les ténèbres pour empaler les voyageurs pendant leur sommeil.

— Non, répondit Earl. C'est autre chose… Je ne sais pas quoi.

Brusquement, le vent forcit. Les épines rigides des cactus, prises dans les bourrasques, bougèrent. Ce mouvement, comme si une main invisible pinçait les cordes d'un instrument, leur fit émettre un son fade, mais musical, de hauteur différente pour chaque épine.

Les cactus chantaient.

— Ils vont nous hypnotiser ! avertit Belle. Mettez les bouchons d'oreilles !

Abraham s'exécuta fébrilement. Il comprenait, à présent, pourquoi des hommes pendaient aux épines de ces ogres végétaux. Subjugués par la musique, ils s'y étaient embrochés !

As-de-Pique se ramassa sous lui et le mustang d'Earl amorça une prise d'élan. Par réflexe, Abraham saisit sa bride et stoppa la monture du cow-boy à la rose.

— Ils s'en prennent aux chevaux ! s'écria Abraham. Maîtrisez vos montures !

C'était plus facile à dire qu'à faire. La musique étrange qui s'élevait de toutes parts affolait les mustangs. Côté humain, la cire l'atténuait un peu, mais Abraham l'entendait encore et surtout, il avait l'impression qu'une partie de lui cherchait désespérément à l'écouter et se concentrait spécifiquement dessus. Il se rendit compte qu'il fredonnait avec la mélodie. Depuis combien de temps ?

Non, arrête ça !

Il se focalisa sur As-de-Pique. Les chevaux devenaient fous et les cavaliers s'efforçaient de les soumettre en leur tirant sur la bouche. Belle cravachait sa pauvre monture. Les mustangs, à bout de nerfs, étaient sur le point de craquer. Celui de Lizzie se cabra de terreur. La jeune fille vida les étriers et chuta avec un cri inaudible. Sa monture bondit en avant. D'un coup de talon, Abraham envoya As-de-Pique au contact de son congénère et attrapa les rênes flottantes.

— Wôa ! commanda-t-il pour l'inciter à s'arrêter.

Le mustang piétina sur place. Ses yeux roulaient de terreur.

— Lizzie, en selle ! ordonna Belle.

Elle hurlait pour se faire entendre à travers les bouchons. Sa bouche couturée paraissait immense, comme un gouffre noir. La jeune fille réussit à remonter sur son cheval effrayé pendant qu'Abraham tenait sa bride.

— Ça va ? articula-t-il.

Elle ne répondit pas, très pâle. Abraham lui rendit les rênes et se pencha sur l'encolure d'As-de-Pique pour lui chuchoter des encouragements.

— Du calme, murmura-t-il, écoute-moi, je suis avec toi, là. Je suis là. Écoute ma voix.

Ses intonations monotones, mais sûres, se coulèrent dans l'esprit du cheval affolé. La musique continuait de croître autour d'eux ; le cheval noir se raccrochait à lui.

— On va montrer le chemin aux autres, d'accord ? Toi et moi, on va les sortir de là. Fais-moi confiance.

D'un claquement de langue, il relança son cheval entre les épines menaçantes. Les autres mustangs suivirent instinctivement As-de-Pique, se fiant à son leadership. Ils galopèrent à bride abattue, malgré les douloureuses griffures que leur infligeaient les épines. Abraham s'agrippait aux rênes et accompagnait la houle furieuse du galop. Des épines frôlaient ses bottes, ses cuisses. Des cadavres brûlés par le soleil défilaient à droite et à gauche, atrocement empalés. Les sabots des chevaux trébuchaient sur des os et une odeur pestilentielle flottait dans le vent chaud, mais le pire, c'était la musique, de plus en plus forte, qui leur emplissait la tête en dépit des bouchons d'oreilles, comme si elle s'infiltrait à travers les pores de la peau. Abraham avait l'impression d'être de nouveau victime d'une balle-rêve. Une partie de lui avait envie de s'endormir… de se laisser aller… d'abandonner. Il se concentrait sur As-de-Pique.

Monter, tu sais faire, s'encourageait-il. *Pas besoin de foutue greffe pour les sortir tous de là !*

La troupe galopait éperdument à sa suite dans l'espoir de quitter cette zone maudite.

Aussi brusquement qu'elle avait commencé, la forêt de cactus géants s'interrompit. Ils poursuivirent sur plusieurs centaines de mètres, jusqu'à ce que la musique des épines s'affadisse dans le lointain, et que tous se retrouvent au milieu d'une plaine de cailloux. Les mustangs roulaient des yeux exorbités. Ils écumaient et bavaient, les jambes et les flancs lacérés. Les cavaliers reprenaient lentement contenance.

Ils s'en étaient sortis.

Grâce à Abraham.

Chapitre 12

Abraham arracha les bouchons d'oreilles et mit pied à terre.

— Il faut soigner les chevaux, décréta-t-il.

Les autres l'imitèrent, encore fébriles.

— Tu nous as sortis de là, Abraham, dit Belle. Merci à toi.

— J'entendais la musique, lança Amy d'une voix vibrante. J'entendais la musique.

Elle seule avait gardé les bouchons d'oreilles et ses yeux fixaient les cactus au loin, les pupilles dilatées. Elle frémissait des pieds à la tête. Belle l'agrippa par les épaules et la ramena contre elle. Elle la tint dans ses bras, bien serrée, jusqu'à ce qu'elle arrête de trembler.

— La nuit tombe, reprit la dompteuse quand Amy fut un peu calmée. Arrêtons-nous là.

— Si près de ce champ de l'enfer ? s'étrangla Lizzie. Je veux pas rester là, avec les mains liées, alors que…

— C'est bon, la coupa la dompteuse. On en est sorti. Ça ne nous poursuivra pas ici. Les cactus sont enracinés au sol, ils ne peuvent plus nous atteindre, et on n'entend plus leur fichue musique. Abraham a raison, les chevaux ne peuvent pas continuer ainsi. Si on est encore en vie, c'est grâce à eux. Earl, occupe-toi de les soigner.

Earl fabriqua des cataplasmes avec la sève de ses bras et enduisit les multiples coupures des mustangs d'un baume luisant. Abraham l'aida. Les autres ramassèrent des brindilles et dépiautèrent des buissons d'amarante pour faire un feu de camp. Ils mangèrent dans un silence harassé, tandis que proches et loin, les coyotes hurlaient, jappaient, glapissaient. Cette soirée ne ressemblait guère à celle de la veille, dans l'eau claire des Sweetwater Pools. Amy, surtout, n'avala presque rien. De temps en temps, elle se balançait sur place, les bras croisés sur la poitrine, et serrait ses épaules entre ses mains tremblantes. Belle, assise à côté d'elle, lui frottait le dos sans rien dire.

— C'était une dure journée, souffla Abraham en observant le soleil se coucher.

— Et la nuit sera pire, maugréa Lizzie, mécontente. Je vais rêver de ces foutus cactus !

— Jesse en fera une nouvelle balle-rêve, dit Noah.

Jesse l'aidait justement à cadenasser la cage à oiseau autour de sa tête. L'aigle était déjà enfermé.

— Je vais prendre le premier quart, dit Abraham.

Les autres s'installèrent, la tête sur leur selle.

Assis devant le feu, Abraham resta seul, à regarder monter la lune et s'allumer la grande Orion. L'obscurité apaisait la morsure du soleil sur sa peau. Les égratignures laissées par les cactus seraient bientôt un mauvais souvenir. Tout paraissait calme en dépit des sons étranges qui bruissaient dans la nuit.

Les coyotes s'étaient brusquement tus une fois l'obscurité installée. À présent, des grillons stridulaient et un oiseau solitaire ânonnait inlassablement la même complainte qui ressemblait à une lamentation humaine répétant « pauv'Belle, pauv'Belle, pauv'Belle ». Agacé, Abraham le chercha, dans l'espoir de le faire s'envoler, mais ne le trouva nulle part.

Il se réinstalla devant leur petit feu et décida de faire du pain, pour s'occuper. Ses compagnons étaient étendus à même le sol, tout autour de lui. Jesse et Earl paraissaient les plus profondément endormis. Si les autres appuyaient la tête sur leur selle, la joue du pistolero reposait sur son monstrueux bras d'acier. Il grimaçait dans son sommeil. Que vivait-il actuellement, dans le secret de ses rêves ? Est-ce que Noah avait vu juste ? Rechargeait-il son arme greffée avec des images terrifiantes de cactus-baïonnettes ? Quant à Lizzie, son sommeil était très agité. Ses mains liées dansaient toutes seules au bout de ses bras. De temps en temps, elle ouvrait un œil cerné avant de se rendormir en soupirant. Une fois, ses propres bras réussirent à soulever tout le haut de son corps. Elle retomba lourdement avec une plainte rauque. Abraham fit mine d'aller la voir, pour l'aider ou la réconforter, il ne savait pas. Elle se retourna sur le côté en grommelant « laisse-moi ». Décontenancé, il s'excusa. En s'écartant, il dépassa Amy, et son pas ralentit malgré lui alors qu'il traversait sa zone d'influence, engluée dans le temps. Elle se reposait près de Belle, juste à côté du cercle de dagues, une main tendue vers sa compagne. L'ombre blanche, grise dans l'obscurité, allait et venait comme un lion en cage entre les objets du rituel. En dépit de l'étrangeté de leur groupe, tout se passait pour le mieux.

Abraham se rassit devant le feu. Son pain pétri devait reposer. Il n'avait plus rien à faire. La fatigue lui piquait les yeux et c'était difficile de ne pas somnoler avec tous ses camarades endormis autour de lui. Ses paupières s'alourdissaient. Il se réveilla en sursaut comme sa tête tombait contre sa poitrine. En grognant, il se leva pour faire quelques pas, s'étira, puis se rassit. Il s'efforça de penser à des choses heureuses et se revit aux côtés de son frère, lorsqu'ils étaient enfants.

Dans son souvenir, il faisait beau. L'herbe était verte et le ciel, très bleu. Jarod et lui gambadaient dans les vallées tortueuses qui environnaient le manoir des Kessel. Des boutons-d'or et des coquelicots parsemaient l'herbe de taches multicolores. Au loin, la mer grondait.

Les deux enfants couraient sur la falaise, les bras écartés. Ils se grisaient du vent marin, tout vibrants d'énergie et de rêves. Puis ils traversaient le tumulte du port jusqu'à ce que la mer, d'un coup, surgisse au détour d'un mur de pierre. Ils s'arrêtaient alors, les chevilles dans l'eau glacée. Le ressac faisait rouler les galets avec un crissement léger. Contempler les voiles blanches à l'horizon exacerbait leur appétit d'aventures. Son frère, surtout…

Il pointait le doigt et il disait :

« Un jour, j'irai là-bas, découvrir des trésors. »

Abraham se réveilla en sursaut, haletant, les bras crispés contre la poitrine. Bizarrement, il ne se rappelait pas s'être endormi. Le feu était presque éteint. Les cendres rougeoyaient dans l'obscurité. Le jeune homme se releva en chancelant, les jambes engourdies. Le rêve se dissipait pour laisser place à la noirceur angoissante des steppes. Les insectes s'étaient tus, et même cet oiseau agaçant ne parlait plus. Dans le lointain, des chiens aboyaient. Les coyotes ?

Non, pas eux...

Le son était bizarre, contrefait, comme si c'était des humains qui imitaient des chiens. Puis à leur tour, ils se turent brusquement. Une sensation de danger gela la moelle d'Abraham.

Il se passe quelque chose, pensa-t-il, éperdu.

Les chevaux, nerveux, piétinaient au bout de leurs entraves. Ils avaient peur et cela acheva de terrifier le cavalier. Il se retourna lentement pour regarder ses compagnons. Tous dormaient profondément. Même les mains gantées de Lizzie ne s'agitaient plus.

— Réveillez-vous, dit-il.

Il avait voulu parler fort, mais sa voix s'écrasa pitoyablement au fond de sa gorge. Les autres ne remuèrent même pas.

— Réveillez-vous !

D'une main tremblante, Abraham tisonna les braises jusqu'à ce que les flammes reprennent en crépitant. Le sommeil de ses compagnons était trop profond, trop lourd.

— Belle !

Rien. Aucune réaction. Il avait l'impression de ne plus exister sur le même plan qu'eux, comme s'il était un fantôme, mort, et déjà effacé de la surface de la terre.

Il saisit un bout de bois pour improviser une torche et esquissa quelques pas en direction de la nuit étoilée. Autour de lui, il n'y avait personne, mais plus il balayait la plaine du regard et plus son malaise grandissait.

Quelque chose l'observait. Quelque chose jugeait ses décisions, le moindre de ses gestes…

Abraham avança jusqu'à sortir du cercle de lumière du feu. En un vertige, il comprit qu'il marchait seul dans des ténèbres hantées par des monstres, et c'était peut-être exactement ce qu'attendait la créature tapie dans l'obscurité. Il allait retourner auprès de ses compagnons lorsque, du coin de l'œil, soudain, il la vit.

Pendant une seconde, son cœur s'arrêta de battre, avant de repartir à toute allure.

Une forme humanoïde se tenait debout, à quelque distance de leur campement, et elle les observait. Abraham n'en distinguait presque rien, hormis sa haute silhouette, noire sur noir. Pris d'une impulsion subite, il projeta sa torche en direction de la chose. La lumière traça une parabole dans l'obscurité, dispersant de petites étincelles, puis elle explosa sur le sol, non loin de la créature. L'espace d'une seconde, elle fut visible. Le feu la fit ressortir, longiligne et rouge sur la nuit profonde.

Elle était grande, très grande, plus que n'importe quelle femme. Elle se tenait droite et sa longue robe de soirée blanche accentuait son port altier. Au-dessus des clavicules commençait un cou fin et délicat, mais à la place de sa tête se haussait une harpe blanche.

Toi, pensa Abraham, pétrifié de stupeur.

Il se réveilla en sursaut.

Un rêve imbriqué, songea-t-il tandis que le cauchemar se dissipait avec des frissons sur ses avant-bras.

Il s'était endormi pendant sa garde. Pendant combien de temps ? Honteux, il regarda autour de lui. Heureusement, tout était calme. Là où se tenait la

Harpiste dans son rêve, il n'y avait rien. Seuls s'étendaient face à lui la solitude et le silence du désert.

Pourtant, de façon insidieuse, il avait l'impression d'être observé.

Comme si elle était vraiment venue les regarder dormir…

Et leur montrer qu'elle pouvait les atteindre, où qu'ils soient, maintenant qu'ils s'étaient aventurés sur son territoire.

Chapitre 13

Le reste de la nuit se déroula sans incident, mais Abraham était en proie à une telle nervosité qu'il prit naturellement un second quart avant de passer le relais à Noah.

— Tu fais du zèle ? grogna l'oiselier.

La marque des barreaux s'était imprimée sur sa joue. Il massait sa nuque douloureuse, assis près du feu. Sa scoliose déformait la position de son dos.

— J'étais nerveux, confia Abraham sans avouer pourquoi.

Noah ne lui demanda pas d'explication. La nuit à Symphonie, l'anxiété n'avait rien d'inhabituel.

La tête appuyée sur sa selle, Abraham ne s'endormit pas tout de suite. Il redoutait de rêver de la Harpiste, de nouveau. Cette créature l'obsédait depuis si longtemps…

Finalement, la fatigue le terrassa, mais il se réveilla à plusieurs reprises, frissonnant comme une bête malade. Entre ses paupières mi-closes, il surveillait l'oiselier. Dormait-il ? Veillait-il ? Leur petit feu se reflétait en rougeoyant sur les barreaux de la grande cage à oiseau.

Puis un sursaut l'agitait, Noah grognait, et Abraham refermait les yeux.

Au terme de cette nuit d'angoisse, le jour beurra de blanc la poussière violette, à l'horizon, et les coyotes se remirent à hurler. Abraham, qui ne dormait plus, se sentit atrocement soulagé. À la vue de Belle qui s'étirait en souplesse, son ombre léonine frémissant à ses pieds, et de Jesse qui astiquait son fusil rechargé par ses rêves, il reprit espoir. Tout allait bien. Il était exactement à sa place, au milieu de ses camarades, bien armés pour affronter l'ogresse de Symphonie.

— Tu n'as pas cuit ton pain, remarqua Lizzie.

— J'ai oublié, grommela Abraham.

— Voilà déjà ses promesses qui s'envolent ! commenta férocement Jesse. Cuistot de mon cul !

— Personne ne veut bouffer ton cul ! réagit Lizzie.

— Désolé, je m'en occuperai ce soir, promis.

— De son cul ? rigola Earl.

— Arrêtez vos grossièretés ! ordonna Belle. Et toi, Abraham, essaie de penser au pain, on a besoin d'énergie.

Ils mangèrent des haricots à la cuiller, directement dans leur tasse en fer, avec des œufs durs et un fromage coriace. Les chevaux sellés et bridés, le groupe se remit en route. Abraham se retrouva non loin d'Amy. Elle paraissait aller mieux, à présent qu'ils s'éloignaient des cactus musicaux. La jeune femme l'étudia un moment avant de demander :

— Ça ne va pas ?

La question le délivra. La peur qu'il avait ressentie, la solitude et l'impuissance, tout coula hors de lui en une confession libératrice. À voix basse, il lui raconta son cauchemar. Amy l'écoutait avec attention, sans l'interrompre.

— J'ai eu l'impression qu'elle était là, déclara finalement Abraham. C'était étrange.

— C'est possible, répondit Amy.

Sa voix tremblait. Abraham remarqua la ligne contractée de sa mâchoire : elle serrait les dents pour les empêcher de claquer, et elle s'agrippait tant aux rênes que ses jointures blanchissaient.

Elle était épouvantée.

— Amy ? l'appela-t-il doucement, désolé de l'avoir replongée dans ses affreuses réminiscences.

Elle continua de regarder fixement entre les oreilles de son cheval. Abraham se demanda si elle voyait les steppes rouges ou bien les loges sordides de l'Opéra.

— Amy… répéta-t-il.

Cette fois, elle tourna la tête vers lui.

— Elle est omnisciente, Abraham, bégaya-t-elle. Elle voit à travers les yeux de tous les animaux de Symphonie. Ses musiciens peuvent nous capturer en jouant de la musique. Les derviches qui t'ont attaqué, ce ne sont que des bestioles inoffensives à côté de ses serviteurs.

Elle était si terrifiée qu'Abraham demanda :

— Comment tu fais pour y retourner ? Amy… Tu es sûre que ça va aller ?

Ses lèvres s'écartèrent et d'une voix très basse, presque inaudible, elle confessa :

— J'ai peur partout, Abraham. Absolument partout… Tout le temps…

— Amy !

La voix impérieuse de Belle claqua entre eux et Abraham sursauta comme si elle l'avait frappé de sa cravache.

— Viens près de moi, exigea-t-elle.

Amy fit accélérer son mustang pour chevaucher botte contre botte avec Belle. La dompteuse lui prit délicatement la main et parla avec elle à mi-voix. Abraham ne pouvait entendre leur conversation, mais progressivement, les joues pâles d'Amy reprirent des couleurs et elle réussit à esquisser un faible sourire.

Leur lien est tellement fort, se dit Abraham, pensif.

Un brin de jalousie s'entortilla à la compassion qu'il éprouvait pour la jeune femme. Belle n'avait pas abandonné Amy, et Amy se raccrochait à Belle. Elles tenaient bon ensemble, malgré la violence qui avait secoué leur vie comme un ouragan.

Ils chevauchèrent toute la matinée dans les paysages monotones. Le désert rouge sombre s'étendait à perte de vue devant eux, sous les nappes de chaleur tremblotantes, mélange de pierraille, de sable et de poussière pourpre. Des bosses et des mamelons de grès jaune pâle saillaient par endroits, ainsi que quelques plantes broussailleuses et des buissons piquants. À l'horizon se dressaient toujours les montagnes, silhouettes bleues aux contours nets. Abraham avait l'impression de voyager à rebours à travers des terres ancestrales. Il imaginait les ossements de dinosaures sous ses pieds, des formations préhistoriques et des créatures fossilisées dans la roche. Peut-être étaient-ils en train de chevaucher sur un monstre antique pétrifié…

Vers midi, les chevaux escaladèrent une colline de schiste et d'argile, striée de coulées de grès. Des bâtiments en ruines étaient érigés au sommet.

— C'est une ancienne mine, dit Noah, dont l'aigle s'était déjà perché au faîte d'une des bicoques.

Ils arrivèrent quelques minutes plus tard sur le promontoire. Il dégageait une belle vue sur les terres qui s'étendaient au-delà : la désolation pourpre du désert, les pics rocheux, les rubans plus sombres des ravines et ceux, scintillants, des rivières, les buissons d'épineux et les cactus, les montagnes bleues… Où était la Harpiste exactement ? Dans son Opéra ou au contraire, tout près d'eux, à les épier ?

— On va faire une pause ici, décréta Belle.

Le soleil était à son zénith et les camarades s'abritèrent avec soulagement à l'ombre des cabanes en ruines. Lizzie alluma rapidement un petit feu. Ils cuisinèrent des œufs brouillés avec des piments verts et des restes de pommes de terre cuites dans la cendre, la veille. Rassasiés, Abraham, Earl et Jesse décidèrent d'explorer les alentours de la mine, tandis que les femmes et Noah discutaient en buvant leur café dans leurs tasses cabossées.

Ils enjambèrent les vestiges d'un enclos à mulets puis longèrent une piste de chariot qui s'enfonçait vers les béances obscures de la mine, jusqu'à trouver un puits creusé dans la roche. Une échelle en bois pourri descendait dans le noir. Personne ne prit le risque d'y poser le pied. Les barreaux s'effriteraient sous leur poids et les précipiteraient tout en bas, dans l'obscurité.

Abraham se pencha au-dessus du gouffre d'où montaient des relents chauds et rances. Par jeu, il jeta des cailloux dans le trou. Les pierres tombèrent sans un bruit. Les hommes eurent beau tendre l'oreille, ils ne les entendirent pas toucher le sol.

— C'est bizarre, non ? fit Earl, dubitatif.

— Quelle idée aussi de vouloir creuser une mine à Symphonie, maugréa Jesse.

— Ils ont voulu trouver de l'or, suggéra Abraham.

— Si on descendait là-dedans, on trouverait surtout leurs os ! s'exclama le pistolero.

Abraham jeta une dernière pierre. Elle heurta l'échelle et emporta avec elle des débris de bois moisi.

— Toujours rien, nota-t-il, déçu.

Ils allaient partir quand, du fond du trou, monta une mélopée faible et désespérée.

Les trois hommes s'entre-regardèrent avec effroi.

Brusquement, un chœur s'éleva des ténèbres, des dizaines de voix qui hurlaient, folles de terreur. Les mineurs les appelaient au secours, du fin fond de leur prison.

— On reste pas là ! ordonna Jesse.

— Mais ces gens… balbutia Abraham.

Tous les prisonniers le renvoyaient forcément à son frère. Jarod aurait pu être là, à leur place…

— Non ! aboya le pistolero. Ils chantent, bon Dieu ! Tu n'entends pas ? Ils chantent !

Et c'était vrai. Les plaintes étaient curieusement harmonieuses, suivant une mélodie écorchée, comme si un chef d'orchestre guidait leurs supplications à la baguette.

— On se tire ! confirma Earl.

Ils rejoignirent les autres. Belle était déjà debout, comme si elle avait senti que quelque chose n'allait pas. Son ombre frémissait derrière elle. La crinière du lion blanc affleurait des pierres.

— Qu'est-ce qui se passe ? demanda-t-elle froidement.

— Y a des gens qui chantent dans la mine ! répliqua Jesse, à bout de nerfs.

— On s'en va, intima Belle.

Elle parlait calmement, mais avec fermeté.

Tous se remirent en selle et les voix des mineurs devinrent de plus en plus plaintives et lointaines.

La nuit retomba vite, trop vite, sur le petit groupe exténué.

Ils établirent leur bivouac avant le coucher du soleil, non loin de la rivière qu'ils avaient aperçue du haut de la mine. Abraham prépara un pain de maïs, et pendant qu'il cuisait, ils burent chacun une lampée de whisky en écoutant les coyotes saluer le soleil et la lune.

Comme la veille, Abraham prit le premier quart. Autour de lui, ses camarades affrontaient leur revers : la dompteuse crucifiée au milieu de ses dagues, Amy ralentie, Noah encagé, Lizzie ficelée, Jesse dormant sur son fusil et Earl tout à fait éteint, la rose fanée perdant ses pétales à chacune de ses expirations…

Frontières était loin à présent. Ils ne pouvaient plus se réfugier au sein de la civilisation, derrière la ligne des gardes armés. Désormais, ils étaient seuls au milieu d'un territoire hostile. Presque tous portaient dans leur corps un organe provenant d'une bête tuée dans cet État.

L'angoisse repoussait le sommeil d'Abraham. Il s'installa près du feu, le fusil à pompe sur les genoux.

Ton frère est au bout du chemin, songea-t-il pour s'encourager.

C'était bizarre d'être ici. Il avait l'impression d'accomplir le rêve d'un autre. Jarod disparu, il était venu pour le chercher, mais aussi, avec une loyauté étrange, pour rendre hommage à leurs aspirations d'enfant. Sans son frère, il n'aurait peut-être jamais traversé l'océan.

Sans avoir mis le pied à Nacarat, Jarod avait été saisi dès l'adolescence par la fièvre de l'Ouest. Abraham se souvenait très exactement de l'origine de cette obsession. Ce jour-là, il avait pris sa décision.

Chapitre 14

Jarod avait 14 ans ; lui, 11. Ils déambulaient en ville, désœuvrés, par un dimanche après-midi grisâtre. Le matin, ils s'étaient ennuyés sur les bancs de l'église, et à présent, ils s'ennuyaient en attendant leur mère qui déjeunait avec les autres servantes des Kessel. À cause de leurs beaux habits, ils n'avaient pas le droit de courir dans les flaques, ni d'aller à la mer. Ils flânaient dans les ruelles, sans but, et cherchaient comment s'occuper lorsqu'un vacarme de hurlements et de sabots avait explosé dans le silence.

Un cheval emballé, tirant une petite calèche, dévalait la rue en un galop furieux. Agrippée aux rênes, impuissante, une femme hurlait de terreur. Abraham, pétrifié, comprit aussitôt qu'elle était en danger de mort. Une secousse risquait de la projeter tête la première contre un mur. Une ornière pouvait disloquer une roue et la faire crouler au milieu des débris acérés de son véhicule.

Jarod et Abraham, en un instant, s'étaient sentis investis d'une mission héroïque.

— Il faut l'arrêter ! s'écria son grand frère.

Il fit mine de s'élancer au-devant de la monture emballée, mais Abraham le retint à temps par le bras. Jamais il ne réussirait à l'arrêter ainsi ! L'animal frappé de folie le renverserait et le piétinerait à mort.

— Fais-moi la courte échelle ! ordonna-t-il.

Le petit Abraham ne donnait jamais d'ordre. Surpris, son frère ne réfléchit pas ; il obtempéra.

Abraham, debout sur les mains jointes de Jarod, se hissa d'une traction sur la gouttière de la maison qui surplombait la rue. Il fila le long du toit au moment où le cheval déboulait en contrebas, et sauta, leste, précis, pour atterrir pile sur le dos de l'animal. Le choc manqua le désarçonner. En un éclair, il se retrouva au milieu du chaos et du bruit. Les muscles du cheval roulaient sous lui. Sa crinière lui fouettait le visage. La vitesse, effarante, lui coupait le souffle. Les cris de la malheureuse cochère, ainsi que les cliquetis des roues sur le point de se détacher de leurs essieux, l'environnaient.

Se penchant sur l'encolure, il saisit la bride qui frappait sans relâche le cou de la bête effrayée, et la tira sur le côté, tordant ainsi la tête du cheval sur la gauche. La puissance de l'animal le percuta jusqu'à l'épaule, mais il tint bon. Entre ses dents, il répétait des encouragements, bas et sûrs, pour l'apaiser. Terrifié, le cheval secoua la tête pour lui arracher la bride de la main et se débarrasser de lui. Avec ses petites forces d'enfant, Abraham lutta. Il parla, et parla encore, léger sur le dos de la monture emballée, voûté sur elle, respirant de mieux en mieux en dépit des cahots et de la houle du galop. Le rythme ralentit progressivement. Le paysage réduit à une traînée grise et floue se redécoupa en maisons. Le cheval, hors d'haleine, trempé d'écume, s'arrêta devant le muret qui séparait la jetée de la mer. Abraham se redressa lentement, tout étourdi. Ainsi, en quelques secondes furieuses, ils avaient rejoint le port. Ils l'avaient échappé belle ! Si le cheval s'était entêté dans sa course folle, ils auraient foncé dans le muret. Il s'y serait brisé les jambes. La calèche aurait explosé. La cochère se serait écrasée sur les galets, ou pire…

Il se retourna, encore un peu ahuri de se retrouver là, comme si un autre avait agi à sa place. L'adrénaline le laissait tout tremblant.

— Ça va ? demanda-t-il.

La femme, incapable de lui répondre, sanglotait de soulagement.

Jarod arriva en courant. Son inquiétude fondit à la vue de son frère juché sur le grand animal, de la calèche arrêtée, de la femme saine et sauve. Il fit descendre son frère du cheval, puis s'approcha de la conductrice, sur le banc du cocher.

— Ça va ? s'enquit-il à son tour.

Le regard de la cochère vacilla en se tournant vers les deux garçons. Elle sourit à travers ses larmes.

— J'ai eu tellement peur, gémit-elle. Je suis désolée de vous avoir mis en danger. Je vous remercie pour ce que vous avez fait.

— Il faut remercier mon petit frère. Il s'appelle Abraham et il est sacrément bon avec les chevaux !

La femme se tourna vers le petit garçon et le salua avec gravité.

— Merci, Abraham, pour ton courage et ton grand talent.

Elle ne pleurait plus et reprenait lentement contenance.

— Je me sens ridicule, leur avoua-t-elle. Dans l'Ouest, j'ai triomphé d'un monstre, et voilà que je manque me tuer en perdant le contrôle de mon cheval !

— Dans l'Ouest ? releva Jarod, intrigué.

— À Nacarat, le Nouveau Monde, explicita-t-elle en posant un pied tremblant sur les pavés.

Abraham la retint par le coude avec l'élégance d'un gentilhomme. Il l'aida à s'asseoir sur le muret. La jeune femme brossa ses jupes du plat de la main et poussa un long soupir. Elle respirait mieux à présent. Son cœur devait ralentir dans sa poitrine. Jarod, les bras croisés, la toisait avec suspicion.

— Je connais les histoires, dit-il. Est-ce que vous êtes greffée ?

— Ça, oui, répondit la femme en souriant.

Elle retrouvait des couleurs et la question semblait l'amuser, au-delà des restes de frayeurs.

— Vous ne me reconnaissez pas ? demanda-t-elle.

Les garçons secouèrent la tête.

— Je croyais que vous m'aviez aidée pour cela, mais votre secours était désintéressé. Cela vous honore encore plus.

— Vous êtes riche ? voulut savoir Jarod de but en blanc.

— Je suis la cantatrice.

— Et ?

— Je suis l'unique greffée de l'État de Symphonie.

— L'État sauvage ? releva Abraham pour montrer l'étendue de ses connaissances. Celui que personne n'a pu cartographier ?

— Exactement. J'ai abattu un monstre là-bas, d'une balle dans la tête, et on m'a greffé ses cordes vocales.

Depuis, j'ai fait fortune ici, grâce à ma voix extraordinaire… Celle d'un monstre en réalité.

— Vous avez un pouvoir magique ?

— Je charme les humains avec mon chant. Comme une sirène…

— Vous auriez dû chanter pour votre cheval ! intervint Abraham, pragmatique.

— Mon pouvoir ne fonctionne que sur les humains.

— Alors chantez pour voir ! réclama Jarod, toujours méfiant.

La femme fouilla dans ses sacs pour en tirer deux beaux billets décorés à la feuille d'or qu'elle tendit à l'aîné.

— Je donne un récital ce soir dans votre ville. Venez me voir, si vous le voulez. Je vous offre deux places en remerciement pour votre bravoure.

Abraham était perplexe. Assister à un concert lui paraissait d'un ennui mortel, il aurait préféré des sucreries, mais la curiosité de Jarod avait été piquée à l'évocation de Nacarat. Il accepta avant que son petit frère n'ait ouvert la bouche.

— Nous viendrons vous écouter, dit-il.

— Je ne veux pas qu'elle nous mange comme une sirène ! s'exclama Abraham, épouvanté.

— Ce que tu es bête, elle ne va pas manger ses clients, cornichon ! le réprimanda Jarod.

— Tu as raison, jeune homme, approuva la cantatrice. Mais ton petit frère n'a pas tort non plus ! Pour vraiment profiter du spectacle, mettez ça.

Elle leur remit des bouchons d'oreilles.

Son cheval épuisé se laissa guider par la bride. Elle s'en fut ainsi, avec sa calèche et ses affaires, dans l'air plein d'embruns et la lumière grise de cet après-midi d'automne.

Il se mit à pleuvoir en début de soirée, une petite bruine qui assombrissait le crépuscule. Des couples patientaient sous des parapluies devant l'entrée de la salle de théâtre. Les dames lissaient leurs boucles humides ; les hommes crachotaient la fumée de leur cigare sous la pluie. Les spectateurs regardaient d'un drôle d'air pincé ces deux enfants noirs qui faisaient la queue avec eux. Les frères avaient dû faire le mur pour sortir en ville au-delà de la permission du dimanche après-midi. Jarod avait entraîné son cadet sans une once d'hésitation. Abraham se sentait mal à l'aise et anxieux. Il n'aimait pas l'attention qui pesait sur lui. Il avait l'impression que tout le monde savait qu'ils avaient désobéi aux adultes. On allait forcément les dénoncer. En plus, la cantatrice lui avait fait peur. Elle était une sirène. Elle attirait et charmait les gens avec son chant… Et ensuite ? Dans sa gorge, il y avait un monstre de l'Ouest. Qu'allaient devenir toutes ces personnes qui patientaient sur le trottoir ? Allaient-elles finir dévorées ? Il s'enfonça les bouchons dans les oreilles.

Enfin, ils purent franchir le contrôle d'un caissier qui examina longuement leurs billets dorés, comme s'il pouvait s'agir de faux, et ils pénétrèrent dans le hall bondé.

— Elle a du succès en tout cas, grommela Jarod.

— Quoi ? hurla Abraham, qui n'avait pas entendu à cause des bouchons.

— Elle a du succès ! répéta Jarod en haussant le ton.

Plusieurs personnes se tournèrent vers eux, réprobatrices.

— Les greffés font fortune, dit Abraham.

Il récitait ses cours.

— Oui, je sais bien…

— Quoi ?

— Enlève tes bouchons, triple buse !

— Non !

Dans la brève lutte qui suivit, ils écrasèrent le pied d'une dame et heurtèrent un monsieur. Les grondements des spectateurs les firent fuir vers un bel escalier à la rampe en bois ouvragé. En haut, ils découvrirent la salle de concert. Des gens s'y installaient. Le murmure des conversations formait un bourdonnement sourd. L'espace confiné sentait les parfums capiteux et la laine mouillée, mais la température était agréable et des centaines de bougies projetaient une vive clarté sur les têtes et les chapeaux. Les deux garçons étaient totalement dépaysés dans cet environnement luxueux, à mille lieues du crottin de l'écurie des Kessel.

— C'est beau ! rugit Abraham, à cause des bouchons.

— Chuuuut !

Le petit garçon admira les balcons à balustrades qui surplombaient un parterre de chaises recouvertes de soie. Dans la fosse, un groupe de musiciens accordaient leurs instruments.

Jarod trouva leurs places. Il se fraya un passage jusqu'à leurs sièges en poussant les autres spectateurs. Les joues d'Abraham cuisaient de honte, mais il n'osa rien dire, se coulant dans le sillage de son frère, tête baissée.

Enfin, ils furent installés. Les lumières s'éteignirent et sur scène, devant un grand rideau de velours rouge, une rampe de feu s'alluma en tremblotant. Les conversations se turent. Seul un toussotement résonna, en entraînant d'autres dont les échos persistèrent quelques secondes. Puis ce fut le silence.

— Mets les bouchons d'oreilles, supplia Abraham.

— Chut ! ordonna leur voisine.

Jarod ne répondit rien. Il faisait sa mauvaise tête.

— Mets les bouchons d'oreilles, répéta Abraham un ton plus haut. Mets les bouchons d'oreilles !

— Chut ! siffla quelqu'un derrière eux.

Et une autre voix :

— Taisez-vous, les enfants !

Jarod s'exécuta enfin en grognant. Il enfonça la cire dans ses oreilles.

— Quel gâchis, murmura leur voisine, affligée.

— Autant donner de la confiture à des cochons, approuva l'homme qui l'accompagnait.

Abraham se carra au fond de son siège, les mains serrées sur les accoudoirs, et il attendit.

Dans la fosse, les violons jouèrent leurs premiers accords. Le rideau se leva en bruissant pour révéler un paysage rouge et aride, peint sur une fine toile de soie. La cantatrice arriva sur le devant de la scène, lente et majestueuse. Abraham qui l'avait vue en larmes et débraillée cet après-midi la reconnut à peine. Elle était sublime… et inquiétante. La rampe de feu l'éclairait par en dessous. Les ombres creusaient son visage, empreint d'une gravité solennelle. Une rafale d'applaudissements salua son apparition. Un monstre du Nouveau Monde se dressait devant l'ancien peuple. Elle n'avait pas encore ouvert la bouche, et pourtant l'assistance semblait déjà captive, subjuguée par son magnétisme.

Abraham avait envie de quitter le théâtre, mais il était bloqué par les jambes des autres spectateurs et également par son frère qui, la tête appuyée sur sa main, paraissait s'ennuyer.

La cantatrice se mit à chanter.

Sa voix n'était plus celle d'une humaine. C'était un son étrange et mystérieux, qui se brisait en trémolos tristes et mélancoliques. Puis le chant s'amplifia, et c'en fut fait de tous ces gens. La cantatrice possédait un pouvoir d'envoûtement. Elle suspendait les auditeurs et les fusionnait tous ensemble en une seule attention tremblante dans le noir. Son chant s'envola, inhumain, fragile, puissant, et en réaction, selon l'intonation, les spectateurs poussaient des soupirs, des exclamations étouffées, des murmures révérencieux.

Abraham chercha la main de son frère et la serra. Jarod ne réagit pas. Il semblait captivé lui aussi, malgré les bouchons d'oreilles. Abraham avait envie de le secouer, de le tirer de force hors de la salle, mais il savait qu'il s'arc-bouterait en vain contre son bras…

La cantatrice modulait sa voix. Quand elle ralentissait, le public soupirait à l'unisson. Quand elle ouvrait la poitrine, sa voix emplissait sans effort toute la salle. Les gens se pétrifiaient alors, les yeux embrumés, les lèvres entrouvertes. Le chant les embrasait. Abraham ne faisait qu'effleurer ces sensations charnelles grâce aux bouchons, mais il en constatait les effets autour de lui, sur la foule en transe. Ils étaient languides, faibles, étourdis sur leur fauteuil, profondément hébétés. En cet instant, la cantatrice aurait pu faire d'eux ce qu'elle voulait. Au lieu de cela, elle chantait encore, jusqu'à les délivrer enfin : le plaisir les submergea en rafales dans un monstrueux orgasme collectif. Quelques personnes crièrent leur jouissance.

— Ah, c'est dégueulasse ! s'offusqua Abraham.

À bout de nerfs, il se leva, et Jarod, troublé, le suivit sans discuter. Ils traversèrent en courant la salle qui sentait la sueur et le sperme et se ruèrent dehors, sous la pluie.

Abraham était encore effrayé et dégoûté, secoué par ce qu'il venait de voir et de vivre.

Jarod, à côté de lui, réfléchissait, sombre.

— C'était affreux, non ? demanda Abraham pour le faire réagir.

Mais son frère, avec un sérieux qui ne lui ressemblait pas, lui rétorqua :

— Non, ça, mon petit frère, c'était de la vraie magie.

Chapitre 15

Le gang repartit à l'aube. Ses camarades semblaient bien reposés, mais Abraham commençait à accuser le coup de ces nuits d'angoisse successives. Au moins se sentait-il utile. Les tours de garde qu'il assurait le plus longuement possible contrebalançaient son syndrome de l'imposteur. Les autres lui savaient gré de ce sacrifice. Sans les heures qu'il passait éveillé, la nuit, l'anxiété aurait renforcé le travail de sape de leur malédiction, et le pain chaud du matin, les repas ni trop cuits ni trop salés qu'il servait étaient un bonus agréable.

Ils reprirent leur chevauchée dans les plaines rouges poussiéreuses. Le soleil s'élevait dans leur dos, étirant leurs ombres devant eux. Comme chaque jour, la chaleur augmentait. Ils montaient et descendaient de petits talus brûlés. Le tronc des arbres morts craquait. Sur la ligne d'horizon, on voyait se découper les formes noires de fermes dévastées. Quelques colons avaient tenté de s'établir aussi loin à l'intérieur de Symphonie… Jesse en riait méchamment, mais aux yeux d'Abraham aussi cela semblait une folie.

Le gang longea des ruines. Des murets jaillissaient à des endroits tout à fait inattendus, couverts de poussière rouge. C'était tout ce qui restait d'un village entier.

Les mustangs les emmenèrent dans une vallée solitaire, pleine d'ombres lavande. Des cactus isolés tendaient leurs bras vers le ciel. Ils durent ralentir pour éviter les racines traîtresses, à moitié enfouies dans la terre. Des buissons d'ambroisie surgissaient parfois des lézards dont le dos rutilait de joyaux.

— Donne-moi ton fusil ! exigea Jesse.

Il était le meilleur tireur d'entre eux et ne pouvait pas gâcher ses précieuses balles-rêves. Abraham lui lança son arme. Jesse aligna un tir parfait, mais le plomb ricocha sur la carapace de l'animal étincelant qui fila se cacher dans une anfractuosité du sol.

Plus loin, ils se retrouvèrent à longer une falaise de granit érodée. Des grottes s'ouvraient dans la paroi. À l'intérieur, des animaux invisibles, peut-être des oiseaux, sifflaient de petites mélodies sur tous les tons.

Belle fit accélérer sa troupe. À Symphonie, la musique, quelle qu'elle soit, pouvait tuer.

Ils s'enfoncèrent dans une faille entre les falaises et descendirent dans un canyon multicolore : la roche y était rose, rouge, grise, jaune et verte. Par endroits se déployaient des drapés de lichen orange et bleu. Toutes ces couleurs étaient étranges après le rouge dominant du désert, et les voyageurs, sans l'avouer, en admirèrent les effets. Sur une paroi, ils trouvèrent des pétroglyphes représentant des animaux inconnus et des sigles incompréhensibles. Qui les avait gravés ici ? Des colons ou des natifs de Symphonie ?

Jesse s'approcha de la paroi et tenta, en faisant levier avec la lame de son couteau, d'en détacher des morceaux.

— Qu'est-ce que tu branles ? grommela Noah.

— Je collecte du minerai. C'est de la pierre arc-en-ciel, ça se revend très cher.

— Arrête, tu vas nous porter la poisse.

— Il y a une note de musique ici, repéra Lizzie.

Jesse retira immédiatement son couteau de la paroi. L'appréhension fissurait son masque habituellement moqueur.

— O.K., fit-il seulement.

Ils continuèrent leur route avec prudence, mais plus loin, ils trouvèrent d'autres notes de musique. Abraham, avec malaise, se dit que le canyon tout entier était une partition géante. Si quelqu'un jouait la musique écrite sur les murs, qui cela appellerait-il ? Les monstres sculptés sur les parois ? La Harpiste, elle-même ?

Abraham chevauchait en dernière position. Il dépassa un symbole représentant une clé de *sol*. Il eut l'impression de voir le glyphe s'illuminer et, quand il jeta un coup d'œil par-dessus son épaule, la paroi, à l'endroit de la gravure, semblait plus rouge, comme si elle s'imbibait lentement de sang.

Bizarre, pensa-t-il.

— On devrait peut-être mettre les bouchons d'oreilles ? lança-t-il à la cantonade.

— D'accord, approuva Belle.

Ils s'exécutèrent. Leurs gestes précipités trahissaient la tension qui montait entre eux. À ce stade pourtant, rien ne les menaçait et ils continuèrent d'avancer au pas entre les pans verticaux du canyon. La cire dans leurs oreilles faisait rugir le sang dans leur tête. Abraham, comme lors de l'attaque des cactus, se rendit compte qu'il faisait un gros effort pour *écouter* malgré la protection...

Ce n'est que plusieurs minutes plus tard qu'une brève secousse parcourut le défilé. Des cailloux se détachèrent des parois rocheuses. Même à travers la cire, Abraham capta le bruit d'effritement. Un grain de poussière flotta dans l'air. Le sol frémit sous les sabots des mustangs. Les chevaux couchèrent les oreilles en arrière.

— Wôa... dit Abraham pour calmer As-de-Pique.

Les membres du gang s'entre-regardèrent avec effroi. Aucun d'entre eux n'avait la moindre idée de ce qui était en train de se passer.

Un tremblement de terre ? songea Abraham, tendu.

Ils n'avaient de toute façon pas d'autres choix. L'étroitesse du canyon rendait les demi-tours difficiles et personne n'avait envie de perdre du temps à revenir sur ses pas.

Ils marchèrent pendant une petite minute, jusqu'à ce qu'une nouvelle déflagration, plus forte, secoue le défilé. Des cailloux plurent sur leur tête et leurs épaules. Les chevaux s'affolèrent. Plusieurs se bousculèrent, provoquant les jurons des cavaliers. Lizzie poussa un cri de frayeur. Abraham regarda derrière lui, préoccupé. Il pensait à la clé de *sol* et à sa réaction, après son passage. S'il n'avait pas rêvé... S'ils avaient vraiment déclenché quelque chose... Peut-être à cause de la cupidité de Jesse. Le danger faisait palpiter une veine à sa tempe. Il souffla à fond, rajusta ses lunettes de soleil. Ce n'était rien. Juste son imagination... Tout était redevenu calme et immobile.

D'un geste, Belle leur commanda d'accélérer.

Ils passèrent au trot. Les mustangs semblaient sur le point de prendre le mors aux dents. Abraham peinait à contrôler As-de-Pique et sa peur était contagieuse.

Il sait, lui, que cela n'a rien à voir avec ton imagination !

Le canyon craqua pour la troisième fois. Le fracas des rochers démolis par la réplique leur donna un coup de fouet.

— Au galop ! cria Belle.

Ils entendirent sa voix à travers les bouchons. Les chevaux s'élancèrent en file indienne. As-de-Pique, en queue de peloton, gonflait ses muscles. Il voulait dépasser le cheval de Lizzie qui les précédait et tendit les dents pour mordre sa croupe.

— Arrête ! s'écria Abraham.

Boum !

Sa voix fut couverte par une terrible détonation. Elle frappait avec la régularité d'un métronome, mais surtout, le bruit semblait se rapprocher d'eux.

Boum !

L'écho de leur course s'amplifiait dans le canyon, résonnait contre les murs, se dispersait dans le silence entre deux détonations. Abraham s'accrochait aux rênes. Il n'était pas loin de partager la nervosité belliqueuse d'As-de-Pique. Les autres n'allaient pas assez vite ! Il serait le premier rattrapé par la chose qui les suivait. Le premier dévoré !

Un flash de lumière explosa derrière lui et étira brusquement son ombre et celle du cheval devant eux. Le souffle de l'onde de choc lui caressa le dos. Puis plus rien. Le silence de nouveau.

— Ça se rapproche ! cria-t-il. Allez plus vite !

Les autres ne l'entendaient probablement pas, pourtant il n'avait pas pu se retenir. Les chevaux se gênaient. Leur course était entravée par les obstacles.

Le bruit explosa derrière Abraham, vraiment proche. Un souffle brûlant l'enveloppa. L'angoisse lui tordit les entrailles. Il se retourna sur sa selle pour regarder derrière lui. Il redoutait de voir apparaître un monstre, mais aussi loin que son regard portait dans le défilé rectiligne, il n'y avait rien. Le vide. Le silence.

Boum !

L'onde de choc manqua emporter son chapeau.

C'est un piège musical, comprit-il. *C'est un son... Un son explosif !*

Les bouchons d'oreilles ne leur étaient d'aucune utilité. Abraham n'osait imaginer ce qui se passerait s'il était pris au cœur de l'explosion sonore. Nul doute que ses tympans éclateraient… Si ce n'est pire. Il visualisa la cervelle qui lui sortirait des oreilles, ses yeux qui tomberaient de leurs orbites. La musique le ferait imploser…

Il pressa les flancs d'As-de-Pique, en vain, le cheval de Lizzie bloquait toujours son galop. Nouvelle détonation. C'était proche. Vraiment proche. Tout le canyon s'ébranla. Des pierres, de plus en plus grosses, se détachèrent du sommet des parois et chutèrent autour d'eux en une pluie mortelle, explosant au sol en débris tranchants. Si l'une tombait sur As-de-Pique ou lui-même, c'était terminé…

— C'est un piège musical ! s'époumona-t-il.

Le bruit ponctua sa phrase, terrible. Un coup sourd, puissant. Un cyclone de poussière l'enveloppa et de petits cailloux fustigèrent ses jambes et ses bras. Avec un bref temps de retard, le bang supersonique lança son coup de canon. Les parois rouges vibrèrent et se lézardèrent brusquement. Horrifié, Abraham s'aperçut que les crevasses dessinaient des lignes de partitions. Des notes de musique apparaissaient en lettres de sang. De gros rochers se détachèrent des parois et tombèrent sur le sol en forant d'énormes impacts. L'un d'eux couvrit Abraham de son ombre colossale. Il leva les yeux et vit tout un pan du canyon basculer sur lui.

— Non… gémit-il.

Le rocher interrompit sa chute, plana quelques secondes, puis une force invisible le rejeta au loin, derrière Abraham et As-de-Pique.

— DE RIEN ! cria Lizzie, les bras tendus, ses mains gantées fouettant l'air au-dessus d'elle.

La marionnettiste engluait les rocs dans son pouvoir et les dispersait sur les côtés.

Finalement, Abraham ne regrettait plus de se trouver près d'elle ! Se couchant sur l'encolure d'As-de-Pique, il incita le cheval à se coller au maximum à la croupe de son prédécesseur. Ses oreilles bourdonnaient d'acouphènes. Lizzie protégeait le gang comme elle le pouvait, déchaînant son pouvoir dans toutes les directions, mais elle n'avait que deux mains et de plus en plus de pierres traversaient son bouclier.

Un flash lumineux embrasa le canyon en un éclair flamboyant. La déflagration traça d'énormes sillons dans les murs, à droite et à gauche. Le groupe se baissa en un réflexe de protection, et seul le chapeau de Jesse se trouva balayé et déchiqueté par l'onde de choc. S'il avait gardé la tête haute, il aurait été décapité. Le bang se répercuta après coup. Assourdissant, il déchira le silence. Abraham en grinça des dents, les yeux fermés, et dans le noir de ses paupières, il eut la vision curieuse de deux personnes en train de danser. Puis la chaleur intense retomba, sa vision s'évanouit et le bruit cessa. Les chevaux au galop traversaient des nuages de poussière rouge en suspension.

Abraham, dans une lumineuse panique, comprit que la prochaine déflagration les tuerait. Le piège musical ajustait chacun de ses coups avec plus de précision. Il venait de lâcher une onde tranchante de son. La suivante serait plus basse et les faucherait tous en ligne comme une lame aiguisée.

Mais dans le même temps, par-dessus les dos voûtés de ses camarades qui le précédaient, il aperçut la fin du canyon.

On peut y arriver ! pensa-t-il, éperdu.

Le piège concentrait ses forces pour la dernière bombe sonore. Abraham avait l'impression de sentir le canyon se contracter autour de lui. Dans un éclair halluciné, il perçut du coin de l'œil une clé de *sol* inversée, tracée sur la roche.

— Oui ! exulta-t-il. Oui !

Ils jaillirent hors du défilé, dans le grand et vaste espace libre, au moment où l'onde de son tranchante passait en labourant les parois de pierre. Une lumière intense se déversa à leur suite, faisant danser autour d'eux leurs ombres noires et celle, blanche, de Belle. Puis le vacarme envahit le monde, absolu, terrifiant, comme le rugissement d'un monstre.

Et passa simplement sur eux…

Les cavaliers soufflaient, les chevaux encensaient. Leurs cœurs mis à rude épreuve ralentissaient. Ils n'entendaient presque plus rien, à part un long bruit blanc qui vibrait encore dans leurs dents. Abraham toucha son oreille, la trouva chaude. Dans sa tête, il revoyait le chapeau de Jesse voler et se désintégrer dans les airs. Finalement, Jarod avait eu de la chance d'arriver jusqu'à l'Opéra.

Symphonie les haïssait. Et Symphonie était mortelle.

Chapitre 16

Les chasseurs de primes avaient progressivement retrouvé l'audition au cours de l'après-midi. Comme la nuit tombait, Belle décréta une halte au bord d'une rivière. L'eau était trouble, argileuse. Sur ses rives, des joncs bruissaient dans le vent.

Abraham réchauffa le maïs et les haricots, fit cuire le lard et les œufs. Ils mangèrent à la pointe du couteau, en silence, les yeux fixés sur les braises et sur les charbons rougis qui craquaient et se rompaient. La journée avait été difficile. Personne ne reparla de l'incident.

Pour la toilette du soir, Abraham se retrouva à côté de Lizzie, au bord de l'eau. Elle était en débardeur et lavait sa chemise dans l'eau froide.

— Je te remercie, pour tout à l'heure, dit-il en s'accroupissant à côté d'elle.

Elle haussa les épaules.

— C'est normal ! On s'entraide les uns les autres. Personne ne veut reperdre un membre.

— Tu as eu peur ? demanda Abraham.

La désinvolture de la jeune fille l'étonnait.

Elle fit mine de secouer la tête, goguenarde, puis s'interrompit et le regarda par en dessous, sérieuse.

— Oui, bien sûr, avoua-t-elle. Mais on n'aura rien sans rien. Tu t'en doutes, non ? Toi aussi, tu es là.

— Je veux sauver mon frère. Et toi ? Qu'est-ce que tu as à gagner de si précieux ici ?

— Je crois que je l'ai déjà gagné, répondit-elle en clignant de l'œil.

— Eh bien, dis-moi, s'impatienta Abraham. Qu'est-ce que c'est, ton trésor ?

Lizzie désigna Belle qui parlait à Amy, à quelque distance d'eux.

— Elle, répondit l'adolescente en souriant avec confiance.

— Belle ? Vraiment ? Pourquoi ?

Les yeux de la jeune fille se plissèrent.

— Ta mère t'aimait ?

— Oui, bien sûr, répondit-il. Nous étions une famille soudée.

— Les soudures ont un peu craqué, alors, lança Jesse en passant près d'eux avec des branches pour le feu.

Il s'éloigna en ricanant.

— Ne l'écoute pas, dit Lizzie. Il ne peut pas s'en empêcher.

— Ouais, j'ai remarqué. Et donc… Pourquoi tu me demandes ça ?

— Parce que moi, mes parents ne m'aimaient pas.

Abraham cessa de se laver pour l'écouter. Il savait l'importance des confidences et respectait le courage de ceux qui acceptaient d'ouvrir leur cœur.

— Dis-moi, pria-t-il doucement.

Elle l'évalua du regard avant de détourner les yeux. Ses gestes étaient plus lents à présent et elle plongeait ses mains gantées sous l'eau glacée, plus pour les dissimuler que pour nettoyer ses affaires.

— Toi aussi, tu veux voir mes mains, c'est ça ? demanda-t-elle d'une voix sourde.

— Pas du tout. Tu allais me parler de tes parents.

— Oui… Mes parents.

Elle prit une grande inspiration et d'un débit rapide, se mit à raconter :

— Ma mère était inexistante. Transparente devant mon père. Je crois qu'elle haïssait Nacarat. Elle ne parlait que de sa vie d'avant, dans l'Ancien Monde. Elle m'abreuvait de ses souvenirs et de ses jérémiades. J'ai fini par détester son pays d'origine. Moi, j'avais soif d'aventures, tu comprends ? Mon père était un desperado. Enfin, à mes yeux, il avait une aura de chef de gang. Il était chasseur de primes et je l'admirais beaucoup. Je ne comprenais rien à ses addictions, à l'époque. Il buvait. Il frappait ma mère. Moi, il ne m'a jamais touchée.

Elle souleva hors de l'eau sa chemise ruisselante.

— Il a fait bien pire, soupira-t-elle. Il avait des dettes de jeu. L'argent de ses primes, il le perdait au poker. Sa situation s'est aggravée, surtout, il a fait un rejet de greffe au bout de quatre ou cinq ans. Avec l'Ouest, on n'est jamais tranquille, pas vrai ? Il aurait dû en crever. Un toublib a cependant accepté de l'opérer. On lui a retiré l'organe moisi qui était en train de l'empoisonner. Il a survécu. Par contre, il était foutu. Sans pouvoir, il ne pouvait plus chasser les monstres de Nacarat.

Elle se tut. Abraham respecta un temps de silence avant de la relancer.

— Il t'a greffée à sa place, c'est ça ?

Elle lui jeta un coup d'œil et il y lut une estime brute, rapidement chassée par les ombres de ses souvenirs.

— Oui. Exactement. Il était ivre et il m'a tranché les mains à la hachette. Ma mère n'a rien fait pour s'interposer et c'est elle que j'ai détestée. Mon père, après m'avoir mutilée, m'a sauvée à sa manière. Il m'a traînée chez le chirurgien. Ces types sont la plupart du temps des charognards qui se font de l'argent sur la mort, mais celui-là, quand il m'a vue, une morveuse qui pissait le sang par ses deux moignons et qui allait crever sur son porche, il m'a opérée sur-le-champ. Il m'a greffé de nouvelles mains.

Elle agita ses doigts gantés, provocante.

— Enfin, des mains, c'est vite dit…

Et tout à trac, elle révéla :

— Deux araignées immondes. Voilà ce que je dissimule sous mes gants. Leurs abdomens boursouflés forment mes paumes, et on a tranché trois de leurs longues pattes pour que je sois plus « à l'aise », tu comprends ? Ce sont les mots du chirurgien. « À l'aise. » Bref… La greffe a tenu et je suis devenue une marionnettiste, un peu comme une araignée capable d'engluer ses proies dans sa toile…

— Des araignées, répéta Abraham, éberlué.

— Ouais, je sais… ça surprend. Je bourre mes gants de coton pour qu'on ne devine pas. Je ne veux pas que les gens sachent.

— Les gens…

— Tu n'es plus « les gens », Abraham.

Ils se regardèrent un instant avec une attention sincère et, pour la première fois, Abraham eut l'impression de partager quelque chose avec elle. Il hocha la tête en silence pour la remercier et l'inviter à continuer.

— Mon pouvoir est redoutable, reprit-elle, car il est de longue portée et même en étant une enfant, je pouvais participer à des chasses. Je restais à distance et je maintenais nos proies dans mes fils, le temps que les autres pistoleros les massacrent. Puis mon père en a voulu plus. Il a accepté des contrats plus dangereux. Je suis devenue davantage que son arme, il a fait de moi son bouclier humain. Il me poussait en première ligne, lors des combats avec les monstres. J'ai passé plusieurs épreuves du feu. Pour survivre, je devais devenir plus agile et plus forte.

Elle jeta sa chemise dans la rivière, la claquant sur l'eau avec violence, puis la maintint sous la surface comme si c'était son père qu'elle était en train de noyer. Ses dents serrées faisaient frémir la courbe juvénile de sa mâchoire.

— Jusqu'à ce que j'en aie marre de lui ! s'exclama-t-elle avec rancœur. Son aura paternelle avait fini de se dissiper dans toutes les situations de merde qu'il m'a imposées. Il dépensait chaque soir l'argent que je gagnais dans la boisson et le jeu, et moi, je le regardais tout détruire, impuissante, avec mes grosses mains ficelées. Pendant longtemps, j'ai détesté mes maudites araignées. Puis, en fait, j'ai compris que c'était sa faute. J'aurais pu mourir tant de fois à cause de lui. Et lui, que faisait-il de tout ça ? De mon dévouement et de mon amour de fillette ? Il le dilapidait ! Alors, lors de notre mission suivante, je l'ai laissé mourir… Je n'ai pas eu le courage de le tuer ni de me battre contre lui.

Elle regarda pensivement dans la direction de Noah.

— Je me suis juste abstenue d'utiliser mon pouvoir et un monstre l'a taillé en pièces sous mes yeux. J'aurais pu me venger de la créature. En fait, nous nous sommes regardées… Longtemps… Puis la bête a fait volte-face, très lentement, et elle s'en est allée, me laissant seule avec les morceaux éparpillés de mon père… et ma totale absence de regret.

Elle sortit sa chemise de la rivière et la tordit avec application pour en exprimer toute l'eau.

— Et tu veux savoir le pire ? Ma mère m'a détestée pour ça. J'avais tué son homme. Alors je l'ai laissée à ses larmes de victime. Moi, j'avais ma magie.

Elle se tut, les yeux rivés aux reflets sur l'eau. Abraham attendit encore une longue minute, avant de reprendre doucement la parole :

— C'est très dur ce qu'il t'est arrivé. Je suis désolé.

— C'est pas grave, répondit-elle d'un ton léger. J'ai Belle aujourd'hui. Et c'est encore mieux que la magie.

Pour la nuit, Noah prit le premier quart, Amy la suite, Abraham terminerait la garde. Quand la jeune femme le réveilla, il s'assit, nauséeux de fatigue. Il attisa le feu, mit son pain à cuire et prépara une cafetière bien noire. Il buvait la première tasse, se réchauffant les mains sur l'étain brûlant, lorsqu'un animal passa en courant près du bivouac. Dans un éclair, Abraham crut reconnaître un cerf. La bête s'éloignait déjà, à grands bonds agiles.

On dirait qu'elle a été effrayée par quelque chose… songea-t-il.

Abraham troqua son mug contre son fusil et marcha en direction de la rivière. Le jour n'était plus très loin. Les étoiles pâlissaient et la lueur de l'aube verdissait à l'horizon. Dans cette lumière glauque, il discerna des silhouettes qui dansaient et virevoltaient sur le banc de sable derrière la rivière.

Des derviches ? songea-t-il, inquiet.

Mais à mieux y regarder, les créatures ne dansaient pas comme des derviches. Parfois, elles tournoyaient sur elles-mêmes, mais debout sur une jambe tendue, sur la pointe des pieds. Ensuite, elles décollaient du sol, le dos arqué, les jambes écartées en des bonds spectaculaires. Elles paraissaient légères comme des plumes et leur danse s'appuyait sur le vent. Abraham, fasciné, les regarda un moment. Les créatures ne semblaient pas agressives et l'aube montante le rassurait.

Au premier rayon de soleil, Belle le rejoignit. Elle boutonnait sa veste cintrée, encore un peu chiffonnée de sommeil.

— Qu'est-ce que c'est ? demanda-t-elle sévèrement.

— Je ne sais pas. Ils dansent.

— Depuis combien de temps ?

— Aucune idée. Je les ai aperçus tout à l'heure. Ils ne sont pas agressifs.

— C'est bizarre, grommela Belle.

Elle les considéra à son tour, attentivement.

— Ce sont des humains.

— Pas des créatures de l'Ouest ?

— Viens, lui ordonna-t-elle.

Ils pataugèrent dans les quelques centimètres d'eau qui constituaient la rivière argileuse pour rejoindre l'autre rive où se mouvaient encore les danseurs.

Ils bougeaient toujours avec grâce, s'envolant, bondissant, tournant, se prenant les mains et évoluant ensemble sur quelques pas. Mais maintenant qu'Abraham était plus près, il remarqua les traces de sang sur le sol. À force de danser, leurs chaussures s'étaient ouvertes et leurs orteils n'étaient plus que des plaies à vif. L'un des danseurs se mouvait même sur des moignons ensanglantés. Leur expression était folle de douleur et de terreur. Pourtant, ils continuaient de danser, possédés par une musique qui ne résonnait que dans leur tête, et les obligeait à danser, danser, danser…

— Tuez-nous… supplia une femme. S'il vous plaît…

— Arrêtez ça… souffla un autre.

Son visage était crispé de souffrance. Il avait une jambe cassée. L'os du tibia crevait la toile de son pantalon. Pourtant, il dansait lui aussi, sans pouvoir s'arrêter.

— Mais… balbutia Abraham. Mais pourquoi ?

— Tu demandes vraiment « pourquoi » ? s'agaça Belle en dégainant un revolver. On est dans Symphonie, Abraham. La Harpiste leur a fait ça.

— La Harpiste… gémirent les danseurs en écho. La Harpiste…

— Bon, ça suffit, dit Belle.

Elle les abattit les uns après les autres, sans la moindre hésitation.

Les corps tombèrent lourdement dans le sable. La rivière se gorgea de sang. Le dernier danseur parut soulagé quand Belle le mit en joue. Sa figure souriante se vaporisa sous l'impact de la balle.

Belle et Abraham se retrouvèrent au milieu des cadavres des danseurs.

— Il y a de meilleurs moyens de commencer une journée ! râla Belle. Tu as fait cuire du pain au moins ?

— Oui…

— Alors ça va.

Tournant le dos, elle marcha dans le sang et remonta vers le bivouac. Abraham la suivit avec un temps de retard. Ainsi était la femme que suivaient avec admiration ses cinq autres camarades et que Lizzie paraissait considérer comme une mère de substitution. Au-delà de cette apparence impitoyable, il perçut la compassion qu'elle déguisait sous la désinvolture, comme les cicatrices hideuses qui déformaient son sourire. Belle était une femme qui grandissait à l'Ouest, tout simplement. Jarod, sûrement, l'aurait appréciée aussi.

Chapitre 17

Ils revinrent ensemble vers le camp. Le vent portait des effluves de café et de pain chaud. Amy tendit une tasse à Belle. Personne ne commenta ce qu'il venait de se passer, même si tous avaient entendu les coups de feu et que les corps étendus des danseurs étaient bien visibles.

Abraham but son café à petites gorgées, face à l'est. Le spectacle qu'offrait l'aurore était enchanteur. Des nuages lavande se déchiquetaient en bandes cotonneuses sur l'aube vert pâle, leur dessous éclairé par le soleil, pareil à de l'or flamboyant. Dans cette lumière, le canyon multicolore paraissait rose saumon. Puis le soleil monta un peu et illumina le grès, les à-pics et les minarets de pierre. Leur nuancier changea du blanc cassé au pourpre, en passant par des tons chamois, roses et bruns. C'était toujours curieux, une telle beauté dans cet État si féroce et si dangereux…

Ils se remirent en route, dans le désert de roches lisses et les à-pics brûlés par le soleil. Les sabots des mustangs soulevaient la poussière rouge. Sur des kilomètres se succédaient des mesas, des canyons, des falaises mauves et des plateaux arides, les montagnes bleues comme un point d'orgue à l'horizon. Les vents pleins de sable avaient sculpté des formes dans la pierre : des monolithes se dressaient parfois à la verticale, parfois à l'horizontale, ou bien ils penchaient, obliques. C'était un chaos de roches qui formaient un labyrinthe de grottes, de failles, de crevasses et de boyaux, mais par endroits, il semblait dessiner des formes, pareilles à des animaux ou des visages.

Abraham, d'abord fasciné, remarqua peu à peu avec malaise que des yeux de pierre le scrutaient. Des bouches s'ouvraient, se tordaient en des cris silencieux.

— Il y a un petit trou au centre, nota Lizzie.

Belle s'assombrit.

— Si le vent se lève, il sifflera par les trous, dit-elle, et on aura l'impression d'entendre toutes ces bouches hurler.

Heureusement, ce matin, il n'y avait pas de vent.

Ils accélérèrent toutefois, pour sortir le plus vite possible de cet endroit étrange.

Les visages se raréfièrent, puis disparurent.

Plus loin, ils cheminèrent dans un dédale de dunes rouges et de crêtes abruptes. Des oiseaux invisibles nichaient dans les anfractuosités. Le groupe ne les vit pas, mais il les entendait chanter d'un ton triste et mélancolique comme des appels et des questions : « Bonjour », « Qui êtes-vous ? », « Bonjour », « Où allez-vous ? », « Bonjour »… Enfin, comme les visages, ils les distancèrent et les questions plaintives s'estompèrent dans le lointain.

Le soleil était à son zénith quand ils débouchèrent au sommet d'un haut plateau.

— Pause ici, décréta Belle.

Abraham mit pied à terre et s'affaira à chercher des broussailles et des branches pour construire leur petit feu. Son visage était couvert de poussière ocre après cette matinée à chevaucher. Il avait un goût de terre dans la bouche et ses muscles lui faisaient mal. Même se pencher pour ramasser des brindilles lui tirait dans le dos. Il tendit la main vers un bâton lisse et blanc… se figea dans son mouvement.

— Qu'est-ce qu'il y a ? demanda Jesse d'un ton pressant. Serpent ? Scorpion ?

Abraham secoua la tête.

Le pistolero le rejoignit et ricana.

— C'est quoi ? cria Lizzie à distance.

— C'est rien, lui répondit Jesse. C'est juste un corps.

La marionnettiste remonta à leur hauteur et considéra les os jaunis sous le soleil, qui s'effritaient déjà. Le crâne lézardé, aux orbites creuses, était troué au niveau du front.

— Celui-là est allé drôlement loin dans Symphonie, commenta Lizzie. Pas mal !

— C'est un musicien, dit Amy d'une voix blanche.

Abraham se tourna vers la jeune fille qui, les bras serrés contre elle, se mordillait nerveusement la lèvre. Un filet de sueur dessinait une trace claire sur sa peau couverte de poussière. Elle fixait un point sur le sol. Abraham suivit son regard et trouva, un peu plus loin, un banjo tordu et cassé. Quelqu'un semblait s'être acharné dessus en le piétinant.

— Un musicien ? répéta Earl. Tu veux dire, un serviteur de la Harpiste ?

Amy acquiesça. Belle, tout doucement, lui prit la main, l'obligea à desserrer les bras et pressa ses doigts.

— Comment tu es sûre que c'est pas juste un pauvre type qui avait emporté un banjo à Symphonie ?

— Qui ferait une connerie pareille ? intervint Noah. Jouer de la musique à Symphonie ? C'est un appeau à monstres !

— Il était greffé, répondit Amy. Son bras gauche est sectionné.

Abraham vérifia et vit qu'en effet, l'os du bras était cassé au niveau du coude.

— Les serviteurs de la Harpiste ont leur instrument greffé à la place des membres, explicita Amy.

— Donc c'est un pistolero qui l'a abattu, nota Jesse, appréciateur. Il lui a fichu une balle dans le crâne et a bousillé son instrument. Bien joué !

— On va brûler le banjo ! se réjouit Lizzie en s'emparant de l'instrument cassé.

Avec ses gros gants, elle donna un coup sur les cordes qui émirent un son discordant.

— Arrête ! dit Amy, mal à l'aise.

— C'est bon, il est cassé, répondit Lizzie. Et le mec est mort ! Détends-toi.

— Il ne faut pas jouer de la musique ici, insista la jeune femme. Ça porte malheur, c'est connu.

Ils firent leur petit feu. Le banjo servit de combustible et ils y réchauffèrent leurs haricots, tout en déchirant avec les dents des bandes de viande salée.

— Ça ne vous manque pas, la musique ? demanda Lizzie.

Elle contemplait l'instrument qui se désintégrait et craquait avec des pétarades sonores dans les flammes.

Amy secoua la tête de toutes ses forces, mais les autres paraissaient moins sûrs.

— J'ai joué de l'harmonica, au début, raconta Jesse, quand je suis arrivé à Nacarat. C'était un peu moche, mais on s'amusait bien. J'étais dans un autre État.

— Moi j'appréciais le banjo, poursuivit Lizzie. Maintenant, avec mes mains, je ne pourrais plus jouer, même si j'allais en dehors de Symphonie.

— Et tu en aurais envie ? demanda doucement Noah.

La jeune fille haussa les épaules, maussade.

— Un peu, ouais !

— On ne peut pas jouer de musique ici, et si on chantait ? proposa soudain Earl.

— Quoi ? se récria Amy. Mais c'est aussi dangereux !

Belle lui saisit la main avec douceur et traça de petits cercles sur son poignet, avec son pouce.

— Et pourquoi pas ? dit-elle.

Elle se leva, incitant Amy à se lever à son tour, et elles firent face à l'immensité du paysage qui se déroulait au pied du plateau.

— On pourrait chanter, oui, reprit Belle, pour leur montrer à tous que nous n'avons pas peur.

— Pas peur, répéta Amy, guère convaincue. On devrait avoir peur, au contraire. Moi, j'ai peur.

— Regarde ce que nous pouvons faire, insista Belle avec patience. Regarde-nous, forts et déterminés. Allez, qui commence ? demanda-t-elle en se retournant vers ses camarades.

Elle souriait vraiment et ses cicatrices noires remontaient jusqu'à ses oreilles.

— Moi ! s'exclama Earl.

Il se leva et se dressa au bord de l'à-pic. D'une voix de stentor, il se mit à chanter à tue-tête :

— Ta mère a été élevée à Nacarat

« Où le gypse et le sable poussent.

« Nous te grefferons des pieds et des mains.

« Jusqu'à ce que tu sois prêt pour Symphonie.

« Whoopie-ti-yi-yo, allez-y, petits chiens

« C'est votre malheur et pas le mien.

« Whoopie-ti-yi-yo, débrouillez-vous, petits chiens.

« Tu sais que l'Opéra sera ta nouvelle maison.

Il modulait bien sa voix et chantait juste. À part Amy, ses camarades l'applaudirent quand il se retourna avec une parodie de révérence. Sous les cicatrices hideuses, Earl respirait une joie sincère. C'était la première fois qu'Abraham le voyait vraiment heureux, tel qu'il avait dû l'être avant que son petit ami ne le défigure : un joli garçon plein d'avenir…

Lizzie se dressa à son tour et sautilla jusqu'au bord du plateau.

— À moi ! À moi ! s'écria-t-elle.

Et elle se mit à chanter, d'une voix plus stridente et fausse :

— Au revoir Frontières, je te quitte !

« Au revoir papa, maman,

« Je pars pour Symphonie !

« Au revoir, au revoir !

« Mon poney n'a pas faim, il ne mangera pas ton foin !

« Dis-moi au revoir tant que tu restes !

« Maman, papa, au revoir !

« Je pars parce que je vous déteste !

— T'as changé les paroles, non ? demanda Noah. Ça pourrait m'aller aussi !

Lizzie rit de bon cœur.

— Allez, Noah, à ton tour, l'encouragea Belle.

Le jeune homme se releva péniblement et claudiqua jusqu'à la scène qu'ils s'étaient choisie. Il ne chanta pas vraiment, mais déclama ses paroles d'une voix cassée, se tenant le plus droit possible, les mains croisées dans le dos, solennel, tandis qu'Astraios planait dans le vaste vide, les ailes déployées :

— Souverain de l'azur,

« Tu fends les airs avec force,

« Nul être si grand ne pourrait annihiler

« Qui règne sur le ciel et ses êtres,

« Seul, face aux éléments qui gravitent.

Il se retourna vers son public et cligna de l'œil.

— Je l'ai composé moi-même, dit-il.

Les applaudissements de ses camarades crépitèrent dans le silence du haut plateau.

— Abraham, tu nous chantes quelque chose ? proposa Belle.

Le jeune homme hésita. En marchant vers l'abîme, il se demandait ce qu'il pourrait chanter. Dans le manoir des Kessel, les filles des maîtres jouaient du violon et du piano, mais on n'y chantait guère. Son répertoire était d'une pauvreté affligeante. Pourtant, quand il se présenta face au désert écrasé par la hauteur, une inspiration brutale lui vint dans une bulle de souvenir : Jarod, sa mère et lui. Elle leur chantait une berceuse, un petit chant plein de soleil et d'espaces sauvages… comme ici.

— Makun makun Bebe o makun… entonna-t-il.

« Makun makun Bebe o makun sa
« Mun de kɛra Bebe la makun
« Fosi ma kɛ Bebe la makun sa
« Mun de kɛra Bebe la makun
« Kɔngɔ de bɛ Bebe la i makun sa.

Il chantait doucement et lentement, ne déclamait pas de toutes ses forces comme les autres. Sur les dernières phrases, il ralentit encore et laissa sa voix s'éteindre dans l'espace, ses pensées dérivant vers sa mère, toute petite dans les draps blancs du lit, quand elle avait expiré son dernier souffle. L'émotion lui serra la poitrine et il attendit quelques secondes avant de se retourner vers ses camarades, ravalant son chagrin tout au fond de sa gorge nouée. Quand il les regarda à nouveau, ils le dévisageaient, incertains. Lizzie battit lentement des mains, puis arrêta. Le silence s'installa, respectant l'émotion d'Abraham qu'ils sentaient planer entre eux.

— Bon, s'exclama Jesse en se levant à son tour. Et si on dansait ?

Il prit la place d'Abraham et se mit à chanter très fort et gaiement une ballade de cow-boy endiablée :

— Come a-ti yi youpy youpy yea youpy yea !

« Come a-ti yi youpy youpy yea !

Il battait le rythme contre son bras en métal. Lizzie se leva et se mit à danser de façon frénétique. Les autres esquissèrent des sourires gênés, mais comme Jesse tournait sur lui-même en continuant de crier « Come a-ti yi youpy youpy yea youpy yea », Earl les accompagna dans leur sarabande. Noah les imita, plus précautionneusement. Abraham se dandina gauchement. Belle prit Amy par la main et l'invita à valser au sommet du plateau. Au bout de quelques secondes, la jeune femme se détendit. Ses mouvements s'assouplirent, et elles dansèrent vraiment, main dans la main, yeux au fond des yeux, se souriant l'une à l'autre comme si leurs camarades excités n'existaient plus. Même Abraham finit par se laisser aller. Il dansa mieux, plus sincèrement, et très vite, tous se retrouvèrent à rire, bouger et s'amuser au son de la chanson idiote de Jesse, jusqu'à retomber hors d'haleine sur le sol baigné de soleil, les cheveux humides de sueur, les vêtements collant à la peau. Ils se passèrent la gourde avec camaraderie.

— La Harpiste n'a pas éteint la musique en nous, déclara Belle avec orgueil.

À part Amy, tous opinèrent, ravis.

La descente du plateau, pourtant, doucha leur bonne humeur. Pour repartir, ils devaient passer dans une gorge étroite, et entre les murs rouges se levait un écho : leurs voix entremêlées répétaient à l'infini un chant discordant et inquiétant. C'étaient bien leurs voix, déformées comme des cris et des plaintes de prisonniers au fond d'un cachot. Personne ne dit mot, mais leur belle humeur s'en était allée, emportée par la magie narquoise de Symphonie.

Quoi qu'ils en disent, la Harpiste prenait tout.

Chapitre 18

Les chasseurs de primes montaient et descendaient de petits talus brûlés jusqu'à l'os. La terre rouge laissait de plus en plus souvent place à de grandes bandes de pierres blanches et lisses. Les rares arbres disparurent tout à fait et les buissons se firent moins nombreux. La vie semblait s'éteindre dans ce paysage malade. Abraham ne voyait plus d'empreintes animales dans la poussière, pas de crottes de coyotes, même pas de lézards. Les mustangs avançaient prudemment sur ce terrain pénible et instable.

— C'est bizarre, non ? lança-t-il.

Sa voix parut très forte dans le silence de cathédrale.

— On dirait que tout est mort ici.

— Ouais, j'aime pas ça, confirma Noah. Quelque chose ne va pas.

— Je ne peux même pas communiquer avec les plantes, dit Earl.

— C'est rien, grommela Jesse, c'est juste le désert. Il ne vous faut pas grand-chose.

Mais derrière ses sarcasmes habituels, Abraham percevait son malaise.

Au bout d'un moment, il réalisa ce que le sol avait d'architecturé. Malgré l'éblouissement du ciel, il ne pouvait que remarquer la symétrie des pierres blanches aux arêtes vives. Elles étaient disposées en lignes, et s'incurvaient ensuite en une courbe souple. C'était beaucoup trop régulier pour être l'œuvre de la seule nature. Abraham s'interrogeait encore quand il entendit Lizzie balbutier :

— C'est le squelette d'un monstre ?

— C'est colossal, souffla Noah.

Depuis les hauteurs, à travers les yeux de l'aigle, il embrassait un corps entier. Abraham contempla sans rien dire ce qui était vraisemblablement la plus grande colonne vertébrale qu'il eût jamais vue.

Plus ils avançaient et plus il devenait clair qu'ils traversaient une montagne d'ossements enchevêtrés. Des côtes immenses dressèrent bientôt leur arc ivoirin au-dessus de leurs têtes.

— On dirait un palais d'os battu par les vents, dit cérémonieusement Earl.

Les os réfléchissaient la chaleur et la lumière. Un petit craquement de vertèbres résonnait sous les pas des chevaux. La brise jouait dans les côtes comme dans les tuyaux d'un orgue. Le groupe se crispa.

— On accélère, commanda Belle.

— Attention aux jambes des chevaux ! alerta Abraham.

La dompteuse lui jeta un regard noir.

— Quand je dis « on accélère », tu trottes. Compris ? dit-elle froidement.

Ils s'exécutèrent, mais plus loin, c'était encore pire. Des squelettes humains se mêlaient à ceux des monstres.

Les crânes étaient parfaitement reconnaissables, les cages thoraciques, les cubitus et les fémurs, les mains délicates. Il y en avait des milliers.

— C'est impossible, gronda Belle. C'est un génocide. Comment tant de gens ont-ils pu se retrouver ici ?

— Je pense qu'ils viennent d'ailleurs, suggéra Amy. La terre les déplace sous le sol pour les faire remonter ici, dans ce drôle de cimetière.

— Cet État est vraiment le plus étrange de Nacarat, soupira Lizzie.

Le vent soufflait plus fort dans les os, comme dans une flûte de Pan, et une musique inquiétante les accompagnait, tandis que les squelettes craquaient et s'effondraient sous les sabots des chevaux.

— Ça bouge devant nous ! avertit Noah, qui surveillait leur progression depuis l'azur à travers les yeux de l'aigle.

Ils n'eurent pas le temps de réagir. Le sol commença à trembler sous eux. Les mustangs se cabrèrent de terreur. Les murs d'os se fendillèrent et un rideau de poussière déferla sur eux. De minuscules éclats les mitraillèrent. Le bruit emplit la tête d'Abraham, abominable. Il ne pouvait rien faire d'autre que de tenter de contrôler As-de-Pique. Si le cheval s'emballait dans ce chaos, il se briserait les jambes.

Une crevasse s'élargit, juste devant eux, avec une lenteur gourmande. Pendant un instant, ils restèrent muets d'horreur, avec la brume d'os pulvérisés qui flottait autour d'eux, rendant l'air irrespirable et leur piquant les yeux. Puis Belle ordonna :

— On dégage, vite !

Les chevaux s'élancèrent comme ils le purent, déséquilibrés par les secousses, contraints de sauter au-dessus des crevasses qui se multipliaient. Les montagnes d'os bougeaient toutes seules, déplacées par les ondulations sismiques. Le bruit s'amplifiait encore et le sol continuait de gronder. Le phénomène ne s'arrêtait pas. Au contraire, il gagnait en puissance. As-de-Pique poussait des râles rauques, de douleur, de peur, d'effort. Il broncha et, brusquement, son sabot arrière tomba dans un trou. Son arrière-train bascula. Abraham s'agrippa à la crinière et se dressa sur les étriers, penché en avant pour l'aider à retrouver son équilibre. La terreur lui serrait le ventre. Heureusement, le mustang parvint à se rétablir et repartit à la suite des autres, mais les chevaux pilèrent tout à coup en poussant des hennissements stridents.

Devant eux, les os s'envolaient et tourbillonnaient comme un cyclone. Ils s'assemblaient et se percutaient en une sorte de greffe géante pour former une silhouette de plus en plus massive.

— Non… gémit Jesse.

Abraham lui jeta un coup d'œil. Le pistolero fixait le phénomène, les yeux exorbités, le menton tremblant. Il paraissait sur le point de s'évanouir. Sa frayeur épouvanta Abraham. Il ne l'avait jamais vu comme cela.

— Jesse ! appela-t-il.

Son camarade semblait lui-même englouti dans une de ses balles-rêves.

— C'est lui l'épicentre !

La voix de Belle le ramena face au danger. La créature finissait de s'assembler. C'était une sorte d'éléphant gigantesque, entièrement constitué d'os, avec des pattes épaisses comme des tours. Sa trompe longue et cinglante cognait ses flancs, à droite et à gauche, pour en sortir un son étrange et enfantin de xylophone. Ses grandes oreilles agrégeaient plusieurs omoplates humaines, greffées les unes aux autres.

Symphonie répliquait avec ses propres armes, tout en se moquant des humains et de leurs opérations répugnantes.

— Je vais me le faire ! rugit Belle.

Elle sauta à terre.

Le gang était pris au cœur d'un chaos indescriptible. Belle abattit sa cravache sur le sol mouvant pour en faire jaillir son lion blanc.

Le fauve se rua sur leur adversaire. L'éléphant pointa ses défenses d'ivoire, toutes barbelées d'os. Abraham ignorait si le lion ensorcelé pouvait se faire éventrer, mais il retint son souffle au moment où, d'une torsion du bassin, il esquivait le terrible assaut. L'animal s'accrocha à la large tête de sa proie. Pris d'une frénésie sauvage, il se mua en une furie de griffes et de crocs, mordant, déchirant, crachant. L'éléphant continuait de marteler ses flancs pour en tirer sa musique. Chaque impact provoquait des secousses sismiques dans l'ossuaire. Les chevaux tremblaient sur leurs jambes. Lizzie était tombée. Abraham se cramponnait, ne sachant quoi faire.

Les deux monstres de Symphonie s'affrontaient avec sauvagerie. Les rugissements du lion blanc étaient si féroces qu'on aurait pu croire que toutes les bêtes de l'État s'entre-dévoraient. L'éléphant était supérieur en poids et en force ; le lion était vif et agile. Il sifflait, miaulait, lacérait et roulait. L'éléphant avait beau tournoyer et se secouer, il ne parvenait pas à l'embrocher sur ses défenses et sa musique de fin du monde n'avait aucune prise sur son adversaire.

L'ossuaire se changea en une mêlée où se déchaînait l'enfer, où deux bêtes monstrueuses s'entre-déchiraient avec des clameurs épouvantables.

Lizzie s'approcha en titubant et entra dans la bagarre. Ses fils de marionnettiste s'emparèrent de deux côtes et les écartèrent à la force des bras pour que le lion se faufile dans la cage thoracique de l'ennemi.

Puis aussi brusquement que cela, ce fut finit.

Le lion blanc dévasta son adversaire de l'intérieur. Les os retombèrent dans un nuage de poussière et un bruit colossal d'entrechoquements. Le sol redevint stable. La musique cessa.

Pourtant, le lion victorieux, au milieu du carnage, n'en avait pas fini. Ses yeux argentés étincelaient de fureur. Le silence revenu vibra de son rugissement de triomphe.

Belle s'avança vers lui, la cravache tendue, menaçante.

— Ici ! aboya-t-elle.

L'animal s'élança, les griffes sorties, la gueule ouverte. Abraham la crut morte. Elle allait se faire déchiqueter, comme l'éléphant avant elle…

— COUCHÉ ! hurla Belle.

Le lion percuta le sol et s'y enfonça comme si c'était de l'eau. Des vaguelettes concentriques agitèrent la surface. L'ombre blanche s'allongea à ses pieds.

Belle haletait, sa cravache à la main.

Est-ce qu'elle avait eu peur ?

— Tout le monde va bien ? demanda-t-elle en se retournant vers les membres de son gang.

Ses camarades firent l'inventaire de leurs blessures, mais ce n'était que d'inoffensives contusions. Les chevaux, eux aussi, avaient échappé au pire.

— Sans le lion, on y passait, murmura Abraham.

— Sans Belle, rectifia Amy.

— Repartons vite avant qu'un autre monstre ne se reconstitue, ordonna la dompteuse.

Ils se remirent rapidement en route et par bonheur les os brisés, dispersés, restèrent inertes.

Abraham chevauchait à côté de Jesse. Pendant tout l'affrontement, le pistolero était resté tétanisé, n'essayant même pas de tirer une balle-rêve. Encore maintenant, il était pâle de trouille, décomposé par la peur… Les doigts de sa main humaine tremblaient sur les rênes.

— Jesse… appela doucement Abraham.

Il croisa son regard halluciné. Le pistolero secoua lentement la tête.

— Ça va aller… dit Abraham un peu bêtement.

Dans ses yeux, malgré tout, il lut une gratitude douloureuse. Il resta près de lui, à le soutenir silencieusement, où que Jesse fût, dans quelque vision horrifique où il s'était perdu.

Ils établirent le camp bien loin de l'ossuaire, dans un endroit tranquille. La lumière du soir étirait leurs ombres dans leurs dos. Tandis qu'Abraham cuisinait, Jesse le rejoignit. Il avait repris contenance.

— Désolé pour le spectacle, cet après-midi, dit-il d'un ton bourru.

— Tu n'as pas à l'être, répondit Abraham. C'était sacrément flippant.

— C'était…

Jesse soupira.

— Plus que cela. Ça m'a… rappelé des souvenirs.

— Pas bons, j'imagine.

Jesse s'assombrit davantage.

— Navré, s'excusa Abraham. Je suis trop curieux.

— Non, tu as le droit de savoir.

Il se força à sourire.

— Tu fais partie de la famille, maintenant.

Abraham s'étonna de cette sollicitude. Peut-être que son soutien muet avait enfin attendri le cœur dur du pistolero.

Jesse caressa son bras métallique.

— Je suis le seul qui n'ai pas été greffé par un médecin, tu sais ?

— Vraiment ? releva Abraham, intrigué.

— Je vais te raconter.

Chapitre 19

J'ai débarqué sur les rives de Nacarat il y a deux ans, commença Jesse. Les greffes ne m'intéressaient pas. J'étais venu pour l'or, attiré par tous les racontars. Toi aussi, tu as entendu que les fleuves et les rivières de l'État de Phenitia charriaient des pépites d'or grosses comme le poing ? Je me suis lancé tout seul à l'aventure, dans les forêts profondes du nord de Nacarat. Crois-moi, j'étais sous le charme. Comme toi, je viens du Vieux Monde. Alors, ici, tout me semblait plus grand et plus intense : les arbres étaient d'une dimension extraordinaire, je marchais au milieu des chants d'oiseaux. J'avais l'impression de vivre mon rêve. J'étais vraiment heureux, tu sais ?

La vérité, c'est que je n'étais qu'un bleu stupide, incapable de mesurer le danger du Nouveau Monde. On m'avait parlé des monstres bien sûr, mais j'avais sous-estimé les pires : les autres humains.

J'ai été capturé à peine quelques semaines après mon arrivée à Nacarat, par une bande d'esclavagistes lourdement armés. C'étaient des desperados endurcis. Leur tête était mise à prix et les chasseurs de primes les avaient peut-être poussés à se retrancher dans la forêt, mais je crois surtout qu'ils étaient attirés par l'or dont regorgeaient les rivières.

Moi, le bel et jeune aventurier, je me suis retrouvé encordé à d'autres pauvres types, tous aussi ahuris que moi. Nos rêves de gloire et de richesse venaient de se briser sur la cupidité d'autres hommes…

Ils nous ont fait marcher un jour et une nuit entière. Bien sûr, j'ai voulu me rebeller, mais avant même que je passe à l'action, j'ai vu un autre prisonnier se faire rouer de coups parce qu'il avait osé s'asseoir. Quand on s'est mis au travail, dans la rivière, le mec bavait du sang entre ses dents cassées.

On se trouvait au bord d'un cours d'eau qui débouchait d'une ravine et filait le long de pentes recouvertes d'herbe verte. C'était très beau. Les oiseaux chantaient. J'éprouvais un sentiment de déréalisation bizarre, comme si je n'allais pas vraiment passer les derniers jours de ma vie à trimer les pieds dans l'eau glacée, du matin au soir, avant de recevoir une balle dans la nuque…

Les hommes nous avaient donné un tamis. Tu sais comment ça fonctionne, j'imagine. On pelletait de la boue et des cailloux au fond du ruisseau et on remuait la batée à coups de poignets pour filtrer l'eau et la boue et ne garder que les pierres. Je passais les journées suivantes à guetter l'éclat de l'or, en sachant pertinemment que les pépites ne seraient pas pour moi. Ça me donnait des envies de meurtre…

Bref, on trimait sans relâche du lever au coucher du soleil. Si on faisait une pause, pour souffler sur nos doigts gelés ou pour s'étirer, les esclavagistes nous tombaient dessus.

La nuit, ils nous regroupaient entre les tentes. On se couchait à la belle étoile, dans le froid et l'humidité, les chevilles entravées à un pieu. On mangeait des biscuits, du pain rassis, parfois une lanière de viande séchée qu'ils jetaient entre nous, pour rire. On se ruait sur la nourriture comme des clébards. Un type armé nous surveillait, la nuit. Je pense qu'au moins deux d'entre eux étaient greffés. Ils se retiraient dans les tentes et on ne les voyait plus jusqu'à l'aube.

Et puis, très vite, tout a basculé.

Je ne dormais pas cette nuit-là. Je pensais que c'était à cause du froid, mais avec le recul, je crois que mon corps avait anticipé le massacre.

Notre gardien s'était peut-être assoupi.

C'est moi qui l'ai repérée le premier. Une foutue silhouette difforme, mais surtout, qui puait comme une vieille charogne ! Sur le moment, j'ai cru qu'un de mes camarades s'était chié dessus, je te jure. En vrai, c'était un monstre. Un authentique monstre. Mon regard est tombé dessus franchement par hasard, parce qu'il faisait très noir. Son ombre claudiquait méchamment à travers le bivouac. Il faisait la taille d'un cheval et marchait de façon étrange, comme si ses quatre pattes avaient du mal à porter son propre poids. Sa grande carcasse tanguait sur la droite, sur la gauche. On aurait dit qu'il était sur le point de s'effondrer à chaque enjambée. Sa grosse tête se balançait près du sol. Il la tenait inclinée, comme ça, tu vois ? La gueule de travers, loin du flanc. Comme s'il ne supportait pas sa propre odeur. Et puis, là, les nuages se sont effilochés. La lune a éclairé ses côtes blanches par les trous du pelage.

J'ai même pas crié. J'étais tétanisé. Un monstre de l'Ouest attaquait le campement.

La créature s'est rapprochée des esclaves étendus sur le sol. Des proies faciles. Le petit feu de camp s'est reflété dans ses yeux.

J'aurais pu me pisser dessus.

Au sommet de son corps de traviole, il y avait une peau de loup qui se mêlait à de la fourrure brune et grise pelée, à des plumes collées, à des chairs coagulées. J'y comprenais rien. Mais le pire, c'était qu'on voyait les os par tous les trous entre les bouts de viande disjoints. C'était un putain de squelette. Un squelette difforme et géant, sur lequel un dieu de malheur avait assemblé la peau et les organes de différents animaux. Un sac d'os. Et tout ça pourrissait et schlinguait.

Le monstre était face à moi. Il n'attaquait pas. Il se bornait à me regarder avec ses petits yeux gris.

Je me suis senti attiré par lui. Physiquement. Je veux dire : mes fesses ont décollé du sol tandis que tout mon corps se soulevait dans sa direction. Par réflexe, j'ai enfoncé les doigts dans la terre. Je me suis accroché comme j'ai pu. L'entrave m'a aidé. Comme quoi… Mais les coutures de mes vêtements se sont mises à craquer. C'étaient de vieilles hardes, filées par les esclavagistes. De la merde… La laine et le cuir se sont déchirés et ont volé dans les airs pour se plaquer à l'amas de trucs greffés de la créature. Immédiatement, ils s'y sont mêlés. Le liquide noir qui suintait des plaies béantes les a soudés aux os.

Et moi, je sentais à présent une démangeaison sur mes joues et mes bras. Ça s'est vite changé en une franche douleur, comme si des milliers d'épingles me criblaient la peau. J'ai compris que j'allais m'effilocher comme mes vêtements. Mes muscles, ma viande allaient bientôt dépouiller mon squelette pour aller grossir la toison de la chose.

Ça m'a débloqué. J'ai hurlé. Cette fois, j'ai hurlé à pleins poumons. Oh, ça, oui.

Au même moment, le pieu et les cordes qui arrimaient mes chevilles au sol ont explosé en mille morceaux. Je me suis retrouvé libre, tandis que tous les autres se réveillaient et découvraient, ahuris, la chose qui avait débarqué dans le campement. Les cris ont résonné, des cris de panique, de terreur pure. Le premier coup de feu a claqué. Enfin. Notre gardien avait réagi. La balle a traversé les chairs collées. Des plumes se sont envolées. Des paquets de peau et des masses gélatineuses sont tombés sur le sol avec un bruit dégueulasse. L'esclavagiste a tiré encore et encore, des rafales qui éclairaient le carnage de petites étincelles jaunes.

Transpercée par les balles, la partie supérieure de la créature s'est affaissée. La tête de loup a glissé. Une patte s'est tordue. Une cartouche lui avait fracturé l'épaule, je pense, et peut-être même une vertèbre. Sa patte est restée plantée dans le sol. J'ai cru que le monstre allait tomber et mourir, enfin, mais très lentement, il a tourné la tête vers moi. Ses yeux avaient été engloutis au fond des orbites. Il a ouvert la gueule et, dans ce gouffre puant, j'ai vu des tas de crocs, volés à des loups, des chiens, des renards, des lynx, des ours…

Son palais en débordait, alignés tout de travers en des cercles irréguliers.

De nouveau, j'ai ressenti l'attraction qu'il exerçait sur mes vêtements et ma peau, pour m'écorcher. Mais surtout, le fusil que tenait notre gardien lui a été arraché des mains. Il a traversé l'espace pour se ficher dans la patte brisée du monstre. Le sang noir a coulé sur l'acier et ça l'a arrimé à la chair pourrie.

La créature a commencé à se redresser. Du fusil, il avait fait une béquille, tu comprends ?

Je n'en ai pas vu davantage. J'étais libre. J'ai sauté sur mes pieds et couru dans le noir en hurlant. Je n'avais aucune idée d'où j'allais. En vérité, j'étais à moitié fou de peur. J'ai traversé le feu de camp en dispersant des braises. Les étincelles se reflétaient dans les yeux épouvantés de mes camarades. Eux étaient encore attachés au sol. Ils allaient y passer. Le monstre allait les disloquer et les coller à son corps.

Des coups de feu claquaient de partout. Un staccato de balles. J'aurais pu être touché, mais par miracle, j'en ai réchappé. Je courais comme un dingue et mon pied s'est pris dans un truc. Je me suis recroquevillé par terre, perdu, terrorisé. Un feu de tirs grondait autour de moi. Les éclats lumineux de la fusillade permettaient d'entrapercevoir la silhouette du monstre. Il était devenu très gros, l'enfoiré. Pour colmater les trous de sa vieille carcasse, il utilisait des débris humains. Il s'autogreffait, à sa façon. Les lambeaux de mes anciens camarades le bosselaient en un amas à gerber. Est-ce qu'ils étaient encore vivants ? Je crains que oui, parce que le monstre déplaçait avec lui un concert épouvantable de cris d'agonie. Ça gémissait et ça hurlait de façon continue, et tout ce vacarme n'arrivait pas à couvrir les bruits d'os brisés et de muscles déchirés. La chose n'en finissait pas de grossir. Elle utilisait l'acier des fusils pour réparer ses fractures. Elle se blindait. Cette saloperie était immortelle, invincible…

Ça a duré une éternité. Jusqu'à ce que tous les esclavagistes soient massacrés à leur tour. Mon pied s'était pris dans une des tentes, tire-bouchonnée au sol par la furie du combat. J'ai rampé, tandis que l'ombre puante de la créature me recouvrait.

Je l'ai regardée.

Un visage humain était collé au crâne du loup. T'imagine ça ? Des fragments de chair volaient encore librement, mais peu à peu le sang noir coagulait pour les souder. De la peau, des cheveux, des vêtements et même des cuillères et une poêle à frire raccommodaient différents endroits de la créature. Comme si elle ne savait pas quoi en faire, elle avait agglutiné des dizaines de bras sous les poches flasques de son ventre et les mains traînaient sur le sol en convulsant.

Ça a été la vision de trop. Quelque chose a craqué dans ma tête. Je me suis « éteint », et tout le reste de la scène, je l'ai vécu de façon détachée de mon propre corps. Je n'ai même pas eu mal quand mon bras s'est fracturé puis arraché pour rejoindre la forêt de membres qui grouillaient sous le ventre de la chose. J'ai été absorbé à mon tour, plaqué à elle. Mon moignon s'est colmaté avec un fusil, se soudant à lui. J'aurais pu être totalement démantelé, mais dans un acte de bravoure inouï, le dernier survivant de notre groupe s'est jeté sur l'animal avec une branche enflammée. Le dingo. Il m'a sauvé la vie.

Les balles, les couteaux ne pouvaient rien contre le monstre, mais le feu, au moment même où il a touché son corps, ça l'a ravagé. Tous les organes qu'il avait volés se sont détachés en une pluie immonde. Il braillait et dansait sur place, dévoré par les flammes. D'un coup, j'ai été libre. Je ne sais pas si j'ai couru. Je crois que je suis resté simplement là, toujours calme, toujours spectateur du carnage, en dépit de mon bras mutilé regreffé par cette prothèse imbécile : un fusil.

Au lever du soleil, je me suis retrouvé assis au milieu d'une véritable boucherie. Je ne savais pas où était mon sauveur. Sans doute qu'il s'était enfui. Enfin, je l'espère pour lui.

Et moi, donc, j'étais là, ahuri, à regarder mon bras transformé, changé à tout jamais par ce cauchemar. J'allais être hanté pour toujours par les peurs viscérales de toutes les victimes du monstre. Des fois, j'ai l'impression qu'elles sont encore là, dans mon sang empoisonné, et que leurs rêves terrifiants chargent mon arme monstrueuse.

Ce n'est pas un chirurgien qui m'a opéré…

C'est une créature de l'Ouest qui m'a greffé.

Chapitre 20

Abraham écouta le récit de Jesse jusqu'au bout, sans l'interrompre. Éclaboussé par l'horreur de son histoire, il partageait une fraction du traumatisme de son camarade. Ces pensées lugubres le poursuivirent pendant son tour de garde. Les yeux dans les flammes, il ne pouvait s'empêcher de songer à son frère. Avait-il lui aussi fait une mauvaise rencontre ? Dans la tragédie de Jesse, les humains comme les monstres l'avaient réduit à l'état de victime prête à être immolée…

Par bonheur, la nuit s'écoula sans incident, mais il dormit mal.

À l'aube, il était épuisé et surtout, il eut l'impression désagréable de revivre exactement les mêmes événements que la veille, les mêmes gestes, le même goût des haricots s'écrasant entre ses molaires, comme si la journée se répétait. Le voyage à Symphonie se durcissait…

Ils chevauchèrent toute la matinée et progressivement, le groupe commença à se détendre. Ils n'avaient pas revu d'ossements. Ils arpentaient un chaos de roches ressemblant à des montagnes à moitié enfouies dans leurs propres débris. Leur base semblait se trouver à plusieurs kilomètres sous le sol et ils n'en voyaient que les crêtes et les sommets. C'était un peu comme si les falaises de Fraora avaient été englouties dans une mer de sable. À l'horizon se haussait un petit mont, tremblotant derrière un voile de chaleur.

Abraham somnolait sur sa selle quand Noah lança l'alerte. Le jeune homme se redressa. Son cœur rata un battement avant d'accélérer. Une procession d'hommes et de femmes marchait en file indienne dans les terres rouges. Ils avançaient à pas très lents, leurs chaussures raclant la poussière.

Amy poussa une plainte déchirante à leur vue. Ses yeux s'étaient agrandis, pleins d'horreur, comme Jesse la veille, et cette fois, Abraham comprit facilement :

C'est ce qu'elle a vécu...

— Des hypnotisés, commenta Lizzie.

Belle s'était rapprochée d'Amy et tâchait de la calmer en lui parlant à voix basse. Les autres observaient le cortège avec anxiété.

— Pourquoi on n'entend pas de musique ? demanda Earl. Je croyais que les musiciens de la Harpiste attiraient les somnambules en jouant.

— La musique est dans leur tête, gémit Amy. Quand elle est entrée… elle tourne en boucle… en boucle… Elle ne s'arrête plus jamais.

— On peut s'approcher, alors ? demanda Jesse.

— On va les suivre, dit froidement Belle. Ils nous conduiront probablement à l'Opéra.

Ils longèrent la file indienne des somnambules. Aucun ne fit attention à eux et Abraham eut le loisir de les scruter dans tous leurs détails. Ils avaient tous la même expression lointaine, les yeux vides, et progressaient par à-coups, comme si le désert les attirait contre leur gré, mais qu'ils étaient trop épuisés pour lutter. Leur peau déshydratée était grisâtre et flétrie. Elle pelait. Du noir cernait leurs orbites. La seule note de couleur sur leurs silhouettes était la poussière rouge qui collait à leurs chaussures. Certains allaient pieds nus. Abraham repéra une femme en chemise de nuit. Un enfant tenait une poupée au bout de son bras lâche. Un vieillard avançait comme une marionnette tirée par les fils de Lizzie, au-delà de ses forces. Aucun d'entre eux n'était greffé. Ce n'était même pas des combattants ou des chasseurs de primes, mais ils avaient eu l'affront de vouloir coloniser le territoire de la Harpiste, alors, sans pitié, elle les avait capturés.

Le cœur d'Abraham se serra de compassion. Au vu de leur nombre important, il semblait que plusieurs villages avaient été raflés. Sans doute y trouverait-on des avis de recherche pour chacun d'eux, placardés quelque part sur les murs des villes, à Frontières et dans les États colonisés.

Pourquoi la Harpiste s'emparait-elle ainsi des gens ? Par vengeance ? Pour dissuader les explorateurs de s'aventurer dans son royaume ? Organisait-elle des sacrifices humains au sein de l'Opéra, les contraignait-elle aux travaux forcés, ou bien se constituait-elle une armée d'esclaves décérébrés qu'elle retournerait ensuite contre les colons de Symphonie ?

On pourrait peut-être rompre la file, pensa-t-il. *Les empêcher d'avancer. Essayer de les disperser. Si on parvient à les réveiller ?*

Mais Belle n'ordonnait rien de la sorte. Elle remontait la colonne avec indifférence, regardant à peine les somnambules qui avançaient toujours comme des zombies. Amy s'était installée en croupe derrière elle. Elle s'accrochait au dos de Belle et fermait les yeux. D'où il était, Abraham voyait la ligne de sa mâchoire trembler. Elle claquait des dents…

Lui-même avait également du mal à soutenir la vue des somnambules. Son frère avait-il été capturé ainsi ? S'était-il « éteint » comme tous ces gens ? Avait-il marché, les yeux vides, sur des dizaines, voire des centaines de kilomètres ?

La tête lui tournait. L'anxiété lui serrait la poitrine. Il s'accorda une gorgée d'eau à sa gourde, mais l'eau était tiède et il eut l'impression de boire du sang. Sa combativité, déjà rongée par la peur, s'émoussait lentement. Il s'accrochait bêtement à son fusil. Il le savait pourtant inutile en ces lieux où régnait la magie noire. Jamais il ne parviendrait à renverser la Harpiste avec ses petits moyens humains… Pour quelle raison avait-il envisagé qu'un non-greffé puisse rivaliser avec les monstres de l'Ouest ?

Son regard inquiet se tourna vers ses camarades. Tous étaient tendus, infusant leur pouvoir. Jesse tripotait son fusil à cauchemars ; les pétales de rose, dans l'œil d'Earl, paraissaient pulser au rythme de son cœur ; Lizzie soulevait ses grosses pattes, la tête inclinée vers l'avant ; Astraios, perché sur l'épaule de Noah, ne bougeait plus, et tous les deux avaient exactement le même regard ; Amy se cramponnait toujours à Belle. Le lion émergea de l'ombre de la dompteuse. Il grossissait, grossissait, prenait de seconde en seconde de la chair et du muscle, et se mit à marcher sur les talons de leurs mustangs.

Les somnambules avancèrent jusqu'à une sombre échancrure dans les contreforts du petit mont. Les chasseurs de primes les accompagnèrent au seuil de l'ouverture. Le goulet d'étranglement, encombré par les rêveurs, les empêchait de continuer à cheval.

— C'est ici, l'Opéra ? demanda Lizzie, dubitative.

Amy secoua la tête.

— Non. Ça ne ressemblait pas à ça.

— On y va quand même ? s'enquit Earl. Peut-être que la musique pousse simplement ces types à se jeter tête la première du haut d'un canyon ?

— C'est possible, grommela Belle. Noah, envoie Astraios regarder.

L'aigle bleu s'envola, tandis que l'oiselier se figeait sur sa selle, la respiration raccourcie.

— Il y a une sorte de scène, dit-il au bout d'un moment. C'est comme un théâtre naturel, sculpté dans la roche.

— Et sur la scène ? demanda Belle.

— Personne…

Belle exhala un soupir.

— D'accord, reprit-elle. On va quand même y aller. On doit être sûr. Il est possible que la Harpiste soit planquée quelque part dans les coulisses de ce théâtre. Les rêveurs ne vont quand même pas là-bas pour rien… Laissez les chevaux, on va continuer à pied. Mettez aussi les bouchons d'oreilles. Restez bien sur vos gardes. Si c'est vraiment la Harpiste qui est là, je veux que toi, Jesse, tu la transperces d'une balle-rêve. Earl, tu pourras la bloquer avec des lianes épineuses. Je me chargerai du reste avec mon ombre.

Elle prit une profonde inspiration.

— C'est peut-être aujourd'hui que tout s'achève.

Elle caressa la joue d'Amy.

— Attends-nous ici avec les chevaux, dit-elle.

Mais la jeune femme secoua la tête avec ferveur.

— Hors de question ! s'exclama-t-elle. Je ne veux pas rester seule ici, c'est pire !

— Ton pouvoir n'est pas une magie offensive. Tu ne pourras pas nous aider.

— Je suis immunisée contre sa musique !

— C'est faux et tu le sais. Tu n'es pas immunisée.

— Peut-être pas immunisée, mais j'y résiste, s'entêta Amy.

— Tu résisteras combien de temps exactement ? Dix secondes ? Une minute ? On ne parle pas d'un musicien étourdi. Si c'est la Harpiste, elle pourra t'atteindre. Elle sera plus forte que toi. Tu sais comme son pouvoir est vicieux.

— Je serai utile !

Elle paraissait plus calme à présent. Ses yeux noirs exprimaient une impitoyable résolution. Jamais elle ne resterait en arrière. Belle dut le comprendre, car elle sourit un peu amèrement et hocha la tête.

Tous entrèrent en file indienne dans le défilé, Abraham en dernière position. Un couloir rocheux s'allongeait à perte de vue devant eux. Seule une mince bande de ciel bleu persistait au-dessus de leurs têtes. Le groupe de Belle ne pouvait pas progresser au même rythme que les somnambules, aussi se coulaient-ils contre les murs et se tordaient-ils entre les corps en une chorégraphie lente et monstrueuse, comme s'ils dansaient autour d'eux. Le lion s'était retranché dans l'ombre blanche de Belle, mais elle ne cessait de grandir et de rapetisser. Elle se déplaçait de façon à ne pas toucher les dormeurs, comme si le lion s'en méfiait.

Ils remontèrent le défilé, oppressés par la hauteur des murailles, à droite et à gauche. Enfin, ils débouchèrent sur le vaste amphithéâtre de pierres aperçu par Astraios. Abraham se pétrifia. Ses entrailles se liquéfièrent et une pique de terreur le poignarda. Ici, les rêveurs se tenaient tous immobiles, debout sur des gradins taillés dans le roc. La tête renversée en arrière, les bras le long du corps, leurs bouches remuaient comme s'ils exhalaient un chant funèbre, mais grâce aux bouchons d'oreilles, le gang n'entendait rien.

Ils s'entre-regardèrent, tendus, indécis. Puis la bouche d'Amy s'arrondit sur un cri muet.

Car sur la scène s'avançait avec majesté la Harpiste.

Chapitre 21

La Harpiste était vêtue d'une longue robe blanche qui lui tombait jusqu'aux pieds. Ses manches à crevés descendaient également si bas qu'elles masquaient ses mains. La reine de Symphonie n'avait pas de tête. À partir du menton, son « visage » se transformait en une harpe géante. L'ogresse était immense, culminant à peut-être deux mètres cinquante. Elle ressortait comme une sculpture d'ivoire dans ce décor de pierres rouges. Même si elle ne paraissait pas agressive, elle était si viscéralement inhumaine qu'Abraham savait avec une acuité absolue qu'il ne fallait attendre d'elle nulle pitié. Cette créature régnait sur un cauchemar. Elle se régalait de la peur et de la souffrance.

C'est toi, pensa-t-il avec hargne. *C'est toi qui m'as pris Jarod !*

Jesse fit feu. La détonation résonna, très forte, dans le théâtre de roches. Une tache rouge apparut, s'épanouissant comme un coquelicot sur la robe blanche de la Harpiste. Le pistolero serra son poing humain en signe de victoire. Mais aussitôt, la plaie se résorba, pareille à la rose qui fanait toutes les nuits dans l'œil d'Earl, et disparut.

Les balles-rêves ne tuent pas comme le plomb, comprit Abraham. *Ce sont les cauchemars qui tuent. Et la Harpiste est un cauchemar à elle toute seule ! Peut-être que je peux être utile, alors, avec mon fusil à pompe... ?*

Il n'eut pas le temps d'y réfléchir davantage, Earl s'élançait vers la scène et de grandes lianes barbelées d'épines jaillirent de ses bras tendus. Belle dévalait les gradins à sa suite. Le reste de la bande leur emboîta le pas. Maintenant. C'était maintenant ! Un affrontement bref et sanglant au terme duquel l'un des deux adversaires mordrait la poussière...

La Harpiste, toujours immobile, les attendait sans crainte, sûre de sa force.

Alors qu'ils avalaient les degrés, elle tourna langoureusement la tête. Les cordes de la harpe ondulèrent, comme pincées par des mains invisibles. Les bouchons de cire étouffèrent les notes.

Tu ne peux pas nous atteindre avec ton pouvoir ! pensa Abraham avec exaltation.

Mais il comprit aussitôt que la musique ne leur était pas destinée. Des profondeurs obscures de la falaise sculptée surgit un flot de chiens. La Harpiste avait appelé du renfort...

Abraham ralentit. Les autres le dépassèrent sans une once d'hésitation.

— Ce ne sont pas...

« Des chiens », voulut-il dire.

Mais sa voix se perdit dans la cire. Le cœur tambourinant, il effaça les dernières marches et se retrouva sur la scène en demi-lune. L'un des monstres se jeta sur lui.

Abraham dut surmonter son épouvante pour réussir à l'esquiver. La vue de la chose l'engourdissait dans une peur glacée, débilitante. Les « chiens » de la Harpiste étaient bien humains. Ils se déplaçaient à quatre pattes, sur leurs mains et leurs pieds, en une drôle d'allure déjetée. Nus, les seins des femmes oscillaient entre leurs bras, les pénis des hommes se balançaient entre leurs cuisses velues. Mais surtout, leurs visages étaient recouverts d'un sac de jute. Sur le tissu grossier, on avait peint un œil écarquillé, la pupille minuscule au sein de l'ovale, quatre ou cinq cils épais se hérissant sur la courbure. Hommes et femmes étaient ainsi ravalés au rang d'outils bizarres entre les mains de la Harpiste, et Abraham fut persuadé qu'aucun n'agissait de son propre chef. La musique de la harpe les animait. Était-ce cela que devenaient les somnambules ?

La créature la plus proche se jeta sur sa jambe. Incapable de lui tirer dessus, Abraham la frappa avec la crosse de son arme. L'humain vacilla, avant de revenir à l'attaque avec une fureur redoublée.

— Arrête ! lui ordonna Abraham.

Mais l'autre n'écoutait rien. L'œil peint fixé sur Abraham semblait dément. Le jeune homme lui envoya un coup de pied, visant le menton sous la toile de jute. Sa botte heurta sa cible. Quelque chose bougea contre son pied, craqua, et la créature tangua sur ses quatre pattes. Des gouttes de sang tombèrent entre ses mains, d'un rose très pâle, mêlées de bave. Abraham aurait pu facilement l'abattre. Il se contenta de le projeter sur le dos d'un second coup de pied à l'estomac. L'homme-chien se tordit, les bras et les jambes agités de spasmes. Sa réaction était trop violente compte tenu des coups portés. D'une main tremblante, Abraham souleva la toile de jute. Le visage tuméfié de l'homme apparut, déformé par la souffrance. Du sang lui inondait le menton. Abraham pâlit. En le frappant, il lui avait claqué les mâchoires avec une violence telle qu'il s'était sectionné la langue. Les véritables yeux du malheureux roulèrent vers lui. Il essaya de parler. Un flot de sang jaillit de ses lèvres et il émit une toux rauque. Abraham s'accroupit pour saisir ses mains secouées de convulsions. Le combat faisait rage autour de lui. Un homme-chien s'écroula à quelques pas de lui, son corps désarticulé par les fils de Lizzie. Un autre roula à moins d'un mètre, se débattant contre les lianes hérissées d'épines d'Earl. Des ombres suspectes se mêlaient à la frénésie meurtrière de l'affrontement, signe qu'au moins une autre balle-rêve avait été tirée. Abraham se concentra sur le mourant.

— Qui es-tu ? demanda-t-il.

Les muscles de son corps se contractèrent et tout son dos se cambra. Il continuait pourtant de fixer Abraham droit dans les yeux avec une urgence absolue, une intensité écrasante.

— Je suis désolé, dit Abraham.

Les muscles de l'homme se relâchèrent et, ses bras frappant les pierres une dernière fois, il mourut.

— Merde, grommela Abraham en se relevant.

Il se retourna vers le combat. Plusieurs hommes-chiens gisaient sur le sol, morts. Qu'étaient-ils en train de faire, à massacrer des victimes de la Harpiste ?

« Arrêtez ! » voulut-il dire.

Mais aucun son ne franchit sa gorge.

Les siens s'étaient dangereusement rapprochés de la reine, toujours debout, hiératique, au milieu de sa meute de défenseurs. Les camarades d'Abraham faisaient un carnage, surtout le lion de Belle. Il démantelait les corps, éparpillait les membres dans des giclées de sang brûlant. En dépit de son festin, son pelage restait d'un blanc immaculé. Belle se déplaçait derrière lui. Elle avait troqué sa cravache contre son fouet et lançait des ordres que seul le lion entendait. Les chiens étaient trop faibles pour résister. À vrai dire, leur rôle se résumait davantage à effrayer plutôt qu'à blesser, étant donné leur nudité, leurs corps décharnés par les privations, même bleuis çà et là d'hématomes vraisemblablement dus à leur dressage, et surtout le terrible sac qui les anonymisait en une seule entité monstrueuse…

Pas anonyme, rectifia Abraham avec horreur.

Il aurait pu en mourir, là, foudroyé sur place… Car il venait de reconnaître, sans nul doute possible, le corps d'un des hommes-chiens, aux prises avec Lizzie. Il avait maigri, sa peau s'était sans doute un peu éclaircie, comme s'il avait été longtemps privé de la lumière du soleil, mais le tatouage, sur son épaule, ne trompait pas : une boussole qui indiquait l'ouest. Son rêve d'encre s'était brisé sur la monstruosité de sa quête… Abraham poussa un gémissement étranglé.

— Jarod !

Lizzie avait réussi à lui engluer la cheville dans un de ses rets, et Jarod avançait rageusement sur trois pattes, tendant sa figure masquée vers elle, cherchant à mordre à travers le sac.

Comment ses camarades pouvaient-ils verser dans une telle violence aveugle ? Étaient-ils tous devenus fous ?

— Laisse-le ! hurla-t-il en se précipitant à toutes jambes.

Lizzie ne pouvait pas l'entendre. Elle se concentrait de toutes ses forces pour réussir à soulever sa proie. Si elle le lançait avec suffisamment de force contre un gradin, elle pouvait lui fracturer la colonne et alors…

— Arrête !

Il se rua sur elle et la saisit à la taille en un placage brutal. La fille, légère comme une plume, décolla et s'écrasa avec violence sur le sol.

Un rire cristallin résonna derrière eux. Les cordes de la double harpe se pinçaient sur ce son moqueur. La voix de la reine vibra en eux :

« Vous êtes à moi. »

Impossible, songea Abraham en une seconde de lumineuse panique. *Nous avons les bouchons d'oreilles !*

Lizzie, groggy, tentait de se relever en se tenant la tête.

— Laisse-le, répéta Abraham en se redressant lui aussi. C'est mon frère !

Les yeux embrumés de Lizzie s'écarquillèrent, non pas à cause de cette révélation brutale, mais parce que ses propres fils étaient en train de s'enrouler autour de sa gorge et qu'ils se resserraient implacablement. D'autres lui garrottaient la poitrine, juste sous les seins, d'autres encore plaquaient ses bras à ses flancs, mais surtout, les liens serraient… serraient…

— Qu'est-ce que… balbutia Abraham.

Du sang commençait à couler sur la gorge de la jeune fille tandis que la cordelette cisaillait la peau délicate.

Le lion de Belle bondit entre eux, mais il n'y avait rien qu'il puisse faire contre la sorcellerie à l'œuvre. La Harpiste, très probablement, retournait le pouvoir de Lizzie contre elle. Belle le comprit aussitôt.

— Butez-moi cette salope ! hurla-t-elle si fort qu'Abraham l'entendit à travers les bouchons.

Le lion, d'un saut prodigieux, presque trop rapide pour être suivi par l'œil, réintégra sa place, juste devant la dompteuse.

Mais tous étaient aux prises avec les dizaines et dizaines d'hommes-chiens qui déferlaient sur eux en une charge pataude.

Abraham, impuissant, vit les fils de la marionnettiste se resserrer et soudain, la pression fut trop forte. Le collet se réduisit au diamètre d'une bague avec un *pfffuit* sifflant. Un flot de sang jaillit. Abraham reçut une éclaboussure sur les bras et les mains. La tête de Lizzie bascula en arrière, les yeux révulsés. Il ne restait qu'une bande de peau et des éclats de vertèbres pour la retenir attachée à son cou. Ses grosses mains gantées s'agitèrent dans tous les sens, comme si c'était la dernière partie de son corps à être encore un peu irriguée de vie. Puis elle se figea.

L'adolescente était morte.

Au bout du monde.

Dans un théâtre de cauchemars.

À cause…

De moi ?

Qu'avait-il provoqué ? Le simple fait de s'en prendre à l'une de ses camarades l'avait-il condamnée ?

Mais je voulais seulement l'arrêter...

Il se retourna vers l'homme-chien. La créature pantelait à quelques pas de lui, sans attaquer. L'œil peint s'écarquillait sur le sac de jute et paraissait le fixer avec intensité. Un os saillait bizarrement, juste au-dessus de l'omoplate, comme l'indice d'une fracture mal ressoudée. Une vague de compassion monta de la poitrine d'Abraham et une boule enfla dans sa gorge. Il rejoignit l'homme en chancelant et s'agenouilla devant lui.

— Je suis là, dit-il d'une voix étranglée. Je viens te sauver.

Et, empoignant le sac, il découvrit le visage de Jarod.

Chapitre 22

Jarod était là, à quatre pattes devant lui, nu. Son grand frère chéri, respecté, si fort et si fier, qui était parti à l'aventure le cœur empli de rêves, épris de liberté. L'Ouest l'avait brisé. L'Ouest l'avait dompté et réduit en esclavage. La Harpiste avait fait de lui l'un de ses chiens de garde. Sa grosse mâchoire greffée accentuait cette impression cauchemardesque.

— Jarod, c'est moi, dit Abraham.

Il arracha ses bouchons d'oreilles. Il voulait lui parler… et l'entendre !

— Jarod !

Il tendit une main tremblante. Les yeux de son frère vacillèrent. Des larmes contenues troublaient son regard. Mais soudain, la harpe produisit un son aigu et tous les chiens, d'un seul coup, Jarod y compris, se reculèrent à quatre pattes pour se regrouper à ses pieds. La reine musicienne leva ses longs bras, ses esclaves rassemblés à croupetons autour d'elle en une masse de chair frémissante, et sa harpe jouait, jouait.

— Attention ! rugit Belle.

« *Vos organes arrachés, volés*, dit la voix narquoise dans leur tête. *Ce sont les miens !* »

Astraios pivota sur l'axe vertical de ses ailes et, toutes serres dehors, plongea sur le visage de Noah. L'homme replia les bras en croix pour se protéger. À côté de lui, les lianes musculeuses d'Earl se retournaient également contre lui. Jesse chancelait, le regard fixe, les bras tendus devant lui comme un aveugle, enfermé dans l'un de ses propres cauchemars. Et bien sûr… le lion blanc devint fou. Belle réagit promptement. Son fouet claqua à gauche, à droite, cinglant le fauve dément qui rugissait de rage et de douleur.

— Va-t'en ! cria-t-elle à Amy.

La jeune femme était pétrifiée par l'horreur au beau milieu de la scène, ses yeux agrandis fixant le vivant cauchemar qui se déployait autour d'elle.

— Amy ! hurla Belle.

Elle parut enfin réagir. Elle se tourna vers la dompteuse et son bras se tendit vers sa compagne. Le lion fou lui coula un regard rouge, stupéfiant de démence.

— Non ! hurla Belle.

Le fouet claqua, mais le lion esquiva en se déportant vers la gauche, vers Amy. Ses mâchoires se refermèrent sur la main tendue de la jeune femme. Amy hurla. Le sang gicla. L'os craqua…

Abraham considérait ce spectacle terrifiant, les pieds vissés au sol. Il n'arrivait plus à bouger, plus à réfléchir. Tout s'écroulait autour de lui. Pourtant, il était libre. Non greffé, il ne subissait aucun revers. Le sortilège de la Harpiste était passé sur lui sans le captiver. Il pouvait agir… Son frère était là, à sa portée. Il était venu pour lui. Il avait fait tous ces efforts dans ce but ultime, accompli tous ces sacrifices… Il devait simplement pousser un peu son courage, en un dernier geste. Attraper la main de son frère, le tirer hors de ce piège…

Il fit tournoyer son fusil à pompe au bout de ses doigts et tira. Il était proche, très proche de la Harpiste. Pourtant, il manqua sa cible. La balle ne fit que frôler la colonne en bois de la harpe, en faisant voler quelques copeaux. La musique qui jaillissait des cordes s'éteignit en un couac. Les chiens prostrés à ses pieds poussèrent d'une même voix une clameur de souffrance.

Les greffons qui harcelaient leurs porteurs cessèrent d'infliger leur malédiction.

La Harpiste, vacillante, se recula, ses esclaves refluant avec elle, se bousculant les uns les autres comme une masse grouillante. Pour la première fois, l'ogresse avait peur. Son long index blanc, à l'ongle verni de rouge, se tendit vers lui. Les cordes de sa harpe se pincèrent avec un son cristallin et un mot claqua dans leur tête :

« *Lui.* »

Tous les yeux de ses camarades se tournèrent dans sa direction avec une hostilité effrayante. Seul le regard d'Amy vacillait. Son moignon pissant le sang, elle chancela sur le côté. Belle s'en rendit compte.

— Amy ! s'exclama-t-elle en réceptionnant le corps tremblant de la jeune femme.

Puis, soudain, elle redevint elle-même, la cheffe qui distribuait des ordres :

— Retraite ! commanda-t-elle. Partez ! Partez vite !

Noah remonta les escaliers de pierre avec difficulté. Son aigle volait au-dessus de sa tête, mais il ne l'attaquait plus. Il paraissait même étonné de se retrouver là, comme s'il venait de se réveiller. Jesse rampait sur les degrés. Earl finissait de se dépêtrer de ses lianes et tanguait derrière lui, sa gorge encore sillonnée d'une énorme marque rouge. Belle soutenait Amy. Son lion était redevenu une ombre docile qui sinuait dans son dos.

— Je vais t'aider, répétait-elle. Ça va aller, ça va aller !

Le corps de Lizzie gisait dans une mare de sang de plus en plus grande. Personne ne pouvait plus rien pour elle.

La Harpiste recula jusqu'aux coulisses de son théâtre. Abraham la suivit, son arme brandie. Il tira. Sa main tremblait. La balle ricocha contre la paroi de pierre. Il ne lui restait plus qu'une cartouche. Désespéré, il fixa son frère. Il ne pouvait pas l'abandonner aux mains de cette créature. Mieux valait encore le tuer que de le livrer à cette existence odieuse. Il leva son fusil, le pointa sur le visage suppliant de Jarod…

Non… Je… peux pas…

— Merde ! jura-t-il.

Il modifia sa cible et tira une troisième fois sur la Harpiste. Les battants sculptés se refermèrent et sa dernière balle se fracassa dessus. La Harpiste et ses esclaves avaient disparu au sein du théâtre de roches rouges. Abraham resta un instant pétrifié, à fixer les portes closes. Son frère était là, juste derrière. Qu'allait faire la Harpiste à présent ? Si elle avait compris leur lien ?

Je ne peux pas le laisser.

Il courut vers les portes, inséra ses ongles dans l'interstice sans réussir à les faire bouger d'un millimètre. Il força jusqu'à se faire saigner les doigts.

— Abraham ! Reviens ! ordonna Belle. Ou je t'abandonne ici !

— C'est mon frère, balbutia-t-il, désespéré.

— Ce n'était pas ton frère, abruti !

— Quoi ?

Une vague lumière perçait dans son esprit acculé.

— Quoi ? répéta-t-il un peu plus fort.

— Ce n'était pas ton frère, enfin !

Qu'avait-il vécu exactement ? Avait-il halluciné ? Se pouvait-il que, saisi par la musique et le son de la harpe, il ait vu ce que la Harpiste voulait lui faire voir afin de le briser ?

— Il faut qu'on parte, le pressa Belle. Elle utilise nos revers… Merde !

Ce fut comme un déclic. Son instinct de survie fulgura dans les veines d'Abraham, dans son estomac, en un jet d'adrénaline. Il ne voulait pas subir le même sort que les esclaves. Il ne voulait pas terminer au bout d'une laisse. La terreur le fit courir. Il sauta par-dessus le corps de Lizzie, abandonné au milieu d'une flaque de sang. Dans le défilé, il se heurta aux somnambules. Il remonta la file à coups d'épaule pour se frayer un chemin. Les larmes aux yeux, il déboula dans le vaste espace, devant le canyon. Belle s'occupait de pousser les uns et les autres en selle. Elle criait, ordonnait, frappait même ses camarades de sa cravache pour se faire obéir plus vite.

Le mustang de Lizzie n'avait plus de cavalière, aussi Abraham le libéra-t-il simplement, avant de se hisser sur le dos musculeux d'As-de-Pique. Le cheval partit au galop sans attendre et ses foulées prenaient de l'ampleur, de la vitesse. Il volait au-dessus du sol pour quitter cet endroit maudit. Le défilé des somnambules qui continuait d'affluer vers le canyon et son théâtre infernal ne se retourna même pas sur leur passage.

Une morte, une blessée grave, les autres terrifiés jusqu'à l'os, Belle devenue à moitié folle…

Et pire encore, Jarod abandonné aux mains du diable. Jarod, perdu en enfer.

Il laissa As-de-Pique galoper en ligne droite et l'emporter loin du carnage.

Chapitre 23

Le groupe ne parcourut qu'une courte distance. Dès qu'ils se furent éloignés des falaises rouges et de la file des dormeurs, Belle ordonna une halte. Amy était évanouie dans ses bras. Le sang giclant de son moignon avait éclaboussé la dompteuse et son cheval. La cheffe de gang fit descendre son amie et l'allongea sur le sol. Elle avait enroulé la lanière de son fouet autour du poignet tranché de la jeune femme pour endiguer l'hémorragie.

— Elle respire ? demanda Earl.

— Oui, mais son pouls est faible.

Belle repoussa une mèche de cheveux noirs derrière l'oreille délicate d'Amy et l'englua de sang.

— Il faut cautériser, sinon elle ne s'en sortira pas.

— Je m'en occupe, proposa Jesse.

Il tendit la main vers Abraham.

— Ton couteau, ordonna-t-il.

Abraham obéit avec un temps de retard. Il était le seul à rester à cheval. Il se sentait embrumé, comme s'il n'était pas vraiment là, avec eux. Ses pensées dérivaient vers l'amphithéâtre et les portes qui s'étaient verrouillées devant lui…

Mon frère était là. Jarod.

C'est à peine s'il regarda les autres s'affairer autour d'Amy, nettoyer la plaie avec de l'alcool, allumer un feu, y faire chauffer la lame du couteau puis l'appliquer sur le moignon. La chair de la jeune femme grésilla. Une odeur de cochon grillé flotta brièvement dans l'air chaud. La douleur ranima Amy avec un cri de souffrance et d'épouvante mêlées. Belle la serra dans ses bras. Elle l'étreignit, ânonnant des encouragements dans ses cheveux. Amy retomba contre elle, sans force, tandis que Jesse bandait le plus soigneusement possible le moignon noirci.

— Elle va s'en sortir ? demanda Noah.

Personne ne répondit. C'était étrange de se trouver ici, aussi hantés, à affronter l'horreur, sous un magnifique ciel bleu. De nouveau, Abraham fut frappé par un puissant sentiment d'irréalité. Étaient-ils vraiment sortis de l'amphithéâtre ? Avaient-ils échappé à la Harpiste ou les tenait-elle désormais tous en laisse, attachés à un fil de songe ?

— Jesse ? demanda-t-il d'une voix rauque.

Il n'avait pas ouvert la bouche depuis ses hurlements, sur l'esplanade du temple. Sa gorge était sèche, râpeuse.

— Quoi ? grogna le pistolero.

— C'est un rêve ?

— Maudit imbécile ! s'exclama Belle d'un ton rogue.

Elle fit mine de se relever, mais au même moment, Amy se mit à convulser dans ses bras.

— Amy ! s'écria-t-elle. Amy !

La jeune femme s'arqua contre sa poitrine, avant de se relâcher brutalement. Sa tête roula en arrière. Ses bras mollirent. Tout son corps se détendit.

— Amy… répéta Belle, perdue, ne sachant quoi faire.

— Allonge-la ! ordonna Earl.

Le cow-boy à la rose s'accroupit à côté d'elle. Il posa deux doigts sur sa gorge.

— Pas de pouls, diagnostiqua-t-il.

Belle poussa un cri de bête touchée à mort.

— Je m'en occupe, dit Earl d'une voix calme.

Il écarta sa cheffe avec douceur, puis déboutonna la chemise d'Amy. Abraham regardait la scène, muet et sidéré. Il avait l'impression d'être au spectacle, comme si tout cela ne le concernait pas vraiment. Amy ne pouvait pas mourir maintenant. Ils avaient échappé à la Harpiste… Non ?

Earl ouvrit les pans de sa chemise à carreaux pour dégager le torse d'Amy. L'étoffe s'accrocha un instant à ses mamelons, avant de découvrir deux seins, puis quatre, puis six… De petites mamelles roses qui s'alignaient sur son ventre comme ceux d'une truie.

Abraham eut un sursaut de répulsion. Jusqu'à ce jour, il n'avait pas su quelle était la greffe d'Amy. Il contempla avec stupeur les boules de chair qui oscillaient de façon gélatineuse comme Earl entamait le massage cardiaque.

— Allez, Amy ! encouragea le cow-boy. Respire !

Il lui pressait la poitrine de ses deux mains entrecroisées, en rythme, puis plaquait sa bouche à la sienne pour lui insuffler de l'air. Il se redressait, massait à nouveau, se penchait, soufflait. Les mamelles de truie s'agitaient sur le ventre pâle. Abraham n'arrivait pas à en détourner le regard. Il contemplait Amy avec une curiosité obscène.

La jeune femme reprit une inspiration sifflante. Ses camarades poussèrent une exclamation de triomphe. Belle la saisit par les épaules et la ramena contre elle.

— Tu es revenue, dit-elle. Tout va bien. Tout va bien.

Amy, livide, sans force, se laissa étreindre. Machinalement, elle voulut reboutonner sa chemise. Son moignon heurta sa poitrine et elle poussa un gémissement de souffrance.

— Je vais t'aider, dit Belle. Ne t'inquiète pas. Je suis là.

Elle la rhabilla avec des gestes très doux. La tête d'Amy ballottait contre son bras. Ses paupières tressautaient. Elle luttait pour rester consciente.

— Je vais badigeonner sa blessure avec de la sève, proposa Earl. Cela pourra peut-être lui épargner l'infection.

— D'accord, grommela Belle.

Elle abandonna avec regret le corps d'Amy aux soins de son camarade.

Debout, elle se tourna vers Abraham. Le jeune homme se sentit heurté par le boulet de canon de son regard.

— Tout ça, c'est ta faute ! gronda la dompteuse.

— Quoi ?

Elle marcha jusqu'à lui et le saisit par la botte pour le faire dégringoler de sa selle. Abraham était tellement surpris qu'il n'envisagea même pas de se défendre. Il cogna le sol dur. Le choc raviva la douleur de ses nombreuses contusions, mais il resta là, ahuri, la bouche entrouverte, le cul par terre. Belle le frappa du pied, un coup de botte en pleine poitrine qui le renversa sur le dos, entre les jambes de son cheval. Effrayé, As-de-Pique s'écarta. Belle cingla le visage d'Abraham de sa cravache. Ses iris étaient réduits à deux têtes d'épingle. Son faux sourire paraissait encore plus lugubre alors qu'elle pinçait les lèvres, les dents serrées. Le mince trait rouge de sa bouche était la seule note de couleur sur son visage exsangue. Elle semblait tout à fait démente, prête à le tuer.

— C'est ta faute ! répéta-t-elle. Qu'est-ce qui t'a pris ?

Abraham, passé la stupeur, sortit brusquement de son état de sidération. Ce fut comme s'il réintégrait sa propre peau douloureuse. L'injustice avec laquelle le traitait la dompteuse le révolta. Il écarta sa cravache d'une claque et poussa sur son bras pour se relever.

— C'est la Harpiste qui s'est servie de vous ! s'exclama-t-il. À cause de vos foutues greffes. Elle a retourné vos pouvoirs contre vous ! Je suis le seul à être resté moi-même là-bas. Si je n'étais pas intervenu, vous y seriez tous passés.

— Vraiment ? Et à cause de qui Lizzie est morte ? À cause de QUI ? On la tenait ! explosa Belle. On avait l'avantage ! On se battait ! C'est toi qui as tout inversé en te retournant contre Lizzie ! Elle est morte, Abraham. Elle est morte parce que tu l'as gênée. Ne mens pas, je l'ai vu.

Abraham prit un instant pour rassembler ses idées. Il hésitait à dévoiler ce qui s'était passé, mais il se sentait offensé et humilié. Il avait sauvé leurs vies à tous, et voilà qu'on l'accusait de ce terrible fiasco. De plus, la vision de son frère réduit en esclavage, à l'état de moins que bête, le visage sous un sac, menaçait de le déborder.

— C'était Jarod, révéla-t-il. Parmi les hommes et les femmes qui nous ont attaqués. J'ai reconnu mon frère.

— Tu as reconnu ton frère, répéta Belle en levant les yeux au ciel. Sur une scène de concert, avec la Harpiste qui jouait, tu as reconnu ton frère !

— Ce n'était pas une illusion.

— L'Ouest fait cela ! hurla la dompteuse. Ce pays fonctionne comme cela. Il s'infiltre en toi et t'attaque de l'intérieur. J'ai entendu la voix de la Harpiste dans ma tête ! J'avais les bouchons d'oreilles et j'ai entendu sa harpe.

Elle criait à se briser la voix.

— Sa musique ne m'a rien fait parce que je ne suis pas greffé, dit calmement Abraham. C'est ça qui s'est passé. J'étais le seul combattant encore lucide dans tout ce merdier.

Belle se mit à rire, un rire froid et cruel.

— Que tu sois greffé ou non ne change rien ! La musique attaque tout le monde. Tu as bien vu ces pauvres bougres de somnambules ! Cette salope t'a manipulé et toi, tu as plongé droit dans son piège. Elle t'a fait voir exactement ce que tu désirais ! Qu'est-ce qui aurait pu t'empêcher de combattre et de la renverser, à part ce frère que tu cherches partout ? La coïncidence ne te semble pas étrange ?

— C'était Jarod. C'est mon frère, tu comprends ? Aucune illusion ne peut me tromper sur ce point, aussi forte que soit cette ogresse !

— Tu as tiré sur la Harpiste à plusieurs reprises et chaque fois, tu l'as manquée !

— Je suis désolé. J'étais sous le choc. Mes mains tremblaient !

Les autres le contemplaient d'un air sombre. Aucun d'eux ne le croyait. Belle le dévisageait avec férocité. Ses jointures blanchissaient autour du manche de sa cravache tant elle serrait et il entendait presque ses mâchoires grincer. Puis tout à coup, elle parut écouter quelque chose. Son expression se modifia et ses épaules se détendirent.

— On va prendre le temps, dit-elle de façon inattendue. Tous. On va prendre du recul et du temps.

— Belle ? lança Earl avec inquiétude.

— Ça va, répondit-elle. On est tous chamboulés. On va juste… se calmer.

— Très bien, approuva Noah, soulagé. Réfléchissons sur tout ça. Ça me semble nécessaire.

Belle se pinça l'arête du nez avec le pouce et l'index et relâcha son souffle en une profonde expiration.

— Nous devons prendre soin d'Amy avant tout, dit-elle.

Elle paraissait être redevenue maîtresse d'elle-même. De la main, elle lissa machinalement sa chevelure, puis rajusta le col de sa veste. Elle aurait pu donner le change si ses vêtements et son visage n'avaient pas été éclaboussés de sang.

— En selle, ordonna-t-elle. On doit s'éloigner de cet endroit pour être certain de se soustraire à l'influence de la Harpiste.

— Je pense qu'elle est réduite, estima Jesse. Elle n'allait même pas au-delà du canyon.

Un nouvel éclair de rage passa dans les yeux de Belle, fugace comme une comète. Puis elle se força à sourire.

— Tu as sans doute raison, mais ne prenons pas de risque.

— Tu veux vraiment déplacer Amy ? insista Noah.

— Elle chevauchera avec moi. Je m'occuperai d'elle. Elle va reprendre des forces et Earl la préservera des infections.

Ce n'était pas discutable. Le groupe s'entre-regarda d'un air maussade, puis tout le monde remonta à cheval. Abraham les imita avec un temps de retard. Faisait-il toujours partie du gang ? Ou était-il désormais considéré comme un paria ? L'espace d'un instant, il avait senti passer sur lui l'envie de meurtre, brûlante, de la dompteuse.

Ce n'est pourtant pas ma faute. Je leur ai tous sauvé la mise, bon sang !

Il suivit les autres montures, mais son cœur se serrait. En s'éloignant de l'amphithéâtre, il abandonnait son frère aux mains monstrueuses de la Harpiste. Il aurait dû y retourner tout de suite.

Et mourir ? ironisa une petite voix en lui-même.

Oui, mourir en essayant, se répondit-il.

Pourtant, même cette pensée manquait de conviction.

Il devait bien le reconnaître : face à la Harpiste, il n'était tout simplement pas au niveau. L'ensemble de leur groupe, constitué pourtant de véritables combattants, ne faisait pas le poids…

Ils chevauchèrent au hasard. Ils n'avaient plus de cap, plus d'objectif, néanmoins ils avaient besoin d'agir. Avancer leur donnait l'impression de reprendre le contrôle de la situation. S'ils pensaient à Lizzie, abandonnée dans son propre sang, ou à Amy, mutilée, ils verrouillaient leurs émotions derrière leurs mâchoires serrées.

La peur qu'avait éprouvée Abraham se dissipait au soleil et à la lumière. En dépit de ce terrible épisode, il savait désormais où se trouvait Jarod. Cette première confrontation avait été un échec cuisant, ils devaient prendre du recul comme l'avait suggéré Belle, et alors ils pourraient échafauder un nouveau plan. Ensuite, quand il aurait délivré son frère, ils oublieraient ce cauchemar. Ils se reconstruiraient ensemble, feraient leur deuil de leur pauvre mère et de cet épouvantable séjour à Nacarat. Ils rentreraient à la maison, achèteraient une fermette. Ils élèveraient des vaches et des chevaux, qu'ils feraient pâturer sur les falaises verdoyantes, au bord de la mer.

La nuit violaçait l'horizon quand, sans surprise, Belle ordonna la halte. L'adrénaline retombée, tous étaient épuisés. Chacun s'occupa de son rituel avec des gestes lents et las.

— Relayez-vous avec équité et surveillez l'état d'Amy, commanda Belle en fixant tour à tour Abraham et Noah. Si sa plaie s'infecte, elle est fichue.

Noah hocha sa tête encagée. Abraham se fit violence pour acquiescer à son tour. Les accusations de Belle continuaient de lui retourner le ventre. Il aurait apprécié qu'elle s'excuse.

Maussade, il prit le premier quart. Demain serait un autre jour.

Du moins l'espérait-il.

Chapitre 24

Abraham faisait les cent pas pour ne pas s'endormir. La fatigue de la journée l'écrasait. Des images flottaient dans son esprit comme il dérivait à la frontière entre le sommeil et l'éveil. Dans le noir, il redoutait de voir la procession des somnambules ou pire encore, son frère qui avançait à quatre pattes vers lui pour se rapprocher du feu. Il se tapota les joues, se frotta le visage. Le théâtre de pierres était loin. Ils avaient creusé l'écart…

La Harpiste voyage dans tout Symphonie… Elle peut venir jusqu'ici ou nous envoyer ses musiciens.

Il regarda anxieusement l'obscurité autour de lui.

Pense à ton frère, espèce de lâche ! se morigéna-t-il.

Au sein de cette nuit, seul, il doutait de tout. Les autres avaient peut-être raison. Peut-être avait-il halluciné. La Harpiste lui avait fait voir ce qu'il voulait.

Je ne suis pas greffé. Je suis hors de sa portée.

Il se mentait. La musique de la Harpiste captivait même les non-greffés, et les somnambules en étaient la preuve. Abraham avait-il été manipulé au même titre que les autres, comme le soutenait Belle ? La Harpiste lui avait-elle fait voir son frère pour le perturber ?

Non ! C'était lui.

Au-delà de son apparence, il avait ressenti jusque dans ses tripes ce lien qu'ils partageaient.

Alors quoi ? Que s'était-il passé exactement ?

La Harpiste avait retourné leur greffe contre ses camarades grâce à une note de musique, mais dans son orgueil, elle n'avait pas envisagé que l'un des chasseurs de primes soit non-greffé. Son sortilège était incomplet. Aussi avait-il frappé tout le monde, sauf lui.

La belle affaire, pensa-t-il. *Je n'ai rien réussi contre elle. Le gang est durement touché et mon frère est toujours prisonnier.*

Il décrivit un nouveau cercle autour du feu. Tout lui paraissait extraordinairement menaçant, comme s'ils avaient attiré l'attention de l'Ouest tout entier. Il finit par se rasseoir et enserra ses jambes pliées entre ses bras, le menton posé sur les genoux. Les yeux levés, il contempla les étoiles. Au moins étaient-elles partout les mêmes. C'était bien elles qu'il observait, avec son frère, jadis, sur le vieux continent. Jarod tendait le doigt et lui expliquait les constellations. À bord d'un navire imaginaire, ils naviguaient au sein du cosmos et non sur les mers.

Partir sur la lune aurait été moins dangereux, songea-t-il, morose.

Il commençait à dodeliner de la tête et envisageait de réveiller Noah lorsque son sang se glaça. Dans le lointain, presque inaudible, il percevait une mélodie. Un chœur fantôme chantait sur un fond de harpe.

Abraham se leva d'un bond, prêt à réveiller tout le monde. Instinctivement, il fit un pas vers Belle. La dompteuse dormait comme une enfant étrange, la main serrée sur sa cravache. Entre les couteaux, son ombre blanche allait et venait, toujours en éveil.

— Belle… murmura-t-il d'une voix étranglée, très basse.

Bien sûr, elle ne se réveilla pas.

Le chœur fantôme prenait de l'ampleur. Les choristes se rapprochaient. Vite, bien trop vite. Il était certain d'entendre la harpe à présent.

La voix de la Harpiste s'infiltra dans ses pensées, moqueuse.

Je viens pour toi, Abraham. Tu désires être réuni avec ton frère, n'est-ce pas ?

— Laisse-moi ! hurla-t-il.

Belle, Earl et Jesse ne tressaillirent même pas. Amy gémit en essayant de se retourner sur le ventre. Noah cligna des paupières.

— Qu'est-ce qui t'arrive ? demanda-t-il d'une voix pâteuse. Pourquoi tu as crié ?

Abraham se coula auprès de lui, s'accroupissant pour se mettre à sa hauteur, le visage à quelques centimètres des barreaux de la cage. L'index levé, il ordonna :

— Écoute ! Tu entends la musique ?

Mais lui-même n'entendait plus rien. Pour peu qu'il ait vraiment existé, le chœur fantôme s'était tu.

Au bout de quelques secondes, Noah secoua la tête. Il semblait épuisé. Des cernes noircissaient ses petits yeux d'oiseau et, dans la lumière chaude du feu de camp, il paraissait fiévreux.

— Tu pourrais prendre ton tour de garde ? lui demanda Abraham. Il semblerait que j'aie besoin de repos.

L'oiselier opina mollement.

— Ça va ? s'enquit Abraham.

— J'ai fait des rêves étranges, répondit Noah.

— Quels rêves ?

— Des rêves qui n'étaient pas les miens…

— La Harpiste ? demanda Abraham.

Son pouls s'était accéléré.

— Non…

De sa tête encagée, Noah désigna son aigle prisonnier. L'animal les regardait de ses yeux énormes.

— Les siens… révéla Noah.

— Mais ce n'est pas possible ! s'exclama Abraham. La cage est là pour ça.

— Je sais bien.

Noah toucha les barreaux du bout des doigts.

— Peut-être y a-t-il un défaut ? Quelque chose qui s'est déformé ?

Abraham examina attentivement les fins barreaux d'acier, tous les deux savaient parfaitement que la cage ne présentait aucun défaut. La Harpiste avait touché Noah comme elle avait touché tous ses compagnons. Elle avait déposé un peu de son pouvoir en eux. Cette laisse de rêve qui avait tenté d'asservir Abraham.

Il se coucha, la tête appuyée sur la selle d'As-de-Pique. La peur qu'il avait ressentie, en entendant le chœur fantôme, continuait de palpiter dans son ventre. Il croyait ne pas réussir à s'endormir, mais l'épuisement de la journée et le stress intense finirent par avoir raison de lui. S'il rêva, il ne s'en souvint pas.

Il se réveilla à l'aube, poussé du bout du pied par Jesse.

— J'ai cru que tu étais mort, lui dit aimablement le pistolero.

— J'ai dormi jusqu'au matin ? marmonna Abraham en se redressant.

Ses muscles étaient raides. À froid, les douleurs de ses contusions le tiraillaient. Il se releva avec lenteur, comme s'il avait 100 ans.

Jesse ne répondit rien. Il s'était déjà éloigné.

— Pourquoi tu m'as laissé dormir ? demanda Abraham à Noah.

— Je voulais rester éveillé, répondit l'oiselier.

— À cause des rêves ? Il faudra bien que tu dormes, pourtant.

— Je sais, répliqua sèchement son camarade.

Tout le monde semblait à fleur de peau ce matin. Assise en tailleur, Belle soutenait Amy dans ses bras pour l'aider à boire de l'eau. Malgré les cataplasmes d'Earl, la jeune fille était pâle sous la sueur. Ses cheveux pendaient en mèches grasses sur son visage exsangue. Son moignon reposait sur sa cuisse et elle grimaçait chaque fois qu'elle le bougeait.

Comme Abraham se rapprochait pour prendre de ses nouvelles, Belle leva la tête vers lui. La haine qui illumina ses yeux le stoppa net. Il resta là, les bras ballants, avant de battre piteusement en retraite.

Au bout d'un moment, Belle se releva en maintenant Amy, appuyée lourdement contre elle.

— Nous allons rentrer à Frontières pour l'instant, dit-elle. Amy a besoin d'être soignée correctement par un chirurgien.

Abraham ne savait quoi penser de cette décision. Une part de lui était soulagée, tandis que l'autre tempêtait et hurlait de repartir à l'assaut. Qu'en pensaient les autres ? Personne ne contesta l'ordre de la dompteuse. Peut-être était-ce ce qu'ils souhaitaient au fond d'eux ? Abraham se surprit à être déçu.

C'est pour le mieux, tenta-t-il de se convaincre. *Si la Harpiste a tissé un charme sur leur partie greffée, les chirurgiens sauront comment le rompre.*

Et peut-être parviendraient-ils à recoudre une nouvelle main à Amy ? Une main normale, et pas celle d'un monstre…

Au moment où il montait sur le dos d'As-de-Pique, il eut cependant l'impression de surprendre une lueur de malice dans l'œil unique d'Earl, et Jesse camouflait à peine son sourire.

Pourquoi se foutent-ils de moi ? pensa-t-il, contrarié.

Abraham rassembla les rênes et décida d'ignorer la petite palpitation de crainte qui lui picotait les entrailles. C'était exactement comme cette nuit. Il avait imaginé le chœur fantôme et la mélodie de la harpe. Ce matin, il avait la sensation puérile d'être la cible d'une mauvaise plaisanterie. Il était simplement fatigué, contusionné.

Belle avait raison.

Rentrer à Frontières leur ferait à tous du bien.

Ils n'en reviendraient que plus forts.

Chapitre 25

La journée se déroula dans un climat morne et dans une absence totale d'événement. Depuis leur défaite contre la Harpiste, Symphonie semblait encline à les laisser passer, comme s'ils n'étaient plus des adversaires valables.

Ou bien elle a placé quelque chose en eux... une bombe, pensa Abraham avec inquiétude. *Quand ils arriveront à Frontières, leur pouvoir va dégoupiller et ils ne contrôleront plus rien. Le lion de Belle va bouffer tout le monde.*

Cependant, personne n'avait jamais rapporté pareil phénomène. Si la Harpiste avait été capable d'un tel coup, elle l'aurait déjà fait avec les esclaves qu'elle capturait.

Abraham se sentait combatif et non désespéré. De même que ses compagnons. Il n'imaginait aucun d'eux renoncer quand bien même Lizzie était morte et Amy avait perdu une main. Tous avaient été secoués, mais ils rassembleraient leurs forces et reviendraient à l'attaque. Ils l'avaient bien fait après la mort d'August.

Il observa ses camarades, cherchant à lire les émotions sur leurs visages ou bien dans leur attitude, mais ils affichaient une expression neutre et indéchiffrable. Abraham supposa qu'ils étaient plongés dans leurs pensées.

Belle décida de la halte nocturne aux premières lueurs rouges du couchant. Abraham effectua machinalement les gestes qu'il accomplissait tous les soirs : desseller As-de-Pique, lui donner à boire et manger. Il se tenait à côté du cheval lorsqu'il comprit que quelque chose n'était pas normal. Aucun de ses alliés ne s'activait pour préparer leur nuit. Il n'y avait pas de mouvements, pas de bruits.

Abraham, intrigué, se retourna vers eux. Une décharge de peur fulgura dans sa poitrine. Les membres du gang le fixaient avec une attention dérangeante, les yeux étincelants d'hilarité, et ils arboraient tous le même sourire figé qui découvrait leurs dents. Pas un muscle ne tressaillait sur leurs visages. On aurait dit qu'ils portaient des masques.

— Qu'est-ce qu'il y a ? demanda Abraham d'une voix chevrotante. Pourquoi vous me regardez comme ça ?

Pendant quelques secondes, il ne se passa rien. Les autres restèrent ainsi, immobiles, à l'observer avec cette expression démente, comme s'ils se moquaient de lui, mais sans aucun humour, à la manière de fous furieux. Puis Belle gloussa. Son rire la secoua au point qu'une bulle de salive éclata au coin de ses lèvres tailladées. Abraham en sursauta. Rien de tout cela n'était normal. Rien n'allait plus. Les autres se mirent à rire également et peu à peu ils se détournèrent et reprirent leur tâche.

Le moment étrange était passé, si improbable qu'Abraham se demanda s'il avait rêvé.

— Tu as vu ça ? demanda-t-il à voix basse à As-de-Pique. Ils étaient bizarres, non ?

Quand il se tourna à nouveau vers ses camarades, tout lui sembla ordinaire. Chacun vaquait à ses occupations. Earl préparait un feu. Jesse nettoyait son arme. Belle évaluait l'état de la blessure d'Amy. Noah lissait les plumes de son oiseau. La discussion, autour du repas, se révéla anodine. Ils n'évoquaient même plus leur défaite face à la Harpiste et paraissaient insouciants. Abraham, une fois encore, se sentit mal à l'aise. Il avait l'impression étrange que ses compagnons jouaient la comédie, une sorte de pièce destinée à lui seul, et qu'ils étaient tous complices.

Est-ce vraiment eux ? se prit-il à penser. *Ou est-ce qu'ils ont été remplacés à mon insu ?*

Il imagina ses véritables camarades en train de hurler et d'appeler au secours dans les coulisses du théâtre de pierres, enfermés dans des cellules troglodytes. Et lui chevauchait avec des copies.

Puis brusquement, la conversation dévia sur lui, l'arrachant à ses réflexions angoissées.

— On devrait trouver un pouvoir pour notre Abraham, disait Belle.

— Oui, tu n'es plus une sale bleusaille désormais, confirma Jesse.

Ses yeux brillaient, comme s'il se retenait de rire.

— Je ne suis pas greffé, rappela-t-il fraîchement.

— Mais tu as passé ton baptême du feu face à la Harpiste, intervint Noah.

— Même si, à cause de toi, Lizzie est morte et Amy a perdu sa main, tempéra platement Earl.

— On ne t'en veut pas, assura Jesse.

Un vibrato curieux faisait trembler sa voix comme s'il maîtrisait un fou rire.

— On a dit qu'on rentrait à Frontières, dit Abraham. Il faut soigner Amy et réfléchir à notre prochaine stratégie.

— Bien sûr, tu as raison, admit Belle, mais notre prochaine stratégie consiste à te donner un pouvoir. Quel organe aimerais-tu te voir greffer ?

— Une bite de cheval ! rugit Noah.

Tous éclatèrent de rire. Un rire énorme, tonitruant. Ils en pleuraient, même Belle, qui d'habitude lissait ses émotions derrière un masque de froideur.

— Je ne veux pas de greffe, déclara Abraham, agacé. Vous avez bien vu ce qu'il s'est passé. La Harpiste retourne vos pouvoirs contre vous.

À la seconde, ses compagnons cessèrent de s'esclaffer et une hostilité effrayante émana d'eux. Ils étaient passés d'un état à l'autre sans transition, comme si un marionnettiste invisible les manipulait depuis le ciel rose et violet du soir.

Lizzie ?

— Oui, nous avons vu ce qu'il s'est passé, convint Belle avec une rancœur non feinte. Amy a perdu sa main. Lizzie est morte. Nous avons été humiliés et battus.

Le lion émergea de son ombre et apparut derrière elle, de plus en plus grand, de plus en plus menaçant. Sa crinière ondulait dans la pénombre montante comme un soleil blanc.

— Belle, tu devrais rappeler ton lion, dit calmement Abraham. La nuit tombe.

— Tu crains que je me laisse dépasser par lui ? Comme là-bas ? Tu crois que je ne maîtrise plus rien ? Tu penses être la seule personne saine de notre groupe ? Tu nous prends pour des monstres tandis que toi, tu es un héros ?

Elle crachait ses questions ironiques comme des insultes.

— Pas du tout, mentit Abraham.

Le lion se recroquevilla, sa crinière s'estompant dans les ombres comme une fumée blanche.

Abraham finit de mâchonner sa lanière de viande séchée tout en affectant une indifférence de façade. Il avait hâte d'être à Frontières tout à coup, de pouvoir s'isoler de ses compagnons. Peut-être finalement se trouverait-il une autre bande pour investir à nouveau le théâtre de la Harpiste.

Comme d'habitude, on lui attribua le premier quart de veille. Noah et lui allaient encore se relayer et continuer d'épuiser leurs forces, nuit après nuit.

Ils alternèrent ainsi, se réveillant l'un l'autre dès qu'ils sentaient que leurs paupières devenaient trop lourdes. Seul à seul, Noah n'affichait pas l'air moqueur de ses compagnons. Il semblait seulement fatigué et alors qu'il était sur le point de s'endormir, Abraham l'entendit marmonner : « J'en peux plus. J'en peux plus. » Il tenta de se redresser sur un coude pour lui parler, mais il était trop las. Son corps pesait une tonne. Sa tête retomba sur sa selle, lourde comme une enclume. Il abandonna Noah à ses murmures plaintifs et dormit comme une souche, sans aucun rêve.

Quand l'oiselier le réveilla, il avait l'impression qu'il ne s'était passé qu'une dizaine de minutes. Il se sentait trop rompu pour protester et ils échangèrent leurs rôles sans un mot. Abraham se retrouva à piquer du nez devant leur petit feu. Sans doute somnolait-il quand les gémissements d'Amy le tirèrent de sa torpeur.

— J'ai soif… murmurait-elle.

Son revers ralentissait sa voix. Elle appelait peut-être depuis un moment, mais ses mots s'enrouaient en un chuchotement rauque. Abraham alla s'asseoir à côté d'elle. Il lui proposa sa gourde. Elle se redressa en tailleur, tout doucement, les cheveux dans les yeux, et but par petites gorgées. Cela lui prit un temps infini. De l'eau dégoulinait sur son menton au ralenti.

— Tu vas mieux ? s'enquit-il, le plus doucement possible.

— Je crois… que je vais m'en sortir… maintenant, répondit-elle.

Elle but encore longuement, puis enfin, reposa la gourde et soupira :

— Tu les as vues, non ?

Les cinq mots sortirent les uns après les autres de sa bouche, découpés dans le temps, mais parfaitement audibles.

— De quoi tu parles ?

— Tu reluquais mes mamelles à travers la chemise.

— Quoi ? Non ! s'offusqua Abraham.

Pourtant elle avait raison. Il était si épuisé qu'il n'avait même pas réussi à dissimuler sa curiosité malsaine.

— Je les ai vues, ouais, concéda-t-il. Quand Earl t'a fait un massage cardiaque. C'est ça, ta greffe ? Des mamelles de truie ? Qui a pu avoir une idée aussi… sordide ?

Amy écarta les mèches de cheveux qui pendaient devant son visage creusé par la fatigue. Sa main valide tremblait, mais sans violence. Son revers adoucissait cela aussi.

— Qui, à ton avis ? réagit-elle. Cette greffe a enrichi mon mac. Grâce à mon pouvoir, je suis devenue l'attraction principale de son bordel. Tous les hommes voulaient coucher avec moi.

Les larmes débordèrent de ses yeux brillants et coulèrent lentement sur ses joues poussiéreuses sans qu'elle fasse un geste pour les essuyer. Abraham compta trente secondes avant que la première larme atteigne la pointe de son menton.

— Quel est ton pouvoir, Amy ? demanda-t-il doucement.

— Celui de la truie.

— C'est quoi ? Ton revers est lié au temps.

— Exactement. Et mon pouvoir l'est lui aussi. Quand un homme jouit en moi, son éjaculation dure six minutes, comme chez les porcs mâles. Dans certains cas, j'ai connu des hommes dont l'orgasme s'est étiré sur une demi-heure.

Abraham voulut réagir, mais sa réponse resta bloquée dans sa gorge, comme si le revers d'Amy l'atteignait à son tour.

— Une passe avec moi coûtait cent dollars. Une journée de prostitution pouvait rapporter à mon mac jusqu'à cinq mille dollars. J'étais à la fois son trésor et la reine des putes… Une truie… Tu comprends maintenant pourquoi je peux résister à la magie de la musique ? Parce que, contrairement à tous les autres colons, je déteste ma greffe. Je la hais de toutes mes forces. On me l'a imposée. Je n'en ai jamais voulu. Quand on m'a opérée, j'aurais préféré mourir d'un rejet. Si je le pouvais… Je les couperais, je les arracherais.

Elle se tut, ne laissant plus entendre que sa respiration profonde et rauque. Ces quelques phrases, en traversant la glu du temps, la laissaient sans force.

Abraham, pourtant, voulait savoir.

— Comment tu t'es retrouvée à l'Opéra si tu peux résister aux sortilèges des musiciens ?

— À cause de mon mac. Ce salaud tenait tellement à moi qu'il s'enchaînait à mon poignet quand je ne travaillais pas. Il avait peur qu'on me kidnappe pour monnayer mon pouvoir dans un autre bordel ! Nous étions toujours reliés par une chaîne. Et ce bâtard a été raflé. Comme toute la maison close. Un musicien nous a embarqués un jour, au son de son violon. J'ai été traînée de force avec mon mac, à cause de la chaîne. J'aurais voulu pouvoir me trancher la main…

Elle rit en contemplant son moignon. Son rire, au ralenti, était effrayant. Il s'interrompit brusquement.

— Et en même temps… Je savais que la Harpiste me délivrerait de lui. J'étais terrifiée, mais j'étais avide de vengeance. Il est mort sur scène. Je l'ai regardé crever. Ça ne m'a rien fait. Rien du tout.

— Tu t'es évadée de l'Opéra, et ensuite ?

— Grâce à ton frère, oui. J'ai eu de la chance. Dans le désert, je suis tombée sur des gens qui espéraient me retrouver… J'ai beaucoup de valeur, tu sais ? J'ai connu le bordel, l'Opéra, le bordel. Esclave partout. J'étais terrifiée en ville, parmi les hommes. J'étais terrifiée dans les salles de spectacle de l'Opéra. J'avais peur… tout le temps. Puis j'ai rencontré quelqu'un. Et ma vie a changé.

— Belle ?

Elle opina.

— Son lion a bouffé tes tortionnaires ?

Amy se rallongea tout doucement, en grimaçant de souffrance.

— Elle… te racontera… Un jour… Si elle en a envie.

Ses yeux se fermèrent au ralenti.

Abraham, lui, ne réussit plus à dormir.

À l'aube, ses camarades semblaient en pleine forme. Amy allait un peu mieux. Elle marchait à petits pas chancelants. Abraham et Noah se traînaient, les yeux caves.

— Aujourd'hui, nous serons à Frontières, décréta Belle.

— C'est impossible, décréta Abraham.

Tous les regards se tournèrent vers lui, hostiles et sévères.

— Belle le sait mieux que toi, dit Jesse.

— En selle, ordonna la cheffe. Ce soir, nous trinquerons au saloon.

Trinquer à quoi ? songea Abraham, maussade. *À leur défaite ? À son frère prisonnier d'un monstre ?*

Ils chevauchèrent une partie de la matinée et, comme souvent, mangèrent et burent en selle. Dans l'après-midi, les contours d'une petite ville apparurent dans la steppe rouge.

— C'est Frontières ! annonça Belle.

— Mais non ! s'indigna Abraham.

Il remarqua qu'Amy avait l'air aussi surprise que lui, néanmoins quand il chercha son appui, elle détourna aussitôt le regard et abaissa même son chapeau pour masquer son expression.

Le groupe trotta vers la ville, des ruines battues par les vents rouges. Abraham garda un silence circonspect tandis qu'ils pénétraient dans la ville fantôme. Aucun colon n'avait pu avancer si loin dans Symphonie. Cette cité abandonnée avait peut-être été édifiée pour les musiciens qui l'avaient ensuite quittée pour s'établir à l'Opéra. La rue principale était déserte. Des portes béaient sur l'obscurité. Des toits s'étaient effondrés. La peinture pâle sur les façades en bois s'écaillait.

Les camarades d'Abraham ne paraissaient pas s'émouvoir de l'état des lieux. Ils souriaient au contraire.

— Je suis content d'être arrivé, déclara Earl.

— On devrait fêter ça, proposa Jesse.

— La nuit est encore loin, dit Belle. Allons au saloon.

Ils s'arrêtèrent devant l'établissement, avec ses deux étages, sa porte à deux battants et son perron en planches. À l'intérieur, des silhouettes se déplaçaient en silence. L'une d'elles paraissait guetter leur arrivée, car dès que les yeux d'Abraham tombèrent sur elle, elle se rejeta dans l'ombre.

— Il y a quelqu'un ! s'écria-t-il.

— Bien sûr qu'il y a quelqu'un, répondit Jesse avec agacement.

Abraham ne pouvait pas continuer à jouer leur jeu dément. D'une petite toux, il s'éclaircit la gorge et déclara avec le plus d'assurance possible :

— Ce n'est pas Frontières. Arrêtez, s'il vous plaît.

Belle se retourna vers lui. Ses yeux lançaient des éclairs de haine.

— Tais-toi, ordonna-t-elle.

Sa voix exprimait une telle férocité qu'on aurait dit qu'un démon parlait à travers elle.

— Belle, sauf ton respect, insista Abraham. Ce sont des ruines. Pourquoi ne le voyez-vous pas ?

— C'est le saloon de Frontières, intervint Jesse.

— Tu vas entrer dans ce saloon, ajouta Belle.

Ce n'était pas une question.

Abraham haussa les épaules. Il aurait pu talonner As-de-Pique et partir au grand galop dans la plaine. Et ensuite, quoi ? Aucune créature ne les avait attaqués depuis leur départ précipité du théâtre de pierres. Ce n'était pas une coïncidence. Symphonie protégeait ses ouailles. Ses compagnons étaient maudits. Tous. Sauf lui, et peut-être Amy, avec son don de résistance à la musique. Isolé, Abraham redeviendrait une cible. Mais surtout, une partie de lui était reliée au gang. Le groupe l'avait intégré. Ils avaient affronté le danger ensemble, il avait écouté leurs histoires et leurs drames. Partir, c'était rompre cette attache. Et les abandonner. Méritaient-ils cela ? L'innocente Amy méritait-elle cela ? Il chercha le regard de la jeune femme sous le couvert de son chapeau. Cette fois, il l'intercepta. Elle était très pâle. Discrètement, elle secoua la tête et ses lèvres s'ouvrirent sur un mot muet… « Pars » ?

— Amy ? intervint Belle, sèchement.

La jeune femme referma la bouche, baissa la tête, et Belle l'amena à l'intérieur, en l'enlaçant par la taille. Amy tremblait des pieds à la tête. Pourtant, elle se laissa entraîner sans résister.

Au moment où les deux femmes franchirent les portes du saloon, des lumières s'avivèrent à l'intérieur. Des chants et des rires résonnèrent brusquement. La salle était pleine à craquer de silhouettes encore confuses.

Abraham dégaina son fusil à pompe, chargea l'arme d'une saccade du poignet et, les dents serrées, il suivit Belle et Amy à l'intérieur.

Chapitre 26

Dès qu'il poussa les battants du saloon, le pouls d'Abraham s'accéléra. Il s'attendait à découvrir des somnambules en transe, ou des monstres contrefaisant des humains, mais les gens qui s'y pressaient étaient normaux. Il régnait cependant dans l'établissement une ambiance un poil trop… hystérique. Les hommes et les femmes autour de lui souriaient trop largement, riaient trop fort, et leurs yeux brillaient d'une joie démente.

Tout est faux, songea Abraham. *Ils se forcent. Ou bien quelqu'un les force.*

La Harpiste avait-elle conçu cette mise en scène à leur intention ? L'ogresse avait le sens du spectacle. Son sadisme ne s'assouvissait que dans des divertissements absurdes. Avait-elle attiré Belle et les autres ici à dessein ?

Abraham s'arrêta sur le seuil et regarda attentivement autour de lui. De la fumée planait, lourde et grise, au-dessus des buveurs. Des hommes jouaient au poker, à une table, les revolvers posés près des cartes et des liasses de billets verts. On n'entendait rien dans le chahut qui régnait, fait de raclements de bottes, de cliquetis de verre, de conversations, de rires et de jurons.

Ses compagnons l'avaient précédé sans crainte et ils se mêlaient à la foule, souriant en retour, contents d'être là. Belle se rapprocha du bar, emportant toujours Amy avec elle. Elle asséna un coup de cravache sur le comptoir en zinc et hurla par-dessus la cacophonie :

— C'est ma tournée !

Une ovation monstrueuse salua cette offre. L'agitation qui régnait déjà à leur entrée se décupla. Les rires s'envolèrent. Les gens criaient pour se faire entendre. Le volume sonore faisait trembler les murs.

Abraham hésita. Il aurait pu partir. Personne ne l'aurait retenu. Ses camarades ne se souciaient plus de lui. Mais il s'inquiétait pour eux, et surtout pour Amy. Une culpabilité sourde le taraudait. Au moment où son frère avait eu le plus besoin de lui, il s'était enfui. Il n'entendait pas faire preuve de la même lâcheté aujourd'hui envers Amy.

Jouant de l'épaule, il se fraya un chemin parmi la foule pour se rapprocher du bar, mais au moment où il atteignit enfin le zinc, Belle et Amy s'étaient éclipsées. Il poussa un grognement de frustration. Les buveurs interrompirent leurs conversations pour le regarder. Une femme, assise sur un tabouret, plissait les yeux comme si elle cherchait à se souvenir où elle l'avait déjà rencontré.

— On se connaît ? demanda Abraham.

— Je ne sais pas, répondit la jeune femme en faisait doucement tourner l'alcool au fond de son verre d'une rotation délicate du poignet. Je ne suis pas sûre. Dans les coulisses de l'Opéra, peut-être, au bout d'une chaîne ? C'est difficile. Vous n'avez pas votre sac sur la tête…

Elle sourit de toutes ses dents et se figea dans cette attitude. Seul l'alcool remuait encore, dans le verre étincelant, avant de s'immobiliser également.

Abraham se détourna, maîtrisant sa peur. Sur l'autre tabouret, juste à sa droite, un homme lugubre le fixait d'un air mauvais. Il faisait tournoyer son colt sur le bar. L'arme s'arrêta, le canon pointé vers Abraham.

— Bam ! s'exclama l'homme. T'es mort !

Il sourit largement à son tour avant de se figer, comme la femme avant lui.

Son cri avait cependant pétrifié toute l'assistance. Les regards s'étaient tournés vers eux, réprobateurs. Abraham les ignora et les conversations finirent par reprendre en un brouhaha qui montait et descendait à son propre rythme.

Abraham poussa un soupir. Il devait trouver Belle et Amy au plus vite, les traîner de force dehors, loin de cet antre plein de la magie noire de la Harpiste.

— Un petit remontant vous ferait le plus grand bien, remarqua la barmaid dans son dos.

Il la regarda par-dessus son épaule. Elle lui souriait, ce sourire fou, si étiré qu'il lui découvrait les gencives.

— Je vois clair dans votre jeu, précisa-t-il alors qu'elle versait du whisky dans un verre, sans le quitter des yeux.

— Nous ne jouons pas, répondit-elle.

Elle cligna de l'œil, animant l'espace d'une seconde le masque figé de son visage.

— Mais tout à l'heure, nous jouerons, soyez-en assuré.

— Vous ne nous aurez pas, marmonna Abraham en s'éloignant sans toucher à la boisson.

Des gloussements s'élevèrent autour de lui. Les consommateurs, accoudés au zinc, dissimulaient leur hilarité, la tête baissée sur leur verre, mais leurs yeux brillaient. Une main se posa sur l'épaule d'Abraham et l'effleura en une caresse sensuelle. Quand il fit volte-face, il fut incapable de savoir qui l'avait touché parmi les hommes et les femmes qui se pressaient contre lui et le fixaient avec gourmandise.

Il retourna dans la salle. Toutes les tables étaient occupées, de même que les box. Les gens s'entassaient sur les chaises et les banquettes. Des femmes étaient assises langoureusement sur les genoux des hommes. Il se dégageait de leur attitude un brin de sensualité provocante, comme si la fête pouvait tout à coup tourner à l'orgie…

Abraham retraversa le saloon, bousculé de-ci de-là, à la recherche de Belle et Amy. Il repéra Earl, debout près d'un box. Son camarade conversait avec un homme cintré dans un élégant costume. L'inconnu contemplait langoureusement la rose. Il caressa la joue d'Earl, effleura un pétale avec délicatesse. De son autre main, il tenait négligemment une laisse. Abraham ressentit une petite appréhension, comme s'il se déplaçait dans un rêve qui pouvait, d'un instant à l'autre, virer au cauchemar. Il écarta les dernières personnes qui se trouvaient sur son chemin et put voir quel animal l'homme tenait en laisse. Bien entendu, c'était un humain. Sans même le regarder, son propriétaire écrasait des biscuits sous son talon et l'homme à quatre pattes léchait les miettes. Abraham se maîtrisa pour ne pas réagir. Il avait l'impression bizarre de connaître l'homme-chien, comme s'il faisait partie de la meute de la Harpiste. Earl avait été attaqué par ces créatures, mais il ne paraissait pas s'en offusquer. Il discutait courtoisement avec sa conquête d'un soir. À sa manière de se tenir, de se laisser toucher, il était évident qu'il cherchait à le séduire.

Le sentiment d'irréalité qu'éprouvait Abraham se renforça. C'était comme s'il était entré par inadvertance dans le rêve d'Earl. Un frisson dévala son échine. Est-ce qu'ils étaient tous captifs de la Harpiste, en train de déambuler comme des somnambules dans le désert rouge, et qu'ils rêvaient tout cela ?

— Earl ? appela-t-il.

Il ne réagit pas, comme s'il ne l'entendait pas.

Abraham tendit la main vers lui, mais l'homme-chien se mit à gronder sourdement.

Je dois convaincre Belle et Amy. Les autres les suivront.

Il se déplaça à nouveau entre les gens, jouant des coudes pour avancer. Il avait l'impression que les buveurs s'amusaient à se resserrer devant lui pour l'empêcher de passer. Puis tout à coup, le choc d'une canne frappée sur le plancher domina le tumulte. Un coup, deux coups, trois coups… Les conversations se turent et une voix s'éleva, triomphante :

— Mesdames et messieurs, Ellie « Coyote » Warren !

Des applaudissements saluèrent cette annonce et Abraham dut se dresser sur la pointe des pieds pour voir qui était cette femme tant attendue. Le surnom laissait à penser qu'il s'agissait d'une greffée.

Tous les regards s'étaient tournés dans la même direction, celle de la scène où jouait en sourdine, presque inaudible, un orchestre. Maintenant que le silence était revenu dans l'établissement, juste troublé par quelques toussotements nerveux, on pouvait entendre la musique. Abraham ne parvint pas à rejoindre le premier rang. C'était impossible au vu des dizaines et des dizaines de personnes qui se pressaient au coude à coude devant lui, mais il était suffisamment grand pour voir par-dessus les têtes.

La scène était plongée dans l'obscurité. Une rampe de feu, faite avec de petites bougies, dessinait un arc étincelant devant l'orchestre et sa chanteuse. On ne discernait que les contours vagues des musiciens. La femme, un peu avancée sur le plateau, était à peine plus visible. On aurait dit une ombre parmi les ombres. Ses cheveux lisses et noirs descendaient le long de son corps et effaçaient les courbes naturelles de son visage. Seuls ses yeux jaunes se détachaient, en deux ovales dorés, de ce puits de ténèbres, et deux oreilles de coyote – vraies ou fausses – se dressaient sur sa tête.

Elle se mit à chanter, d'une voix basse et lascive, accompagnée discrètement par l'orchestre. Ses phrases se terminaient par un vibrato – *houhouhouuuu* – qui ressemblait au chant d'un loup.

Les fêtards formèrent spontanément des couples et se mirent à danser doucement, langoureusement, sur la musique. Seul au milieu des duos qui valsaient autour de lui, Abraham se coula entre eux, esquivant les binômes. Puis soudain, tout ralentit. Les danseurs parurent s'engluer dans un temps arrêté. La voix de la chanteuse s'enroua, comme un disque qui ne tourne plus à la bonne vitesse, avant de se muer en un grognement sensuel.

Abraham se retrouva dans un espace vide. Il manqua se décrocher la mâchoire et le verre qu'il tenait toujours glissa dans sa paume moite. Les autres fêtards n'étaient plus que des ombres à la lisière de sa vision.

Belle dansait sur place, lentement, suavement.

Peu à peu, les regards se tournèrent vers elle. Les yeux la caressaient avec une telle obscénité qu'Abraham sentit son sang s'échauffer. Elle ne regardait personne. Elle se déhanchait langoureusement et ses mains suivaient ses formes. Sa tête s'abandonnait en arrière, les paupières mi-closes, les lèvres entrouvertes, en proie à une transe sensuelle.

On aurait dit que la femme coyote chantait pour elle.

Tout le monde la fixait à présent avec avidité. Earl la rejoignit. Il se glissa dans son dos et se mit à danser tout contre elle. Ils étaient beaux ainsi. Ils formaient un couple magnifique et intimidant, qui se contorsionnait en un lent tempo. Le dos de Belle frottait contre le torse d'Earl. Le souffle du cow-boy à la rose jouait dans les cheveux blond platine.

Hanches, bras, reins se frôlaient avant de se séparer. Leurs membres s'enroulaient sur la musique.

Puis Jesse se glissa près d'eux et entra dans la danse. Il se plaça devant Belle. Ainsi, elle était prise entre eux, au contact pressant de leurs corps, de leurs bras, de leurs hanches. La dompteuse pencha la tête et mordit Jesse à la base du cou.

Noah s'invita à son tour, ses membres se tordant très lentement. Les hommes dansaient tous autour de Belle. Elle restait au centre de leurs mouvements, tandis qu'ils tournaient autour d'elle, l'effleuraient… Puis l'embrassaient, lui empoignaient les cuisses, caressaient sa nuque, ses cheveux, ses seins et ses fesses…

Les spectateurs affichaient un grand sourire, qui leur fendait le visage en deux et découvrait leurs dents. Leurs yeux ne bougeaient plus, ancrés sur Belle. Un peu de salive coulait sur le menton des plus proches. Abraham chercha Amy parmi eux. Il la trouva enfin. Elle regardait elle aussi, mais elle était la seule à être animée d'un semblant de volonté propre. Elle se tapotait la bouche avec son poing serré. Son moignon enveloppé dans les bandages oscillait le long de son corps. Elle croisa le regard d'Abraham. Ses lèvres s'écartèrent sur quelques mots muets.

« Ce n'est pas elle », crut lire Abraham.

— Quoi ?

— Pars.

— Amy, attends.

Il voulut la rejoindre, mais au moment où il se déplaça, la musique s'interrompit. La voix de la chanteuse s'évanouit. Belle cessa de danser et son regard se posa sur lui, froid et gris. Elle tendit la main. Son index le désigna, exactement comme la Harpiste, sur la scène de son théâtre, et elle prononça le même mot, pareil à un écho lointain :

— Lui.

Le saloon se mua en chaos.

Abraham bondit en arrière, guidé par une intuition fulgurante. Il se cogna le dos contre un homme. La lame d'un couteau passa à quelques millimètres de son ventre. Il tira, sans même réfléchir, en un pur réflexe de défense. L'agresseur poussa un cri rauque, ses yeux se révulsèrent. Il tomba face contre terre et s'effaça aussitôt sous les pieds de ses camarades qui lui grimpaient dessus. Abraham n'eut pas le temps de recharger. Plusieurs mains agrippèrent le canon. L'arme lui fut facilement arrachée. Un homme avait ramassé le couteau. Il chercha à nouveau à le poignarder, souriant largement. Une rage aveugle s'empara d'Abraham. Il le saisit par le poignet et cogna son bras de toutes ses forces contre son genou levé. La lame tomba sur le sol avec un tintement sonore, accompagné d'un craquement d'os. La créature n'arrêta pas de sourire. Simplement elle bascula aux pieds des autres monstres, avec son expression d'imbécile heureux, et comme le précédent agresseur, disparut sous les bottes. Tous les usagers du saloon avançaient vers Abraham, les bras tendus.

Bandant ses muscles, Abraham se prépara pour un combat à cent contre un.

En dix secondes, il fut submergé. Il se battit avec une sauvagerie désespérée. Il distribuait des coups de pied et des coups de poing. Des os craquaient, des pommettes éclataient sous ses jointures. Pas une plainte ne sortait de la gorge des assaillants. Ils revenaient à l'assaut, les mains tendues, les yeux exorbités, animés par une folie meurtrière absurde. Abraham, cerné de toutes parts, ne pouvait plus esquiver. Dans la confusion, il se servit du corps d'un de ses adversaires comme bouclier. Les monstres l'embrochèrent à plusieurs reprises, sans manifester d'émotions particulières. Aucun d'entre eux ne communiquait, ne s'entraidait ou ne se plaignait. La Harpiste jouait-elle en coulisse, derrière le rideau de velours ? Cette mise en scène lui était-elle destinée ? On prétendait que l'ogresse raffolait des spectacles de combats à mort entre les humains, sur fond de musique…

D'un coup de genou, Abraham écarta un nouvel agresseur. Il saignait par de nombreuses coupures. Aucune blessure n'était sérieuse, mais il commençait à s'essouffler, seul face à la meute.

À part le piétinement des combattants sur le sol, on n'entendait plus un bruit. Si musique il y avait, elle jouait sa magie dans l'esprit de ses adversaires.

Abraham tournait en tous sens pour faire face partout à la fois. Il retroussait les lèvres comme un dogue. Une lame lui transperça la cuisse. Son propre sang éclaboussa le visage inexpressif d'un homme à quatre pattes, vraisemblablement déséquilibré par l'un des siens. Abraham repoussa un attaquant, puis deux. Trois revinrent à la charge. Une femme referma les dents sur son poignet gauche. Abraham dut se servir de sa main droite pour essayer de l'en décrocher. Une douleur terrible irradia dans son épaule. Quelqu'un venait de lui vriller un bout de ferraille sous la clavicule. Abraham abandonna son bras gauche à la morsure et retira le fer. Le tueur n'avait raté sa gorge que de peu. De nouveaux coups lui déchirèrent le ventre. Sa vue se brouilla. Perdait-il beaucoup de sang ? Brusquement, on le faucha aux chevilles. Le monde bascula. Les visages, les rangées étincelantes de bouteilles, le lustre au plafond se succédèrent en un tourbillon dément. Le choc de sa nuque contre le plancher fit exploser une boule de lumière devant ses yeux. Il comprit avec épouvante qu'il venait de tomber et que jamais il ne parviendrait à se relever. Un poids supplémentaire sur son ventre et ses cuisses lui confirma que ses adversaires étaient en train de l'écraser. Il lutta, non plus pour repousser ses ennemis, mais pour se redresser. Les muscles bandés, tâchant d'ignorer la douleur qui palpitait de ses multiples blessures, il gagna quelques centimètres, réussit à plier sa jambe. Un coup de pied derrière son genou réduisit ses efforts à néant. Son corps céda. Son crâne heurta derechef le sol, l'amenant tout proche de l'évanouissement. Dans un élan désespéré, il saisit entre ses dents une cheville qui lui écrasait la figure et mordit de toutes ses forces. Pas un cri. Il serra davantage, s'accrocha à l'os comme à sa vie. Entre ses molaires, quelque chose craqua à la façon d'une noix, mais il n'eut même pas la satisfaction d'entendre un glapissement de douleur. Un corps bascula simplement sur lui et l'étouffa un peu plus. Abraham gronda, chercha à déchirer encore et encore. Il griffait, ruait…

Le poids augmenta jusqu'à devenir intolérable. Les hommes s'amoncelaient en tas sur lui. Son cœur battait à tout rompre. Son sang s'épaississait dans ses veines. Il cherchait l'air, ouvrant et fermant la bouche comme un poisson hors de l'eau. La puanteur de ses adversaires le suffoquait.

Puis, tout à coup, il put respirer à nouveau.

— Laissez-le ! Écartez-vous !

La voix de Belle.

Elle venait l'aider, enfin, le délivrer. La lanière du fouet siffla. Les corps refluèrent craintivement, libérant Abraham.

— Merci, balbutia-t-il en se redressant sur les coudes.

Il croisa le regard de Belle, qui se tenait debout au-dessus de lui, le dominant de toute sa taille. Elle souriait horriblement. Abraham eut l'impression que les cicatrices qui suturaient la blessure sur ses joues avaient cédé et que sa bouche immense étirait un rictus sanguinolent jusqu'à ses oreilles. Son fouet dégouttait de sang dans sa main droite. Dans la gauche, elle tenait sa cravache.

— Tu es à moi, jubila-t-elle.

La Harpiste n'avait pas de bouche, pas de cordes vocales, mais si elle avait eu une voix, cela aurait pu être celle-là.

Un contact rugueux frotta sur la gorge d'Abraham. Groggy par les coups et affaibli par la perte de sang, il ne comprit que trop tard ce qui se passait. Le nœud de chanvre se resserra sur son cou.

— Hissez-le ! commanda Belle.

La corde tira sur sa nuque, impérieuse, et commença à le soulever. Affolé, Abraham porta instinctivement les mains à son cou pour tenter de desserrer le nœud, mais la corde était trop tendue. Tout le haut de son corps décolla. La traction inexorable l'aspirait vers le haut. Ses talons martelèrent le plancher en une ruade impuissante, puis eux aussi quittèrent le sol. À l'étage, quelqu'un le halait afin de le pendre au-dessus du bar, exposé à la vue de tous.

— Ho-Hisse ! s'exclama joyeusement Belle.

Et tous les autres de répéter en chœur :

— Ho-Hisse ! Ho-Hisse !

« Arrêtez ! » voulut crier Abraham.

De sa gorge comprimée ne filtra qu'un pauvre « arr… ».

Impuissant, ses mains griffant sa gorge, il oscillait au-dessus du comptoir, complètement vulnérable, comme un animal empalé sur un crochet de boucher.

Belle sauta sur le zinc. Une ovation enthousiaste s'éleva quand elle tendit les deux bras pour exhiber ses armes.

— Que le spectacle commence ! s'exclama-t-elle avec ferveur.

Abraham ne pouvait pas parler, pas protester, même pas supplier. Les mots s'étranglaient au fond de sa gorge écrasée. Belle s'approcha de lui d'un pas coulé et gracieux. On aurait dit qu'elle dansait encore. Elle se lova un instant près de son corps. Sa main caressa son torse, descendit vers son entrejambe, puis elle s'écarta pour se glisser dans son dos. Du coin de l'œil, Abraham vit qu'elle soulevait le fouet. Il ferma les yeux.

Le premier coup lacéra sa chemise et pulvérisa la peau fragile de son dos. La douleur le submergea en un assaut si destructeur qu'il crut perdre connaissance. Il avait l'impression que ses muscles dorsaux s'étaient ouverts en deux comme un fruit mûr et que le contenu de son corps tombait sur le zinc du bar. La corde s'enfonça davantage dans son cou. La foule qu'il discernait encore, toute brouillée à travers ses larmes, devint une masse rouge. Le fouet claqua une deuxième fois, traçant une nouvelle ligne incandescente sur son dos. La douleur l'enveloppa dans un feu brûlant, aveuglant. Sa vision noircit. Le troisième coup éteignit tout.

Chapitre 27

Abraham rouvrit les paupières une éternité plus tard, à la fois soulagé et horrifié de se découvrir encore vivant. La souffrance envoyait des vrilles dans ses nerfs et la peau déchiquetée de son dos. Il respirait, mais mal, le nez et la gorge cartonnés de poussière. Son bassin et ses jambes tressautaient sur le sol dur. Dans sa brume de douleur, il comprit qu'on l'avait décroché et qu'on le tirait à présent par les chevilles à travers le saloon. Il tenta en vain de se débattre pour se libérer et, les yeux larmoyants, de voir qui le traînait ainsi. Il ne parvint même pas à soulever la tête. Incapable de lutter, il sombra à nouveau dans l'inconscience. Juste avant, il entendit Belle qui ordonnait :

— Amenez aussi son cheval !

Un seau d'eau glacée le réveilla. Il s'entendit crier, à distance, comme s'il s'agissait d'un autre ou d'un chiot qui couinait. Pendant un long moment, il ne comprit pas où il était ni ce qui lui arrivait. Rien n'avait de sens dans ce qu'il distinguait entre ses paupières à moitié collées. Il était dans le désert rouge, à la lisière de la ville fantôme, de nouveau calme et silencieuse, et le soir tombait. Des ombres s'étiraient, immenses, derrière les silhouettes de ses anciens camarades. Celle de Belle, blanche, était reconnaissable entre toutes… Mais ses compagnons se tenaient à l'envers.

Lentement, à force de lutter pour éclaircir ses pensées, une image de lui-même se matérialisa dans son esprit. On l'avait attaché, tête en bas, sur une structure en bois. Du barbelé était enroulé autour de son corps. Il avait mal partout. Sa chair n'était plus qu'une plaie. Le pire restait sa tête. Des aiguillons lui perforaient le crâne comme si on lui avait planté des couteaux dans le cuir chevelu… La douleur pulsait jusque dans ses dents. Terrifié, il pensa qu'on l'avait scalpé. Il se mit à trembler, s'efforça de s'arrêter, car cela stimulait la douleur, mais n'arrivait plus à se contrôler. Un vertige le saisit. Il eut l'impression qu'il basculait. Les liens le retinrent solidement. Son sang coulait sur son corps martyrisé et formait une flaque sombre sur le sol, sous lui.

— Comment tu te sens ?

La voix de Belle, joviale.

— Tu… es folle.

Ses mots tombèrent comme son sang dans la poussière. Sans aucune force. Impuissants.

— La Harpiste t'a… ensorcelée.

— Nous t'avons fait un cadeau, poursuivit Belle. Devine lequel.

Avait-elle seulement entendu ses phrases ?

— Je ne sais pas… répondit-il d'une voix rauque.

Réfléchir était au-dessus de ses forces.

— Fais un effort ! C'est facile. Que désires-tu ? Quel est ton rêve ?

— Retrouver… Jarod.

Belle claqua de la langue, agacée. De la cravache, elle tapota sa botte.

— Jarod n'existe pas.

— C… Comment ?

— Un homme-chien existe, mais il n'a plus de nom.

— Arrête…

Il avala péniblement du sang.

— Devine, Abraham, le cadeau que nous t'avons fait.

Et il sut. Il comprit. La peur l'inonda des pieds à la tête. Les tremblements convulsifs le faisaient s'agiter sur la croix. La douleur, sur son crâne, comme des fourmis enflammées qui piétinaient dans ses cheveux, comme si on lui avait planté des aiguilles dans le cuir chevelu…

— La greffe… balbutia-t-il.

— Oui ! s'exclama Belle. Félicitations ! Tu as trouvé. Ce n'était pas bien difficile.

— Quel… organe ?

Mais il savait. Dès le début, il s'en doutait. Depuis son monstrueux éveil, crucifié à l'envers dans le désert rouge.

— Earl a opéré avec beaucoup de soin. Nous espérons tous que la greffe va tenir.

— Quelle greffe ? insista-t-il.

— Du crin de cheval ! lui répondit Earl en riant. Nous t'avons greffé quelques brins de la crinière d'As-de-Pique.

La bande éclata de rire. Abraham, nauséeux, tenta de trier ses pensées affolées. C'était stupide. Une simple mauvaise blague. As-de-Pique était un mustang, un…

Une créature de l'Ouest, oui, née à Nacarat, peut-être même capturée à Symphonie.

Il tâcha de dominer sa peur.

Personne ne greffait les chevaux. Comme les derviches, les bisons et quantité d'autres créatures, la greffe de leurs organes ne réveillait aucun pouvoir ou bien des dons mineurs ou sans intérêt. La perspective d'un rejet ne valait pas la prise de risque. Les mustangs de Nacarat avaient toujours été considérés comme meilleure monture que réservoir de magie.

— Ça ne… me fera… rien, exhala-t-il.

— Peut-être ? Peut-être pas. C'est ton problème, lui répondit Belle. J'aimerais continuer à m'occuper de toi, mais la nuit tombe et nous allons devoir nous retirer provisoirement. Nous reprendrons le spectacle au matin… Si tu es toujours parmi nous.

Sa voix baissait comme de l'obscurité se massait au coin des yeux d'Abraham. Il allait sombrer à nouveau.

Oui, pensa-t-il, *que ça cesse... Que ça cesse enfin...*

Ses camarades s'éloignèrent en direction du saloon, l'abandonnant à la seule surveillance de Noah. Le soleil n'allait pas tarder à disparaître. Abraham perdit brièvement conscience. Quand il rouvrit les yeux, il faisait noir. Noah, sa tête encagée, était tourné vers lui.

Comme si je pouvais aller quelque part, songea Abraham.

Il souhaita mourir. S'il n'expirait pas avant l'aube, son calvaire prendrait des proportions abominables. Il fallait qu'il meure. Mais son corps saignait et pleurait et tremblait, et il ne mourait pas.

— A… bra… ham…

Il crut que la voix rauque appartenait à un démon venu le chercher pour le haler au cœur des enfers.

Tu es déjà *en enfer !* lui asséna sa petite voix.

— Tu dois… te libérer.

Jarod ?

Venait-il réellement d'entendre la voix de son frère ou l'avait-il hallucinée ?

Une sueur huileuse lui couvrait le visage. Elle lui piquait les yeux, coulait dans sa bouche. Sa langue pouvait cueillir un mélange de sel, de morve et de larmes sur ses lèvres craquelées. Surtout, il n'arrêtait pas de trembler. Pourtant, la voix de Jarod avait rallumé quelque chose en lui, un espoir fou.

Vivre. Vivre. Vivre.

Mais pour cela, il devait réussir à se détacher.

Clignant des yeux, il tâcha d'apercevoir le visage de Noah entre les barreaux de la cage. L'oiseau s'était endormi. Et l'humain ?

Il rêve, pensa-t-il. *Depuis notre rencontre avec la Harpiste, ils sont tous dominés par leur malédiction… Il doit planer quelque part dans les rêves d'Astraios.*

— D'accord…

Abraham prit une inspiration sifflante.

— Je vais essayer.

Il accomplit alors l'effort le plus violent de sa vie : il bougea le bras droit. Aussitôt, les pointes des barbelés s'incrustèrent dans sa peau comme des couteaux chauffés à blanc. Un étourdissement fit tanguer son être, même si son corps restait fixé à la croix. Il serra les dents, et intensifia son effort. Des frissons dévalèrent son corps. Son bras se mit à gigoter si fort qu'il semblait agité de spasmes. Mais le fil barbelé bougea. De la corde l'aurait en réalité maintenu plus solidement que ce fil fin et relativement flexible.

Allez, allez... s'encouragea-t-il.

La sueur huileuse, dégoulinant sur son visage, l'aveuglait.

Il força à nouveau, gémissant, les dents serrées, les lèvres retroussées, les muscles de son bras tremblant comme de la gelée. Son poignet se décolla de la croix et bougea sur deux centimètres.

Abraham s'évanouit.

La voix de son frère le ramena, appelant son nom sans relâche.

— Je suis là, balbutia-t-il.

Il lui semblait n'avoir pas perdu connaissance trop longtemps.

— Je suis là, répéta-t-il d'une voix plus assurée. Je vais… y arriver…

Il serra de nouveau les dents, verrouilla ses mâchoires pour les empêcher de claquer et, avec un râle rauque, poussa de nouveau sur son bras. La gravité l'aidait. Il s'efforça d'ignorer la douleur. Il ne devait pas crier de peur de réveiller Noah. Le barbelé se distendit et son poignet tomba mollement. Ses doigts se balançaient à dix centimètres au-dessus du sol.

Allez, je vais y arriver.

Pour soulager son bras, il tenta de bouger la jambe gauche. Il gémit comme il contractait les muscles de sa cuisse. Un éclair de souffrance lui traversa l'épine dorsale et il étrangla un cri misérable.

Allez !

Il força sur sa jambe, essayant de plier le genou pour étirer le fil barbelé, les yeux exorbités, les veines et les tendons saillant de son cou comme des cordes. Il ouvrit la bouche pour mieux respirer et sa langue parut tomber comme une pierre entre ses dents.

Je suis en train de crever... De crever !

Mais oui, meurs à la fin ! tempêta sa conscience acculée. *Meurs et qu'on n'en parle plus !*

Il gagna quelques centimètres. Son genou commença à fléchir. Il jeta ses dernières forces dans la bataille. Le fer acéré lui vrillait les nerfs. Il était à bout de forces, la vue brouillée, la tête bourdonnante, comprimant une nausée violente, à deux doigts de vomir.

Allez, Abraham !

C'était la voix de son frère. Elle lui donna l'énergie de se dépasser, de se battre encore. Le bois de la croix émit un craquement. Son corps s'affaissa brusquement de plusieurs dizaines de centimètres comme sa jambe glissait dans l'arceau distendu du barbelé. Le choc que causa la secousse déclencha une nouvelle onde de douleur, abominable. Sa tête heurta le sol. Il s'évanouit une seconde fois.

— Abraham… Abraham…

Son frère l'appelait à travers le brouillard.

Il cligna des paupières, reprenant lentement conscience. Il poussa un gémissement atroce, inhumain. L'espace de quelques secondes, il s'abandonna. Son cuir chevelu greffé et sanguinolent, encore tout fourmillant de la douleur des aiguilles, pulsait au rythme des battements de son cœur. Il tremblait de nouveau, moins fort qu'avant, mais des spasmes agitaient sa main et sa jambe détachées. Ses doigts cognaient contre le sol par soubresauts convulsifs. Sa tête était pliée selon un angle bizarre dans la poussière. Il avait eu la chance de ne pas se rompre la nuque.

Son propre poids l'aidait. La gravité l'aspirait. Son autre jambe se mit à glisser comme le barbelé se détendait. Son épaule heurta le sol à son tour. Son bras droit était totalement libre à présent.

Assurant ses appuis à tâtons, il prit une grande inspiration, et rua de toutes ses forces contre la croix. Le dispositif bricolé à la hâte craqua derechef. Abraham chuta de plusieurs centimètres. Les pointes des barbelés lacérèrent sa peau.

Allez, pensa-t-il, au bord de la rupture. *Un dernier effort.*

Il frappa la croix du talon. Elle oscilla, mais ne rompit pas. Comment pouvait-il espérer faire crouler toute la structure avec ses faibles forces ? Il n'y arriverait jamais !

— Abraham… répéta Jarod.

Son frère se tenait près de lui, ombre dans l'ombre, à l'envers. Il cligna des paupières pour éclaircir sa vue au maximum.

— C'est moi… répéta la silhouette. Je vais t'aider, mais ensuite, tu seras seul. Si Belle apprend que je t'ai délivré… Je ne veux pas, tu comprends ?

La voix se frayait lentement un chemin dans ses pensées embrumées, et soudain, son frère se métamorphosa en Amy. La jeune femme, avec des gestes ralentis par son revers et handicapée par sa main manquante, desserrait les derniers barbelés.

— Je veux rester avec Belle, poursuivit Amy de sa voix enrouée. Je resterai jusqu'à ce que je parvienne à faire taire la musique qui joue en elle. La Harpiste a laissé une note dans leur tête. Ils ne sont pas eux-mêmes. Crois-moi, ce qui t'es arrivé était un divertissement inventé par la Harpiste. Je reconnais son style, sa folie. Belle n'est pas comme ça. Elle n'a pas sa cruauté ni son sadisme. Ce n'est pas un monstre. Aucun de nos amis ne l'est. Tu dois leur pardonner. Ils sont manipulés.

— Belle… est… dangereuse.

— Non ! répliqua furieusement Amy.

Elle se figea craintivement, croyant avoir fait trop de bruit, mais le revers avait à moitié étouffé son éclat de colère. Comme rien ne bougeait, elle reprit sa tâche fastidieuse.

— Vous êtes dangereux, reprit-elle avec effort. Je déteste l'Ouest et je déteste Frontières. Les monstres et les humains. Vous êtes tous pareils. Je ne peux pas vous faire confiance. Belle est la seule avec qui je veux être, où qu'elle aille. Toi, tu t'en iras. Tu partiras le plus vite possible, sinon, Belle te suivra. La musique la poussera à le faire. La Harpiste a cru que tu étais greffé toi aussi. Elle a joué un sortilège pour les greffés. Moi…

Pause.

— Je résiste, parce que je déteste ma greffe avec une telle force… Et toi… Tu n'avais aucun organe étranger qui pouvait réagir à ce sort. Nous y avons échappé tous les deux. Mais la Harpiste veut ta peau, désormais. Elle s'amuse avec eux et avec toi. Elle invente un spectacle, des divertissements… Elle vous regarde à travers les yeux de toutes ses créatures. Cependant, je vais tout faire pour libérer Belle de cette emprise. Je dois trouver un moyen. Toi, pars, tu entends ? Pars loin d'ici. De nous. Ne reviens jamais.

Abraham avait du mal à l'écouter. Il glissait sur la croix au fur et à mesure qu'elle desserrait les barbelés autour de ses membres et la douleur fulgurait dans son corps à chaque petit mouvement. Finalement, les liens cédèrent. Ils tombèrent sur le sol en une pluie d'acier. Abraham se retrouva, un peu ébahi, étendu sur le ventre, aux pieds d'Amy. Son propre sang tachait le sol de ronds sombres, presque invisibles dans la nuit.

— Je te laisse, chuchota Amy. Cours, Abraham.

— J'ai besoin d'une arme… S'il te plaît.

— Non. Tu t'en prendrais à elle ! Je ne peux pas risquer sa vie. Pars le plus loin possible… Je t'en prie. Pars et disparais !

Elle s'effaça au ralenti dans les ténèbres.

Il se releva en chancelant, tâchant d'ignorer la douleur qui rugissait en lui. L'adrénaline l'aida. Il se mit à courir à grandes enjambées pataudes. Il était nu, désarmé. Où étaient les chevaux ? Son pauvre As-de-Pique ? Il tituba dans la direction du saloon, cherchant les mustangs. Au même moment, Noah se réveilla. Son regard se posa par réflexe sur l'endroit où se trouvait la croix et leur prisonnier. Il se releva péniblement et se mit à chercher frénétiquement son arme. Il tâtonnait en jurant, comme s'il était aveugle. Dans quelques secondes pourtant, sa main trouverait son fusil et son index, la détente.

Cours ! s'ordonna Abraham.

Il tourna le dos à la ville fantôme et détala vers le grand désert en poussant des râles de souffrance. Son allure déjetée, oscillant de gauche à droite, lui fit esquiver par miracle une balle. Il lui fallait son cheval, son pauvre cheval, et déguerpir au triple galop, mais les mustangs n'étaient pas visibles.

As-de-Pique, pensa-t-il avec douleur.

Lui avaient-ils fait du mal ?

Il espéra que ses anciens camarades s'étaient contentés de lui couper quelques crins pour les greffer ensuite à son crâne ensanglanté…

Une balle fusa, soulevant une gerbe de poussière juste entre ses pieds. La détonation résonna une fraction de seconde plus tard. De peur, Abraham dansa sur place. Noah ajustait maladroitement un nouveau tir. Si Jesse avait été de la partie, le pistolero l'aurait couché d'une balle, mais l'oiselier était plutôt mauvais au tir et l'obscurité jouait en la faveur du fugitif. Abraham se remit à courir. C'était une fuite piteuse au regard des souffrances que lui avait infligées le gang, mais il n'avait plus le choix. Il s'enfonça dans la nuit. Le tir suivant se perdit loin de lui.

J'ai raté les chevaux, pensa-t-il avec douleur.

Il était désarmé, nu, et sans monture… Autrement dit, totalement foutu.

Son instinct de survie l'emporta. Il fonça au hasard, jusqu'à perdre haleine. Son cœur battait à tout rompre dans sa poitrine et un méchant point de côté lui tailladait le flanc. Il avait envie de vomir, de douleur, d'épuisement. Comment ses jambes lacérées pouvaient-elles encore le porter ? Comment son dos déchiqueté pouvait-il encore le soutenir ? Belle et les autres lui avaient fait tant de mal… Ses anciens alliés…

C'est la Harpiste qui les a envoûtés. Ils sont ses pantins à présent...

Il ralentit malgré lui. Il n'en pouvait plus. Même si cela signifiait la mort, il fallait qu'il marche et qu'il retrouve son souffle. Le sang bourdonnait à ses oreilles. Sa propre respiration l'empêchait d'écouter les alentours. Noah l'avait-il poursuivi ?

Bien sûr que oui. Ils ne te laisseront pas filer comme ça. Et eux ont des chevaux...

Si Noah enfourchait l'un des mustangs, il le rattraperait en quelques instants...

D'une main tremblante, prudente, il toucha son cuir chevelu. L'éclair de douleur qui lui traversa le crâne manqua l'envoyer dans les limbes. Il s'arrêta, plié en deux, poussant des râles rauques. De la bile mêlée de sang coula sur son menton.

Sous ses doigts, il avait senti le contact rêche de quelques crins de cheval.

Ainsi, ils l'avaient vraiment fait. Ils l'avaient greffé.

Ce n'est pas une vraie greffe... Ce n'est qu'une mascarade, pour te faire souffrir et t'humilier. Il ne va rien se passer. Rien du tout. Pourquoi auraient-ils pris le risque de t'offrir un pouvoir de toute façon ?

Si les greffes issues de mustangs avaient pris sur les humains, il n'y aurait plus eu de chevaux à Nacarat. Tous auraient été démembrés et conservés en bocaux dans les cabinets des chirurgiens.

Il n'en pouvait plus. Le découragement l'assomma. Il crut qu'il allait rester là, ne plus bouger, ne plus lutter. Pourtant, au bout de longues minutes, il respira mieux, et il se remit à marcher. Il ne pouvait plus courir. L'adrénaline retombait et une fatigue écrasante ralentissait chacun de ses mouvements. Même si Noah surgissait juste derrière lui, il n'était pas sûr de pouvoir s'enfuir.

Il parvint à avancer, à force de volonté. La souffrance ne refluait pas. Son cuir chevelu paraissait en feu et la nausée lui prenait la gorge et l'estomac.

Enfin, les premières lueurs de l'aube éclairèrent l'horizon. Abraham sentit qu'un poids s'allégeait sur sa poitrine. Il avait survécu. Il s'était échappé.

Une ombre se profila sur le sol, devant lui, discrète et rapide.

— Quoi ?

Son ventre se serra. Très lentement, il leva la tête, gémissant déjà d'appréhension.

Un aigle tournait au-dessus de lui dans le ciel.

Astraios.

Chapitre 28

— Ils m'ont retrouvé, dit Abraham d'une voix étranglée.

Il avait l'impression de visualiser ce que Noah voyait actuellement à travers les yeux de l'aigle : une victime harassée, à moitié tondue, sa peau nue couverte de sueur et de poussière, striée de marques sanglantes. Un cafard rampant sur le sol caillouteux, que le gang allait écraser.

Il boitilla le plus vite possible sur ses pauvres jambes. Chaque impact de ses pieds sur la terre dure faisait remonter des vrilles de douleur dans tout son corps. Son estomac s'alourdit. Ses mâchoires le lançaient de nouveau. Le pire restait la tête. Sa main tremblante se leva par réflexe. Ses doigts s'arrêtèrent avant d'effleurer le carnage de son cuir chevelu. Il ne voulait pas sentir les crins. Là, en plein jour, il pouvait encore imaginer qu'il avait rêvé. Mais s'il les touchait, rugueux sous la pulpe de ses doigts, il deviendrait fou. Un intrus s'enracinait en lui. Peut-être le greffon le tuerait-il en le rejetant. Pour vivre, il lui fallait accepter cette intrusion et accueillir l'étranger dans la maison branlante de son corps profané.

La migraine empira. Elle serrait son crâne dans un étau. Des éclairs traversaient ses tempes et sa nuque. Il en avait des éblouissements et ses yeux pleuraient tout seuls. Ses sinus se congestionnèrent. Il respira par la bouche, de grandes goulées brûlantes. Derrière lui résonna soudain le galop des mustangs. Il se retourna en gémissant : le gang fondait sur lui. Il n'avait aucune chance de s'en sortir, aucune échappatoire. Il ne pouvait même pas se cacher… Le roulement des sabots se répercuta dans sa pauvre tête, amplifié, assourdissant.

Non…

Fuir était inutile. Impossible de rivaliser avec la vitesse des chevaux. Il leva les bras en un signe de capitulation.

Je vais mourir, pensa-t-il. *Mourir. Mourir.*

La douleur augmentait. Elle affluait par vagues. Jamais il n'avait ressenti une telle torture. L'obscurité envahit tout. La migraine l'aveugla. Le greffon le rejetait, il en était certain ! Son corps se scindait entre sa propre identité et celle d'As-de-Pique. Le mustang se frayait un chemin en lui, vers son cerveau, sous la boîte crânienne…

Le gang se rapprochait de seconde en seconde. Abraham agita les mains avec efforts et murmura :

— Je me rends, je… me rends…

Il ne pouvait leur opposer que ça : sa soumission, et espérer que Belle l'épargne. Mais la femme fonçait sur lui, poursuivie par son ombre blanche, le fouet brandi à bout de bras. Son hideux sourire lui mangeait toute la face.

De lui, elle ne ferait qu'une bouchée.

Ce sourire couturé fut sa dernière vision.

La seconde suivante, il était plongé dans la violence de sa douleur. Les chevaux galopaient dans sa tête, les vibrations remontaient à travers son corps, *tabada, tabada*, lui fracturant les os et pulvérisant les vertèbres et…

Abraham changeait.

Il le comprit dans une lumineuse panique, au sein du chaos qu'étaient devenus son esprit et son corps.

Il se métamorphosait. La souffrance s'allégeait et une sensation de force la remplaçait, qui croissait, croissait, paraissait ne jamais s'arrêter de grandir. Il était lourd, puissant. Il pouvait démolir n'importe quoi à mains nues. N'importe qui. Il n'était pas seulement le vent. Il était l'ouragan. La destruction faite homme.

Homme ?

Il rouvrit les yeux et son point de gravité bascula. Il ne pouvait plus rester sur ses deux jambes, il…

Était pourvu de sabots, juché sur quatre jambes solides et nerveuses. Sa respiration ronflait dans ses naseaux.

Je suis un cheval !

Il était libre. Rapide et puissant.

Il pouvait… fuir !

Décrivant une volte, il s'élança au galop. Il apprivoisait son nouvel équilibre à chaque foulée. C'était… facile. Derrière lui, les cris de ses anciens camarades s'assourdissaient. Il les distançait. Une fine poussière s'élevait dans le sillage de sa course. Il s'étonna de l'aisance avec laquelle il propulsait cette carcasse immense.

Je suis un cheval, se répéta-t-il, hébété.

Ivre de son propre pouvoir, de sa force et de sa vitesse, il accéléra encore. Ses sabots martelaient le sol comme un tambour. Plein d'une joie folle, il se dit qu'il était bel et bien un démon de Symphonie à présent. Sa course faisait résonner les steppes de sa musique ancestrale, en rythme avec son cœur. Le vent soulevait sa crinière, sa queue. Il soufflait lourdement. *Housh, housh, housh, housh*, une mélodie primitive. Ses naseaux dilatés s'emplissaient de l'odeur sèche de la poussière, du parfum de l'armoise.

Sa raison humaine était toujours là, entre ses petites oreilles en cornet couchées par la vitesse, et elle piaillait de terreur. Puisque la greffe avait pris et infusé son pouvoir en lui, devenait-il un serviteur de l'Ouest ? Il allait survivre, mais dans l'aliénation, son corps passif, gangrené et transpercé par le glaive de Symphonie…

Un long frisson froissa sa robe noire. Il devait sauver Jarod. Il s'était battu pour lui, avait survécu à cette nuit de cauchemar pour lui… Il ne pouvait pas se permettre d'être pris maintenant.

Par réflexe, il bougea la tête pour regarder en arrière. Ses yeux n'étaient plus ceux d'un humain. Positionnés sur les côtés de sa tête, ils voyaient à trois cent soixante degrés, devant et derrière lui. Le paysage aussi lui apparaissait différemment : le relief était curieusement plat et les couleurs n'étaient plus tout à fait les mêmes. Les silhouettes des membres du gang rapetissaient à l'horizon. Il était en train de les semer !

Abraham-de-Pique poursuivit sa course, entendant creuser l'écart, avant de se rendre compte que son corps essuyait les premières crispations de la métamorphose inversée. Le choc le percuta. Impossible ! Il redevenait un homme.

Il se contracta instinctivement contre la torsion de ses jambes, mais manqua chuter. Ravagé par la peur, il fut contraint de s'arrêter. Il perdait rapidement en masse musculaire, mais surtout, ses os se réalignaient en un squelette d'homme. Si la première fois, la souffrance que lui avait infligée Belle avait occulté la pénibilité de la métamorphose, il en subissait à présent les affres avec une violence suffocante. Ses jarrets se tordirent avant de se retourner avec un craquement lugubre, lui faisant pousser un cri involontaire. Sa peau noire et lisse, brillante comme de la soie, se desquamait. Il perdait le court pelage qui la couvrait.

Sa mutation fut lente et longue. Sur la fin, elle se mit à ralentir et il se retrouva coincé dans une apparence hideuse, difforme, entre l'homme et le cheval. Ses membres tremblants le soutenaient à peine. Il avait trois jambes chevalines et un bras humain bien trop long, dont les doigts décharnés pianotaient dans la poussière. Son visage paraissait avoir fondu. Sa peau était tendue sur son crâne qui s'allongeait en chanfrein. Sa bouche distendue palpitait à cause de la douleur de ses grandes dents, plantées de travers dans ses gencives dilatées. Il eut peur de rester définitivement coincé dans cet entre-deux. Mais non, son corps poursuivit sa mécanique de démolition et de reconstruction.

Le soleil s'élevait au zénith lorsque sa transformation fut enfin terminée. Le souffle court, il gisait en position fœtale, entièrement humain. Une joue contre le sol, il frissonnait et haletait, incapable de se relever pour le moment. Il lui fallut presque un quart d'heure pour parvenir à s'asseoir. Il avait le sentiment d'avoir pris cent ans en vingt-quatre heures. Sa peau paraissait grise et plus ridée que la veille. Les dents serrées, il réussit à se redresser à force de volonté. Ses muscles accusaient encore la violence de la métamorphose. Ses articulations rouillées le tiraillaient douloureusement. Une main sur la nuque, il fit rouler sa tête sur ses épaules pour tenter de décontracter ses trapèzes et, les yeux levés vers le ciel, il se figea, muet d'horreur.

Astraios planait en cercles dans l'azur. Il avait eu beau galoper de toutes ses forces, l'aigle s'était facilement maintenu à sa hauteur.

Cet enfoiré va me suivre partout où j'irai, pensa Abraham au désespoir. *Aucune chance de lui réchapper.*

Il se sentait terriblement impuissant, rompu par la douleur de sa transformation, nu et désarmé. Au moins, son bref passage en cheval avait-il recousu les plaies de son dos. Redevenu humain, ses anciennes blessures s'étaient refermées. L'Ouest lui faisait un cadeau, tout en lui infligeant sa marque et sa malédiction.

L'anxiété palpita dans son être et, l'espace de quelques secondes, il se demanda qui il était désormais. Toujours humain ? Encore cheval ? La greffe brouillait les frontières de son identité bien rassemblée, exactement comme l'avait expliqué Noah quand les pensées de l'oiseau dérivaient en lui la nuit. Son sentiment d'unité se dissipait. Pourtant, il n'avait ni le luxe ni le temps de se laisser aller au désespoir. De la poussière s'élevait à l'horizon en un brouillard rouge, probablement soulevée par le galop des chevaux du gang. Il les avait distancés, mais pour combien de temps ?

Abraham tenta de réfléchir. Le soleil brillait dans le ciel. La nuit était encore bien loin, mais Belle ne pourrait pas maintenir la cavalcade au risque de tuer leurs montures. Il avait engrangé un petit répit et devait faire avec…

Abraham essuya une sueur gluante sur son front. La chaleur l'accablait. Il avait si soif. Désespéré, il chercha une source du regard, un filet d'eau qui aurait miroité au soleil. Il ne trouva que des mirages. Des lacs irréels se multipliaient, fuyant, serpentant, se déformant, débordant et s'effaçant d'une seconde à l'autre.

Il avança tout droit, marchant d'une illusion à l'autre, les yeux blessés par la clarté.

Il fait tellement chaud, pensa-t-il, dépité. *Plus chaud que d'habitude.*

L'aigle sentait-il aussi les vagues de touffeur qui roulaient dans la steppe, à sa hauteur ? Ou au contraire profitait-il d'un air plus frais ?

Il était probablement midi. La température semblait monter d'un degré à chacun de ses pénibles pas.

C'est insoutenable. Je ne vais pas tenir longtemps comme ça…

Mais les chevaux du gang, eux non plus, ne pourraient pas continuer dans la fournaise.

Au même moment, son pied nu se posa sur une surface aussi chaude qu'une brique sur un feu. Il glapit de douleur, s'écarta par réflexe, puis agrandit les yeux. De loin, ce qu'il avait pris pour des mirages existait bien. Les flaques brillantes, typiques des illusions d'optique dans le désert, étaient des poches de sable étincelantes.

— Le soleil a vitrifié le sol ! s'exclama-t-il.

Il continua d'avancer en claudiquant. Les plaques de verre devenaient de plus en plus larges et longues, au point qu'il ne pouvait plus les contourner. Il se bricola des sandales en arrachant les feuilles de grands yuccas et en les tressant à la hâte. Elles tenaient mal, étaient informes, mais au moins ces semelles improvisées le coupèrent-elles un peu du sol brûlant. Les miroirs se brisaient sous son poids comme la glace d'un lac à la fin de l'hiver. Les ramifications se déployaient avec un crissement aigu. Abraham aperçut fugitivement son reflet, diffracté en dizaines de morceaux déformés.

À quelque distance de là se dressaient des pitons de rocs qui réfléchissaient la lumière du soleil. Abraham s'y dirigea, espérant que les éblouissements gêneraient l'aigle.

Les aiguilles rocheuses se rapprochaient et comme leurs formes se précisaient, Abraham remarqua qu'elles étaient nombreuses, de toutes les tailles, comme une forêt dont les troncs d'arbres auraient été recouverts de glaces. L'espoir bondit dans sa poitrine.

— Je vais les égarer ! se réjouit-il.

Il s'engouffra entre les premiers pics. Son reflet fila entre deux miroirs comme s'il s'élançait à l'assaut de lui-même. Cette vision lui causa un petit choc. Il s'arrêta pour s'observer. Au moins se voyait-il comme un homme et non comme un cheval. Les questions folles qui lui battaient les tempes en sourdine « qui suis-je ? qui suis-je ? » s'affaiblirent. Il scruta sa propre image, évitant à dessein de regarder la greffe. Ses yeux étaient fatigués, creusés, mais c'était toujours les siens… Puis ses certitudes vacillèrent. À force de se fixer, il avait l'impression de voir les grands yeux sombres d'As-de-Pique remplacer progressivement les siens. Le mustang réclamait sa place dans son corps. Chaque minute qui passait l'aidait à le coloniser de l'intérieur.

Abraham s'écarta en chancelant. Il devait garder la tête froide, ne pas se laisser cannibaliser, mais contrôler sa greffe et, surtout, le pouvoir qu'elle offrait. Quelle magie était à l'œuvre ? Pouvait-il se métamorphoser à volonté ? Ou bien les transformations s'imposeraient-elles à lui sans qu'il puisse les empêcher ? Que maîtrisait-il exactement ? Et la nuit ? Son revers ?

Des pitons s'élevaient de tous les côtés. Les reflets lui donnaient l'impression d'avancer avec vingt puis trente copies de lui-même. Il pouvait s'observer sous tous les angles : sa figure presque grise de fatigue, ses traits tirés, son expression encore empreinte de douleur, des rides au coin des yeux et de la bouche. Puis il eut l'impression qu'un cheval noir avançait parmi eux. Il ferma les paupières. Les rouvrit. Tout était à nouveau normal : ce n'était que lui, épuisé, décharné… mort déjà. Il ne put s'empêcher de gémir.

Il n'allait plus qu'à un pas très lent. Les passages s'étrécissaient et l'obligeaient à tourner à droite, à gauche. La roche-miroir l'enfermait comme dans un labyrinthe. En dépit de sa prudence, Abraham se cogna une première fois. Puis une deuxième. À la troisième fois, il s'emporta :

— Mais merde ! jura-t-il.

Ses reflets dansèrent autour de lui. Abraham regarda en l'air. Dans le ciel, l'aigle décrivait des cercles paisibles. Il le survolait toujours, nullement gêné par les dédales complexes, qu'il déjouait aisément, ni par les reflets qu'à cette hauteur il ne distinguait même pas. Belle et les autres l'avaient-ils rattrapé ? Étaient-ils, en ce moment même, en train de faire leurs premiers pas dans le labyrinthe ?

Il reprit sa progression à pas lents et prudents. Mal à l'aise, il imaginait ses adversaires se mouvoir rapidement et avec fluidité, guidés par la vue aérienne d'Astraios.

Il remonta une galerie de miroirs, puis arriva à une intersection. Arbitrairement, il choisit la droite, et au bout de quelques mètres, se retrouva dans un espace circulaire. C'était un véritable kaléidoscope d'images, toutes différentes. Abraham fut saisi d'un léger étourdissement. Dans ce capharnaüm, les issues devenaient introuvables. Il finit par s'avancer vers les centaines de glaces. Par-dessus l'épaule d'un de ses clones, il aperçut une forme sombre. As-de-Pique ? Non. Un visage blafard apparut un bref instant, avant de s'agiter furieusement, se démultipliant, passant d'un miroir à l'autre en une folle contagion. L'estomac d'Abraham se liquéfia.

Belle se ruait sur lui.

Chapitre 29

Le bruit d'une course résonna dans le labyrinthe. Pourtant, la véritable Belle ne rejoignit pas Abraham. Brusquement, le silence revint. La dompteuse avait disparu. Il n'y avait plus que lui et ses reflets.

Le pouls d'Abraham décéléra. La cheffe de gang était entrée à sa suite dans le labyrinthe, mais il pouvait encore l'esquiver. Une main tendue, il avança en palpant les alentours pour ne pas se heurter aux miroirs. Ses reflets hésitaient autour de lui. Même s'il se voyait bien humain, il avait de plus en plus l'impression d'avoir affaire à un autre…

— On continue, s'encouragea-t-il. Continue…

Il se coula entre deux glaces et s'enfonça dans la solitude et le silence. Il était seul avec ses doubles, dans ce monde étrange, diffracté à l'infini.

Sa main heurta un miroir. Cul-de-sac. Il bifurqua au hasard, mais plus les impasses se multipliaient, et plus son angoisse grandissait. Sur quelle distance s'étendait ce paysage de cauchemar ? Quelques centaines de mètres ? Plusieurs kilomètres ?

Tu n'en ressortiras pas, souffla une voix intérieure paniquée.

Il la fit taire.

Ça ira.

Il avait l'impression de reprendre progressivement le contrôle de lui-même. Il commençait même à percevoir plus nettement les passages entre les mirages des reflets. La confiance revenait.

Oui, il allait s'en sortir.

Son reflet face à lui explosa en mille éclats de roches. La détonation du fusil fut reprise, elle aussi, en échos moqueurs. Abraham regarda autour de lui ses dizaines de doubles effrayés. Puis il perçut, parmi les miroitements, celui de Jesse. Il avait échappé à une balle-rêve.

— Jesse ! s'étrangla-t-il.

Une deuxième balle siffla et démolit un reflet, bien plus proche que le précédent. Trois représentations de Jesse se matérialisèrent autour de lui, le cernant de toutes parts. Il était là, proche. Son expression était concentrée, glaciale. Avec des gestes précis, il rechargeait son fusil.

Mais au même moment, un cri rompit le silence. Un long hululement de souffrance, repris par les miroirs sur un ton plus moqueur. Pourtant, ni Jesse ni Abraham n'avaient crié.

Alors qui ?

Machinalement, Abraham leva les yeux. Le vol de l'aigle oscillait de droite à gauche, erratique. Il perdait de l'altitude, avant de remonter en mobilisant toutes ses forces.

Était-ce Noah qui avait hurlé ?

Si Abraham essuyait les premières affres de sa nouvelle greffe, le garçon composait en permanence avec une double entité, humaine et animale. Leurs yeux fixaient un reflet qui ne leur appartenait pas. La confusion se répercutait dans le crâne de l'oiseau et dans celui de Noah, troublant leur fusion. L'oiselier n'allait pas très bien depuis leur rencontre avec la Harpiste et ce palais des glaces contribuait à fragmenter sa personnalité déjà acculée par la folie.

Il va perdre la tête, songea Abraham.

L'aigle ne les espionnait plus. Il luttait contre lui-même, en proie à ses pensées parasites et à une confusion débilitante.

Abraham se remit en route le plus vite possible, s'efforçant de ne pas se cogner. Jesse rôdait toujours autour de lui. Son reflet survenait parfois, mais il ne tirait plus, de peur de gaspiller ses précieuses balles-rêves. Les autres membres du gang n'étaient pas visibles, probablement égarés dans le labyrinthe.

Puis tout à coup, au détour d'un couloir, Abraham tomba sur Noah. L'homme ne le vit pas. Il claudiquait d'un reflet à l'autre en parlant tout seul. Ses bras imitaient des mouvements d'ailes, maladroits et saccadés. Sa tête s'agitait rapidement. Il paraissait désorienté. Il avait dû se cogner plusieurs fois, car son front saignait et ses jointures éraflées aspergeaient de rouge les miroirs.

Abraham hésita. En s'approchant discrètement, il pouvait peut-être l'attaquer dans le dos, lui crocheter les chevilles, le jeter au sol et l'étrangler… Pourtant, il ne bougea pas. Les cris pitoyables de Noah et son simulacre d'homme-oiseau lui causaient plus de compassion que de désir de revanche. Il avait partagé de nombreuses nuits de veille avec lui. Le garçon avait été un bon compagnon. Il ne l'avait guère vu au premier rang, lors de la torture que lui avait infligée Belle. Il suivait, comme il avait toujours suivi Belle, essayant de l'impressionner et de gagner son estime, et cherchant dans ses yeux l'amour qui aurait dû briller dans ceux de ses parents.

Le voir ainsi, perdu, résumait bien son existence.

Abraham aurait pu le rejoindre, l'entourer de ses bras pour l'empêcher de se blesser davantage.

Il esquissa un pas dans sa direction, puis se ravisant, recula aussitôt. La balle lui passa presque sous le nez, au point qu'il en sentit la brûlure. L'espace d'un instant, il eut l'impression qu'un cauchemar déferlait sur lui comme une vague. Un long frisson le glaça des pieds à la tête. La balle alla percuter un miroir tout près de Noah. L'homme tourna la tête d'un mouvement flou, trop rapide pour être humain, tout à fait semblable à un oiseau. Il ne parla pas. Il cria. Un cri d'aigle. Et il se rua sur Abraham, maladroitement, par grands sauts malhabiles. En une fraction de seconde, Abraham tria les possibilités qui s'offraient à lui. Il aurait pu se battre et probablement gagner, mais il ne voulait pas faire de mal à Noah ni à son oiseau.

Il s'esquiva et partit en courant dans le labyrinthe. En quelques secondes, l'espace circulaire, relativement paisible, se mua en un chaos de reflets déchaînés. Jesse fonçait lui aussi. Tous se jetaient les uns sur les autres, sans se trouver, pourchassant des chimères. Et soudain, Abraham se retrouva face à Jesse. Le véritable Jesse. Ce n'était pas son reflet vague et flou, démultiplié. C'était bien lui, en chair et en os, avec son odeur d'acier et de poudre brûlée. Il le visa de son bras greffé, un sourire mauvais aux lèvres.

— Non… balbutia Abraham.

Noah déboula entre eux en un assaut pataud, les deux bras écartés, boitant sur ses membres douloureux. Il heurta Jesse de plein fouet, avec un rugissement dément. Le tir, détourné au dernier moment, alla fracasser un nouveau miroir. Abraham, tétanisé, regarda les deux hommes s'empoigner furieusement.

— Noah ! hurla Jesse. Lâche-moi, imbécile !

Mais l'autre n'écoutait pas. Peut-être ne le reconnaissait-il pas. Il s'agrippait à ses épaules, cherchait à mordre. Il se débattait même si bien, porté par l'adrénaline de sa panique, qu'il réussit à faire vaciller le pistolero. Abraham recouvra ses esprits. Il pouvait profiter de la confusion, les attaquer, se débarrasser de Jesse pendant qu'il tentait de repousser Noah, de…

Le craquement qui résonna entre les miroirs le pétrifia. Noah chancela en arrière. Sa tête formait un angle bizarre avec son cou.

— Sale petite merde ! aboya Jesse, hors de lui.

Le corps de Noah s'écroula à ses pieds. Ses yeux ronds ressemblaient à deux billes de verre. Il bougea encore un peu, par spasmes, tandis que ses terminaisons nerveuses, une par une, s'éteignaient.

Puis ce fut terminé.

Jesse, impitoyablement, lui avait brisé la nuque. Le pistolero enjamba le cadavre de Noah sans marquer la moindre hésitation. Il n'avait aucun remords. Sur la trajectoire de sa balle, Noah n'était qu'une gêne.

— Je vais te crever, enfoiré.

Il rechargeait son arme. Puis il viserait et…

Abraham s'engouffra dans un nouveau corridor. La peur le poussait en avant. Jesse avait tué dans ses propres rangs. La Harpiste jouait sa mélodie de démence dans sa tête. Elle le tenait au bout de ses cordes, elle…

Le pied d'Abraham heurta un obstacle. Il perdit l'équilibre et s'effondra de tout son long. L'impact chassa l'air de ses poumons. Il se releva pourtant le plus vite possible en grimaçant de douleur, et vérifia machinalement ce qui l'avait fait tomber.

Le corps de l'aigle, les ailes déployées, était étendu en travers du chemin. Quand Noah s'était écroulé, il avait dû chuter comme une pierre.

— Astraios, murmura-t-il.

Il se pencha pour le soulever dans ses bras. Est-ce que l'animal était mort ? Après avoir été capturé, greffé, fallait-il qu'il termine sa vie de souffrance ici ?

— Pauvre animal innocent, soupira Abraham.

L'oiseau bougea contre lui, un petit sursaut, presque imperceptible.

— Je t'emmène.

Avec l'expérience, il repérait de mieux en mieux les véritables passages au milieu des leurres. Derrière lui, les cris de rage de Jesse s'affaiblissaient. La douleur et la colère lui avaient fait perdre sa lucidité. Il avait gâché de nombreuses cartouches et la frustration achevait de le désorienter. Quant à Noah, l'un d'eux retournerait-il chercher son corps ? Ou bien l'abandonneraient-ils entre les mâchoires de l'Ouest, comme Lizzie avant lui ?

Encore un qui est mort par ma faute, se dit tristement Abraham.

Puis un détail, presque imperceptible, attira son attention.

— Les odeurs se modifient ! dit-il à l'aigle.

Effectivement, après la senteur minérale du labyrinthe, une chaleur poussiéreuse revenait souffler dans les couloirs. Un peu de rouge se déposait sur les miroirs. Au bout de quelques foulées, les reflets se raréfièrent. Ils étaient moins nombreux à marcher dans tous les sens. La roche pourpre réapparaissait entre les flaques brillantes de la vitrification.

Abraham s'extirpa du labyrinthe, transporté par la joie sauvage d'être encore en vie.

Chapitre 30

Le crépuscule rougeoyait à l'horizon quand Abraham aperçut le lac. Il n'avançait plus qu'à petits pas exténués, tête basse, son souffle comme un ronflement rauque dans sa poitrine. Dans ses bras, l'aigle n'avait pas bougé. Il respirait péniblement lui aussi. Ses yeux humains étaient grands ouverts. Sans doute ne savait-il plus s'il était mort ou vivant. Le choc le laissait groggy, incapable de faire un mouvement pour se sauver et s'envoler. Y avait-il encore un peu de Noah en lui ?

Ils traversaient un large plateau encastré entre des collines pelées. Les pieds mal protégés d'Abraham s'endolorissaient sur les petits cailloux. Sa nudité le gênait. Il se sentait vulnérable et fragile. Pire encore, la nuit allait venir et la greffe lui imposerait son revers. Que pouvait-il faire contre son greffon ? Devait-il clouer ses cheveux sur le sol ? Avec quels outils ? Les crins de mustang continuaient de s'enraciner dans son cuir chevelu. Ils se ramifiaient à l'intérieur de lui, un peu à la manière des ronces d'Earl.

Son anxiété continua à croître avec l'obscurité montante. Il n'arrivait même plus à se préoccuper de ses poursuivants. La fatigue et la douleur de son organisme malmené le ramenaient à la survie. La soif, surtout, embrasait tout. Il avait besoin d'eau. Immédiatement. Ce désir le consumait, tambourinait dans son crâne, chassait toute autre pensée. Sa bouche était si sèche qu'il n'aurait même pas pu cracher. La sueur lui piquait les yeux. Elle s'accumulait au bout de son menton et gouttait sur les plumes d'Astraios.

Je vais juste crever de soif, pensa-t-il avec fatalisme.

Ni Belle ni la Harpiste ne prendraient sa vie, encore moins le revers.

Juste la soif.

Il fit un effort pour redresser le cou et plissa les yeux pour regarder à l'horizon.

Au milieu des grandes étendues, soudain, s'irisa la surface frémissante d'un lac rouge, sous les pentes nues des collines.

— De l'eau ! s'écria-t-il d'une voix éraillée.

Il n'envisagea même pas un mirage. Son intelligence s'était éteinte dans les affres de l'épuisement. Il jeta ses dernières forces dans une course chaotique. L'aigle manqua lui échapper. Abraham léchait ses lèvres craquelées, anticipant avec avidité le moment où il pourrait plonger la tête sous l'eau. Il se laissa tomber, l'aigle dans les bras, et tituba jusqu'au lac en vagissant comme une bête heureuse.

L'eau était chaude. Des filaments de vase s'élevaient à chacun de ses mouvements. L'eau tiède inonda son palais. Il se délecta de la sensation divine du liquide sur ses lèvres gercées et sur son visage brûlé par le soleil. À côté de lui, l'aigle gisait, inerte, sur la rive.

Abraham fit de ses mains croisées un récipient et versa de l'eau, goutte à goutte, dans son bec. L'animal déglutit instinctivement. Son organisme fonctionnait encore, mais ses yeux humains étaient toujours aussi vides. Vivant et mort à la fois…

— J'espère que tu vas t'en sortir, lui dit Abraham.

Le soleil disparaissait derrière les collines. Une ombre violette rampait sur la plaine. Sa soif étanchée, la faim la remplaçait. Abraham fureta autour du point d'eau pour chercher de la nourriture, mais ne trouva rien. Il observait avec perplexité les cactus verts, les yuccas, les broussailles et les touffes d'herbe qui poussaient au bord de l'eau lorsqu'il sentit les premiers fourmillements de la métamorphose grouiller sous sa peau.

Ça recommence... songea-t-il, la poitrine oppressée.

Était-ce cela, le revers ? Il appréhendait la douleur, la torsion de ses membres et de ses os. Le cœur battant à tout rompre, il tâcha de se détendre. La greffe palpitait sur son cuir chevelu. Les picotements se muaient en élancements. Ses dents lui faisaient mal. Tous ses membres s'étiraient…

Pourtant, dès les premières minutes de sa transformation, sa perception du monde se modifia. La nuit tombante devint plus claire. Sa vision s'améliora. Il voyait plus loin, tandis que les couleurs se lissaient en une teinte grisâtre. Son odorat s'affina. La plaine s'emplit de petits bruits qu'il n'entendait pas auparavant : des rongeurs trottinaient sur la pierraille, un serpent se glissait près de l'eau. Son sens du toucher aussi était bouleversé : sa peau soyeuse et sensible appréciait la caresse de la brise tiède et le baume apaisant de l'obscurité. Ses pensées se diluèrent dans les étendues vierges, jusqu'à disparaître complètement, et laisser place à ses extraordinaires perceptions : la vue, l'odorat, l'ouïe se mêlaient et se renforçaient mutuellement. Ses sens jusque-là contrariés par sa faible condition d'humain se développaient jusqu'au vertige. Ses oreilles devinrent tout à coup plus mobiles, bougeant de façon indépendante pour inspecter l'environnement et anticiper tout signe de danger.

Entièrement transformé, Abraham-de-Pique resta un instant sur ses quatre jambes, à apprécier l'univers avec ses sens ultra-développés. L'aigle gisait là où l'humain l'avait déposé, les ailes repliées contre le corps. Le vent ébouriffait ses plumes.

Sous sa forme de mustang, Abraham se dirigea vers les touffes d'herbe qui poussaient au bord de l'eau. Il les arracha bruyamment et commença à mastiquer. Le goût n'était ni plaisant ni déplaisant. Il mangea avec voracité pour se remplir l'estomac. Au bout d'une heure de ce régime, il se rendit compte qu'il était plus détendu. Ses douleurs s'étaient dissipées. Peut-être que la mastication l'aidait à se relaxer. Épuisées par cette journée, ses paupières s'alourdissaient. Il s'endormit debout.

Le bruit le réveilla en sursaut. L'espace d'une seconde paniquée, il crut que la troupe de Belle l'avait retrouvé. Il allait périr parce qu'il avait craqué, trop las pour continuer à courir. Son gros cœur de cheval battait à tout rompre. Son corps lui commandait de se sauver, de galoper. Depuis des temps ancestraux, il avait été une proie qui devait fuir devant les prédateurs…

Il battit des cils et sa vue s'éclaircit. La peur ne retomba pas, mais au moins n'était-ce pas Belle.

Des animaux de Symphonie affluaient de tous les côtés et se dirigeaient vers le lac pour boire.

Pétrifié d'effroi, Abraham-de-Pique regarda les bêtes étranges de l'Ouest le contourner pour atteindre l'eau. Il y avait des créatures de toute sorte, qui en cette nuit ne s'affrontaient pas. Elles s'acceptaient les unes les autres en une trêve surnaturelle. Même lui. Alors que ses balles avaient fait bouler nombre d'entre eux dans la poussière. Des bisons s'étaient effondrés dans une gerbe de sang ; des antilopes avaient été foudroyées en plein bond, et des oiseaux, fauchés en vol.

Mais tout était différent aujourd'hui.

Il n'était plus ce chasseur, un fusil à la main.

Il n'était plus un étranger arpentant l'Ouest avec curiosité, avidité et terreur.

Il avait été torturé, il avait manqué mourir et il était né à nouveau.

Un monstre.

Un centaure.

Cheval et homme.

Alors les bêtes l'acceptaient. Car il était comme elles. Un frère à la robe sombre et moirée, aux petites oreilles en triangle, aux grands naseaux veloutés et aux yeux doux… Il était admis dans leur cercle innocent et paisible.

Ces bêtes qui avaient jadis filé devant lui, rapides, effrayées, n'étaient plus ses victimes. Elles étaient libres et belles. Avec un sentiment d'exaltation, Abraham-de-Pique leur emboîta le pas, pour se mêler à leurs dos, leurs fourrures, leurs cornes et leurs écailles. Il entrait avec émotion dans un paradis perdu, un âge reculé oublié par les hommes. Les excentricités de l'Ouest qui jusqu'alors lui semblaient issues d'un cauchemar se teintaient à présent d'un onirisme tranquille. Les races s'entrecroisaient sans crainte. Les couleurs, les rayures et les textures de poils, de plumes et de cuir se mélangeaient. Des cornes se dressaient çà et là, des trompes recrachaient une pluie sombre. Un hibou, juché sur des pattes immenses, arpentait les rives à grandes foulées, ses yeux jaunes écarquillés dans la nuit. Un tigre blanc, pourvu d'une dizaine de pattes, se coulait en silence jusqu'à l'eau, ses longs sourcils ondulant dans la brise. À côté de lui se mouvait avec moins de grâce un renard en pierre. Seule sa queue, faite de feuillages verdoyants, se balançait souplement dans son sillage. Un ours, enveloppé d'un nuage d'orage, faisait crépiter de petites ramifications électriques autour de lui. Dans la crinière cramoisie d'une hydre féline, douze têtes de lion écartaient leurs mâchoires. Une sorte de mammouth dominait la horde. Ses quintuples défenses s'enroulaient sur elles-mêmes. Des pierres bleues saillaient de son dos et reflétaient la faible lumière nocturne. Et d'autres, et d'autres encore. Tous différents. Tous merveilleux.

Humain, Abraham avait envisagé Symphonie comme le territoire exclusif de la Harpiste. Aux yeux des hommes, toutes les bêtes fantastiques de cet État étaient ses serviteurs : des monstres dont l'unique objectif était de broyer les colons.

Cheval, Abraham-de-Pique entrevoyait la terrible réalité : les conquérants de l'Ouest s'étaient bousculés sur cette nouvelle terre comme un nuage de sauterelles. Une folie sanguinaire s'était emparée d'eux, et leurs victimes, leur férocité exaltée par le désespoir, s'étaient défendues et vengées avec cruauté.

Mais ce soir, Abraham-de-Pique jouissait de cette trêve enchanteresse.

Il s'avança parmi eux. Ses sabots s'enfoncèrent légèrement dans la glaise humide. Le vent chaud soufflait à travers sa queue et sa crinière. Sa respiration se ralentit. Sa poitrine s'ouvrit comme une grande fleur délicate. Avec les autres bêtes, il ressentait une profonde tranquillité. Il pencha l'encolure et trempa ses grosses lèvres dans l'eau. Et tout à coup, il se sentit accepté dans cet autre univers.

Monstre parmi les monstres, se dit-il.

Même cette pensée un peu insultante ne pouvait entacher sa joie sincère. En présence des autres paisibles créatures de Symphonie, il se fondait dans un mystère grandiose, heureux de se dépouiller de ses problèmes d'humain, de son anxiété et de sa colère. Ses pensées reposaient comme des galets au fond de l'eau sombre. Son être, léger, s'envolait à travers Nacarat, planant au-dessus des steppes rouges et caillouteuses, passant près des anciens volcans dont l'énergie grondait sous la terre, et longeant les canyons…

L'étang l'accueillait dans une rêverie lumineuse pour lui offrir la féerie.

Chapitre 31

À l'aube, les rives du lac étaient redevenues calmes et désertes. Les animaux semblaient s'être évaporés et Abraham-de-Pique, troublé, se demanda s'il n'avait pas rêvé. Le lever du soleil coïncidait également avec le retour possible de Belle. Le mustang considéra l'horizon avec attention, cherchant des signes de l'arrivée du gang. Il n'en vit aucun. Son soulagement fut toutefois de courte durée. Une grimace lui tordit la bouche. La métamorphose commençait…

Sa transformation vers l'humain lui sembla un peu moins pénible que la précédente, mais c'est le corps tiraillé et endolori qu'il se redressa sur ses deux jambes. Il se sentait désormais bien chétif dans son enveloppe humaine. En boitillant sur ses pieds nus, il rejoignit l'aigle. Les yeux humains de Noah se posèrent sur lui avec une étrange lucidité.

— Astraios ? lança Abraham, incertain.

L'animal, sans aucun doute possible, le reconnaissait.

— Tu vas mieux ?

Il le souleva. L'oiseau était lourd et il le positionna maladroitement sur son bras droit. Astraios s'y percha, vacilla quelques instants avant de trouver son équilibre. Ses serres s'enfonçaient dans la chair d'Abraham.

— Peux-tu voler ? lui demanda-t-il. Tu es libre de partir. Tu n'as plus aucune attache auprès des humains, désormais.

Il poussa de toutes ses forces vers le haut. L'aigle décolla, ses grandes ailes giflant lourdement l'air. Il tangua un peu au début, mais gagnait en puissance à chaque battement. Il réussit à s'élever, de plus en plus haut, dans le ciel bleu.

Abraham contempla en silence l'animal prendre son essor. Sa silhouette rapetissait comme il s'éloignait. Il décrivit un large cercle au-dessus de l'humain, lâcha un cri aigu, et enfin, s'en alla.

Abraham ressentit une émotion douloureuse. En voilà au moins un, parmi eux tous, qui s'en sortirait.

Il resta là quelques instants, les bras ballants, à sentir la caresse chaude du soleil remonter le long de son corps. La douleur de ses membres torturés par la métamorphose se dissipait. Il contourna le lac et se dirigea plein ouest, tournant le dos au soleil.

Il marcha pendant plusieurs heures, alors que la température augmentait, rôtissant les plaines rouges et craquelées. Il dérivait dans des ombres rousses, dans une semi-réalité faite de rêves fantomatiques et de véritables visions. Sous sa forme humaine, il souffrait davantage de la chaleur. Le soleil lui martelait le crâne. La sueur lustrait sa peau. Une sourde mélopée pénétra progressivement sa torpeur. Il redressa le dos, se demanda si la musique provenait d'un rêve ou de la réalité. Au fur et à mesure qu'il revenait à son niveau normal d'éveil, elle semblait monter en volume. C'était un vague cantique aux voix brouillées, indistinctes, qui flottait à travers le désert minéral comme un vent chantant.

Sa première intuition fut de la fuir. L'homme en lui redoutait Symphonie, mais le mustang n'éprouvait pas ses craintes. Aussi se rapprocha-t-il finalement de la source de la musique, avec un mélange de curiosité et de répugnance. Le chant se précisait. Il devenait de moins en moins lugubre, de plus en plus compréhensible.

Je le connais, se dit Abraham.

Il aurait pu fredonner en même temps que les chanteurs. Les paroles se formèrent dans son esprit. C'était la comptine qu'il avait entonnée, au sommet d'un plateau rocheux, quand tous les membres du gang s'étaient amusés à chanter et à danser…

Ainsi, l'Ouest se jouait de lui, une fois de plus.

Il allait s'en détourner, quand soudain, il se rendit compte qu'il n'y avait en réalité qu'une seule voix… et que ce n'était pas la sienne, contrefaite par les créatures de Symphonie.

— C'est mon frère ! s'écria-t-il.

Il fit les derniers mètres en courant et s'immobilisa brusquement, le souffle court, les yeux écarquillés d'effroi et de douleur.

Un crâne humain était posé de guingois sur la terre craquelée. Il cessa de chanter au moment même où Abraham le toucha. Abraham le fit tourner entre ses mains. C'était un crâne ordinaire, sans doute ancien. L'os friable était vaguement jauni par le soleil. Du sable rouge s'écoulait entre les alvéoles des dents, avec un crissement assourdi.

Déprimé, Abraham resta un moment à contempler le crâne grimaçant, les yeux plongés dans les orbites sombres. L'Ouest était-il en train de lui dire que son frère était mort ?

— C'est une stratégie de la Harpiste, marmonna-t-il à voix haute. Pour me faire abandonner.

La colère supplanta la détresse. Il fuyait, s'enfonçant au hasard dans les terres sauvages, pressé par Belle qui le talonnait. Il aurait dû chercher l'Opéra, se battre et arracher son frère à son abjecte captivité.

Abraham considéra le crâne souriant au creux de sa main.

Tu te fous de moi, hein ? pensa-t-il avec rancœur.

La Harpiste le manipulait.

De rage, il jeta le crâne sur le sol où il se brisa.

Il reprit sa route vers l'ouest, face au vent rouge qui séchait la sueur sur sa peau cuite par le soleil. Il traversa des collines, puis des plaines rocailleuses où poussaient des chardons et des yuccas à fleurs blanches. Il longea des falaises de calcaire, toutes grumeleuses comme de la crème figée. Ses pieds douloureux firent rouler une coulée de graviers. Sans doute s'agissait-il d'un ruisseau à sec. Il avait soif et fut soulagé, enfin, de trouver un gué d'eau claire. Le ruban miroitait comme une bande de cuivre dans les rayons du soleil couchant.

Sa joie fut pourtant entachée par la douleur. Les premiers tiraillements l'aiguillonnaient. Sa peau frissonnait de façon continue comme celle, sensible, d'un cheval, lorsqu'il posa un pied sur les plaques de roches volcaniques qui tapissaient le fond du guet. Il enfonça une main dans l'eau froide, la goûta. Elle avait un relent salé désagréable, mais il avait trop soif pour la bouder.

Les ombres s'étiraient autour de lui dans la lumière oblique et rose lorsque Abraham se transforma.

C'est trop tôt, songea-t-il avec inquiétude.

Il ne comprenait rien à la magie que lui octroyait son greffon. Sa métamorphose était-elle le revers d'un pouvoir qu'il n'avait même pas réussi à appréhender ? Il avait le sentiment d'être le jouet des forces magiques à l'œuvre dans son corps. À nouveau, il chercha désespérément un moyen de contrecarrer la transformation. Le torrent animal le balaya. Il se retrouva à panteler sur ses quatre jambes, et en même temps, dans sa robe de soie, une joie enfantine l'envahit. C'était comme ce jour si précieux où, pour la première fois, il avait fugué pour voir le beau cheval noir dans l'écurie de la falaise. Quand il était monté sur son dos, il avait ressenti une telle énergie… Aujourd'hui, cette sensation merveilleuse était décuplée. La force coulait à nouveau dans ses veines. Il se savait endurant et rapide.

C'était mon rêve, pensa-t-il. *Mon rêve d'enfant.*

Comme Jarod avait cédé à l'appel de l'Ouest et de la liberté, Abraham cédait à son tour. Maintenant, il comprenait réellement ce que son frère avait éprouvé.

Redevenu mustang, il but à longs traits et brouta les herbes grises qui poussaient sur les berges. Comme il se sentait en forme, il reprit sa route. À la vérité, il était plus agréable de cheminer sur quatre jambes, paisiblement, dans la fraîcheur nocturne, que sur ses deux pieds fragiles, ébloui par le soleil. Son sens de l'orientation était meilleur également. Sans aucune appréhension, il fit demi-tour et commença à rebrousser chemin.

Mais bien sûr, il savait qu'il ne trouverait pas l'Opéra seul. Pour cela, il avait besoin d'Amy.

Un plan mûrissait lentement dans son esprit. Il attaquerait de nuit, lorsque Earl, Jesse et Belle dormiraient. Amy pourrait bien hurler tant qu'elle le pourrait. Sans Noah, elle était seule et son revers la ralentirait. Avec sa rapidité, Abraham-de-Pique était certain de réussir à lui fondre dessus et à l'assommer avant qu'elle puisse saisir une arme. Ensuite, elle n'aurait d'autre choix que de l'aider si elle voulait retrouver sa liberté et sa chère Belle.

Abraham-de-Pique avait confiance. Ce plan le replaçait dans l'action après quelques jours à avoir été ballotté d'un statut de victime à l'autre, prisonnier de Belle, prisonnier de sa malédiction. Il redevenait enfin acteur de sa vie. Et surtout, la sourde culpabilité qu'il ressentait depuis l'abandon de son frère se muait enfin en énergie.

Les premiers rayons du soleil rougeoyaient à l'horizon quand il s'arrêta. Il n'éprouvait aucune fatigue et avait la certitude qu'il pouvait parcourir encore de nombreux kilomètres sous cette forme. Cependant, l'inquiétude le taraudait : il était cheval depuis de longues heures. Si sa métamorphose était le revers du greffon, la lumière du jour aurait dû l'aider à retrouver sa véritable apparence. Une nouvelle heure s'écoula et Abraham-de-Pique commençait à s'inquiéter. Était-il désormais bloqué sous sa forme de cheval ?

Je suis en train de me faire bouffer par mon greffon, pensa-t-il avec une suée d'angoisse.

L'image de Lala, flanquée de sa panthère noire, lui traversa la tête. Elle racontait que son compagnon avait été englouti par son revers. Il s'était transformé en fauve pour toujours…

Cependant, enfin, les tiraillements le prirent et quelques minutes plus tard, il s'écroulait, terrassé par les craquements insoutenables de ses propres os.

Humain de nouveau, trempé d'une sueur glacée, il se releva, groggy.

Je dois lutter, pensa-t-il. *Même si ça fait mal, je dois repousser le cheval…*

Assez vite, la fatigue de la nuit vint peser sur son organisme malmené, et au bout d'un moment, ses paupières s'alourdirent. Il s'accorda une sieste à l'ombre mince d'un arbre aux feuilles ciselées. Quand il se réveilla, un grand oiseau traçait des cercles dans le ciel sans nuage. Abraham se demanda s'il s'agissait d'Astraios avant de constater avec malaise que l'animal était un vautour.

— Je ne suis pas encore mort, grommela-t-il en se levant.

Il s'orienta pour retrouver le chemin qu'il avait précédemment parcouru, et repartit avec détermination sur ses propres traces.

En fin d'après-midi, il croisa au loin un animal qui se roulait dans la poussière rouge. La main en visière au-dessus des yeux, Abraham crut distinguer un taureau noir. Il se tordait dans le contre-jour rouge sang et parfois, ses cornes accrochaient un peu de lumière. La bête se redressa et avec un petit frisson, Abraham réalisa qu'il s'agissait d'un minotaure. Un jour, un chasseur de primes viendrait peut-être jusqu'ici pour le tuer et lui ravir ses cornes. Elles seraient ensuite greffées aux tempes d'un humain pour lui accorder un pouvoir ou la mort.

Le minotaure avait remarqué la présence d'Abraham. Il s'immobilisa et le fixa. Abraham avala péniblement sa salive. L'envie de fuir le saisit, vaine. L'autre serait plus rapide. Pétrifié d'angoisse, il n'osait plus bouger.

Le minotaure s'ébranla dans sa direction. Abraham n'avait pas d'armes. Il était affaibli. Le monstre allait le tailler en pièces.

Sauve-toi ! s'ordonna-t-il.

Il esquissa un piteux mouvement de fuite. Ses jambes le trahirent. Il s'écroula à quatre pattes dans la poussière, tremblant de fatigue et de froid. Puis il comprit ce qui lui arrivait : il se transformait de nouveau.

Non !

Il tenta de lutter, mais le minotaure s'était arrêté pour contempler sa métamorphose. Abraham, indécis, cessa de se battre contre sa greffe. S'il prouvait au monstre qu'ils se trouvaient tous les deux dans le même camp, celui de l'Ouest, peut-être serait-il épargné ?

De fait, quand Abraham-de-Pique se redressa sur ses quatre jambes, la créature se détourna de lui et s'en fut d'un pas lourd.

Au moins cela m'a-t-il sauvé la mise, songea Abraham-de-Pique avec amertume.

Comme souvent dans ce cas, les douleurs s'estompèrent rapidement. Le mustang avança dans l'obscurité, dans le calme de la nuit étoilée. Des animaux évoluaient autour de lui. Leurs odeurs flottaient dans le noir. Ils se glissaient sans peur à ses côtés, ombres parmi les ombres.

Abraham-de-Pique réalisait, dubitatif, qu'il progressait vraiment plus facilement sous sa forme animale. Il aurait pu dormir le jour et marcher la nuit. D'autant plus qu'il comptait bien attaquer le gang durant leur moment de vulnérabilité. Pourtant, l'idée qu'il subissait un revers le terrifiait. Il se laissait envahir par sa greffe sans lutter. Une guerre de territoire avait lieu au sein de son corps.

Et au bout de quelques jours, tu envisages déjà de ne vivre que dans la robe du cheval et d'abandonner ta peau d'homme au sommeil ?

Contrarié, il décida de se reposer, dans les heures les plus sombres de la nuit. Il s'arrêta et tâcha de se relaxer, de dormir debout, un sabot en équilibre sur la pointe. Les premières lueurs du jour le réveillèrent. Il était toujours cheval et les signes de métamorphoses ne se faisaient pas sentir. Aussi repartit-il, maussade, sur ses quatre jambes.

Il chemina parmi des éboulis, ses sabots glissant dangereusement sur les graviers, pour se retrouver devant une immense vallée couverte d'herbes grises et de marguerites. Le mustang s'arrêta, stupéfait. S'était-il trompé de direction ? Il n'avait jamais traversé cet endroit. Il pensait pourtant retrouver la trace de Belle aujourd'hui ou demain. Perplexe, il réfléchit. La brise traçait des sillons dans le champ de fleurs, face à lui. Des brins d'herbe et des pétales virevoltaient, exhalant un parfum vivifiant après ces jours à marcher dans la chaleur sèche et la poussière rouge. La vallée irradiait la vie, comme le point d'eau où étaient venus s'abreuver les animaux magiques, il y a quelques nuits. Mieux, elle dansait. Pendant un bref et lumineux instant, Abraham-de-Pique oublia ses angoisses et le souci qu'il se faisait pour son frère prisonnier. Il savoura cette atmosphère printanière qui lui rappelait l'ancien continent, quand l'herbe verte et les fleurs crevaient les plaques de neige, à la fin de l'hiver.

Saisi d'exaltation, il s'élança au galop dans la vallée. Le tonnerre de ses sabots s'assourdit sur l'herbe. En dépit du soleil qui calcinait les plaines rouges, ici elle était grasse et haute, et lui montait jusqu'aux jarrets. Des milliers de petites fleurs blanches, jaunes et bleues la parsemaient. C'était un endroit merveilleux. Idyllique. Abraham-de-Pique s'y sentait accueilli. Il régnait dans cette vallée un magnétisme qui envoûtait…

Envoûtait…

Envoûtait…

Chapitre 32

Au galop dans la vallée, Abraham-de-Pique se demanda s'il n'était pas en train de céder à l'attraction d'un rêve. Il observa plus attentivement les alentours. Les fleurs de toutes les essences se multipliaient. Ses sabots les arrachaient et des pétales multicolores s'envolaient dans son sillage. Surtout, la vibration de son galop les faisait tinter comme des milliers de minuscules clochettes. C'était comme si une boîte à musique accompagnait sa course. Les pétales carillonnaient doucement. Parfois, des rires d'enfants semblaient monter du balancement des fleurs.

Ce n'est pas normal, pensa-t-il.

En effet, ça ne l'était pas.

Les fleurs étaient de plus en plus nombreuses, comme si elles poussaient de la terre en accéléré. Le mustang s'enfonçait dans un piège, mais la menace de la Harpiste s'éloignait pour rappeler celle…

D'Earl.

Un Earl dont le pouvoir se serait renforcé et entremêlé à celui de la musicienne.

Sans surprise, l'essence des fleurs se modifiait. Parmi les marguerites et les fleurs sauvages se multipliaient désormais les roses rouges et blanches. Leurs ronces égratignaient ses jarrets et son ventre. La musique forcissait et un parfum entêtant s'exhalait du sol à chaque impact de ses sabots. L'esprit d'Abraham-de-Pique se brouillait. Il secoua la tête pour éclaircir ses pensées. Si ce paysage onirique était bien créé par son ancien compagnon, les chances étaient grandes que les fragrances soufflées par les fleurs soient empoisonnées.

Il faut trouver Earl, analysa-t-il. *Il est forcément caché au milieu de cette arène !*

Il observa la vallée, à la recherche de son camarade. Le parfum devenait si capiteux qu'il en avait la nausée. Les tintements des pétales l'assourdissaient comme des coups de cymbale. De puissants vertiges le faisaient chanceler… Il mobilisa ses dernières forces pour se dépêcher. Devant lui, des fleurs poussaient à toute allure, venant grossir le parterre multicolore. La vallée se déplaçait en même temps que lui. S'il ne trouvait pas tout de suite l'architecte de ce piège, jamais il n'en réchapperait.

Il repéra enfin Earl, accroupi au milieu des roses. Le galop du mustang s'orienta souplement dans la direction de l'ennemi. Il accéléra encore, à la limite de la rupture. Ses sabots heurtaient le sol dans une série de claquements brefs au milieu du vacarme ahurissant de la musique. Abraham-de-Pique était rapide, vraiment rapide. Il fonçait à une vitesse folle, les poumons saturés des narcotiques et des poisons dégagés par les fleurs. Il jouait sa vie.

Malheureusement, les efforts qu'il accomplissait raccourcissaient sa respiration et dilataient les alvéoles de ses poumons. Il inspirait à chaque seconde de grandes émanations de poison. Ses foulées puissantes devenaient irrégulières et imprécises.

Se sachant débusqué, Earl se redressa, un revolver au bout du poing. Il posa sa main droite sur son bras gauche pour stabiliser sa visée.

Abraham-de-Pique changea brusquement de trajectoire. La balle siffla à plusieurs mètres de lui.

Salaud, salaud, salaud, pensa-t-il, éperonné par la peur belliqueuse.

Il galopait tête baissée et bondissait de façon désordonnée sur les côtés pour perturber Earl.

Un deuxième tir tonna. Cette fois, Abraham-de-Pique en sentit la trace brûlante effleurer son épaule, mais l'adrénaline domina aussitôt la douleur.

Ce n'est rien ! C'est une touchette de rien du tout !

Il tendit le cou. Les muscles de son encolure se gonflèrent. Il remonta vers Earl en quelques foulées magistrales. Le tireur n'avait plus droit qu'à un seul essai. La distance se raccourcissant à toute allure, Abraham-de-Pique le voyait à présent dans tous ses détails : la rose resplendissante dans son œil et l'autre plissé. Un rictus de concentration tordait sa bouche…

Dernière chance !

Son corps massif offrait une cible inratable, pareil à un éléphant dans un couloir. Pendant une fraction de seconde, il eut l'impression de sombrer dans le canon du revolver. La balle le faucherait. Elle stopperait sa course comme un coup de marteau en pleine poitrine. Il s'écroulerait sur les genoux et verserait lourdement dans les fleurs tachées de son sang, ses jambes encore parcourues de tressaillements…

Cela allait se jouer à la seconde.

L'encolure tendue, les naseaux dilatés, les dents découvertes, il se jeta de tout son poids vers son adversaire. Ni l'un ni l'autre ne pouvait plus esquiver.

Earl pressa la gâchette. La détonation roula sur la plaine.

Et Abraham se transforma.

La métamorphose fut presque instantanée, ses os craquant, son corps se tordant dans l'air. L'espace d'une fraction de seconde, ses muscles rouges apparurent, et même, par endroits, le blanc de l'os, avant que sa peau ne se reconstitue. Il poussa un cri de douleur étranglé. La souffrance aveuglante lui fit croire qu'il avait été touché. Il heurta le sol avec violence et roula plusieurs fois sur lui-même, le souffle coupé. Puis il s'immobilisa, le nez dans les exhalaisons de poison. Les substances neurotoxiques s'infiltrèrent par ses narines, sa bouche ouverte. Ses muscles se tétanisèrent. En un dernier effort, il se mit à genoux, la tête lourde, dodelinante.

Debout à quelques mètres de lui, Earl le fixait avec effroi, son œil unique écarquillé, tout pâle. Son arme fumante tremblait dans sa main. La vision de sa métamorphose l'avait impressionné.

— Abraham… balbutia-t-il.

Pas le temps de réfléchir ! Abraham se releva en chancelant et, entièrement nu, se jeta sur Earl. Ils s'affrontèrent comme deux ivrognes. Ils se saisirent les poignets et entamèrent quelques pas de danse grotesques au milieu des fleurs. Les forces du cheval quittaient Abraham, mais les siennes revenaient, pompées avec énergie par l'adrénaline. Il décocha à Earl un coup de tête. Son front percuta le nez de son adversaire. Les cartilages s'écrasèrent, et de façon absurde, il sentit la caresse veloutée des pétales sur sa peau. Earl le lâcha. Il tituba en arrière, une main levée pour éponger le sang. Son œil humain fulgurait de haine. Il récupéra de l'oxygène et fonça dans le tas. Son épaule heurta le sternum d'Abraham. Ils se retrouvèrent de nouveau au corps à corps. Abraham attrapa Earl par les cheveux ; l'autre le saisit par l'oreille et la tordit. Un coup dans la hanche déséquilibra Abraham, mais il ne tomba pas. S'il chutait, c'était terminé. Il cogna dur à l'estomac. Earl lui balaya les chevilles. Abraham put esquiver pour ne pas basculer.

Passé la surprise et l'effroi de la métamorphose, Earl retrouvait contenance. Il attaqua avec une agressivité renouvelée. Une salve de coups d'une précision remarquable lui permit de se glisser sous la garde d'Abraham et de l'atteindre aux côtes, au visage… Un crochet à la mâchoire le fit trébucher. Le parfum des fleurs étourdissait Abraham. Ses propres frappes mollissaient. Des ombres s'amoncelaient à la lisière de son champ de vision. Un uppercut l'atteignit avec une telle violence qu'il pensa vomir. Il vacilla vers l'avant, se raccrocha à Earl. Pour ne pas s'affaler, il s'agrippa à lui de toutes ses forces. Il luttait contre les vagues de douleur qui irradiaient au centre de son torse, et contre le poison qui l'asphyxiait.

Bats-toi ! s'ordonna-t-il.

Earl lui balança un coup fracassant au menton. La tête d'Abraham partit en arrière. Il se faisait démolir et ne parvenait plus à réagir. Embrumé par les poisons et par la souffrance, il n'en pouvait plus. Il s'accrocha aux cheveux d'Earl, groggy, titubant. À bout de forces, il n'assénait plus que des répliques maladroites. La douleur l'étourdissait. Elle palpitait au-dessus de ses tempes, sur son front, mais aussi plus bas, dans les mâchoires, les côtes, le ventre. Il voyait trouble.

C'est terminé, pensa-t-il, dévasté.

Au même moment, le cheval se déploya. Il grandit, forcit, écartela sa cage thoracique et pulvérisa son squelette trop petit. Le cri de douleur d'Abraham se changea en un hennissement chevrotant, et tout à coup, Earl devint minuscule sous lui, un homme fragile et faible, incapable de se défendre contre ses sabots lourds comme des marteaux.

Abraham, redevenu entièrement cheval, était cabré au-dessus d'Earl. Il retomba de tout son poids sur son adversaire. Un craquement d'os retentit. Un hurlement déchirant monta des herbes et des fleurs. Le mustang écrasa le corps qui se déformait sous ses sabots. Il perdait sans cesse l'équilibre comme le squelette d'Earl s'effritait et que ses organes éclataient sous ses assauts. L'homme ne poussait plus que des chuintements humides. La musique s'affaiblissait. Les fleurs, une à une, se changeaient en cendres et le vent les emportait en une poussière noire. C'était comme si quelqu'un tirait un drap bariolé recouvrant le monde. Cette étoffe brodée de roses rouges et blanches ondulait à chaque mouvement pour se dissoudre dans la lumière. Finalement, Abraham-de-Pique se retrouva sur une terre craquelée d'où s'élevaient encore de petits cônes de cendres. Du bel Earl, il ne restait qu'un amas de chairs écarlates où perçaient des fragments d'os brisés. Il ne ressemblait même plus à un homme.

Abraham-de-Pique se sentait faible, essoré par l'adrénaline et engourdi par les poisons, mais chaque inspiration éclaircissait ses idées. Le cow-boy fleuri mort, le sortilège était levé.

Il s'écarta avec répugnance des restes d'Earl. Des débris humains lui collaient aux jambes. Du sang vernissait ses sabots. Il devait pourtant se ressaisir. Belle, Jesse et Amy pouvaient encore surgir. Earl les avait sans doute tenus à distance des poisons, mais Jesse, lui, ne manquerait pas son tir, même à cent mètres de là…

Il fallait partir. Partir et se ressaisir. Rassembler ses forces. Ne pas défaillir.

Encore éberlué et choqué par la violence de son combat, Abraham-de-Pique s'éloigna au petit trot dans les cendres des roses calcinées.

Le gang de Belle était réduit à trois.

Chapitre 33

Abraham-de-Pique marcha au hasard, encore sonné par l'alternance rapide de ses métamorphoses et secoué par le meurtre d'Earl. Il n'aurait jamais dû en arriver là. Il avait traversé un océan pour retrouver son frère, et à présent, il était seul, enfermé dans un corps étranger, à devoir tuer d'anciens compagnons pour survivre. La Harpiste avait fait imploser toute sa vie, sa famille et ses relations amicales balbutiantes.

Il progressait à petits pas maussades et épuisés. Il avait parcouru une grande distance depuis la mort d'Earl et ne s'était pas encore transformé. La certitude d'être piégé par le revers de son pouvoir ne le quittait plus. Désormais, il appartenait à Nacarat. L'Ouest l'avait transmué en l'une de ses créatures, exactement comme son frère, au bout d'une laisse…

Il se sentait abattu et vide. Quelques jours seulement s'étaient écoulés depuis la greffe et il ne restait humain qu'une poignée d'heures par jour. Son état allait continuer d'évoluer. Il se demanda si son humanité persisterait, quelque part, dans son grand corps de mustang.

Si vite, sa vie avait basculé en un cauchemar. Il était devenu un cheval. Il le resterait pour toujours. Même s'il retrouvait son frère, il n'y aurait plus d'existence normale pour tous les deux. Il s'était accroché pour Jarod. Il s'était battu de toutes ses forces, mais Symphonie l'avait possédé en un instant.

La colère jaillit en lui, rouge comme une flamme, avant de se disperser dans les cendres de la tristesse. Non, il ne sauverait pas Jarod. Il ne se sauverait même pas lui-même. Il était condamné et ses pensées humaines finiraient par se diluer dans l'esprit de l'animal.

Il s'acharnait à marcher, pourtant. Il grimpait le long de sentiers de chèvres sur les flancs de petites montagnes, et se faufilait dans des failles étroites où s'engouffrait un vent sec, progressant avec prudence sur la roche schisteuse. Un moment, il s'arrêta sur un beau pierrier en surplomb de l'ubac et évalua sa trajectoire. Les steppes s'étendaient à perte de vue vers l'ouest. Aucun relief n'indiquant des habitations ou un campement n'accrochait la vue. Il était au cœur de Symphonie et jamais il ne retrouverait la civilisation des hommes…

C'était dur à accepter.

Il ne pouvait même pas pleurer. Sa gorge ne se serrait pas. Sa grande cage thoracique ne se comprimait pas. Il balançait les oreilles d'avant en arrière. Un frisson froissait sa robe. C'était tout…

Il redescendit le flanc de la montagne, par petits pas prudents, le long des lacets dans la rocaille. Le soleil disparut dans son dos. Il évolua au milieu d'une ombre rafraîchissante où poussaient des frênes et des eucalyptus à piquants.

Il restait encore deux heures avant la nuit, quand la métamorphose s'opéra. Abraham en aurait pleuré de joie. Pendant plusieurs minutes, il observa ses mains, fasciné par leur mécanique délicate. Puis il vit flou. Les larmes le débordaient. Frissonnant et tremblant, il examina ce corps qui l'abandonnait, qui fuyait dans celui d'un autre, qui lui était volé par l'Ouest, la Harpiste et tous les autres, et que plus jamais il ne récupérerait.

Assommé par cette certitude, Abraham se sentait désormais las et vulnérable. Il n'arrivait plus à marcher. Il n'en avait plus la force. Il s'assit, la tête dans les mains, ne sachant même plus comment profiter de ses derniers jours d'humanité.

Les yeux fermés, il dressa mentalement la liste de tout ce qu'il aurait voulu faire avant de disparaître : retrouver Jarod, le serrer dans ses bras ; se marier ; que ses enfants jouent avec ceux de Jarod ; qu'ils portent leur nom et l'héritage de ses parents et de ses grands-parents un peu plus loin dans l'espace et le temps ; ne pas s'arrêter là, brisé par un cauchemar…

Abraham se passa la main sur le visage. Il se sentait épuisé, comme s'il n'allait plus jamais pouvoir se relever et cela l'enrageait. Il n'arrivait même pas à profiter de ses derniers jours en tant qu'homme ! Il était seul, loin de tout, dans un désert rouge. Se saouler, danser, faire l'amour lui paraissaient des actes étranges et désincarnés. Son existence allait être réduite à cette pauvreté d'animal, une vie au jour le jour, sans aucune autre joie que de galoper sans but. Il pleura sur son propre sort, misérable. En cet instant, il aurait voulu que quelqu'un le rejoigne, n'importe qui, même Belle ou cette terrible Harpiste, et lui tende la main. Il voulait entrelacer ses doigts à ceux d'un autre humain. Il avait désespérément besoin de contact, de poser sa tête sur une épaule compatissante…

Il n'y avait personne.

La douleur le traversa, implacable. Quoi qu'il arrive à présent, il ne pourrait plus jamais parler à son frère.

Il avait tout perdu.

L'envie d'en finir le submergea. Quand il serait définitivement métamorphosé, il n'aurait même plus la liberté de se suicider. Il subirait son existence absurde aux confins du monde, dans une lande étrange comme un rêve.

— Et encore, si je ne suis pas capturé et dompté par un maquignon, se dit-il à voix haute.

Même sa voix était trop rauque et les mots hachés, peu audibles. Le désespoir lui noua la gorge. Il étreignit ses jambes repliées contre sa poitrine, pour se recentrer sur lui-même, sentir ses os, ses genoux, sa position bien humaine.

Acculé par le stress, il arracha ses cheveux par poignées, des larmes de douleur plein les yeux. Les crins de chevaux collaient à ses doigts ensanglantés. Il les jeta au loin, les piétina… En vain, tout ça. Il resta homme une heure à peine. Le soleil sombrait et il troqua de nouveau son apparence contre celle du mustang.

Fou de chagrin, il s'enfonça dans l'obscurité. Il perdit le fil du temps et marcha jusqu'à une vallée encaissée dans un cirque naturel. Sur les parois rocheuses blanchies par la lumière de la lune se déplaçaient des ombres. Il y en avait des dizaines.

Des mustangs, songea Abraham-de-Pique.

Il s'avança pour se mêler au troupeau. Quelques animaux relevèrent la tête à son passage, sans se troubler. Ils ne le rejetaient pas, ne l'affrontaient pas. Ils l'accueillaient. Une rivière coulait à proximité et le bruit de l'eau renforçait l'aura de calme qui régnait dans cet endroit figé, hors du temps, sous la lune. Il y avait peut-être vingt ou trente chevaux, se déplaçant dans une bulle de paix et de silence. Abraham-de-Pique chercha celui qui avait déclenché sa métamorphose. Qu'était devenu As-de-Pique ? Il ne l'avait pas vu avec le gang. Sans doute avait-il tout simplement retrouvé sa liberté, loin des humains, avec quelques brins de crinière en moins…

Abraham-de-Pique s'étonnait d'être aussi bien accepté par ses congénères. Il n'en était pas certain, mais il avait l'impression que les autres mustangs communiquaient autour de lui. Ils se croisaient, se séparaient, et se rejoignaient un peu plus loin, en un ballet très lent. Parfois, ils s'arrêtaient et reposaient leur tête sur le dos d'un camarade ou se grattaient mutuellement avec les dents. Peu à peu, leur langage se révélait : le mouvement d'une queue, des oreilles qui pivotent, le balancement d'une tête… Une langue étrangère aux humains, et qui lentement, se dévoilait.

Abraham-de-Pique aurait voulu les haïr, mais au contraire, il s'émerveillait de leurs robes lisses, ondoyant sous la lune et le scintillement des étoiles.

Il se promena parmi eux, au milieu des dos et des crinières, évoluant dans leur odeur, dans leur tiédeur. Le claquement des sabots l'environnait. Il respirait à leur rythme, lentement, profondément. Tout son être entrait en résonance avec les bêtes.

Il était chez lui, dans un havre de paix.

Abraham-de-Pique rejoignit le centre de la vallée, pour s'approcher d'une jument couturée de cicatrices. Sous la lune, sa robe blanche se lustrait de reflets bleus. Une clarté diaphane émanait de son corps. On aurait dit qu'elle était née de la nuit, de la lune…

Brusquement, elle effectua une volte-face et partit au grand galop, emportant à sa suite le reste de la harde. Pétrifié par la surprise, Abraham-de-Pique réagit avec un temps de retard. D'un saut, il s'élança derrière eux. Malgré son mauvais départ, il rejoignit le groupe sans effort et s'inséra dans un flot vivant et sonore, une mer agitée de dos et de croupes de toutes les couleurs, alezanes, baies, rouannes, grises…

Ils galopèrent toute la nuit, longeant des parois rocheuses où se mouvaient leurs ombres mauves. Des étincelles fusaient sous leurs sabots. Abraham-de-Pique était gagné par l'ivresse. Une joie sauvage tambourinait en lui. Il célébrait et enterrait à la fois son équilibre sur ses deux jambes et sa verticalité d'homme. Autour de lui, les autres mustangs s'effleuraient, se cognaient parfois. Cela n'avait plus aucune importance. Ce qui comptait, c'était cette densité, cette furie, la sueur et le choc des corps les uns contre les autres. Être ensemble. Appartenir à un groupe. Oublier la souffrance, la vengeance, son frère si libre et si beau réduit en esclavage, oublier les mères disparues, les tombes et son ancien pays par-delà l'océan, oublier la pluie, ne plus s'inquiéter des monstres qui le traquaient impitoyablement, ni de celle qui l'attendait, patiente, dans son Opéra de cauchemar. Renoncer. Oublier. Galoper. Fou de sa propre force et de sa liberté, les yeux fermés, s'imaginer entouré d'une famille heureuse et bien vivante. Profiter. Rêver. Inventer. Comme si ce moment allait durer toujours. Un dernier instant suspendu, grisant, avant tous les drames à venir…

Ils débouchèrent au matin dans une vaste plaine. Le soleil montait derrière une colline. Les chevaux s'arrêtèrent, comme recueillis devant la lumière écarlate qui étirait des ombres géantes. Abraham-de-Pique contempla cet œuf rouge qui s'élevait vers le ciel comme une offrande. Il sut que c'était terminé.

Son humanité tenta bien de revenir à la surface.

Plusieurs fois, la métamorphose s'initia, mais elle s'arrêtait au bout de quelques frémissements. Son pelage desquamait, puis le poil noir repoussait aussitôt, comme si son corps d'homme n'avait plus la force nécessaire pour surpasser la vitalité du mustang.

Durant les heures qui suivirent, Abraham se concentra, appelant l'homme en lui, stimulant sa transformation. Il supplia. Il pria les dieux de ses ancêtres et celui qu'on honorait à la messe, le dimanche à Fraora. Il galopa en cercles. Il lança des ruades de colère sous les yeux étonnés des autres mustangs. Il secoua sa crinière et poussa des hennissements chevrotants…

Puis, enfin, il renonça.

C'était terminé.

Vraiment terminé.

Malgré l'inéluctabilité du revers que lui avait infligé l'Ouest, il connut des moments d'intense bonheur. La jument argentée les menait dans des régions oniriques, sur les rives de lacs dorés, dans des canyons vertigineux, sculptés de formes indescriptibles, sur des amoncèlements de roches, comme bouleversées par un séisme, d'où jaillissaient des geysers. Le sifflement de la vapeur variait à chaque trou, si bien qu'entre les jets verticaux, ils avaient l'impression d'évoluer au sein d'un orgue… ou bien d'une harpe. Ils galopaient au bord des rivières, dans un envol d'éclaboussures pailletées de lumières. Les odeurs riches embaumaient ses rêves, qui se dépeuplaient progressivement d'humains pour se remplir de chevaux.

Abraham-de-Pique aurait pu être heureux sans doute. Jusqu'à ce qu'une balle bien ajustée, tirée depuis une grande distance, le frappe en plein cœur.

Chapitre 34

Une brume rougeâtre enveloppa As-de-Pique et le reste du troupeau. Des hennissements affolés montèrent de toutes parts. Une odeur épouvantable saturait l'air. Les chevaux s'enfuirent au galop. As-de-Pique s'élança à leur suite. Des nuages noirs défilaient à toute allure dans le ciel. Ses sabots faisaient gicler de la boue sanglante. Des cris d'agonie résonnaient à son furieux passage. Il enjambait des corps, humains et mustangs, des dépouilles gonflées par les gaz.

Puis la scène changea et As-de-Pique ralentit, indécis. Des cliquetis d'épées, des cris de défis emplirent l'air. Partout, autour de lui, on se battait. Un cavalier le dépassa, les yeux exorbités. Il chevauchait au galop, s'ouvrant un chemin dans la folie du champ de bataille, une épée pointée en avant, le long de l'encolure de sa monture, et il poussait un hurlement rauque. As-de-Pique n'eut pas le temps d'y réfléchir. Une vive douleur lui laboura les flancs. Un poids pesait sur lui, une odeur d'humain, acidifiée de sueur et de peur. Des éperons lui rentraient dans les côtes. Un mors lui tordait la bouche et tirait les commissures sensibles de ses lèvres. Des cris l'encourageaient à galoper. Il obéit, mû par un réflexe ancien, complètement perdu, terrifié. D'autres chevaux évoluaient autour de lui dans une panique absolue. La mort empoisonnait l'atmosphère. As-de-Pique aurait voulu fuir loin du charnier, mais le mors l'obligeait à s'enfoncer encore plus loin dans le danger, les cris, le sang… Il galopait de toutes ses forces lorsqu'un soldat à pied projeta vers lui une lance. L'acier le frappa au poitrail. La pointe perfora le nœud de ses muscles. Les postérieures d'As-de-Pique se dérobèrent sous l'impact. Sa respiration s'arrêta. Il versa lourdement sur le flanc, poussant un hennissement déchirant de détresse. Il écrasa son cavalier sous lui. L'homme hurla et jura. Il se débattit en vain sous son poids. As-de-Pique aurait voulu se relever. C'était impossible. Il était paralysé. Le sang fusait à gros jets brûlants de sa blessure à l'abdomen. En proie à une douleur et une peur insoutenables, il comprit que c'était terminé. Il ne pourrait plus jamais se redresser et s'enfuir. Un homme marchait vers lui. As-de-Pique crut que c'était le soldat qui l'avait blessé, mais la silhouette fendait les affrontements tel un fantôme, sans prendre part au combat. Elle évoluait sans crainte dans la mer de lames et de corps qui s'entrechoquaient autour d'elle, sans la toucher. Elle venait pour lui. Pour l'achever.

L'ombre, peu à peu, prit l'apparence de Jesse.

Il s'arrêta devant le cheval terrassé. Il souriait en caressant son bras greffé.

— Alors c'est ça, ton pire cauchemar ? se moqua-t-il.

Il se forçait un peu, toutefois, comme si la bataille qui continuait de faire rage autour de lui l'incommodait.

— C'est un rêve de cheval, poursuivit-il. Mais toi ?

Il se pencha sur lui pour l'observer.

— Tu es encore là ? Ou bien tu as été englouti ? Tu as l'air de t'être pris un sacré revers, mon pote. Je ne comprends pas. Tu n'as rien trouvé pour t'y opposer ? Qu'est-ce que tu as fait pour sombrer si vite ? Ça te plaisait d'être un cheval ? Je croyais que tu voulais sauver ton frère.

Ces paroles auraient dû blesser Abraham. Elles auraient dû l'humilier et l'effrayer, mais au contraire, elles faisaient naître au centre de son être une flamme rouge de colère.

— Change-toi en homme ! exigea Jesse. Je ne veux pas massacrer un animal. C'est toi que je suis venu chercher. Pas un canasson.

Et, comme Abraham ne se transformait pas :

— Tu peux le faire ! s'agaça-t-il. Tu es dans un rêve ! Je t'ordonne de redevenir humain.

Un rêve. Oui, un simple rêve. Abraham sentit que sa blessure se refermait, que ses forces se reconstituaient. Ici, il aurait pu redevenir humain, Jesse avait raison. Tous les deux s'affrontaient au sein d'un cauchemar, mais il s'agissait du cauchemar d'un autre qui n'était même pas celui d'As-de-Pique. Cette guerre atroce qui gorgeait le sol du sang des hommes et des chevaux était enkystée dans la mémoire collective du troupeau. Depuis des siècles, sur toute la planète, les chevaux avaient été entraînés dans les conflits humains. Ils avaient été forcés de participer à leurs guerres. L'histoire équine était jonchée des corps innombrables de ces victimes à quatre jambes, si généreuses, mortes pour la seule gloire imbécile de leur cavalier.

Mais au-delà du traumatisme intergénérationnel que portait As-de-Pique, Abraham sentait affleurer à la surface de sa mémoire celles de toutes les créatures de ces terres rouges, massacrées par les colons dans le seul but égoïste de s'approprier leurs organes et leurs territoires. La violence faisait irruption en lui, autour de lui, elle transformait le cauchemar. L'Ouest magique irriguait ses veines et ses songes. Comme la Harpiste, il était désormais un monstre. Les chevaux et les combattants se métamorphosèrent. La lumière, déjà glauque, s'assombrit encore, et l'odeur métallique du sang se faisait plus âcre.

Jesse voyait ce qu'Abraham voyait, et s'en amusait. Dans ce monde, il visualisait les pires terreurs de ses victimes à la manière d'un plaisant spectacle.

— Continue, Abraham, l'encouragea-t-il. Montre-moi tes peurs les plus honteuses.

Abraham devenait l'Ouest tout entier, envahi, harcelé, démantelé et morcelé par des kilomètres de fils barbelés. Des millions de bottes le piétinaient pour le briser. Des maisons poussaient sur ses os. Il était ce derviche qui voltige et tournoie, et qu'une balle fauche en pleine danse ; il était ce taureau noir qu'on saigne et dont on arrache les cornes, les testicules et les oreilles alors qu'il tressaille dans le sang et la poussière écarlate…

Jesse leva son fusil en souriant vicieusement.

— Ça se bouscule dans ta petite tête, déclara-t-il. Ça suffit. Je vais abréger tes souffrances.

Au moment où il appuyait le canon de son arme sur le front d'Abraham, c'est la Harpiste elle-même qui envahit ses rêves : elle voyait mourir ses enfants, son peuple…

Le rêve se métamorphosa avec violence. Jesse vacilla. La balle qui aurait dû emporter le visage de son adversaire se perdit dans des flots de poussière rouge.

Dans son corps martyrisé, Abraham sentait frémir le cheval, la Harpiste, toutes les créatures de Symphonie. Ses consciences multiples se battaient entre elles… ou bien se soutenaient-elles ? Les victimes de la folie et de la cupidité des humains se rejoignaient dans les flots tumultueux de l'Histoire et de la mémoire transgénérationnelle. Elles se révoltaient contre leurs tortionnaires. Les poings et les sabots arrachaient les barbelés, détruisaient les murs, sectionnaient les brides… Dans un même élan de liberté, l'Ouest tout entier se relevait face à Jesse.

Le sourire du pistolero vacilla.

— C'est terminé, dit-il pour reprendre le dessus. Tu vas crever ici, dans ton pire cauchemar. Tu n'existes déjà plus. Tout ce que tu désirais accomplir, ça n'arrivera pas. Personne ne trouvera ton corps. C'est fini. Tu es MORT !

Il tira. La détonation roula sur la terre jonchée de millions de corps. Une douleur vive transperça la poitrine d'Abraham… avant de se dissiper. À la manière du rêveur qui réalise qu'il dort, Abraham se détacha de l'illusion. Il n'était pas lui, au sein de ce cauchemar, il était toutes les créatures massacrées, découpées, et tous les chevaux domptés.

Et le pouvoir de Jesse se heurtait à ce paradoxe.

Le sortilège de la poudre onirique se dissolvait dans son corps en plein chamboulement, au sein des reconnexions de ses cellules, du réalignement de ses os, de son corps qui grandissait, grossissait…

Jesse et Abraham se faisaient toujours face, dans un décor qui perdait peu à peu de sa substance. Abraham se métamorphosait au sein du rêve. Il n'était plus cet homme effrayé et impuissant, ni cette monture de guerre, forcée de galoper dans le sang des humains et de ses congénères.

Il était une chimère.

Une créature mythologique.

Un centaure, de plus en plus massif, de plus en plus solide dans une réalité qui s'éthérait.

Face à lui, Jesse était chétif.

Je suis une créature de l'Ouest, décida Abraham. *Je suis la jument des rêves, la reine des cauchemars et la sorcière. Ici, je peux tout faire.*

Jesse continuait de rapetisser, pareil à un insecte blême, son fusil greffé inutile au bout de son bras. Il pouvait toujours faire feu. La balle-rêve coulerait dans les veines du cheval-cauchemar et s'y dissoudrait. Abraham était invulnérable. Il aurait pu voler dans la nuit, délivrer son frère, et même anéantir la Harpiste pour prendre sa place dans ce royaume extraordinaire. Mais il savait qu'il n'y avait qu'un combat véritable dans ce tissu onirique : s'il tuait Jesse ici, il le détruirait également dans la réalité. C'était exactement ce qui aurait dû lui arriver, il y a quelques instants à peine, et qui se retournait à présent contre le pistolero.

Abraham s'avança tel un titan des légendes. De toute sa force et de tout son poids, il écrasa Jesse sous son énorme sabot. Les os de son adversaire émirent une cascade de craquements. Ses organes explosèrent. Son sang jaillit. Et au moment où il mourait dans la réalité, le cauchemar se termina.

Chapitre 35

Abraham-de-Pique se retrouva debout au milieu des autres chevaux. Si la détonation les avait effrayés, ils s'étaient rapidement rassemblés, inconscients des tourments qui agitaient le mustang noir.

Il était cheval à nouveau.

Tout ce qu'il venait de vivre s'affadissait déjà.

Les millions de consciences qui avaient tempêté en lui pour imposer leur vengeance s'étaient évaporées.

Il redevenait un.

Un cheval.

Ses naseaux se dilatèrent comme il flairait le vent, cherchant l'odeur du sang. À moins que le pistolero ait succombé à une crise cardiaque… Les cauchemars tuaient. Pas la balle. Lui-même ressentait encore une vague douleur au poitrail, là où le rêve avait frappé, mais la sensation se dissipait au fur et à mesure qu'il revenait à son niveau normal d'éveil.

Le cauchemar était bel et bien terminé.

Il regarda autour de lui.

Ce qu'il vit lui causa un choc monstrueux. Ses jambes manquèrent se dérober sous lui. Ses postérieurs fléchirent légèrement. Les oreilles couchées en arrière, il poussa un faible hennissement d'alerte.

Belle arrivait.

Elle marchait vers le troupeau à grandes enjambées.

Son ombre blanche se glissa sous les mustangs. Un cheval se cabra de frayeur. Le lion jaillit du sol avec un rugissement. Ses mâchoires se refermèrent sur une jument, comme un grand requin remontant des flots noirs de la mer. La malheureuse hennit de terreur. Elle battit des jambes et se tordit un court instant avant que les crocs du fauve ne la sectionnent en deux. Les morceaux de son corps tranché retombèrent avec un bruit flasque, éclaboussant de rouge la fourrure immaculée du lion.

Ce fut la panique. Les chevaux détalèrent au grand galop. Abraham-de-Pique aurait pu les suivre. Une partie de lui le voulait, mais durant son étrange expérience de rêve, il s'était investi d'une force nouvelle.

Il pouvait se battre. Et triompher.

Retrouver Belle, et plus encore, discerner Amy dans son dos, ravivaient des espoirs fous. Sa volonté se raffermissait autour d'un seul objectif : sauver Jarod.

Amy était la clé. Créature de l'Ouest ou pas, Abraham sauverait son frère. Il le renverrait chez lui, vivre en homme, fonder une famille, continuer… pour eux deux.

Aussi resta-t-il, seul, face au danger.

Amy suivait la dompteuse, l'air sombre, les cheveux dans les yeux. Elle n'avait pas dû beaucoup dormir. Les cernes lui creusaient le visage. Son moignon, bien bandé, ne saignait plus. Elle n'avait plus du tout l'aspect de la jeune femme qu'elle avait été. Sa jeunesse et ses joues roses s'étaient fanées sous un masque de souffrance. À quelques pas de Belle, le lion mastiquait, tout en contemplant Abraham-de-Pique avec gourmandise. S'il bougeait, le fauve s'emparerait de lui en un claquement de dents.

— Tu as décimé tout mon gang, dit platement la cheffe.

Son faux sourire lui donnait une apparence joviale, mais ses yeux luisaient d'une haine féroce.

— Félicitations. Tu es plus fort et plus cruel que tous les alliés que j'avais rassemblés.

Le lion réintégra son ombre en silence. Abraham-de-Pique se tendit. Enfin était venu le temps d'affronter la dompteuse.

— Je sais ce que tu veux par-dessus tout, et tu m'as prouvé que tu étais prêt à tout pour cela, jusqu'à perdre ton corps humain, disait Belle.

Elle fit une brève pause, puis esquissa une parodie de révérence, un peu raide.

— J'admire cela.

Le gros cœur du cheval accéléra, pompant le sang avec violence.

— Peux-tu encore parler ? demanda la dompteuse.

Abraham-de-Pique ne savait comment se faire comprendre. Il parvint à secouer la tête négativement, à grands mouvements maladroits.

— Donc, tu me comprends. Tu es encore là, quelque part.

Cette fois, il réussit à acquiescer.

— Tu es un étrange phénomène, Abraham.

Elle se frotta le menton, pensive.

— D'une certaine façon, tu es notre création. Nous t'avons greffé et te voilà, embrassant l'Ouest de tout ton cœur. D'habitude, les gens résistent un peu avant de se faire bouffer par leur revers.

Elle haussa les épaules.

— Cela m'ennuie de tuer un cheval. Mais tu connais mon surnom, mon cher. Je vais te prouver qu'il n'a pas été usurpé.

Abraham scruta Amy par-dessus l'épaule de la dompteuse. L'expression de la jeune femme ne révélait rien. Elle paraissait transparente, absente à elle-même. Si elle avait jadis aidé Abraham en lui permettant de fuir, elle n'ouvrit pas la bouche pour le défendre lorsque Belle entama son petit jeu.

Abraham-de-Pique se demandait à qui il avait affaire : son ancienne camarade, ivre de vengeance, ou bien un pantin animé par la boucle folle d'une note de musique dans sa tête.

Il avait beau regarder au fond des yeux de Belle, il ne lisait rien.

Elle paraissait à la fois elle-même et autre. Une ancienne humaine, avalée par l'Ouest.

Comme moi, songea-t-il, troublé.

Il dut se faire violence pour ne pas bouger alors que Belle, tout en riant, serrait la sangle de la selle autour de son ventre. Le mors en acier pesait sur sa langue et lui meurtrissait déjà la commissure des lèvres.

Patience, se dit-il.

Il n'avait d'autre choix que d'endormir sa méfiance. Il allait devoir agir vite et fort, pour doubler à la fois la dompteuse et le lion.

La main de Belle flatta son encolure, le faisant sursauter.

— Tu es magnifique, ainsi, le félicita-t-elle. Vraiment une belle bête ! J'ai hâte de te monter ! Tu dis « oui » ?

Elle secoua les rênes pour lui faire hocher la tête. Le mors blessa sa bouche. De la bave moussa aux commissures, déjà diluée avec du sang.

— Bon garçon ! approuva Belle.

Abraham-de-Pique mâchonna le mors pour tenter de trouver une position plus confortable. Belle le surprit en montant sur son dos. Elle était cependant si légère qu'il la sentait à peine. Son ombre, en revanche, en grimpant sur sa croupe, fit gicler un jet de peur sous sa peau. Le mustang s'affolait de la présence du lion. Sa part humaine la tranquillisa. Après avoir bronché une ou deux fois, il se stabilisa sur ses quatre jambes, la tête haute, alors que Belle rassemblait les rênes.

— Je préfère une encolure fléchie, dit-elle en raccourcissant les guides jusqu'à ce qu'il courbe totalement le cou.

Le mors tirait fort sur sa bouche. Il n'arrivait pas à avaler et bavait.

— Comme ça, c'est bien, le félicita-t-elle. En avant, au petit trot.

Ses talons lui rentrèrent dans les côtes. Abraham-de-Pique poussa un ronflement caverneux comme les éperons labouraient sa peau sensible. Il se jeta dans un trot désordonné. Belle lui tenait toujours l'encolure fléchie et son angle de vue s'étrécissait. Il avait l'impression qu'il allait s'effondrer à chaque pas.

Belle ne résista pas au plaisir de lui asséner un coup de cravache pour l'envoyer au galop. Passé la surprise, la douleur était supportable et Abraham-de-Pique s'exécuta. Les rênes et le mors le gênaient davantage que tout le reste. Il perdit plusieurs fois ses appuis, provoquant un sifflement de colère de Belle sur son dos. Au bout de quelques minutes cependant, tous les deux s'harmonisèrent et elle lui rendit même quelques longueurs de rênes.

— Tu es docile, c'est bien, le félicita-t-elle en riant.

Le mustang écrasa sa colère, comme le mors dans sa bouche. Tout allait bien. Belle, tout à son petit plaisir cruel, baissait progressivement sa garde. Le galop l'avait emmené loin d'Amy. Il n'y avait plus qu'eux deux. Le lion, bien sûr, était un problème, mais il espérait agir suffisamment vite pour la surprendre.

Il accéléra sensiblement, allongeant ses foulées. Belle, grisée par le galop, le laissa prendre de la vitesse. Elle montait bien, en parfait équilibre.

Quand il fut lancé à pleine vitesse, il pila net et, levant les postérieures, décocha une formidable ruade. Belle ne décolla même pas. Sans doute s'y était-elle préparée. Elle tint bon, pesant sur les étriers en résistance, et encaissa le choc.

— T'es foutu ! s'esclaffa-t-elle.

Un violent éclair de douleur traversa la bouche d'Abraham-de-Pique. Il retomba lourdement sur ses quatre sabots, tandis que Belle sautait à terre, toute légère.

— Tu ne me fais pas peur, tu sais ? Je n'attends que ça. Que tu te battes. Tu as tué mes hommes ? Vas-y ! Passe à la vitesse supérieure ! Affronte-moi ! Je n'utiliserai même pas mon lion !

Abraham-de-Pique devint fou. Fou de rage et de violence. Il se cabra, s'érigeant en une montagne de muscles noire. Il avança à pas chancelants vers la femme qui l'attendait, campée sur ses jambes. Il allait la broyer sous ses sabots. Les oreilles plaquées sur le crâne, les mâchoires crispées, il la rejoignit. Une fureur animale tambourinait dans son crâne. Il en voyait rouge, physiquement rouge, comme si un voile de sang était descendu sur le monde. Ses réflexions humaines se noyaient dans les gros bouillons de sa rage.

Belle imprima un mouvement de rotation à son poignet. Elle n'avait pas reculé. Elle était prête. Son bras droit se décala en arrière. Le fouet fusa alors qu'Abraham-de-Pique la menaçait de la pointe de ses sabots. Il y eut un claquement, puis la lanière lui déchira le poitrail. Un cheval normal aurait battu en retraite, effrayé par cette morsure invisible, aussi prompte et douloureuse que celle d'un serpent, mais Abraham-de-Pique, malgré le brouillard animal qui embrumait sa conscience d'homme, savait parfaitement ce qui venait de le cingler. Ce n'était qu'une tresse inoffensive. Elle faisait mal, mais elle ne pouvait pas le tuer. Il continua de marcher lourdement sur Belle et vit la peur dilater ses yeux. Un rire fou monta dans sa gorge. Il bava dans sa bouche encore déformée par le mors, éclaboussa la dompteuse.

— Abraham ! rugit-elle.

Elle le frappa au ventre, sur la peau délicate. La douleur, horrible, manqua le paralyser. Avec une fureur redoublée, presque aveugle de souffrance, il retomba sur ses antérieurs, visant Belle de ses sabots.

La dompteuse esquiva d'un cheveu. Il la sentit, toucha même superficiellement son bras gauche. À son tour, elle cria et s'enfuit sur le côté, traînant derrière elle son fouet ridicule.

Je vais te massacrer ! pensa Abraham-de-Pique. *Je vais te broyer et danser sur ton cadavre !*

Il la rattrapa en trois foulées majestueuses. Il aurait pu la renverser si, guidée par son instinct, la femme n'avait pas bifurqué au dernier moment, lui permettant d'éviter l'assaut. Abraham-de-Pique la doubla pesamment, entraîné par sa propre vitesse.

Belle lui cingla la croupe, un coup inutile, par pure revanche. Le cheval écrasa le mors entre ses dents et se retourna. Les flagellations au poitrail, au ventre et à la croupe l'électrisaient, mais cela n'avait rien à voir avec le châtiment qu'il avait subi sous sa forme humaine, au saloon de l'enfer. À ce moment-là, un seul coup aurait pu l'envoyer dans les limbes. Sous sa forme chevaline, il était plus fort, plus résistant, plus meurtrier.

Il se porta de nouveau à l'assaut, sans se cabrer, galopant de face pour la renverser et la jeter au sol. Belle se décala au dernier moment. Il poursuivit sa course sur quelques mètres, avant d'incurver sa trajectoire et de s'arrêter. La dompteuse lui apparaissait à travers un voile écarlate : elle haletait, couverte de poussière. Malgré sa piteuse posture, Abraham-de-Pique remarqua qu'elle déroulait plusieurs mètres de corde qu'elle avait nouée autour de sa taille et cachée sous ses vêtements. Son bras gauche endolori soutenait avec effort le poids du chanvre, mais sa main droite, agile, y formait déjà un nœud coulant.

Avec un grondement de bête folle, Abraham-de-Pique se lança sur elle de toute sa vitesse. Le sol tremblait sous ses sabots. Être percuté maintenant, c'était mourir. Un simple contact lui casserait les os.

Belle, calmement, faisait tournoyer son lasso. Elle resta sur sa trajectoire, le fixant droit dans les yeux, sans manifester la moindre peur. La distance qui les séparait s'amenuisait de seconde en seconde. L'impact se rapprochait, imminent. Abraham-de-Pique l'anticipait déjà, le bruit qu'il ferait… Elle volerait comme un pantin désarticulé avant de s'écraser dans un nuage de poussière et de disparaître sous les battoirs de ses sabots.

Elle se déplaça à l'ultime seconde, proche, si proche, que par jeu, elle fit même glisser sa main délicate le long de son flanc en une caresse fugitive.

La corde s'envola dans son sillage. Le nœud passa par-dessus la tête du mustang et coula le long de son encolure.

Idiote, pensa-t-il avec colère, *ce n'est pas ça qui va m'arrêter.*

Elle n'avait pas la force de le retenir. Il lui arracherait la corde des mains, et si elle tentait de s'accrocher, il la traînerait dans les cailloux pour l'écorcher vive. L'idée l'amusa. Il accéléra encore.

Belle, tout simplement, lâcha la corde et son extrémité se déroula dans le sillage d'Abraham-de-Pique.

Troublé et un peu agacé, le mustang fit volte-face. Pour l'instant, il n'avait fait que l'effleurer. Elle se dérobait toujours, petite et fluide comme elle était. Il perdit tout à fait sa lucidité. Il s'élança vers elle, la chargeant derechef comme un taureau fou. Il n'arrivait plus à réfléchir. Il voulait juste en finir, l'écrabouiller. Pas une seule seconde il n'envisagea que si Belle s'était vraiment sentie en danger, elle aurait rappelé son lion. La jeune femme continua de l'esquiver, toujours à un millimètre, avec la grâce d'une danseuse. Par jeu, elle le frôlait, le touchait. Elle se faufilait sous son ventre, son crâne fragile passant parfois à un millimètre de ses sabots. La corde volait et dansait, elle aussi. Abraham-de-Pique réalisa trop tard ce qu'il se passait. Belle enroula l'autre bout du lasso autour du pâturon de sa jambe postérieure et, se glissant dans son dos, tira fermement. Le nœud se resserra autour de son encolure, mais surtout, la corde se tendit sous son ventre et pressa sur son jarret jusqu'à le soulever et le faire trébucher. Abraham-de-Pique perdit l'équilibre. Il chuta tête la première et s'écrasa lourdement avec un hennissement d'effroi. Il tenta aussitôt de se relever, mais la corde qui reliait sa jambe à son encolure était tendue au maximum. Belle noua l'attache alors qu'il se débattait misérablement, et quand il parvint enfin, avec effort, à se relever, il était contraint de se tenir sur trois jambes, en déséquilibre, incapable de galoper ou même tout simplement d'avancer. Il claudiqua avant de retomber sur le flanc. Rassemblant ses forces, il se redressa, plongea une nouvelle fois, se remit debout, s'écroula, et finalement, resta immobile à trembler de souffrance et de rage. Belle, tranquillement, alla ramasser son fouet et se rapprocha de lui, sans se presser. Abraham-de-Pique se débattit. Il roula sur le sol, s'étranglant davantage et s'emmêlant, poussant des cris et des hennissements enragés. En vain. Le lien sournois le paralysait. La respiration lourde et haletante, il finit par s'immobiliser. Belle leva son bras armé. Elle fit tournoyer et claquer son fouet au-dessus de sa tête, menaçante. Dans la position où il était, le mustang s'offrait aux coups. Elle aurait pu le lacérer au sang, mais alors qu'elle amorçait le geste de le frapper, tout bascula.

Belle se figea. Livide, elle le fixait, les yeux écarquillés. Sa respiration s'accéléra et Abraham-de-Pique, avec surprise, entendit même un gémissement franchir ses lèvres tremblantes. Que lui arrivait-il ? Que voyait-elle exactement ? On aurait dit qu'elle venait d'être touchée par une balle-rêve.

Son bras retomba le long de son corps. Elle lâcha le fouet comme si le manche était en feu et regarda ses mains, toujours aussi pâle et terrifiée. Ses lèvres balbutiaient des mots inaudibles. Ses jambes fléchirent. Elle tomba à genoux en gémissant. Des taches humides dessinèrent des ronds dans la poussière rouge.

Belle pleurait.

Amy la rejoignit, et tout doucement, l'enveloppa de ses bras. La dompteuse poussa un long soupir dans ses cheveux. Elle ferma les yeux.

Les deux femmes restèrent ainsi, enlacées, à ravaler en silence, derrière leurs paupières closes et leurs dents serrées, les peurs et les douleurs qui avaient manqué les terrasser.

Abraham-de-Pique les contempla, intrigué.

Quelque chose s'était joué, entre elle et lui, qu'il n'avait pas compris, mais une sourde intuition montait dans son âme divisée, encore baignée de siècles de souffrance et de mémoire transgénérationnelle.

Belle était redevenue elle-même.

La harpe, dans sa tête, s'était enfin tue.

Chapitre 36

Belle écarta Amy avec douceur. Elle se releva et marcha vers Abraham-de-Pique en s'essuyant les yeux avec sa manche. Elle paraissait avoir vieilli. La fatigue creusait son visage et en accentuait les ombres, comme si les ténèbres qu'elle s'efforçait de maintenir en elle la débordaient.

— Je suis désolée, dit-elle.

Il lui fallut un couteau pour trancher les nœuds qui s'étaient serrés au point d'écorcher la peau fragile du mustang.

— Je crois que j'étais encore sous son emprise.

La Harpiste, pensa Abraham-de-Pique en faisant précautionneusement bouger ses membres.

— Ce salaud… exhala-t-elle.

Le masculin surprit le mustang. Comme il ne pouvait pas poser de question, il se remit debout à son tour et s'ébroua, soulevant un nuage de poussière rousse. Il était trempé d'écume et frissonnait. Les lacérations infligées par le fouet pulsaient. L'adrénaline, en s'écoulant de son corps blessé, le laissait faible et un peu assommé.

Belle finit par tendre la main, tout doucement, comme pour une trêve. Il ne pouvait pas la serrer. Il se laissa toucher sur l'encolure, là où cascadait sa crinière noire, la greffe qui l'avait fait basculer dans un autre monde.

— J'ai l'impression de sortir d'un long rêve, dit-elle. Mes pensées étaient embrumées. Pleines d'un brouillard rouge. Je t'en voulais. Parce que tu avais tout gâché, là-bas, parce que tu m'avais trahie, mais… C'était trop. Tu n'as jamais été mon véritable ennemi. La Harpiste m'a détournée d'elle en faisant de toi une cible. Elle a joué une musique qui parlait à nos greffons. Ça ne sortait plus de nos têtes… Noah a perdu l'esprit. Il ne savait plus s'il était un homme ou un oiseau. Le pouvoir d'Earl a pris une ampleur démentielle. Nous ne pouvions même plus l'approcher. Il déplaçait un champ de fleurs empoisonnées avec lui. Quant à Jesse, il n'a jamais voulu révéler ce qu'il voyait, mais j'ai l'impression qu'il vivait dans un cauchemar.

Elle secoua la tête.

— Et moi, je ne sais pas. J'étais habitée par un désir de prédation dément. Je voulais t'avoir, te tuer, te manger… Mais quand je t'ai vu, attaché et sanglant, étendu sur le sol, j'ai eu…

Elle hésita, ouvrit et serra les poings. Elle ferma les yeux, prit une grande inspiration, et lâcha :

— Une révélation. C'était comme un souvenir, mais plus fort. Plus réaliste. Je crois que je l'avais oublié, depuis tout ce temps… C'est remonté avec violence… et ça a explosé en moi, dans ma tête. Peut-être que ça a rompu le charme de la Harpiste. Le silence est revenu…

De nouveau, elle l'effleura du bout des doigts.

— En fait, tu m'as rappelé ma situation, quand j'étais encore avec… lui.

Amy s'était rapprochée. Elle caressa le bras de Belle, un toucher très doux, plein de délicatesse et de pudeur.

Belle s'arracha aux yeux du cheval noir et se retourna vers elle.

— Tu ne devrais pas y penser, dit Amy.

— Et pourquoi pas ? répliqua Belle. Pourquoi je devrais enfouir ça en moi, alors que ça me dévore ? On dirait que c'est lui qui vit dans mon ombre et non un lion.

Elle refit face à Abraham-de-Pique.

— Après ce que je t'ai fait, laisse-moi m'expliquer… Je veux te confier ça. Veux-tu m'écouter ?

Il aurait pu la blesser, en partant. Il n'avait qu'à faire volte-face et à s'éloigner. Belle l'aurait laissé s'enfuir. Il la sentait fragile, plus qu'elle ne l'avait jamais été, et elle proposait de se découvrir encore davantage.

Il resta.

Belle poussa un long soupir, les yeux mi-clos, et au terme d'une brève inspiration, elle se mit à raconter.

*

J'ai débarqué à Nacarat, il y a cinq ans de cela, avec mon mari, André. Comme tout le monde, j'étais transportée d'espoir. Même si nous étions ruinés, ce n'était pas la perspective de m'enrichir qui me motivait, mais celle de réenchanter mon mariage qui battait de l'aile. Sur le vieux continent, André avait monté une affaire qui nous avait beaucoup endettés. Avec les pertes, il s'était refermé sur lui-même. Il buvait, souvent, et trop.

Bien avant lui, j'avais compris qu'on ne remonterait jamais la pente. Nos dettes continueraient de se creuser jusqu'à ce qu'on perde tout. Mais je ne savais pas quoi faire. Je ne travaillais pas. J'étais entièrement dépendante de lui… Puis il a eu cette idée : tout abandonner, tout laisser derrière nous et partir pour le Nouveau Monde. Soudain, il est redevenu l'homme dont j'étais tombée amoureuse. On aurait dit que le soleil de l'Ouest irradiait en lui. On a vendu la maison, en prétextant que l'argent irait à nos créanciers, puis on s'est enfui en bateau, laissant tout le monde derrière nous. On en riait comme deux gamins. Alors qu'on allait si mal et qu'on était en train de mourir à petit feu, étranglés par les dettes et sans aucune perspective d'avenir, c'était comme si Nacarat avait fait crouler le mur qui nous retenait prisonniers.

Beaucoup de gens débarquaient comme nous sur le nouveau continent, avec leurs derniers sous en poche, dans l'espoir de faire fortune. André parlait tout le temps des minerais. Il convoitait de l'or, surtout. Il était exalté. Alors qu'il ne savait même pas tirer, il s'était acheté une carabine et deux colts. Je crois que cela lui plaisait de jouer les pistoleros devant moi, mais assez vite, je me suis rendu compte que ses mains tremblaient et qu'il n'avait pas la patience nécessaire pour progresser. Il aurait dû s'entraîner, comme le faisaient tant d'autres. On ne s'aventurait pas dans l'Ouest sans savoir manier un revolver, c'était de la folie, et cela, malgré tout, il l'avait bien réalisé. Il s'est donc mis à passer du temps dans les saloons. Il avait noué de mauvaises fréquentations, des desperados que je détestais. Je sentais leur regard visqueux couler sur moi quand je l'accompagnais. Leurs yeux concupiscents me brûlaient la peau. Rien de ce que je pouvais dire ou faire ne les intéressait. Mon corps n'était qu'un territoire de plus à conquérir. Sur l'ancien continent, j'étais une femme respectée. Je n'avais encore jamais vraiment souffert de ce désir gluant qui me changeait instantanément en objet à posséder. Dans l'Ouest régnait une sorte de loi du plus fort qui me plaçait du côté des faibles. La jalousie d'André s'est réveillée. Il m'accusait de flirter avec ses camarades de boisson, de chercher à les exciter. J'ai cessé de sortir. Je me réfugiais de plus en plus souvent dans notre chambre sordide, à l'étage du saloon, et ce rêve de liberté que j'avais conçu, des étoiles dans les yeux, lors de notre grande traversée, se réduisait à quatre murs de planches à travers lesquels j'entendais les soupirs simulés des prostituées.

Rien n'avançait. Notre pécule fondait comme neige au soleil. L'alcool, de nouveau, engloutissait notre argent. André sombrait dans son humeur crasse et méchante. Des idées malsaines lui venaient. Un de ses camarades de beuverie avait proposé de payer pour coucher avec moi. L'offre ne l'avait pas choqué autant qu'elle l'aurait dû.

Je fuyais ma chambre et je m'isolais aux frontières de la ville, au bord des terres rouges auxquelles nous avions tant rêvé tous les deux. Puisque André était un piètre tireur, je m'étais mis en tête de remplir ce rôle. Nous pourrions partir en expédition. Je chasserais et assurerais notre nourriture pendant que lui chercherait de l'or. La répartition des tâches lui laissait le beau rôle et épargnait ainsi sa susceptibilité. Du moins, c'est ce que je croyais. Quand il m'a surprise en train de casser des bouteilles, à cinquante mètres de distance avec sa carabine, il est devenu fou. C'était la première fois qu'il me violentait. Il me ramena au saloon en me tirant par les cheveux. Il vociférait comme un ivrogne. Peut-être que j'aurais pu me défaire de lui, mais j'étais terrifiée et je me laissais malmener en silence. J'avais honte de moi. J'avais humilié mon mari. J'étais sortie de mes attributions. Je me suis excusée en pleurant…

La suite de notre relation tourna au cauchemar. Il ne me frappait pas. S'il l'avait fait, peut-être serais-je partie ? Et encore, était-ce si sûr ? Je n'avais que lui dans ce pays étranger. Notre pauvre argent était au fond de ses poches. Quand je mettais un pied hors de la chambre, les regards des autres hommes me pelotaient comme si j'avais été nue. Leurs sourires cariés me répugnaient. Je les haïssais et André me paraissait moins pire que cette faune hideuse et frustrée. J'avais bien conscience que mon mari était le seul rempart entre eux et moi. Si je me séparais de lui, si je devenais « libre », la horde se jetterait sur moi. Sans argent, je ne me voyais pas d'autre destin que de rejoindre les rangs des prostituées.

Je tentai de me satisfaire de mon sort, mais les intimidations et les insultes me brisaient peu à peu en mille morceaux. Chaque fois que je prenais une minuscule initiative ou que mon estime personnelle se rehaussait de quelques millimètres, André me rabaissait. Sans doute se sentait-il menacé. Il se moquait de moi, m'expliquant combien j'étais laide et vieille. Il était bien gentil de me désirer encore et de vouloir de moi. Bien sûr, tout le monde dans le saloon voulait me baiser, mais c'était parce que je n'étais qu'un sac à foutre, une vraie traînée, une pute. Les insultes s'amplifiaient jusqu'à ce que j'éclate en sanglots. Alors il me retournait sur le ventre et il me transperçait comme je pleurais encore dans l'oreiller. Ses menaces et ses jeux sexuels dégradants me laissaient inerte, démoralisée dans mes draps sales, dans cette chambre que je vomissais. Les jours qui suivaient, je me sentais morte. Mon cœur, mon âme étaient en lambeaux. Plusieurs fois, je suis tombée malade. J'errais et je tournais dans la pièce comme un lion en cage. Plusieurs fois, j'ai pensé au suicide, ou bien je devenais tout à fait folle, et je hurlais d'angoisse en me tirant les cheveux.

André, un soir, dégoûté et enragé par une de ces nouvelles crises m'attrapa par le bras et me jeta au sol. Il criait :

— Que tu es laide, ma pauvre ! Mais regarde-toi. Toujours à pleurer et à chouiner alors que je travaille comme un damné pour subvenir à tes besoins. Tu pourrais être gentille avec moi, tu pourrais sourire pour une fois !

Il m'enfourcha et s'assit sur mon dos. Il me tenait fermement, me tirant la tête en arrière. J'étais bloquée, je suffoquais, je pleurais, et lui répétait de plus en plus fort :

— Souris ! Mais souris, salope !

Il m'a tailladé la bouche au couteau. Ce sourire, il me l'a dessiné en découpant mes joues. Il faisait gicler mon sang jusqu'à découvrir le blanc de mes dents. Il aurait pu me lacérer tout le visage, dans sa rage, mais une fille est entrée dans notre chambre, une des prostituées du saloon, une fille frêle et bizarre qu'on surnommait

« la truie », et elle s'est jetée sur mon agresseur. Sans elle, je serais morte ce jour-là.

Tu l'as compris, cette fille, c'était Amy.

J'étais recroquevillée sur le plancher couvert de sang, de cheveux et de grumeaux de chair, à baver et à râler, les yeux exorbités. Je n'avais même plus la force de pleurer. J'étais en état de choc. D'autres clients se sont engouffrés dans la chambre, alertés par les cris d'Amy. Devant le carnage, beaucoup se sont sentis mal, mais au moins, je n'étais plus seule. J'étais sauvée.

Amy m'a aidée à me relever. Elle m'a fait traverser le saloon. Tous ces hommes affreux, qui avaient tant rêvé de me baiser, s'écartaient sur mon passage avec effroi.

J'ai éprouvé un bizarre sentiment de satisfaction. Ça me plaisait… beaucoup trop. J'ai pris conscience de mon désir secret, la petite flamme qui brûlait en moi. Le regard dégoulinant de tous ces conquérants à la queue molle n'exprimait plus le désir. L'incision du couteau dans ma chair avait révélé le monstre au grand jour. Mon sourire dégoulinant, mêlé de bave et d'hémoglobine, enfin, m'offrait ce statut que j'avais toujours désiré.

J'étais devenue une prédatrice.

En me rendant laide, André m'avait embellie à mes propres yeux.

Une joie sauvage m'a possédée.

Je triomphais, je me redressais dans le saloon, j'éructais des postillons dégueulasses et sanglants pour les faire tous reculer devant moi, livides de peur.

Quand Amy m'a traînée chez le chirurgien, je me suis débattue. La douleur était insoutenable, mais elle me rendait effrayante. Je ne voulais pas être rafistolée, je voulais rester monstrueuse. Belle, à ma façon.

— T'as pas le choix, insista Amy. Si on ne te recoud pas et qu'on ne nettoie pas tout ça, tu vas mourir d'une septicémie. Crois-moi, je connais ce genre de blessure.

Le chirurgien était un de ces sorciers de la greffe, qui officiait dans un laboratoire épouvantable, comme l'antichambre de l'enfer. Tandis qu'il me recousait avec du gros fil, je lorgnais, à travers mes larmes de souffrance, les bocaux pleins d'organes baignant dans le formol. Amy restait près de moi. Elle me tenait la main pendant l'opération. Le chirurgien était un de ses clients réguliers et il appréciait tant ses talents au lit qu'il acceptait de me rendre ce service. Je ne sais pas pourquoi, mon regard revenait sans cesse sur une crinière de lion blanc, tassée à grand-peine dans un bocal. Elle flottait sans grâce dans son bouillon verdâtre. Prise par la fièvre, je m'imaginais qu'il s'agissait de mes propres cheveux, arrachés par André, qu'il avait vendus au chirurgien pour s'acheter à boire.

— C'est les restes d'un lion blanc, m'a expliqué Amy qui avait suivi mon regard.

Elle connaissait tous les petits secrets du chirurgien, racontés avec tendresse sur l'oreiller.

— À ce qu'il paraît, c'était une bête énorme qu'un pistolero a abattue à Symphonie. On attendait beaucoup de ses organes, mais aucune greffe n'a tenu. Tous les gens qui ont essayé sont morts à cause des rejets. Il ne reste que cette crinière qui moisit là depuis des mois. Personne n'en veut. Tu l'aimes bien ?

— On dirait… mes cheveux, j'ai répondu, toujours dans mon délire.

Amy et moi sommes devenues amies depuis ce jour. Elle m'a aidée quand je suis retournée au saloon. André avait peur de moi. Ma crise de folie l'avait impressionné. Il ne me parlait plus. Mon sourire ignoble, en train de cicatriser, le révulsait.

Amy a négocié avec ses clients pour que je puisse avoir une chambre à moi, gratuitement. J'étais libérée de mon mari, mais je ne savais comment m'émanciper réellement. Des hommes payaient toujours pour moi, à travers Amy.

Je passais donc du temps avec ma nouvelle amie quand elle n'était pas avec des clients. Elle me raconta son histoire sordide, la greffe immonde qu'elle avait subie, et qui faisait aussi d'elle la prostituée numéro un du saloon. Puis elle avait été captive de l'Opéra. Elle avait survécu à ce cauchemar avant de retomber entre les griffes des hommes qui l'avaient « sauvée » alors qu'elle errait dans Symphonie, en état de choc. Nous pleurâmes beaucoup. J'aurais voulu l'aider comme elle m'avait secourue. Nous nous sentions faibles et sans ressource contre nos oppresseurs.

Alors j'ai eu cette idée… La greffe… Amy est revenue avec la crinière de lion. Elle n'avait même pas eu besoin de la dérober. Le chirurgien la lui avait donnée après l'un de ses orgasmes de porc… Pour lui, la relique n'avait aucune valeur. Elle macérait dans le formol depuis des mois.

Nous avons passé un long moment à observer les poils blancs flotter dans le liquide, mais je savais que je n'avais pas d'autre choix. Soit je subissais l'épreuve de la greffe et je renaissais autre, soit je végéterais dans cette chambre jusqu'à la fin de mes jours. Et surtout, je voulais protéger Amy. En devenant plus forte, j'espérais l'extirper du bordel.

— Vas-y, lui ai-je dit.

Amy était presque certaine de réussir à me greffer de la crinière, au milieu des cheveux que m'avait arrachés André et qui n'avaient jamais repoussé. L'opération était facile, en comparaison de toutes celles qui nécessitaient d'ouvrir le corps du patient. Le rejet, en revanche, était un risque important, surtout au vu des antécédents, mais Amy et moi avions une confiance étrange. Le lion me ressemblait, disait-elle, nous allions fusionner.

J'ai subi l'opération en serrant les dents, tandis qu'elle m'écorchait une partie du cuir chevelu avec ses aiguilles pour y implanter du crin.

La greffe a pris. Mes cheveux ont repoussé. Mon ombre a blanchi. Et je suis devenue ce monstre que j'avais tant appelé de mes vœux.

J'ai dévoré mon mari. Ma chimère blanche l'a taillé en pièces et on a bâfré pendant une journée entière, comme deux ogres, le lion et moi, assis au milieu d'un tas de chair répandu au sol. Ensuite, j'ai bouffé le mac d'Amy. Puis son client. Puis tous ceux qui osaient s'interposer entre nous deux. J'ai revendiqué Amy. J'ai affirmé que plus personne ne la toucherait à partir de ce jour. Et les hommes se vautraient en pleurnichant dans le sang et le sperme, leur petite queue rabougrie entre leurs cuisses, leurs bourses toutes serrées de trouille.

Plus personne n'a touché Amy.

Plus personne ne l'a appelée « Sexy Amy » ou « la truie ».

Puis la nuit, pour la première fois, le lion s'est retourné contre moi.

Je subissais mon revers.

Mais je n'étais plus la jeune femme fraîchement débarquée à Nacarat. J'avais décidé que plus jamais je ne me laisserais faire.

Les hommes avaient voulu me mater, me dominer, me réduire à une petite chose soumise.

Je les ai bouffés.

Mon camp, désormais, c'était celui des prédateurs, celui des dompteurs, et mon nouveau nom ne faisait pas rire longtemps les hommes dégoûtés par mon sourire noir.

Belle.

La dévoreuse.

La dompteuse.

La cheffe de gang.

*

Belle repoussa avec délicatesse une mèche de cheveux blond platine derrière son oreille, découvrant un peu plus le sillon boursouflé de sa cicatrice.

— Quand je t'ai vu, dit-elle, harnaché, battu et meurtri, cela m'a rappelé les tortures dont j'avais été victime et toutes les expériences sexuelles avilissantes qu'André m'avait fait endurer. J'ai revu Amy aussi, attachée et violée pendant des heures. Mais… Oui… surtout moi. Quand tu t'es débattu dans tous les sens et que tu es finalement retombé au sol, je me suis revue, lorsque j'ai compris que je devais enfin me révolter contre André pour ne pas subir cette mort lente et sans fin. J'avais sauté, rebondi contre les murs, avant de m'écrouler et de me retrouver chevauchée par ce pervers, la bouche tailladée à vif.

Elle toucha ses cicatrices du bout des doigts.

— Toi… et moi. À l'identique.

Chapitre 37

La nuit tomba sur les terres rouges, et Belle s'occupa de son rituel, aidée par Amy. Abraham aurait pu s'enfuir loin d'elles, mais les retrouver avait réveillé sa volonté : délivrer son frère. Pendant tout ce temps, il s'était égaré dans le corps du mustang. Il s'était apitoyé sur lui-même, il avait pleuré sur son impuissance. Puis face à Jesse, l'Ouest l'avait possédé tout entier, éveillant en lui des pulsions de vengeance.

Mais au final, les jours avaient passé et sa conscience humaine était toujours là, à l'équilibre dans sa nouvelle apparence, entre Est et Ouest. Jarod n'avait pas disparu de sa vie. Il était toujours prisonnier de la Harpiste, et Abraham, même s'il ne pouvait plus espérer rentrer avec lui à Fraora ou ailleurs, pouvait encore l'aider. Amy était la clé de l'entrée à l'Opéra et Belle, l'arme susceptible de renverser la Harpiste. Toute cette tragédie n'était peut-être pas advenue pour rien. Il pouvait agir. Se battre. Sauver Jarod. La dernière chose qui comptait vraiment pour lui.

Belle s'était allongée entre les dagues plantées dans le sol. Elle regardait le ciel noir et les premières étoiles qui pâlissaient.

— J'aime la nuit, dit-elle doucement. Quand tout s'éteint enfin. Que je n'ai plus à commander, ni à me battre. Je ferme les yeux, couchée contre les flancs de mon lion.

Abraham et Amy restèrent à côté d'elle.

Ce fut une nuit calme et sereine.

Au matin, les filles déjeunèrent, puis Belle s'adressa à lui.

— Il faut qu'on parle, déclara-t-elle.

Elle était sérieuse et concentrée. Debout dans son dos, Amy le considérait gravement.

— Nous voulons la même chose, toi et moi, enchaîna Belle. Et surtout, tous les deux, nous pouvons y arriver. La Harpiste manipule les gens grâce à la musique. Même les greffés n'ont aucune prise sur elle. Mais toi, tu as franchi la barrière des espèces. Tu appartiens à son peuple, désormais. Au-delà de ça, je ne suis pas sûre qu'elle s'intéresse à toi. Elle pensera que l'homme qu'elle a maudit, l'humain Abraham est mort, tué par ses anciens camarades. Elle notera ta présence bien sûr, mais celle d'une simple monture, et elle t'ignorera pour se focaliser sur moi. Tu n'auras qu'une mission : foncer sur elle et la démolir. Ou au moins, l'étourdir, rectifia-t-elle après une brève réflexion. Cela me suffira. Le lion s'emparera d'elle en une seconde.

— Dès qu'elle te verra, elle prendra contrôle de ton corps par le biais de la greffe, intervint Amy, préoccupée.

— Je n'ai pas oublié. Sauf que, tel Ulysse attaché à son mât pour résister aux sirènes, je me serai fermement harnachée à Abraham !

Elle lui refit face.

— Même si je subis son joug, tu m'emporteras vers elle au triple galop. Le choc, quand tu la percuteras, rompra son sortilège, et là, je passerai à l'action, conclut-elle avec satisfaction.

— La Harpiste peut également contrôler Abraham ! argumenta Amy.

— Pourquoi jouerait-elle pour lui ? Il n'est qu'un cheval, comme il y en a tant, un instrument de l'homme mené au combat par des égoïstes. Elle ne verra que moi, la prédatrice, et non lui, la proie.

Abraham la considéra sérieusement. Le stratagème pouvait fonctionner. Par ailleurs, il nota qu'Amy était exclue du plan. Cela lui convenait. La jeune fille avait déjà trop souffert. Face à la Harpiste, la peur la tétaniserait plus encore qu'un sort. Son rôle était de les conduire à l'Opéra. Ensuite, Belle et lui, les plus acharnés, les plus féroces, eux qui étaient arrivés jusqu'ici malgré tout, prendraient le relais.

— La première fois, tu as été surpris, reprit Belle. Cela n'arrivera plus. Tu sais à présent que pour délivrer ton frère, tu dois triompher de la Harpiste. Il est entendu que tu feras ce que tu voudras après notre victoire. Je me réserve juste la « tête » de notre ennemie.

Elle ne proposait pas de partager la prime avec son frère et lui, mais d'une certaine manière, ce marché déséquilibré le rassurait sur son honnêteté. Jarod serait son unique récompense, la seule qui ait de la valeur.

— Alors, Abraham, lui lança-t-elle effrontément, tu es avec moi ou contre moi ? Choisis maintenant. Reste ou disparais.

Abraham se campa sur ses quatre jambes et la fixa avec détermination, jusqu'à ce que le véritable sourire de Belle fasse plisser ses cicatrices.

Belle montait son propre cheval. Abraham cheminait à côté de ses camarades, libre. Ils étaient trois guerriers qui s'apprêtaient à livrer un dernier combat. Dans quelques jours, ils réussiraient ou ils mourraient. Abraham, dans ce corps étranger, éprouvait une curieuse impression d'invulnérabilité, comme s'il était déjà mort et que c'était la vie d'un autre qu'il allait jouer sur un seul assaut.

La nuit, l'épuisement le faisait sombrer dans le sommeil, mais parfois, entre ses cils, il observait Amy, qui fixait les étoiles pour s'orienter. Elle était courageuse d'y retourner.

Elle était amoureuse.

Quelques créatures tentèrent bien de se dresser sur leur route, mais dans l'ensemble, Abraham avait le sentiment pénible que la Harpiste leur ouvrait la route, comme si elle les attendait au bout du chemin…

Un matin, blême, Amy indiqua à Belle :

— L'Opéra est tout près.

La dompteuse encaissa le choc de l'annonce. Le pouls d'Abraham s'accéléra.

— Tu es prêt ? lui demanda Belle.

Il secoua sa crinière avant de hocher affirmativement la tête, comme un cheval de cirque.

— Je vais devoir m'attacher à toi.

Elle se hissa sur son dos, et avec l'aide maladroite d'Amy qui se servait de sa main restante, elle lia étroitement ses bottes à la sangle de la selle, puis noua ses cuisses de la même manière.

— Il suffit que tu me rapproches d'elle, lui rappela-t-elle. Quand tu l'auras étourdie et que je reprendrai mes esprits, mon lion se jettera sur elle pour l'achever. Tout doit aller vite. Très vite.

La rapidité était son atout, comme elle avait été celle d'As-de-Pique à l'époque, devançant les chevaux ordinaires à la course. Il avait confiance.

Ils se mirent en route au petit trot, tous les trois contractés par la tension et plongés dans un silence morne. Bientôt, des statues gigantesques émergèrent à droite et à gauche de leur route. C'étaient des sortes de gargouilles perchées sur leur socle, qui les regardaient passer avec une expression gourmande.

— On dirait vraiment qu'elles sont vivantes, nota Belle.

— Peut-être le sont-elles, dit doucement Amy. Une musique joue dans leur tête, les obligeant à prendre la pose…

Enfin, une cité rouge apparut, dressant ses formes tordues sur l'horizon. Les immeubles étaient immenses, bien plus hauts que dans n'importe quelle ville qu'Abraham avait traversée à ce jour. On aurait dit des tours cyclopéennes, étroites et criblées de fenêtres. Elles étaient rouges, bien sûr, comme tout le reste. On ne voyait rien à travers les ouvertures. La poussière occultait tout, à moins que ce ne fût une pellicule de sang…

— Qui a construit une pareille cité ? murmura Belle.

— Des générations d'esclaves, répondit Amy, lugubre. On raconte que la Harpiste était déjà là quand les premiers colons ont débarqué.

— Bizarre. Cela ne ressemble à rien d'humain… Tout est tellement… exagéré. Peut-être cet endroit a-t-il été édifié depuis des siècles par les créatures de Symphonie.

Elle regardait avec attention autour d'elle, et ajouta :

— On dirait que personne n'y vit.

— Détrompe-toi. Pour fonctionner, l'Opéra nécessite des serviteurs. Les loges ne sont pas si nombreuses. La Harpiste utilise ses instruments quand elle en a besoin. Autrement, les gens se terrent ici.

— Ils nous voient, là ?

— Je ne sais pas.

— Pourquoi ne nous aident-ils pas ?

Amy haussa les épaules.

— Ils ne peuvent pas. Ils ont peur…

— Est-ce que la Harpiste sait déjà que nous sommes là ? demanda Belle, préoccupée.

— Possible. Les gargouilles étaient peut-être des sentinelles qui se sont envolées après notre passage… Parfois, j'ai l'impression qu'elle peut voir à travers les yeux de toutes les créatures de Symphonie.

— Elle n'a pas d'yeux, releva Belle, amusée malgré elle.

— Alors je ne sais pas… Elle est connectée à nos rêves… Ou bien elle discerne les vibrations dans l'air et sur le sol… Notre respiration… Nos pas…

— Amy.

Elle paniquait.

— Amy, je suis là.

La jeune femme tâcha de recouvrer ses esprits. Abraham lui-même devait maîtriser la peur qui montait en lui. La conscience de la puissance de leur adversaire et du sort épouvantable qu'elle réservait aux vaincus l'acculaient dans l'angoisse.

Ils franchirent une arche immense. Des animaux étaient sculptés dans la pierre. Ils s'entrelaçaient les uns aux autres en un mystérieux désordre, pour ne former qu'une seule bête protéiforme : là, des poissons avaient des griffes, ici un jaguar vomissait des fleurs, des crocodiles déployaient leurs ailes. Ces corps se tordaient et se confondaient en une volumineuse torsade de muscles de pierre.

Le bruit de leurs pas se répercutait de façon lugubre dans la ville déserte. Le vent jouait de l'orgue à travers les carcasses des immeubles. De la poussière volait au ras du sol et fouettait les jarrets d'Abraham et des deux autres mustangs en une mitraille sèche. Ils en étaient rougis jusqu'au poitrail. Les immeubles se rapprochaient les uns des autres au point que la ruelle finit par se muer en un étroit canyon. Le ciel se réduisit en une bande bleue très mince. Si les ruines s'éboulaient sur eux, ils ne ressortiraient jamais de la passe.

Abraham sentait la crispation de Belle sur son dos. Ses mains ne cessaient de s'accrocher aux rênes. Ses jambes attachées à ses flancs tremblaient légèrement. Le pire restait son ombre. Son contact était électrique et parfois, le lion s'alourdissait. Son odeur s'imposait, comme une bouffée de musc, puis de nouveau, il redevenait cette présence éthérée qu'on oubliait.

Assez vite cependant, ils débouchèrent sur une vaste place pavée au milieu de laquelle se dressait un arbre mort. L'écorce noire, carbonisée, se détachait par plaques lépreuses. Les branches tordues se découpaient en ombres chinoises sur la cité rouge. Pendues à des cordes, des mains tranchées oscillaient. Elles étaient noires elles aussi, suintantes et brûlées. Même s'il s'agissait probablement de celles des musiciens, avant que la Harpiste leur greffe leurs instruments, Abraham imagina les mains coupées de son frère exposées dans cet arbre de cauchemar et un réflexe de fuite le traversa.

— Garde ton calme, murmura Belle en maîtrisant machinalement son écart.

Il tâcha de se détendre. À vrai dire, Abraham avait plus peur que lors de son premier affrontement avec la Harpiste. Tout s'était déroulé très vite, à l'époque. Ils étaient une équipe et ressentaient une excitation de chiens fous. Aujourd'hui, ils ne seraient que deux. Abraham avait perdu son corps. Leur seul avantage résidait dans l'effet de surprise. Leur faiblesse était aussi leur force. La Harpiste les sous-estimerait forcément, une femme seule, dont elle prendrait le contrôle en claquant des doigts, et un cheval ordinaire, un paisible herbivore qui trouvait le salut dans la fuite depuis des millénaires…

Ils dépassèrent l'arbre aux mains en silence et s'engagèrent dans une nouvelle rue, plus large que la précédente. Tout au bout, la façade de l'Opéra se déploya. Même Belle parut accuser le coup. Sur la croupe de son cheval, le lion blanc se redressa un instant et regarda par-dessus l'épaule de la cavalière l'édifice qu'ils avaient tant cherché. Derrière ces murs attendait la Harpiste.

— Amy, murmura Belle. C'est ici que nous te laissons.

Elle tendit la main et la noua à celle de son amie, en selle sur son cheval, son flanc presque appuyé à celui d'Abraham.

— Si je ne reviens pas, va-t'en loin d'ici. Ne cherche pas à me délivrer.

Abraham, du coin de l'œil, vit qu'Amy pleurait. Des larmes silencieuses traçaient une ligne claire sur ses joues couvertes de poussière.

— Sans toi... Je ne pourrai pas... hoqueta-t-elle.

— Je vais y arriver. Je vais revenir. Mais je veux juste être sûre, dans le cas où cela se passerait mal, que tu ne mettras pas ta vie en jeu.

— Non... Non... balbutia Amy sans qu'Abraham parvienne à savoir si elle suppliait sa compagne de ne pas y aller ou si elle acceptait effectivement de ne pas venir la délivrer.

— Amy Starr, ma petite étoile, murmura Belle avec tendresse.

Son pouce essuya les larmes.

— Tu es la plus lumineuse d'entre nous. Tout le gang peut s'enfoncer dans les ténèbres, mais pas toi, mon étoile. Toi, ta place est en pleine lumière.

Son bras retomba mollement.

— Je te rendrai heureuse. Je ferai tout pour cela.

— Je ne sais pas... gémit Amy. Je voudrais juste... que tu restes avec moi. Tu n'as pas besoin de faire ça. Je ne cherche pas la vengeance, et...

— On en a déjà parlé. Une partie de toi est restée ici, dans les loges. Tu en rêves toutes les nuits. Parfois, tu y retournes, même le jour... Si je ne la tue pas, tu auras peur toute ta vie. Tu ne seras jamais libre.

— Belle...

— C'est mon combat, désormais. Promets-moi de ne pas me suivre. Reste ici et attends-moi. Si à la nuit tombée, je ne suis pas revenue, pars sans te retourner.

Pas de réponse.

— Tu me le promets ?

— Je promets, sanglota Amy.

Abraham broncha vers l'avant. Un combat terrible les attendait tous les deux. Les larmes et les promesses n'y changeraient rien. Belle rassembla machinalement les rênes, mais Abraham, à force, commençait à s'habituer au déplacement du mors dans sa bouche.

— À tout à l'heure, dit Belle en souriant.

Elle lui souffla un baiser de la main, avant de se tourner vers l'entrée béante de l'Opéra. Abraham sentit presque physiquement la volonté de la cavalière s'affirmer au-dessus de lui. Un grondement enfla, quelque part. Le cheval frémit, piétina et enfin, fit le premier pas.

Chapitre 38

Abraham gravit les escaliers monumentaux et ils se retrouvèrent devant les portes grandes ouvertes de l'Opéra.

— On dirait qu'on est attendus, grommela Belle.

Elle ne pouvait pas mettre pied à terre, aussi franchirent-ils ensemble le seuil de l'entrée principale. Ils débouchèrent dans un hall immense, mais désert. Si la Harpiste attendait leur arrivée, le comité d'accueil se trouvait plus loin encore.

Abraham s'avança dans le hall. Il ne pouvait complètement brider son admiration. Entre deux escaliers en marbre s'arrondissait le bassin d'une fontaine. Des poissons dorés y nageaient. Contre le mur grimpait une vigne dont les feuilles étaient en verre coloré. Les reflets à la surface de l'eau faisaient étinceler la plante en un jeu de lumière éblouissant.

Belle le mena vers l'escalier de droite et ils s'élevèrent dans un vacarme de sabots qui les faisait tous les deux grincer les dents.

La Harpiste sait sûrement que nous sommes là, se répéta Abraham. *Elle a dû nous repérer dès notre entrée. Autant avoir l'air les plus imbéciles possible.*

Malgré l'appréhension, il se laissa guider vers une porte. Secrètement, il avait espéré trouver les prisons où étaient enfermés les esclaves et peut-être libérer son frère sans avoir à affronter la Harpiste, mais une partie de lui redoutait que la musicienne n'ait gardé sa meute humaine près d'elle. Il risquait de devoir une nouvelle fois bousculer Jarod avant de pouvoir atteindre leur ennemie.

C'est pour la bonne cause, se persuada-t-il.

Il devait rester concentré, focalisé sur sa tâche. Son rôle était simple et direct : charger comme une bête écervelée, comme un stupide bélier, un taureau fou. Une bête. Une bête…

C'est ce que tu es, maintenant, accepte-le.

Même ainsi, cela restait difficile.

Ils traversèrent un couloir décoré de peintures esquissées à grands traits grossiers. Belle émit un grognement étranglé. Abraham, surpris, observa les tableaux. Le gang y était représenté, chacun de leurs anciens compagnons, au moment de leur mort : Lizzie était pendue à ses propres fils ; Noah dans le labyrinthe des miroirs s'arrachait les yeux ; Earl n'était plus qu'un sac de peau ensanglanté, ses os brisés pointant hors de la chair, au milieu des roses rouges ; Jesse était entraîné, terrifié, dans l'obscurité par des créatures de cauchemars indistinctes. Puis c'étaient eux : Abraham, sous sa forme humaine, nu, avec un sac en toile de jute sur la tête et une laisse autour du cou ; Belle, nue également, assise comme un lion sur un tabouret de dresseuse ; Amy, les cheveux devant le visage, sanglotant au-dessus de son moignon nécrosé.

Elle ne sait pas que je suis un cheval, pensa Abraham.

Cette idée le réconforta. Pour l'instant, en dépit de ces menaces, leur plan fonctionnait toujours. La Harpiste l'ignorerait pour se concentrer sur Belle. Il avait une chance de l'atteindre.

Ils continuèrent d'avancer, en silence, et longèrent des couloirs successifs dont la courbure suivait vraisemblablement une grande salle centrale. Aucun accès n'était visible. La patience d'Abraham s'effritait. Il avait envie de partir au galop, d'imposer son propre rythme. Belle dut le sentir, car sa main s'alourdit et elle raccourcit les rênes. La respiration d'Abraham devint profonde et rauque, le col fléchi. Belle lutta contre sa bouche, ses épaules. Abraham se raidit, l'encolure figée et le dos tendu. Il commençait à transpirer. L'écume moussait sous les cuisses serrées de Belle. Puis il finit par se laisser promener où elle voulait. Les rênes se relâchèrent un peu. Il put détendre son cou douloureux.

— Ne joue pas au con avec moi, le menaça Belle à voix basse. Tu sais bien qu'on en paiera le prix tous les deux si tu sors de ton rôle.

De nombreuses portes se succédaient sur le mur de gauche. Elles étaient pourvues d'un hublot et ils s'en rapprochèrent pour regarder à l'intérieur. Il s'agissait de petites loges, transformées en cellules. Des hommes et des femmes étaient étendus, nus, sur des coussins à pompons dorés et des tapis épais. Un collier de fer les attachait à un anneau fixé dans le mur. Un esprit malsain les avait tatoués des pieds à la tête : des notes de musique, des lignes et des clés de *sol* noircissaient leur peau, comme si leur corps était une partition de musique géante. Abraham renâcla. Son frère était peut-être là, dans une de ces loges. Belle, de nouveau, rassembla les rênes.

— Si nous arrachons le cœur de la Harpiste, c'est tout cet endroit qui s'effondrera de lui-même, lui dit-elle. Nous n'avons pas de temps pour ça. Tu ne comprends pas qu'elle le fait exprès ? Si tu ne veux pas rejoindre ces prisonniers, ne te laisse pas distraire. Ils ne sont là que pour briser ton esprit et te ralentir.

Leur progression fut encore longue, jouant avec leurs nerfs, jusqu'à ce qu'enfin, la musique parvienne aux oreilles sensibles d'Abraham. Cela jouait là-bas, derrière les murs, dans la salle de concert. Belle l'entendit à son tour.

Cette fois, elle le laissa allonger le pas. Plusieurs grandes portes à double battant s'ouvraient face à eux, le long du mur courbe, et la musique, bourdonnante, mal accordée, en sortait. Les instruments répétaient, chacun dans leur coin, sans aucune harmonie.

— Je vais te tuer, marmonna Belle. Ton cœur, je vais le bouffer.

Brutalement, elle cingla Abraham de sa cravache.

— Charge cette pute, ordonna-t-elle en un chuchotement haineux.

Ils franchirent une porte et se retrouvèrent dans la salle de concert de l'Opéra.

Des escaliers couverts d'un épais tapis de velours rouge descendaient jusqu'à l'imposante scène, encore voilée par un rideau écarlate. Dans la fosse, l'orchestre se préparait. La salle était comble, occupée par des somnambules. Tous étaient assis dans la même position, le regard vide, une rose posée sur les genoux. Ils fixaient la scène droit devant eux, mais semblaient pris dans leur propre vision. Parfois, l'un d'eux était agité d'un spasme qui lui secouait un bras ou l'épaule. Leur teint était grisâtre, comme la peau d'un mort. Abraham ralentit en haut des marches. Il était censé charger la Harpiste, sauf qu'il ne la voyait pas. Se dissimulait-elle derrière le rideau ? Pour atteindre la scène, il allait devoir dévaler l'escalier et effectuer un saut prodigieux au-dessus de l'orchestre.

Je peux le faire, s'encouragea-t-il.

— Elle se cache ! s'exclama Belle.

Mais au même moment, comme pour leur prouver que la Harpiste ne les craignait pas, l'orchestre se figea et le rideau commença à monter. La poulie qui l'actionnait grinçait et ce bruit monta, grêle, dans le silence. Les spectateurs hypnotisés se tenaient cois. Les musiciens s'étaient immobilisés dans des postures différentes, leurs instruments greffés tremblotant au bout de leurs membres tranchés. Abraham songea avec malaise que tout le monde ici était contrôlé par la Harpiste. Telle une marionnettiste colossale, elle tenait cette foule au bout de ses fils.

La tenture s'était relevée à moitié. Les planches vernies de la scène apparurent derrière la rampe de feu de centaines de petites bougies, disposées en arc de cercle. Puis le bas de la robe somptueuse de la Harpiste fut visible. La musicienne se tenait parfaitement immobile, comme si elle était sculptée dans du marbre. Le rideau la dévoila centimètre par centimètre. Abraham restait au sommet des marches, paralysé par cette vision extraordinaire, par sa lenteur fascinante, sa volupté…

— Charge ! ordonna Belle.

Elle lui cingla la croupe de toutes ses forces, l'arrachant à sa torpeur. Abraham bondit en avant et commença à dévaler les escaliers comme une tornade de muscles noirs.

Aussitôt, les musiciens se mirent à jouer une mélopée grandiose et rapide. Les violons accompagnaient sa course, les tambours la rythmaient, les trompettes l'encourageaient. Et le rideau, aux trois quarts levé, révélait la Harpiste, immobile dans sa robe ivoirine.

Elle nous met en scène, pensa Abraham avec horreur.

Il fixait les cordes de la harpe géante. Pour l'instant, elles étaient droites et silencieuses. À la première note, le véritable combat commencerait. Son pouvoir s'enroulerait autour du cœur de lion de Belle et la dompteuse serait ensorcelée. Quant à lui ? Il ignorait si la magie de la musicienne fonctionnerait sur son organisme. Il s'était déjà laissé corrompre par la malédiction de l'Ouest. Une part de lui avait basculé dans le camp des monstres. Il pouvait être épargné…

Cours ! Cours ! s'ordonna-t-il alors qu'il gagnait encore en vitesse.

La gravité augmentait sa puissance, alors qu'il survolait les marches à toute allure, et que les musiciens paraissaient jouer pour lui, à la gloire de sa charge.

Il déboula au niveau de la fosse, aperçut en l'espace d'une fraction de seconde le groupe des instrumentistes terrifiés. Puis il avisa la scène, en hauteur, et le saut qu'il allait faire.

Envole-toi !

Il poussa fort sur ses postérieures, souleva son avant-main… et il décolla, effaçant la distance en un saut lourd, mais puissant.

Il se réceptionna sans aucune grâce sur la scène. Les planches craquèrent sous son poids. Des bougies volèrent et retombèrent comme une pluie d'étoiles filantes dans la fosse des musiciens.

Face à eux, la Harpiste pinça délicatement les cordes de son instrument.

Une musique fragile, d'un autre monde, s'éleva alors que l'orchestre se taisait.

Sur son dos, l'assiette de Belle se modifia. Au lieu d'accompagner ses mouvements, elle devint un poids et Abraham fut certain qu'elle était captive de la musique.

Lui, ses jambes fonctionnaient toujours. La mécanique bien huilée de son corps le propulsa en avant. Quelques foulées le séparaient du monstre, qu'il effaça en un éclair noir.

Puis ce fut le choc, brutal, qui catapulta la gracieuse Harpiste à travers l'espace, sa robe déployée autour d'elle comme de grandes ailes d'ange.

Sa musique s'interrompit en un cri discordant. Elle frappa le sol de tout son long. Dans la fosse, l'orchestre se figea.

Belle poussa un rugissement de victoire. Le lion blanc se souleva au-dessus d'Abraham, et le cheval dut faire un gros effort pour rester sur sa trajectoire et rejoindre la musicienne, étalée sur la scène, vulnérable.

Encore quelques secondes de carnage, et c'en serait fini. Il pourrait quitter cet endroit avec son frère. Tous les prisonniers de cet Opéra de cauchemar seraient libres, les spectateurs, les musiciens, les esclaves…

Le lion se rua sur sa proie et…

— Beeeeelle !

Le cri déchirant figea le fauve dans son assaut. Belle avait reconnu la voix, quelques secondes avant Abraham.

— Belle !

Le cheval leva la tête en direction des hurlements écorchés de terreur.

Amy était debout sur une travée, au-dessus de la scène, les bras liés derrière le dos, un nœud coulant autour du cou. Deux créatures greffées se tenaient debout à côté d'elle sur la poutre étroite. L'une avait une tête de tuba et le visage de l'autre était une cymbale ronde et dorée.

— Belle… Belle… sanglota Amy. Je suis désolée… Ils vont… Je suis tellement désolée… C'est trop dur.

— Amy… murmura Belle, acculée par cette vision affreuse.

Son lion était toujours immobile au-dessus de sa proie, en attente de l'ordre fatidique, qui ne venait pas. Au même moment, les deux créatures poussèrent Amy. Elle bascula dans le vide, la corde se déroula à toute allure…

— Abraham ! hurla Belle.

Il réagit par réflexe et s'élança vers le point de chute, tandis que Belle tendait les bras. Le choc fut infime. Il le sentit à peine. Belle grogna, pas plus. Amy poussa une petite plainte.

Abraham tourna légèrement la tête, mais ses yeux positionnés de façon oblique lui permettaient de voir derrière et au-dessus de lui.

Sur son dos, Belle soulevait à bout de bras le corps pendu d'Amy pour atténuer la pression de la corde sur sa gorge. Sa nuque ne s'était pas brisée, mais elle se contorsionnait comme un poisson hors de l'eau en émettant des gargouillements humides.

— Tiens le coup, Amy, tiens le coup, je vais te sauver ! balbutia Belle

Abraham, la tête levée, regardait le visage larmoyant d'Amy, ses yeux déjà rougis par le sang.

Des aboiements contrefaits éclatèrent en coulisse.

La Harpiste s'était relevée.

Dans la fosse, l'orchestre jouait à nouveau.

La meute des hommes-chiens se jeta sur eux. Quand Abraham voulut reculer, une dizaine de mains agrippèrent les rênes et le retinrent. Sur son dos, le poids de Belle s'allégea brusquement. Les esclaves coupaient les liens qui l'attachaient à lui et la tiraient jusqu'au sol. La corde à laquelle pendait Amy fut également tranchée. D'autres mains attrapèrent Abraham par la queue et la crinière. Elles s'accrochaient au licol, aux rênes, aux étriers. Il oscillait sur ses quatre jambes, cherchant à s'équilibrer pour leur décocher une ruade, mais déjà, on lui entravait les pâturons pour l'empêcher de ruer, de se cabrer… En un éclair, il se retrouva à panteler, roulant les yeux, effrayé, au milieu de la horde dont les mains le touchaient de toutes parts. Belle, rugissante, fut emportée, tirée par les cheveux le long des planches. Elle se tordait en vain. L'ombre du lion tressautait à sa suite, impuissante, sans doute maîtrisée par une note de musique. Debout dans un coin de la scène, la Harpiste jouait de son instrument, hiératique et majestueuse. Triomphante.

Chapitre 39

Ils se trouvaient dans une vaste cour déserte. Au centre se dressait une cage de cirque ambulant, montée sur roulettes, dans laquelle Belle était enfermée, nue. Des tigres et des lions étaient peints sur les murs de la boîte. Les barreaux s'étiraient d'un seul côté.

Abraham était attaché à un poteau, non loin d'elle. Ses jambes étaient entravées par une chaîne. Il se tenait debout, immobile depuis des heures, mais sa condition de cheval l'aidait à supporter ce traitement. Ses muscles fermes le soutenaient ainsi que ses jarrets solides.

Des deux, il n'était pas le plus à plaindre. La nuit tombait et Belle était dans l'incapacité d'effectuer son rituel. Dans l'obscurité, le lion se retournerait contre elle, alors qu'elle était enfermée et désarmée. Pour la première fois, elle subirait de plein fouet le revers de sa greffe. Peut-être en mourrait-elle ou bien en sortirait-elle définitivement transformée, comme lui l'avait été.

Surtout, elle n'avait plus Amy. Les musiciens l'avaient décrochée, avant de l'emmener loin d'eux. Qu'était-elle devenue ? Son sort pesait sur leur moral. Pour elle, Belle aurait sans doute trouvé la force de se battre une nuit de plus, mais à présent ? Ils avaient été défaits avec facilité, comme la première fois.

Elle a agi exactement comme moi, se dit Abraham avec une ironie amère. *Je leur ai fait perdre la bataille la première fois, pour Jarod, et aujourd'hui, Belle nous l'a fait perdre pour Amy. Maintenant, elle sait ce que ça fait...*

Le noir s'installait alors que la dompteuse tremblait dans la cage. Le lion se dressa prudemment hors de l'ombre blanche. Il avança pas à pas, pour tester les limites de sa liberté. Depuis quand était-il piégé sous la coupe de Belle ? Peut-être sa captivité avait-elle inhibé son agressivité à l'encontre de sa maîtresse et n'oserait-il pas s'en prendre à elle ? Mais au fur et à mesure qu'il découvrait l'étendue de son autonomie, il gagnait en assurance. Belle se redressa de toute sa hauteur, fière et impressionnante, même les mains vides.

— Couché ! lui ordonna-t-elle. Couché !

Le lion fronça le museau et gronda. Pendant plusieurs minutes encore, il se déplaça de long en large dans la cage, lorgnant Belle du coin de l'œil et grognant sourdement. Puis il se rapprocha avec une souple lenteur et lança un premier coup de patte dans sa direction.

— Couché ! aboya-t-elle.

Il rugit. Abraham, attaché à son piquet, en sursauta d'effroi. Son instinct de cheval lui hurlait de fuir. Belle allait se faire tailler en pièces. Pourtant, la dompteuse ne reculait pas. Elle ne détournait pas le regard et au contraire, fixait l'animal droit dans les yeux avec une férocité absolue. Sa vie était suspendue à ce moment de tension, à ce défi lancé par l'un et par l'autre.

Si elle flanche, il la dévorera, pensa Abraham.

Un grondement monta dans la nuit. Ce n'était pas le lion, mais Belle qui émettait ce bruit sourd et menaçant, venu du fond de sa gorge.

Le fauve fit un pas en avant et rugit, encore plus fort. Il avait gagné en masse et sa gueule était à la hauteur du visage de Belle, à présent. Elle devait sentir son haleine brûlante sur ses joues. Face à son démon, elle paraissait petite et mince, si fragile. Un coup de patte aurait pu la briser en deux ; un coup de crocs lui arracherait la tête… Déterminée, elle ne montrait pas sa peur. Malgré lui, Abraham admirait son courage. Elle n'avait pas volé sa place de cheffe de meute.

Le lion rugit à nouveau. Ses dents claquèrent tout proche du visage de Belle. Elle ne céda pas un pouce. Lorsqu'il se jeta en avant, elle n'esquiva pas. Elle le frappa de toutes ses forces, avec le talon de sa paume, sur le museau.

— Couché ! ordonna-t-elle.

Surpris, le lion se rencogna en arrière en grognant. Belle suivit son mouvement. Elle l'attrapa par l'oreille et la tordit méchamment en répétant :

— Couché !

Le lion fit mine de l'attaquer à nouveau ; elle planta ses doigts dans ses narines et de l'autre main, sans crainte, serra le bas de sa mâchoire. Ses crocs devaient lui rentrer dans la paume, mais elle ne le lâchait pas et lui ouvrit la gueule de force, à lui disloquer les mâchoires. Surpris et effrayé, le lion se contorsionna pour lui échapper. En vain. Il était coincé dans l'angle de la cage. Belle lui maintint la gueule ouverte et le frappa dans la gorge avec le genou tout en hurlant. Le fauve s'étrangla, bava, bondit de droite à gauche, sans pouvoir se soustraire à la dompteuse. Il se dégageait d'elle une folie furieuse. Le lion, qui l'avait vue prendre tant de vies, la redoutait. Elle cognait et l'écartelait, rugissante, comme possédée. Le lion terrassé poussa un dernier cri de peur et de fureur, puis il s'abattit sur le flanc avec un gargouillement. Belle lui balança son pied en pleine tête, jusqu'à ce qu'il rampe dans un coin de la cage. Il ne réintégra pas son ombre. Il se coucha là et cligna lentement des paupières. Belle, essoufflée, resta droite et menaçante, à respirer fort, les poings sur les hanches. Ils se fixèrent pendant une éternité, jusqu'à ce que le lion, grondant, se coule dans l'obscurité.

La dompteuse regardait attentivement autour d'elle, sachant que la créature pouvait se matérialiser ailleurs. La nuit la rendait plus agile, moins dépendante des ombres naturelles. Mais il ne se passa rien. Le fauve patientait en silence dans les ténèbres.

Abraham finit par somnoler, se réveillant en sursaut au moindre bruit. Chaque fois, il discernait Belle et le lion, aux prises l'un avec l'autre derrière les barreaux. L'appréhension aurait dû lui garder les yeux ouverts, mais la fatigue écrasante et cette nuit sans fin eurent raison de lui.

La lumière de l'aube lui rouvrit les paupières. Son corps était engourdi à force d'être resté si longtemps immobile. Il piétina sur place pour réactiver sa circulation sanguine. Dans la cage, Belle faisait les cent pas.

Abraham hennit doucement pour attirer son attention. Elle lui jeta un regard injecté de sang et continua de marcher. Quelque chose le dérangeait dans cette vision et il y réfléchit pendant de longues minutes avant de réaliser, stupéfait, que la dompteuse n'avait plus d'ombre.

Qu'est-ce que cela pouvait signifier ? Qu'elle avait tué le lion ou bien que celui-ci avait pris possession d'elle ?

Abraham mâchonna son mors. Il était las de sentir le fer peser dans sa bouche, mais en même temps, il était progressivement gagné par une forme de résignation et de sérénité, probablement distillée par son instinct animal. Ainsi, il patienta une heure supplémentaire, puis une autre, toujours calme et immobile, pendant que Belle s'épuisait à marcher de long en large.

Enfin, sur l'angle périphérique de sa vision, Abraham remarqua une silhouette qui s'approchait. Un violent frisson le parcourut. Il tira sur sa longe. À ses pieds, les chaînes cliquetèrent. L'homme boitait légèrement. L'apercevant à son tour, Belle lui hurla dessus, tendit les bras à travers les barreaux, comme pour l'attraper. L'homme portait sa veste de dompteuse de fauves. À la main, il tenait son fouet. Mais surtout…

Jarod ! hurla Abraham dans sa tête. *Jarod !*

Son frère se tourna vers lui et un espoir douloureux traversa le cœur d'Abraham. L'avait-il entendu, grâce au lien qui les unissait ? Ou l'avait-il reconnu, sous sa robe de cheval ? Savait-il qui il était ?

Il vient me délivrer, pensa Abraham. *On va s'enfuir tous les deux !*

Pris dans le torrent de ses propres pensées, il n'arrivait plus à réfléchir, mais une partie de lui avait noté les vêtements et le fouet empruntés à Belle. La Harpiste était en train de se jouer d'eux.

Jarod ! appela-t-il encore, le plus fort possible, à s'en faire exploser le crâne. *Jarod !*

Son frère le considéra en silence. Son visage était marqué par les privations, creusé de petits sillons amers.

Sa grosse mâchoire de puma dessinait des angles osseux sous la peau noire de l'humain. Ses yeux étaient deux puits sombres dans lesquels s'était éteinte toute flamme. Toutefois, ses sourcils étaient légèrement fléchis, comme s'il réfléchissait, comme si quelque chose passait entre eux, en dépit des apparences : tous les deux avaient été maudits. En ambitionnant de conquérir cette terre sauvage et mystérieuse, ils se retrouvaient là, après des années de séparation, esclaves d'un monstre. Abraham espérait quelque chose, mais son frère dit seulement, d'un ton morne :

— Le spectacle va commencer. La Harpiste m'a promis la liberté si tout était parfait.

Abraham sentit que le sol s'ouvrait sous ses pieds. Son frère ne l'avait pas reconnu. Comment l'aurait-il pu ? Abraham avait l'apparence d'un mustang. Il était muet, son humanité enfouie au plus profond d'une demi-tonne de muscles. Et en même temps, le sens de ses mots se fraya un chemin jusqu'à lui : la Harpiste avait passé un marché avec Jarod ? Il devait assurer un spectacle et à son terme, il serait libéré ?

Je veux que tu sois libre, pensa Abraham avec désespoir. *Pour moi, c'est trop tard, mais pour toi...*

Il tendit la tête pour toucher son frère, s'appuyer contre lui en une caresse bourrue. Jarod recula d'un pas, effrayé. Abraham s'immobilisa.

— Doucement… lui dit Jarod. Si tout se passe bien… Ce sera fini.

Et il répéta d'une voix éteinte, en un souffle :

— Fini.

Il est brisé, songea Abraham, accablé. *La Harpiste l'a réduit en morceaux.*

Jarod dénoua les rênes sans le quitter du regard. Il se méfiait de lui. Abraham ne savait comment lui faire comprendre qu'ils étaient du même côté. S'il avait pu parler, il aurait pu, d'un mot, d'une anecdote ou d'un souvenir, lever le secret, mais de sa gorge ne sortaient que des hennissements fiévreux. Des yeux, il chercha le contact de Belle. La dompteuse l'ignora alors qu'elle hurlait des imprécations et des insultes à Jarod, révulsée par le vol de sa veste et de son fouet. Elle ne comprenait pas, elle ne faisait pas le lien. Elle en était incapable. Le peu qu'elle avait vu de Jarod était une vague silhouette à la tête couverte d'un sac…

Jarod s'accroupit pour ôter les chaînes à ses jambes. Avec n'importe quel autre troufion de la Harpiste, Abraham aurait pu se défendre, l'écraser sous ses sabots et s'enfuir. Mais la Harpiste lui avait envoyé Jarod. Elle avait compris… Sans nul doute possible, elle l'avait reconnu à présent.

Abraham suivit son frère dans un brouillard de confusion, jusqu'à un chapiteau rouge, dressé dans une cour noire, cendreuse et déserte. Ils longèrent un couloir étroit avant de déboucher sur le sable de la piste. Comme la salle de concert, le cirque était comble. Les silhouettes des somnambules se tenaient sur les gradins. Parfois, l'un ou l'autre tressaillait avant de reprendre son immobilité de statue. Leurs regards transperçaient l'espace, perdus dans le vide, soumis à la petite mélodie qu'on entendait en sourdine. Sur une estrade trônait la reine des lieux, assise dans le drapé somptueux de sa robe en mousseline blanche. Les cordes de sa harpe se pinçaient délicatement sous des doigts invisibles. La Harpiste attendait le spectacle.

Abraham, avec ses yeux écartés, pouvait également voir son frère, à ses côtés. En présence de la Harpiste, il s'était crispé. Sa respiration s'était accélérée. Le monstre le terrifiait. Que lui avait-elle fait pour le broyer ainsi ? L'âme d'Abraham saignait de douleur et de chagrin. Il aurait tant voulu pouvoir serrer Jarod dans ses bras, le réconforter et lui dire que tout irait bien désormais… Mais même s'il avait pu, cela aurait été un mensonge.

— Comporte-toi bien, s'il te plaît, lui chuchota son frère.

Il lâcha la bride et se recula dans les ombres des coulisses, le laissant dans la lumière de la piste.

Quelqu'un arrivait, une silhouette fluette à laquelle il manquait une main.

Abraham éprouva un petit coup au cœur à sa vue, mais au moins, Amy était toujours vivante. La corde avait laissé une trace rouge sur son cou. Elle était vêtue d'une tenue d'écuyère : hautes bottes de cuir bien cirées, pantalon blanc et veste noire cintrée à boutons dorés, qui moulait ses mamelles de truie et ne laissait aucun doute sur sa difformité de greffée. Ses cheveux étaient peignés en arrière en une courte queue de cheval. Elle était pâle et cernée.

À la vue d'Abraham, elle ne dit rien. Elle le rejoignit et, de sa main malhabile, elle attacha une longe à son filet. Elle tremblait tant qu'elle dut s'y reprendre à plusieurs fois. Avec ses oreilles sensibles, Abraham l'entendait claquer des dents. Son regard fixe se détournait du sien.

Enfin, elle se plaça au centre de la piste et d'un signe de tête, elle l'encouragea à se mouvoir. Ses yeux le suppliaient. Son frère, Amy, tous les deux jouaient le jeu imposé par la Harpiste et en tremblaient d'épouvante… Abraham prit docilement le trot, puis un léger galop. Décrire des cercles en bout de longe lui permettait de scruter le public. À cette vitesse, il peinait cependant à discerner les spectateurs. Ils se confondaient en une traînée grisâtre. Les sons de la harpe se firent plus rapides et cristallins.

L'ogresse avait sans doute imaginé le briser par ce numéro de cirque, mais Abraham ravalait son orgueil d'humain, laissant l'instinct du cheval prendre le dessus sur ses émotions. Ainsi, il percevait les vibrations qui émanaient du public captif. Descendant tout au fond de lui-même, pour enterrer l'humain et exacerber l'animal, il finit même par discerner les fils d'argent qui asservissaient chaque membre de la cour de la Harpiste, de l'orchestre aux plus vils des esclaves. C'était un opéra de cauchemar, le rêve d'un musicien traumatisé. Fugitivement, il repensa aux visions qu'il avait eues, face à Jesse. Un instant, la Harpiste s'était incarnée en lui. Il avait ressenti sa douleur, son désespoir quand les colons avaient massacré les siens. Victimes et bourreaux, tous ne cessaient de rejouer la partition de la vengeance. Le sang ne s'arrêterait jamais de couler…

Pense à Jarod.

Amy lâcha la longe et se rapprocha au pas de course. De sa main valide, elle s'agrippa à sa crinière et tenta de monter sur son dos. Abraham, ne sachant comment l'aider, ralentit un peu, mais Amy retomba lourdement sur le sable. Dans le public, personne ne cria ou ne rit. Les gens se bornaient à faire ce que l'on attendait d'eux : regarder. Amy se releva en grimaçant, son beau costume d'écuyère maculé de sable. Elle se rapprocha en trottinant et tenta de nouveau de monter sur son dos. Son moignon lui rendait la tâche difficile. Elle réussit pourtant à s'allonger sur son échine, la tête et les bras pendant d'un côté, les jambes de l'autre, trimballée comme un sac sur le cercle de la piste, ahanant d'efforts impuissants. Elle finit par chuter sur le sable, épuisée, et y roula en gémissant. Une fois encore, ce petit numéro ridicule ne fut salué d'aucun rire ni d'aucune marque de compassion. Il fallait continuer. Aussi se releva-t-elle une troisième fois et s'acharna-t-elle à se hisser pour exécuter sa parodie de numéro de voltige. Cette fois, elle put tenir à genoux, claquant des dents et tremblant de tous ses membres.

Abraham galopait, pris dans une mécanique infinie, ce rythme onirique, presque comme s'il dormait debout. La Harpiste, bien entendu, exigeait du sang, mais surtout des humiliations grotesques et sordides. Abraham ne lui cédait rien de tout cela. Il jouait un numéro, totalement détaché de lui-même. Il réalisait que sous cette apparence, la Harpiste ne pouvait plus vraiment l'atteindre. Son âme et sa fierté d'homme étaient enfermées sous clé, quelque part sous les muscles et le satin noir. Il galopait. Il aurait pu continuer ainsi pour l'éternité.

Amy culbuta encore mais cette fois, quand elle se redressa, elle effectua une révérence pataude. Le public applaudit mollement. Les gens battaient des mains, tous ensemble, en un rythme lent et inquiétant, parfaitement synchrone.

— Viens vite, murmura la jeune femme en faisant signe à Abraham. Je crois qu'elle est satisfaite…

Ils quittèrent la piste pour réintégrer la pénombre, au bord du cercle de sable, tout près des gradins. En coulisse, des serviteurs s'agitaient. Des barreaux hauts de trois mètres furent dressés le long de la piste pour former une vaste cage circulaire. On disposa des tabourets jaune et rouge sur le sable. Amy se mit à gémir, les bras croisés sur son torse, comme pour dissimuler les mamelles qui déformaient son costume.

— C'est elle, chuchota-t-elle d'une voix brisée. C'est son tour, mon Dieu, c'est son tour...

La respiration d'Abraham se précipita.

Jarod et Belle venaient d'entrer sur la piste.

Chapitre 40

Jarod pénétra dans la cage géante par une porte, mais pour rejoindre la piste, Belle fut obligée de ramper à quatre pattes dans un tunnel grillagé. Dès qu'elle put s'en extirper, elle bondit sur ses pieds et fixa le public avec une hostilité muette, jusqu'à repérer la Harpiste installée sur son trône. Ses traits se durcirent, la ligne de sa mâchoire se contracta. Abraham chercha la forme de son lion sur le sable, sans la trouver. Belle était désormais dépourvue d'ombre… et d'allié.

Jarod se porta à la hauteur de la femme. À la main, il tenait toujours le fouet de la dompteuse, dont la lanière se déroulait dans le sable.

— Mesdames et messieurs ! lança-t-il d'une voix forcée. Le puma d'os va affronter la lionne blanche !

Le fouet claqua dans le silence maussade. Le spectacle n'était en réalité destiné qu'à la Harpiste, à Amy et à Abraham…

Belle, lentement, décrivit un arc de cercle sur la gauche pour s'éloigner de lui. Son expression farouche était intimidante. Même si elle ne pouvait pas appeler son lion, elle envisageait de se défendre avec ses dents et ses ongles.

D'un geste du bras, Jarod lui indiqua un tabouret.

— Va t'asseoir là-dessus ! commanda-t-il.

— Va te faire foutre ! rugit la dompteuse déchue.

Elle se rua sur Jarod. Avec la force d'un poignet d'homme, le fouet cingla Belle et la renvoya en arrière, tel un pantin désarticulé. Belle heurta les barreaux de la cage. Le fracas emplit le cirque silencieux, mais dans les gradins, personne ne réagit. Abraham, impuissant, déplaça le poids de son corps d'une jambe à l'autre. S'il avait été entre eux, qui aurait-il aidé ? Son frère, se faisant ainsi l'instrument de la Harpiste ? Ou Belle ?

Sur la piste, l'affrontement reprit. Belle s'éloigna des barreaux d'une ondulation du bassin et se propulsa vers l'avant. Du sang jaillissait de la blessure sur son torse et inondait son ventre nu, mais elle écrasait sa souffrance entre ses dents. Elle semblait réduite à deux couleurs, le blanc et le rouge, dans le cercle de lumière. Un silence de mort figeait le cirque au point qu'on entendait sa respiration haletante et le crissement du sable sous ses pieds. Personne ne se réjouissait de ce spectacle. Parmi les esclaves, certains avaient subi le passage sur scène et tous les autres avaient assisté, contraints et forcés, à nombre de divertissements cruels.

Comme Belle accourait, Jarod se campa sur ses pieds, le fouet déroulé à la main, menaçant. Belle décolla, incroyablement rapide, transcendant la douleur de sa blessure ouverte. Jarod para au dernier moment et la repoussa du pied. Belle roula sur le sol en hurlant, soulevant un nuage de sable autour d'elle. Ses mouvements désordonnés disparurent derrière l'écran rouge, puis elle fut là, debout de nouveau, au milieu de la poussière qui retombait, voûtée, échevelée, écumante.

Jarod la lacéra derechef. Abraham détourna le regard. La vision de Belle et de son frère était insoutenable. Les barreaux de la cage tremblèrent, violemment secoués alors que Belle s'y écrasait une nouvelle fois. Avec étonnement, Abraham nota que le métal, de piètre qualité, s'était incurvé sous l'impact. La cage avait été montée à la va-vite. Le matériel avait probablement été volé à un cirque ambulant, il y a des années de cela.

Peut-être pourrais-je la démolir et aider Belle, songea Abraham. *Je prendrais Jarod sur mon dos. Nous pourrions fuir cet endroit.*

Il considéra la Harpiste. Sa musique s'enroulerait autour d'eux. Ils ne sortiraient même pas du chapiteau.

Pendant qu'il réfléchissait, la dompteuse boula dans le sable pour la quatrième fois. Elle se releva. Elle tanguait, chancelait, clignait des yeux. Incapable de tenir debout, elle retomba sur un genou.

Une petite musique s'éleva alors des coulisses. Les musiciens de la Harpiste rentraient dans le jeu. Comme s'il était animé par la mélodie, le fouet se mit en mouvement. Belle ravala un cri lorsque la mèche la toucha, dessinant un trait écarlate sur son dos nu. Les claquements épousèrent le tempo de la musique. Ils rythmaient le numéro grotesque, comme une baguette de chef d'orchestre. Le fouet encadrait Belle, la menait vers le tabouret rouge, avec ses étoiles dorées. Jarod n'était probablement même plus maître de son propre corps. Lassée par ce spectacle qui s'éternisait, la Harpiste imposait sa dynamique.

— Monte là-dessus, ordonna Jarod.

Et cette fois, Belle, couverte de sang, lacérée, à moitié groggy, s'exécuta. Elle s'accroupit comme un lion au sommet de son tabouret. La vision était ridicule, mais pas plus qu'auparavant elle ne fit réagir les spectateurs.

— Maintenant, tu vas sauter là-dedans.

Jarod troqua le fouet contre le cerceau et le tendit au-dessus de sa tête. La distance était bien sûr impossible à combler pour une humaine, et quand Belle bondit, son saut disgracieux s'interrompit en son milieu. Elle retomba lourdement et se vautra dans le sable, haletante, à bout de forces.

— Tu vas sauter ! exigea Jarod. Tu vas sauter ou tu meurs !

Son ton, teinté de panique, trahissait sa véritable angoisse : « Ou sinon *je* meurs ! »

En coulisse, la musique se précipitait, exigeant de l'action, un dénouement.

Belle s'était relevée, mais refusait de retourner sur le tabouret. Le fouet la chassa jusqu'aux grilles, tout proche d'Abraham. Ses épaules heurtèrent les barreaux.

C'est le moment ! pensa Abraham.

S'il se ratait, il n'aurait pas d'autre chance. Il devait réussir, mettre toute sa force dans sa tentative : se cabrant, il percuta les barreaux. La cage s'ébranla avec un vacarme d'enfer. L'acier plia. Deux barreaux se descellèrent sous le choc et tombèrent sur le sable. Belle et Jarod voltèrent vers eux. Amy, pétrifiée, ne savait plus quoi faire. Quelques esclaves dans le public tournèrent leurs yeux vides vers Abraham, mais pas un ne bougea. Belle réagit avec une promptitude exceptionnelle. Malgré la souffrance, malgré la disparition de son lion, elle traversa la piste en quelques foulées, terrifiante, nue et maculée de son propre sang. Son sourire contrefait n'avait jamais paru aussi lugubre.

— La Harpiste ! hurla-t-elle à Amy et Abraham.

Elle arracha le fouet des mains de Jarod et bondit dans le public. La musique aurait dû l'entraver, mais celle-ci avait été conçue pour manipuler Jarod. Comme le programme s'interrompait de façon inattendue, les musiciens en coulisse ne savaient comment réagir. De même, les esclaves médusés crièrent à peine quand Belle les bouscula. Abraham se rua à la suite de la dompteuse. Pour libérer son frère de l'emprise de l'Opéra, il n'avait d'autre choix que d'en tuer la reine. Il remonta à la hauteur de son ancienne cheffe.

— Aide-moi ! lui cria-t-elle.

Elle n'attendit pas de réponse. Avec agilité, elle sauta sur son dos, et il s'élança dans les travées du cirque, renversant les malheureux esclaves sur son passage. Des os craquaient sous ses sabots. Il devait pourtant poursuivre sa lourde charge à travers les gradins.

Dans sa loge spacieuse, la Harpiste s'extirpa de son trône avec une lente majesté. Sa tête en forme de harpe se tourna vers eux et Abraham sut que, quels que soient ses organes, en cet instant, elle les *voyait* parfaitement. Les cordes de son instrument se pincèrent. La musique ensorcelée s'éleva. Comme une dague, la note cristalline de la harpe entra dans l'âme d'Abraham.

Son galop ralentit. Il passa au petit trot, étonné d'être là, étonné par la fureur et la peur qu'il ressentait encore un instant auparavant. Désormais, il se sentait mieux. Presque en paix. Son esprit s'ouvrait comme une fleur délicate et la mélodie déversait ses spires voluptueuses dans toute sa tête. Il continua d'avancer vers la Harpiste, mais il y allait tranquillement à présent, et surtout, il n'avait pas besoin d'y réfléchir. Il obéissait aux sons, voilà tout. Comme c'était agréable d'être dépossédé de cette responsabilité écrasante ! Saisi d'un élan de joie, il décocha une petite ruade pleine d'allégresse. Il était en extase, empli de cette harmonie, et autour de lui, les gens étaient heureux.

Quelque chose ne pas va.

Troublé, Abraham ralentit encore.

En effet, quelque chose n'allait pas.

Il l'entendait à présent. La musique n'était pas juste. Il y avait, dans ce rythme merveilleux, une fausse note qui le contrariait. Comment quelqu'un d'aussi doué que la Harpiste pouvait-il se laisser aller à de telles fausses notes ? Une petite douleur lui traversa les flancs et la bouche. Dans le lointain, il eut l'impression d'entendre une femme hurler son nom. Puis la musique engloutit tout et il repartit au galop vers l'estrade où l'attendait la Harpiste.

À peine s'était-il relancé que la fausse note, de nouveau, le perturba. La harpe était clairement dissonante, comme si l'instrument ne jouait que pour une partie de lui-même, ignorant l'autre, et cette idée lui déplaisait. Surtout, plus il y réfléchissait et plus la discordance lui semblait bruyante. Il était tiraillé dans deux directions différentes… Le cheval voulait avancer… L'homme reculer. L'Est… L'Ouest… La harpe devint cacophonique. Les faux accords lui vrillaient la tête, et Abraham, avec une lucidité douloureuse, comprit soudain qu'elle ne s'adressait qu'à une seule composante de lui. Son adversaire avait ensorcelé le mustang, mais pas l'homme.

Mais je ne suis pas un cheval et je ne suis pas un homme, pensa-t-il avec une rancœur absurde.

Il se sentait vraiment en colère.

Je suis la somme de ces deux parties !

Le son de la harpe s'affaiblit. Au premier plan résonnaient les cris des gens qui s'écartaient devant lui et les ordres de Belle qui l'étourdissaient. Il reprit conscience de son corps, de sa pesanteur, des talons de la cavalière dans ses flancs et de ses mains exigeantes qui lui tiraient la bouche. Comme son galop s'harmonisait, Belle cessa de le martyriser :

— Te revoilà ! s'exclama-t-elle avec un rire féroce. La magie de cette salope s'est cassée sur toi !

C'était exact. Lors de son long voyage dans Symphonie, à la fois séduit par l'Ouest et ne vivant que pour libérer son frère, Abraham avait réussi l'impossible : il avait transcendé la greffe.

— Continue ! On va l'avoir !

Abraham reprit sa charge. Il écrasa plusieurs spectateurs, fit voler les autres. Il évoluait au grand galop au milieu d'une monstrueuse panique. La distance qui le séparait de la Harpiste se réduisait d'instant en instant. La créature, se rendant compte que sa magie ne fonctionnait pas sur lui, changea de stratégie.

L'ensemble du cirque se pétrifia.

Alors qu'un instant auparavant, les spectateurs se dispersaient dans les travées, tous s'immobilisèrent. Abraham continua de foncer, unique point de mouvement au milieu des hommes et des femmes statufiés. Le vacarme se réduisit au bruit de ses sabots, à son souffle sonore, et à la musique cristalline de la harpe. Abraham avait senti le pouvoir effleurer son âme humaine, mais sans réussir à s'y cramponner. La magie glissa sur sa robe noire et luisante de cheval et se perdit derrière lui, le laissant libre.

Tous les autres, en revanche, étaient ferrés.

Les esclaves tentèrent de résister. Quelques têtes dodelinèrent avant de s'amollir et de s'immobiliser à nouveau. Puis, aussi brusquement qu'elle s'était figée, la foule recommença à bouger. Elle se rua vers Abraham comme un seul homme. Leurs yeux vitreux le transperçaient. Ils écoutaient la musique et faisaient ce qu'elle commandait. Plusieurs mains glissèrent sur ses flancs, mais d'autres se suspendirent à sa crinière, à ses rênes, à sa queue. Il les emporta dans sa charge furieuse. Il était si proche de réussir… Il y était presque ! Dix personnes s'accrochèrent à lui. L'une d'elles parvint même à monter sur son dos, mais Belle le fit aussitôt tomber. Elle le protégeait comme elle pouvait, frappant du pied, du coude, du poing. Des doigts cherchaient à le blesser, à s'enfoncer dans ses naseaux, dans ses yeux. Il continua, vaille que vaille, transportant tout le monde dans son galop.

La Harpiste changea de nouveau de stratégie et de tempo. Elle pinça plus vite et plus furieusement les cordes de son instrument. Tous les esclaves qui leur faisaient face furent alors happés par une main géante et invisible. La Harpiste les rassemblait pour les enchevêtrer. En l'espace de quelques secondes, ses créatures se retrouvèrent agrégées en une vivante muraille de chair gémissante et hurlante d'où saillaient des bras et des jambes. Abraham fut contraint de freiner devant ce rempart qui protégeait leur adversaire. Belle jura avec force.

— Il faut les démolir ! s'écria-t-elle.

Abraham ne savait comment s'y prendre. Sa détermination s'était muée en horreur. Dans la masse grouillante, il distinguait le visage d'un adolescent amaigri, le nez écrasé par un coup. Son frère aurait pu se trouver parmi eux. Ils n'étaient que des victimes innocentes et il n'osait pas les charger. La violence de cet affrontement entre personnes sacrifiées était insoutenable.

— On doit atteindre la Harpiste ! s'écria Belle.

Elle sauta à terre et se rapprocha du mur en lançant son fouet avec férocité, à droite, à gauche. La lanière tailla dans le vif, levant à chaque claquement un lamento de plaintes et de cris et de souffrance. Abraham aurait voulu se boucher les oreilles. Ces hurlements lui écorchaient les nerfs. Il n'en pouvait plus de toute cette violence, de toute cette douleur.

— Je n'y arrive pas ! cria Belle, frustrée.

La muraille ne se disloquait pas. Au contraire, l'ensemble des corps martyrisés avançait vers eux, menaçant de les engloutir, de les écraser. Abraham, comprenant le danger, bondit en arrière, mais au même moment, le tsunami d'esclaves s'abattit sur eux avec fracas. Il se retrouva noyé dans un océan de chair. Des bras, des jambes, des têtes le heurtaient. Cela criait, hurlait, pleurait, suppliait. Pire, il avait l'impression qu'il allait se fondre dans la masse et se trouver englouti à son tour dans cette mer de souffrance. Son cœur s'affola. Les émotions des esclaves l'agrippèrent : douleur, honte, dégoût, soumission, tristesse, confusion, colère… Il étouffait, balayé au sein de cette tempête de noirceur. Sa tête lui faisait mal, ses épaules, ses reins, son dos, son ventre… Impossible de se couper des vibrations émanant des autres victimes de la Harpiste. L'épouvante menaça de lui faire perdre la raison. Il ne se battait plus. Il tentait de fuir, de se débattre, hennissant de terreur, submergé par la panique.

Belle, tout à coup, se retrouva proche de lui, au milieu de la forêt agitée de membres disloqués, certains brisés par la violence du chaos. C'était un maelstrom de corps humains. Tous ces êtres, qui avaient été des individus, avec des rêves, une famille, des amis, n'étaient plus qu'un ramassis, plein de terreur et de rage. La Harpiste avait réussi la plus monstrueuse des greffes en les assemblant les uns aux autres.

— Je ne te laisserai pas faire ! cria Belle à la Harpiste.

Elle parvenait à rester debout en se dressant contre ce déferlement. Malgré la puissance du flot, elle avançait, un pas après l'autre. Elle tenait toujours son fouet. Le sang de ses victimes coulait avec le sien.

Emporté par le courant de chair, Abraham s'éloignait d'elle. Il la considérait de ses grands yeux doux et noirs de proie, elle, la prédatrice qui se révoltait contre l'ennemi, qui continuait à se battre. Elle bavait du sang, mais elle éventrait cette marée humaine à la force des bras.

Elle est la plus forte d'entre nous, pensa-t-il. *Elle l'a toujours été.*

Comme elle se frayait un chemin, progressivement, à travers la défense de la Harpiste, la musicienne, une nouvelle fois, changea de stratégie. Elle était capable de jouer plusieurs partitions et de passer de l'une à l'autre avec fluidité, pinçant les cordes de son instrument. La mélodie s'adapta. Belle se figea, saisie. Abraham gémit. La Harpiste avait altéré son sortilège pour enrouler son charme autour de l'âme de Belle.

La cheffe de gang, à nouveau, perdrait l'esprit. Elle deviendrait l'esclave de sa pire ennemie. Elle accomplirait des folies, son corps redevenu le jouet d'un monstre.

Le dos de Belle s'arqua en arrière et Abraham pensa que ce mouvement lui était imposé par la musique, comme si la Harpiste voulait la briser en deux, mais très vite, il réalisa qu'une autre force était à l'œuvre. Le cou de Belle s'élargissait sous ses fins cheveux blancs. Ses épaules s'allongeaient. Des muscles roulaient sous sa peau. Elle poussa un rugissement qui domina la mélodie et les cris, un rugissement de fin du monde, qui faisait trembler la terre et pétrifiait les hommes et les animaux.

Un rugissement de lion.

De roi.

Ce cri tétanisa la masse de corps entremêlés le temps d'un battement de cœur. Belle grandissait, forcissait. Elle se métamorphosait. Son corps de femme, lacéré par le fouet, était désormais recouvert d'un court pelage blanc. Ses pieds se changeaient en pattes puissantes, pourvues de griffes rétractables. Une longue queue terminée par un pinceau de poils se balançait au-dessus de ses fesses. Son visage arborait des traits léonins. Son sourire agrandi au couteau alignait les crocs.

Abraham la contempla avec stupeur. Il n'avait pas peur. Il comprenait. Elle était comme lui, débordée par son revers. Cette nuit, elle avait perdu son combat contre le lion. Son ombre blanche l'avait envahie, la changeant pour toujours. Dans cette déflagration de violence intense, les frontières entre la femme et la lionne explosaient. Les failles si longtemps contenues par les sutures s'élargissaient. Les cicatrices se déchiraient. Jadis, Amy, en lui greffant la crinière de lion, avait ouvert une brèche en elle et un autre monde s'y était engouffré. Son corps plein de sang était également plein de vie : il se déployait et se réparait, exactement comme le mustang l'avait fait pour celui d'Abraham.

Un mythe s'incarnait, la rencontre du rêve et de la réalité, la fusion du Nouveau Monde et de l'Ancien.

Belle, à son tour, transcendait la greffe.

La nouvelle créature, née de l'Est et de l'Ouest, se fondit entre les deux formes. Elle était une femme-lionne, immense, effrayante.

Abraham était peut-être le plus en mesure de comprendre ce qui lui arrivait : lui-même avait continué à vivre, changé à tout jamais, avec ce que Symphonie avait perpétré dans son corps. Sa fragile unité avait implosé, fracturée par le mustang, mais il ne l'avait pas combattu. Au contraire, il l'avait accueilli.

Belle accomplissait le même chemin, mais au lieu d'être submergée par sa part léonine, femme et lion s'associaient. Et la harpe ne pouvait pas dompter cette créature nouvelle, pas plus qu'elle n'avait pu soumettre l'homme et le mustang à la fois.

Ce fut le chaos.

Plongeant une main griffue dans les corps, Belle saisit une femme par la cheville. Elle l'extirpa de la masse et la croqua en un bruit humide. Puis elle se redressa de toute sa hauteur. Elle attrapa hommes et femmes pour s'ouvrir un passage dans le mur. Les victimes, hurlantes, craquèrent entre ses mâchoires.

Belle poussa un rugissement de triomphe.

La Harpiste venait d'apparaître à travers les lambeaux de sa défense déchiquetée.

Belle tendit son long bras et s'empara de la reine. Elle la souleva au bout de sa patte, comme un chat joue avec une souris, et ses griffes se resserrèrent en un spasme vengeur. La créature la plus puissante de Symphonie fut broyée en un éclair, par un monstre encore plus puissant, qu'elle-même avait contribué à créer… Sa musique s'interrompit. Les esclaves tombèrent sur le sol comme des pantins dont on a coupé les fils. Les premiers qui parvinrent à se relever s'enfuirent à toutes jambes. Les autres gisaient, les jambes cassées, gémissant.

Belle souleva le corps brisé de son ennemie, l'amena à la hauteur de sa gueule et, dilatant sa mâchoire monstrueuse jusqu'à ses petites oreilles rondes de lionne, elle l'avala en une bouchée.

Chapitre 41

Le cirque était dévasté. On se serait cru sur un champ de bataille, au lendemain d'un affrontement. Des taches de sang constellaient les gradins, dessinant des motifs abstraits. Des morts jonchaient la piste et les marches. Les survivants déambulaient, hagards, reprenant lentement conscience. Ils se retrouvaient soudainement libres, au beau milieu de nulle part, comme s'ils sortaient d'un très long cauchemar. D'autres encore se relevaient pour retomber plus loin, à bout de forces. Les morceaux démantelés de la Harpiste gisaient sur l'estrade du cirque, elle était morte comme elle l'aurait probablement voulu : sur scène, en pleine lumière.

Dans ce carnage, Amy, blême, contemplait son amante se livrer à un festin macabre. Jarod, contusionné, ensanglanté, était assis sur les gradins au milieu des corps.

Abraham rejoignit son frère. Il baissa la tête jusqu'à lui souffler dans les cheveux. Jarod le regarda, une petite ride de concentration au creux du front comme s'il cherchait à se souvenir où il avait déjà vu l'être qui se tenait devant lui.

— Qui es-tu ? demanda-t-il.

Le cœur d'Abraham se serra de tristesse. Il avait tant de choses à lui dire, tant à rattraper. Mais sous cette forme, il était méconnaissable, et surtout, il était muet. Le regret l'écrasa. S'il avait été plus courageux, plus efficace, lors de leur premier affrontement avec la Harpiste, il aurait pu délivrer son frère. Désormais, il était trop tard. L'Ouest lui permettait de libérer son frère, mais en échange, il lui ravissait leurs retrouvailles, les mots qu'ils auraient dû échanger, le deuil qu'ils auraient dû partager.

Au moins, tu seras libre, pensa Abraham.

Jarod se releva en soupirant et lui caressa l'encolure.

— C'est idiot, tu me rappelles quelqu'un… Il est venu, tu sais ? Ç'a été la plus belle chose que j'ai vue ici, dans ce pays affreux. Le revoir, lui, même quelques secondes. Le voir se battre ainsi, pour moi. Je suis fier de lui, exhala-t-il avec un sourire. Je sais qu'il a grandi. Je sais qu'il peut vivre sans moi. Et moi, après ça, je me suis dit que je pouvais mourir. Mon petit frère était venu pour moi. Il était un homme. J'étais heureux.

Un homme…

Abraham appuya son chanfrein contre l'épaule de Jarod et son frère enlaça son encolure. Ils restèrent ainsi un long moment, dans une compréhension lumineuse et absolue qui transcendait les mots.

Quand Abraham rouvrit les yeux, il vit Amy qui les observait à quelques pas de là. Sur ses lèvres, elle lut sa question muette :

« Veux-tu que je lui dise ? »

Il secoua légèrement sa tête, comme un cheval de cirque, et son mouvement fit reculer son frère. Le moment était passé.

Au niveau de l'estrade, Belle s'était écroulée sur le trône sculpté de la Harpiste. Elle appuyait sa tête léonine sur sa main griffue, lasse et épuisée. Du sang barbouillait sa gueule étirée en un grand sourire. Elle avait encore les pieds maculés de débris.

De la Harpiste, il ne restait rien.

Amy se dirigea prudemment vers la femme-lionne et, très doucement, s'installa sur ses genoux. Ses bras délicats enserrèrent son encolure et elle blottit son visage au creux de son cou. Belle était toujours là, dans ce corps hybride, tout comme Abraham subsistait dans celui du cheval. L'Ouest les avait changés tous les deux. Ils étaient certes différents, mais ni l'un ni l'autre n'oubliait leur famille ou leurs amitiés passées.

Avec douceur, Belle embrassa les cheveux emmêlés d'Amy.

Abraham marcha vers elle.

Belle s'essuya la bouche d'un revers de patte. Ses yeux dorés se posèrent sur lui, comme deux soleils jumeaux. Les commissures de sa gueule arboraient encore ses cicatrices humaines.

— J'ai boulotté notre prime, dit-elle. On peut dire adieu à l'argent.

Elle émit une sorte de toux rauque, qui était probablement un rire.

— Je ne pourrai jamais retourner en arrière, à Frontières. Maintenant, c'est moi qu'on chassera. Il y aura une prime sur ma tête. Une prime importante, j'espère.

— Je pourrais expliquer, intervint Amy. Nous avons des témoins.

— Ma petite étoile, dit doucement la lionne. Les hommes nous ont trahis tant de fois, et tu veux encore leur faire confiance ?

Amy secoua lentement la tête.

— Les gens de l'Opéra sont libres. Ceux qui veulent rentrer le peuvent. Les autres peuvent rester.

Abraham l'écoutait attentivement. Derrière la fatigue, il percevait le feu qui brûlait en elle, sa force et sa conviction qui l'avaient tant impressionné depuis leur première rencontre. Pour lui, malgré tout ce qu'ils avaient traversé et les tortures qu'elle lui avait infligées, la tête emplie des sons de la harpe ou seulement de son désir de vengeance, elle restait un modèle, une cheffe à suivre.

— Je vais rester ici, souffla Belle.

Sa main rétracta ses griffes pour caresser l'épaule d'Amy.

— Nous allons reconstruire quelque chose sur les cendres de l'Opéra. Nous ne laisserons pas les hommes coloniser Symphonie. Symphonie restera le territoire des lions…

Elle plissa ses yeux dorés.

— … Et des chevaux sauvages. Tu es d'accord avec moi, n'est-ce pas, Abraham ?

Il hocha la tête affirmativement, une fois. Il comprenait désormais que Belle et la Harpiste étaient deux faces d'une même pièce, liées par un passé tragique, chacune déterminée à parvenir à leurs fins. Issues de deux mondes aux antipodes, tout les opposait en apparence.

En apparence, seulement…

— Tu peux rester avec nous, ou bien partir, poursuivit Belle. Ton frère est le bienvenu aussi, comme tous ceux qui voudront se tenir à nos côtés pour protéger Symphonie. L'humain est une créature médiocre qui finira par s'imposer partout, même ici, en effaçant les créatures mythiques. Pourtant, nous ne répéterons pas la folie de la Harpiste. Nous ne capturerons pas les humains pour les réduire en esclavage, mais ceux qui voudront s'installer ici devront le faire avec nous et pas contre nous.

Elle était exactement comme lui, une créature de la frontière, une mutante, et le futur restait à inventer. Depuis son arrivée sur le nouveau continent, il avait éprouvé jusque dans sa chair l'opposition brutale de deux mondes. Avant d'arriver à Symphonie, il avait traversé des États colonisés, mais c'est ici qu'il avait découvert une diversité miraculeuse. Belle avait raison. Il fallait préserver Symphonie comme un trésor. Un jour, peut-être, ils seraient écrasés et anéantis. Le chemin de fer tracerait sa route dans les terres rouges. Des pioches arracheraient les minerais des sols fertiles. Les organes des animaux seraient envoyés dans des bocaux, aux quatre coins du monde, et la magie de Nacarat se monnaierait jusqu'à l'extinction.

Ce ne sera pas facile.

Abraham considéra Belle, sur son nouveau trône, qui reprenait déjà des forces, puis Amy, petite, fragile, si humaine, avant de se retourner vers son frère.

Mais... je serai là.

Il se sentait encore écartelé entre deux mondes, tiraillé entre deux appels. Pourtant, il savait exactement ce qu'il devait faire.

Il retourna auprès de Jarod, s'arrêta à côté de lui, et lui offrit son épaule et son dos. Son grand frère l'avait protégé jadis, quand il était enfant, lui épargnant bien des raclées, rendant coup pour coup à ceux qui les insultaient. Aujourd'hui, c'était lui qui le porterait, qui le protégerait.

Jarod, avec des gestes précautionneux, se hissa sur son dos.

Abraham l'emporta hors du cirque, dans la ville rouge des musiciens, loin de l'Opéra et de ses loges sordides, de son chenil contre-nature, de toutes ces exactions. Il doubla d'anciens esclaves ou des musiciens qui erraient, défaits, accablés de fatigue. Les gémissements des blessés s'affaiblirent tandis qu'Abraham creusait la distance.

Quand il franchit le dernier mur, il aspira une grande bouffée d'air frais, avec le sentiment d'émerger d'une mer sombre, après une éternité passée dans ses abysses.

Jarod était venu ici pour ces paysages vierges et sauvages, pour cette promesse exaltante : la liberté.

Abraham l'avait suivi.

Mais l'Ouest existait avant eux, bien vivant, avec ses règles et sa magie fabuleuse. Il existerait après eux. Entre-temps, il les avait saisis et digérés. Plus rien ne serait jamais pareil. Leur humanité gisait quelque part, sous la poussière rouge.

Abraham s'orienta avec facilité. Ses sens paraissaient encore plus aiguisés. Il se guida avec le soleil, avec les étoiles. Ils voyagèrent tous les deux dans un silence pénible. Jarod abandonnait beaucoup derrière lui. Abraham ne le reconnaissait plus. Son frère était broyé. Même sa greffe semblait avoir perdu tout pouvoir, [illegible] jusqu'à la sortie de sa maison, sur le vaste [illegible]

[illegible] vers le [illegible] [illegible]

[illegible] de sa [illegible]

[illegible]

[illegible]

[illegible]

[illegible]

Et il lui répondit.

[illegible]

Composition et mise en pages
Nord Compo à Villeneuve-d'Ascq

#lisez engagé !
www.lisez.com
Pour plus d'information :
Imprimé sur du papier issu de forêts gérées durablement.

Imprimé en Espagne par Liberdúplex
en avril 2025
N° d'impression : 127646

POCKET – 92, avenue de France, 75013 Paris

S35405/01